FRANK THOMPSON

ALAMO

Przekład
Wojciech Szypuła

AMBER

Tytuł oryginału
THE ALAMO

Redaktorzy serii
MAŁGORZATA CEBO-FONIOK
ZBIGNIEW FONIOK

Redakcja stylistyczna
JOANNA ZŁOTNICKA

Redakcja techniczna
ANDRZEJ WITKOWSKI

Korekta
RENATA KUK
MAGDALENA KWIATKOWSKA

Ilustracja na okładce
© BUENA VISTA ENTERTAINMENT, INC.

Opracowanie graficzne okładki
STUDIO GRAFICZNE WYDAWNICTWA AMBER

Skład
WYDAWNICTWO AMBER

Wydawnictwo Amber zaprasza na stronę Internetu
http://www.amber.sm.pl
http://www.wydawnictwoamber.pl

ISBN 83-241-1898-5

Rodzinie Newtonów:
Annie, Callanowi, Jill i Nickowi,
w których szczęśliwym domu powstała znaczna część tej książki

*Powszechnie znana jest wyższość meksykańskich żołnierzy
nad góralami z Kentucky i myśliwymi z Missouri. Weterani zaprawieni
w dwudziestoletnich bojach nie przestraszą się armii,
która nie zna sztuki walki, jest niezdyscyplinowana
i słynie z niesubordynacji.*

José María Tornel y Mendivil, meksykański minister wojny

*W 1821 roku Meksyk uwolnił się spod hiszpańskiego panowania i wy-
walczył niepodległość, a co za tym idzie – rozległe tereny, które obejmo-
wały stany wysunięte najbardziej na północ: Coahuila i Tejas.*

*Aby wspomóc dalszą kolonizację i zahamować grabieże ze strony In-
dian, proponowano ziemię i ulgi podatkowe osadnikom, którzy udadzą
się do stanu nazywanego przez Anglos Teksasem. I ludzie przybywali – ze
wszystkich stanów Meksyku oraz z wielu krajów Europy. Osadników zja-
wiło się tak wielu, że Antonio López de Santa Anna Pérez de Lebron,
najpierw prezydent, później zaś dyktator Meksyku, zamknął granice i wysłał do nowego stanu siły okupacyjne.*

*Aby wymusić na rządzie przestrzeganie praw obywatelskich i dopro-
wadzić do stworzenia republiki, mieszkańcy Teksasu – Anglo i Tejano –
zaczęli tworzyć tymczasowy rząd.*

I szykować się do wojny.

Prolog

Dym.
Smród.
Cisza.

Niepokojąca cisza, tym dziwniejsza, że silnie kontrastująca z koszmarnymi dźwiękami, które wypełniały to miejsce jeszcze parę godzin wcześniej.

Jego towarzysze broni – *soldados* – biorą się do roboty bez słowa, ale piętnastoletni Jesús Montoya zastanawia się, czy to rzeczywiście prawda, czy po prostu stracił słuch, tak jak najwyraźniej stracił zdolność poruszania się i czucie w całym ciele. Kuca pod wysokim drewnianym płotem, który łączy główną bramę z ruinami starego kościoła. Patrzy odrętwiały, jak żołnierze generała Antonia Lópeza de Santa Anny ciągną ciała Teksańczyków na stos, na którym zostaną spalone niczym szczapy drewna.

Jesús słyszał, jak nazywano to miejsce misją San Antonio de Valero, ale większość ludzi używa dziwacznego określenia Alamo. Nie wie dlaczego, ale jego zdaniem to słuszne, że nazwa straciła wszelkie religijne znaczenie. Jeśli w tym potwornym miejscu kiedykolwiek panował pokój i jeśli kiedykolwiek czczono tu Boga, nie został nawet ślad po tamtych dniach. Teraz w jasnym świetle niedzielnego poranka misja bardziej przypomina rzeźnię niż kościół. Setki sztywniejących ciał leżą na ziemi; martwe oczy gapią się w niebo, a powykręcane dłonie nadal trzymają bezużyteczną już broń albo zaciskają się jak imadła na szyjach wrogów.

Ziemia jest tak przesiąknięta krwią, że przy każdym kroku na powierzchnię wypływają czerwone krople, jak ze świeżo zaoranego pola tuż po upiornym deszczu.

Jesús widywał już okropne rzeczy, ale nigdy nie widział czegoś takiego. Kilka kroków od niego, w rowie pod płotem, wychudzony, brudny pies siedzi na piersi martwego Teksańczyka. Skomli i liże twarz swojego pana, jakby chciał go przywrócić do życia. Na rampie prowadzącej do armat na dachu apsydy meksykański żołnierz obejmuje umierającego Teksańczyka i płacze.

– Gregorio! – szlocha. – Mój Boże, Gregorio... nie umieraj...

Mężczyźni są do siebie bardzo podobni. Jesús wyczuwa instynktownie, że to bracia, którzy jakimś trafem znaleźli się po przeciwnych stronach w tej potwornej walce.

Jesús powoli odzyskuje czucie w nogach i rękach. Równocześnie obraz przed nim zaczyna zmieniać się z niemego koszmaru w potworną rzeczywistość, dźwięki i zapachy stają się bardziej wyraziste. Jesús żałuje, że nie może wrócić do poprzedniego odrętwienia, uciec od okropności, na które patrzy.

Z drugiej strony zalanego krwią dziedzińca dobiega żałosny lament. Dwie zapłakane kobiety z miasteczka rozglądają się dokoła. Chyba kogoś szukają. Nagle jedna żegna się znakiem krzyża i pada na kolana. Jesús wie, że właśnie znalazła. Płacz drugiej kobiety przechodzi w rozpaczliwe zawodzenie, przypominające skowyt dzikiego zwierzęcia. Meksykańscy żołnierze nie reagują na lamenty kobiety. Dalej robią swoje: uprzątają ciała, zbierają broń, opatrują rannych. Jesúsowi wydaje się, że *soldados* osiągnęli ten moment, kiedy nie czuje się już nic – ani strachu, ani żalu, ani radości. Ich ciała poruszają się, ale serca i dusze przestały funkcjonować. Jakby byli zupełnie puści. Pewnie tylko dzięki temu jeszcze nie oszaleli.

O niską kamienną cembrowinę studni opiera się meksykański żołnierz. Modli się półgłosem, a ręce mocno przyciska do rozprutego brzucha, przytrzymując wnętrzności. Inny, z twarzą zalaną krwią, prosi chrapliwym szeptem o lekarza albo księdza. Ale nigdzie nie ma ani lekarzy, ani księży. Nikt nie przynosi ulgi rannym ani nie daje ostatniego namaszczenia umierającym. Muszą odejść z tego świata samotnie, samotnie zmagać się z cierpieniem fizycznym i duchowym. Ból albo sam ustąpi, albo odejdą, nie znalazłszy ukojenia. Jesús wie, że każda rana odniesiona w takiej bitwie to wyrok śmierci. On nie został nawet draśnięty, przynajmniej ciało ma zdrowe. Ale obawia się, że to, co dziś zobaczył, zadało nieuleczalną ranę jego duszy, że jego serce będzie krwawić, gasnąć i w końcu umrze z bólu.

Wstaje z wysiłkiem i idzie wzdłuż północnej ściany fortu do miejsca, przez które wdarł się do środka. Było to zaledwie trzy czy cztery godziny temu, lecz ma wrażenie, jakby od tej chwili upłynęły całe lata. Zatrzymuje się gwałtownie, żeby nie nadepnąć na ludzką dłoń. Sztywne już palce wciąż zaciskają się na stłuczonych okularach. Jesús przenosi wzrok na budynek koszar przy kościele i rozpoznaje ciało pułkownika José Torresa. Leży obok masztu, a teksańska flaga spowija je niczym prześcieradło. Torres wyglądałby jak śpiący, gdyby nie szarpane rany od muszkietowych kul na policzku i czole.

Przed wejściem do starego kościoła pojawiają się czterej żołnierze. Dźwigają okaleczone zwłoki mężczyzny o wyrazistej twarzy i niosą w stronę stosu pogrzebowego. Jesús widział, jak ten człowiek umiera, i słyszał, jak nazwał go prezydent: Crockett. Davy Crockett. To nazwisko wszyscy znali. Ilekroć *soldados* słyszeli cichy, zgrzytliwy dźwięk skrzypiec, unoszący się ku nim z murów Alamo w czasie długich dni i nocy trzynastodniowego oblężenia, uśmiechali się do siebie i mówili: „Croque". Muzyka tego Amerykanina dodawała nadziei obrońcom i wzmagała opór oblężonego Alamo. Wniosła do tego miejsca trochę piękna i radości, których tak tu brakowało. Crockett cieszył się sławą wspaniałego wojownika i niezrównanego myśliwego. Powiadano, że bez trudu obłaskawiał nawet najgroźniejsze zwierzęta i potrafił odstrzelić świetlikowi skrzydła z odległości stu kroków. Zanim Jesús go zobaczył, spodziewał się, że to olbrzym, wielki jak opowiadane o nim legendy. Ale po śmierci Crockett wyglądał tak samo jak wszyscy inni ludzie: pusta łupina, pozbawiona krwi i życia.

Jesús słyszy krzyk i odwraca się.

– To Bowie! – W głosie *soldado* pogarda miesza się z podziwem.

Inny żołnierz właśnie wyciąga ciało Bowiego z pomieszczenia przy południowym murze, a kolejny woła:

– Umarł w łóżku! Chował się pod kocem jak baba!

Jesús słyszał także o Bowiem. Był bogaty, bogatszy od samego prezydenta. Niektórzy twierdzili nawet, że należy do meksykańskiej arystokracji, chociaż ewidentnie był zwykłym *gringo*. O jego nożu, budzącym grozę potężnymi rozmiarami i niezwykłą ostrością, krążyły legendy. Jesús zastanawia się, czy nie iść do pokoju Bowiego i zobaczyć, czy słynny nóż nadal tam leży. Obejrzałby go, potrzymał przez chwilę. Wątpi jednak, czy ten nóż naprawdę istnieje. Pewnie to tylko kolejna opowieść. A gdyby nawet istniał i rzeczywiście leżał w tamtym pokoju, jakiś przedsiębiorczy żołnierz na pewno już go zabrał. Bowie słynął z niesamowitych przygód, tak jak Crockett. I tak jak Crockettowi te przygody na nic mu się nie zdały. Znalazł tylko straszną śmierć w tych ponurych ruinach.

9

Większość *soldados* bierze wszystko, co wpadnie im w ręce: to ich wojenne łupy. Przeszukują kieszenie martwych Teksańczyków, zdejmują im buty, kapelusze, zegarki, zabierają pistolety i noże. Jedwabne chustki do nosa, fajki, srebrne piersiówki z whisky lądują w meksykańskich plecakach. Szkoda by było posłać te wszystkie cenne rzeczy do ognia, który za chwilę strawi ciała poległych buntowników. Jesús zastanawia się, czy nie wziąć sobie czegoś na pamiątkę. W końcu dochodzi do wniosku, że to tylko przypominałoby mu dzisiejszy koszmar. Im szybciej zapomni o Alamo, tym lepiej.

Jesús dostrzega dwóch oficerów. Natychmiast zaciska ręce na kołnierzu martwego Teksańczyka i zaczyna go ciągnąć w stronę stosu. Nie chce dostać reprymendy za lenistwo, zwłaszcza że wie, jak surowi potrafią być Santa Anna i jego oficerowie. Z tymi dwoma nie miał zbyt wiele do czynienia, ale rozpoznał obu. Generał Almonte jest dość niski i poważny. Generał Castrillón, wysoki, wyprostowany, pełen arystokratycznej godności, ma smutne oczy człowieka, który widział w życiu zbyt wiele okrucieństwa i śmierci. Kiedy Jesús ich mija, słyszy, jak Almonte mówi z dumą:

– Wspaniałe zwycięstwo, prawda?

Castrillón z odrazą rozgląda się po dziedzińcu.

– Jeszcze jedno takie zwycięstwo – mówi cicho – a wszystkich nas diabli wezmą.

Jesús ciągnie ciało, starając się nie patrzeć w twarz martwego mężczyzny. Półprzymknięte oczy trupa przyciągają jego spojrzenie, zupełnie jakby Teksańczyk chciał przekazać mu wiadomość z krainy śmierci. Ale Jesús wie, że nie znajdzie w nich żadnej wiadomości – tylko pustkę.

Zastanawia się nad słowami generała Almonte. Jak można uznać taką rzeź za zwycięstwo? Wszędzie tylko krew, smród, przerażenie; nawet ci, którzy przeżyli, utracili coś na zawsze. Jesús nie potrafi sobie wyobrazić, żeby cokolwiek dobrego mogło wyniknąć z takiego „zwycięstwa".

Nagle chwytają go mdłości. Opiera się o chłodny mur i wymiotuje. Długo i gwałtownie, jakby opróżniając żołądek, mógł pozbyć się też strasznego obrazu i myśli, które pojawiły się w jego świadomości dziś rano. Gdy już nie ma czym wymiotować, kuca znowu i płacze. Przeżył. Ale w tej chwili nie uważa tego za żadne osiągnięcie. Myśli nawet, że może byłoby lepiej, gdyby zginął.

Kilka godzin później, gdy słońce zaczyna zachodzić, rzucając złotą poświatę na smutną fasadę kościoła w Alamo, zapalają się stosy pogrzebowe. Dwa ułożono w samej misji, trzeci za murami, od strony Alamedy.

Ten ostatni jest zbyt daleko od Alamo, aby ciągnąć tam ciała z fortu. W polu musiało być dużo ciał Teksańczyków, myśli Jesús, skoro potrzebny był stos tak daleko.

Zwłoki ułożono na przemian z drewnem z pobliskiego lasu. Większość ciał jest naga, prawie wszystkie ubrania, kapelusze i buty zostały zdjęte przez zwycięskich żołnierzy, którzy teraz dzięki własności *gringo* poczuli się trochę bogatsi. Na makabryczne konstrukcje leje się olej z lamp. Potem na sygnał sierżanta pochodnie zostają zapalone i rzucone na stosy.

Ogień, ciemnopomarańczowy i oleisty, strzela prosto w niebo pierwszą eksplozją płomieni. Chwilę potem uspokaja się i zaczyna wydzielać gęsty czarny dym. Smród przyprawia o mdłości. Jesús, tak jak wielu innych, zawiązuje na twarzy chustę, zostawiając odsłonięte tylko oczy. Patrzy, jak ogień trawi ciała Teksańczyków. Ich niesione w duszącym dymie popioły szybują ku niebu, a potem opadają niczym czarny śnieg na żyzną ziemię Teksasu.

1

J a to jestem gość!" – powiedział James Hackett, stając przed obdrapanym lustrem za kulisami. Zobaczył w nim pokrytą grubą warstwą makijażu twarz, na której malował się niesmak. Nawet tu, w jednym z najlepszych teatrów w Waszyngtonie, garderoby były małe, brudne i słabo oświetlone. Na miły Bóg, jak ktokolwiek mógł się spodziewać, że aktor wyjdzie prosto z tej nędzy na scenę, stanie przed publicznością złożoną z senatorów, kongresmanów i potentatów przemysłowych i jeszcze da dobre przedstawienie? Paryż... Tak, to miasto wie, jak traktować artystę. Albo Londyn... Ach, Londyn, co za niewiarygodne wyrafinowanie. A tu? To cuchnące, bagienne miasto było wprawdzie stolicą Stanów Zjednoczonych, ale mieszkali w nim sami prostacy i bufoni, którzy ledwo wiedzieli, jak zachować się w teatrze, nie wspominając już o zadbaniu o wygodę aktorów.

Hackett westchnął ciężko, nakładając podkład na nos i policzki. Musiał uważać, żeby nie zabrudzić peruki ani myśliwskiego stroju z jeleniej skóry. Zawsze tak jest, pomyślał, a potem wyrecytował półgłosem:

– „Życie jest tylko przechodnim półcieniem, nędznym aktorem, który swoją rolę przez parę godzin wygrawszy na scenie, w nicość przepada – powieścią idioty, głośną, wrzaskliwą, a nic nieznaczącą"*.

Szekspir.

Cóż, sztuka, w której dziś grał, nie mogła się równać z dramatami Szekspira. Wręcz przeciwnie. *Lew Zachodu* był idiotyczną komedią

---

* W. Szekspir *Makbet*, akt V, scena piąta, tłum. J. Paszkowski.

13

o prymitywnym traperze, który nazywał się Nimrod Wildfire; grubiańską, prostacką, pozbawioną wszelkiej poezji i głębszego znaczenia... Publika ją uwielbiała.

Hackett ostrożnie włożył futrzaną czapkę i poczuł, jak budzi się w nim do życia Nimrod Wildfire. To było coś więcej niż czapka z lisiego futra. To był lis. Martwy, ale wyglądał jak żywy. Z przodu czapki wściekły pysk z wyszczerzonymi kłami, szeroko otwarty, jakby lis szykował się do skoku na pechową ofiarę. Z tyłu na kark Hacketta opadał długi ogon. Ta czapka naprawdę przyciągała wzrok. Hackett musiał przyznać, że stanowiła najważniejszą część kostiumu. Bez niej był zwykłym mężczyzną średniego wzrostu, o pospolitej twarzy i niedużych, w dodatku zbyt blisko osadzonych oczach. Za to kiedy ją włożył, stawał się najprawdziwszym traperem, bohaterem pogranicza.

– „Ja to jestem gość!" – powtórzył i uśmiechnął się. Ta kwestia zawsze powalała widownię. Mówił głośno, niezmordowanie ćwicząc zdania, które wypowiadał już setki razy. – „Mam najostrzejszego konia wyścigowego, najładniejszą siostrę, najcelniejszą strzelbę i najbrzydszego psa w tym okręgu. I pewnie jestem najdzikszym zwierzem, jakiego kiedykolwiek widzieliście. Mój staruszek dokopie każdemu w Tennessee, a ja dokopię staruszkowi".

Uważnie obejrzał się w lustrze – z jednego profilu, z drugiego – i podniósł głos tak, jakby był już na scenie.

– „Biegam szybciej, nurkuję głębiej i wytrzymuję pod wodą dłużej od każdego gościa po tej stronie wielkich bagien. Szczerzę zęby szerzej od pantery, potrafię ujarzmić pioruny, dźwignąć parowiec i z gołymi rękami rzucam się na żbiki. Jestem pół koniem, pół aligatorem i mam w sobie coś z huraganu!"

Nawet teraz, stojąc przed lustrem, Hackett miał wrażenie, że słyszy salwy śmiechu i ogłuszające oklaski, które zawsze rozlegały się po tej kwestii. Wiedział, że ani sam tekst, ani jego gra nie przesądziły o wielkim sukcesie *Lwa Zachodu*. Sztuka zawdzięczała powodzenie temu prostackiemu kongresmanowi, ciemnemu łowcy niedźwiedzi, który w jakiś sposób przekuł swą ignorancję i przekraczającą wszelkie granice ekscentryczność w narodową sławę.

Hackett mówił dalej, gestykulując melodramatycznie do swojego odbicia.

– Co rano na śniadanie zabijam niedźwiedzia, dłubię sobie w zębach szpilką od namiotu i sieję spustoszenie w szeregach czerwonoskórych. Mógłbym wam powiedzieć więcej, ale nie chcę się chwalić!

Zamilkł, wsłuchany w wyimaginowane oklaski. Zawsze w tym momencie musi zrobić przerwę i skromnie się ukłonić.

Bohater sztuki nazywał się Nimrod Wildfire, ale publiczność domyślała się, o kogo naprawdę chodzi: o Davy'ego Crocketta.

Rzecz jasna, zarówno sam Hackett, jak i autor sztuki James Kirke Paulding, zawsze temu zaprzeczali. Obaj jednak doskonale wiedzieli, że publiczność ma rację, utożsamiając Wildfire'a z Crockettem.

Kilka lat wcześniej, w 1830 roku, Hackett ufundował nagrodę dla dramaturga, który napisze sztukę o wyczynach wyjątkowego bohatera. Miał to być bohater reprezentujący ducha Ameryki, pełen entuzjazmu pionier, którego łamana angielszczyzna byłaby przezabawna i absurdalna, ale którego odwagi nikt by nie kwestionował. Paulding zdobył nagrodę, proponując, że oprze sztukę na wyczynach Davida Crocketta z Tennessee.

Hackett uznał, że to wyśmienity pomysł. Dzięki licznym przygodom Crockett już stał się żywą legendą, a jako typowy prowincjusz był ulubionym tematem dowcipów wśród waszyngtońskiej socjety. Umieszczenie tego dzikiego półanalfabety pośród najwyższych sfer – niczym przysłowiowego słonia w składzie porcelany – wydawało się idealnym tematem komedii. Paulding napisał nawet do przyjaciela, prosząc o podanie przykładów manier „z Kentucky lub Tennessee, a zwłaszcza używanych tam osobliwych wyrażeń i porównań. Jeśli mógłbyś przytoczyć lub wymyślić kilka zabawnych scenek z pułkownikiem Crockettem w Waszyngtonie, zyskasz moją dozgonną wdzięczność".

Przyjaciel odpowiedział, że wystarczy, aby Paulding zajrzał do waszyngtońskich gazet, a znajdzie dość materiału do ośmieszenia Crocketta. Ten człowiek był niewykształcony, niewyrobiony towarzysko i nie miał pojęcia o polityce. Sztuka ukazująca go takim, jakim jest w rzeczywistości, z pewnością wzbudzi wesołość widzów i odniesie sukces.

I tak się stało. *Lew Zachodu* okazał się przebojem – w każdym razie w dużych miastach. James Hackett ku swojej konsternacji odkrył, że ilekroć grał Nimroda Wildfire'a przed wiejską albo pionierską publicznością, reakcja była chłodna, czasem całkowicie negatywna, a kilka razy wręcz niebezpieczna. Zdarzyło się nawet, że wywieziono go z miasta na taczkach; było to w Kentucky, gdzie rozwścieczeni górnicy najwyraźniej uznali absurdalnego bohatera sztuki za wymierzony im zbiorowo policzek.

W Nowym Jorku, Londynie, Paryżu, Bostonie i teraz w Waszyngtonie sprawy wyglądały inaczej. Widzowie, świadomi, że należą do elity, uwielbiali śmiać się z nieokrzesanych prowincjuszy.

Rozległo się głośne pukanie do drzwi i do garderoby wsunął głowę kierownik sceny.

– Co jest? – burknął Hackett.

Kierownik sceny uśmiechnął się szeroko. Nie przejmował się Hackettem i jego arogancją, ale miał wiadomość, która na pewno zbije go z tropu.

– On tu jest – powiedział.

Hackett odwrócił się zniecierpliwiony.

– Kto znowu? – spytał.

Uśmiech kierownika stał się jeszcze szerszy.

– On.

Hackett zbladł, gdy zrozumiał, o kim mówi kierownik sceny. W teatrze zjawił się David Crockett. Crockett we własnej osobie! Hackett był pewien, że to oznacza kłopoty – wiedział wszak, że kongresman był bardzo niezadowolony z faktu, iż Nimroda Wildfire'a, pociesznego prostaka, utożsamiano z nim. Zdenerwowany nałożył jeszcze trochę podkładu wokół oczu i szepnął do siebie:

– „Ja to jestem gość…"

Teatr pękał w szwach. Przybyli najznamienitsi politycy i biznesmeni w nieskazitelnie skrojonych frakach, haftowanych w zawiłe wzory kamizelkach i krawatach z najlepszego jedwabiu. Ich żony wyglądały olśniewająco w drogich sukniach prosto z Paryża o skandalicznie głębokich dekoltach. Na widowni siedzieli najbogatsi i najbardziej wpływowi obywatele Waszyngtonu, ale wszyscy czekali tylko na jednego człowieka. Wiedzieli, że się zjawi, i tak jak Hackett spodziewali się awantury, lecz w przeciwieństwie do niego uważali, że ta awantura będzie jeszcze zabawniejsza niż sama sztuka.

Nikt nie musiał anonsować zjawienia się Davida Crocketta w jego prywatnej loży, na lewo od sceny, tuż przed kulisami. Wszyscy, jakby kierował nimi jakiś zbiorowy instynkt, unieśli głowy w tej samej chwili. Niektórzy z niezrozumiałych powodów poczuli, że powinni wstać. Był zabawny, ale jego obecność robiła wielkie wrażenie. Gdziekolwiek się pojawił, skupiał na sobie powszechną uwagę. Nawet jego najgorsi wrogowie musieli przyznać, że ma niewiarygodną charyzmę.

Crockett doskonale zdawał sobie sprawę z zamieszania, jakie wzbudził w teatrze, ale nie udawał zaskoczonego. Przeciwnie: uśmiechnął się ciepło do tłumu i pomachał przyjaźnie ręką. Powitały go oklaski. Początkowo ściszone, wkrótce zmieniły się w prawdziwą owację z entuzjastycznymi okrzykami. Crockett uśmiechnął się szerzej, znów pomachał do widzów i usiadł.

Za kulisami zlany potem Hackett zerkał zza kurtyny na kongresmana. Zaskoczył go wygląd Crocketta. Po tych wszystkich historiach, które słyszał – i wszystkich historiach, które wymyślił – nabrał przekonania, że Crockett to niemal wielkolud jak prawdziwy bohater ludowy. Tymczasem kongresman miał niespełna metr osiemdziesiąt wzrostu i był raczej przysadzisty niż muskularny. Długie ciemnobrązowe włosy opadały poniżej kołnierzyka, a sympatyczną twarz okalały bokobrody. Linia ust zakrzywiała się lekko, niemal po kobiecemu. Oczy miał ciemne i bystre. Był ubrany w czarny surdut od najlepszego krawca i kremową kamizelkę. Jedwabny fular w kolorze złota, fantazyjnie zawiązany, przyciskał kołnierzyk do szyi. Nie wygląda jak Nimrod Wildfire, pomyślał Hackett. Wygląda jak... jak... kongresman!

Orkiestra zagrała tusz, światła przygasły i tłum ucichł w oczekiwaniu. Hackett, coraz bardziej spięty, powtarzał raz po raz:

– To tylko jeszcze jedno przedstawienie, to tylko jeszcze jedno przedstawienie, to tylko jeszcze jedno...

Kurtyna się podniosła i złotawe światło rampy padło na sielankowe, udające dziką okolicę dekoracje. W głębi sceny wisiała wielka płachta, na której namalowano rozmaite sceny z życia tytułowego bohatera: Wildfire z nożem w uniesionej dłoni, gotowy do walki ze skaczącą na niego pumą; Wildfire odważnie stawiający czoło zbliżającemu się niedźwiedziowi; Wildfire na koniu, otoczony przez galopujące na oślep dzikie mustangi. Nad herbem przedstawiającym strzelbę, skrzypce i czapę z szopa pracza widniał napis: PUŁKOWNIK NIMROD WILDFIRE. Pod herbem wielkimi czerwonymi literami napisano tytuł sztuki: LEW ZACHODU, a niżej, mniejszymi czarnymi, podtytuł: ALBO CZŁOWIEK Z KENTUCKY.

Malunki w głębi sceny ewidentnie nawiązywały do przygód opisanych w bestsellerowej autobiografii kongresmana zatytułowanej *Opowieść o życiu Davida Crocketta ze stanu Tennessee*. Oczywiście wszyscy wiedzieli, że Crockett nie napisał sam tej książki, ale że zawierała mnóstwo pasjonujących opowieści o rozmaitych przygodach bohatera, księgarnie nie mogły nadążyć z dostawami. I nawet jeśli wyrafinowani wielkomiejscy czytelnicy nie wierzyli we wszystkie te opowieści, nie powstrzymywało ich to od komentowania przygód Crocketta – tych prawdziwych i tych zmyślonych.

Stojący za kulisami Hackett spojrzał na ilustracje na scenie – widomy dowód, że Crockett i Nimrod Wildfire to jedna osoba – a potem przez szparę w kurtynie zobaczył, że kongresman uśmiecha się szeroko. Chyba jest zadowolony, pomyślał, lecz w tej samej chwili przypomniał sobie wszystkie historie o Crocketcie, który „uśmiechem" zmuszał zwierzęta i Indian do uległości. Jeden uśmiech i szop pracz po prostu schodził z drzewa, mówiąc: „Nie strzelaj, Davy, już idę". A teraz Crockett pośle ten uśmiech jemu... To już działało. Przerażony Hackett był gotów poddać się bez walki.

Dyrygent postukał batutą w pulpit i orkiestra w kanale zaczęła grać *Marsz Crocketta* – kolejny znak powszechnej sławy kongresmana. Hackett był zlany potem. Ogromna futrzana czapa jeszcze nigdy nie wydawała mu się tak ciężka i niewygodna. Na dźwięk znajomej melodii publiczność zaczęła klaskać. Hackett zmusił się do uśmiechu i wyszedł na scenę. Brawa stały się głośniejsze. Hackett ukłonił się widowni, ale myślał tylko o jednym widzu. Zauważył, że Crockett też się uśmiecha i bije brawo, ale – czyżby ponosiła go wyobraźnia? – ma kpiący wyraz oczu. To było spojrzenie, które mówi: „No dobra, panie aktor, teraz pokaż pan, co potrafisz".

Hackett nie był jedyną osobą w teatrze, która śledziła reakcje Crocketta. Chyba wszyscy widzowie zdawali się jednym okiem patrzeć na scenę, a drugim na kongresmana. Kiedy oklaski ucichły, Hackett zrobił mały krok w przód, między reflektory oświetlające scenę i powiedział:

– Panie i panowie, dziękuję za miłe powitanie. – Znowu zerknął w górę. Crockett wydawał się wsłuchiwać w każde jego słowo.

Hackett westchnął. Wiedział, że musi to załatwić od razu, z marszu, inaczej nie będzie w stanie w ogóle grać.

– Zanim... eee... Zanim zaczniemy... dzisiejsze przedstawienie – wyjąkał – chciałbym powitać człowieka, którego... życie... stanowiło inspirację tej skromnej sztuki. – Zawiesił głos i po chwili podjął z uśmiechem: – Pozwólcie państwo, że wam przedstawię Lwa Zachodu... dżentelmena z Cane... – Zdjął futrzaną czapę, ukłonił się nisko w kierunku loży i rzekł: – Dobry wieczór, panie Crockett.

Cichy pomruk przebiegł przez salę. Wszyscy patrzyli i czekali. Crockett wstał powoli, z powagą i spojrzał Hackettowi prosto w twarz. Zamarł na moment, aby jeszcze zwiększyć napięcie, potem uśmiechnął się i ukłonił.

– Dobry wieczór, panie Crockett.

Publiczność zareagowała entuzjastycznymi okrzykami i brawami. Hackett odetchnął z ulgą. W tym momencie wyglądał jak skazaniec, którego ułaskawiono już po założeniu mu stryczka na szyję.

Sam Houston stał przed teatrem, ale nie zamierzał wchodzić do środka. Nie dlatego, że nie lubił teatru; po prostu w tym momencie miał co innego na głowie. Spóźnieni widzowie mijali go szybkim krokiem. Miał ponad metr dziewięćdziesiąt wzrostu, szerokie bary i ponurą twarz człowieka, który szuka zaczepki. Raz po raz pociągał łyk ze srebrnej piersiówki, którą trzymał w kieszeni fraka, i mruczał coś do siebie. Właśnie to mruczenie najbardziej odstraszało od niego ludzi na ulicy. Człowiek, który

18

mówi do siebie, prawdopodobnie ma nie po kolei w głowie. A jeśli w dodatku jest wysoki i muskularny, lepiej omijać go szerokim łukiem.

Mruczenie Houstona było rodzajem próby. Musiał dziś odbyć ważne rozmowy z kilkoma osobami i chciał mieć pewność, że użyje właściwych słów. Najważniejsza z tych osób znajdowała się teraz w teatrze. Sama Houstona nie interesowały przygody fikcyjnego Nimroda Wildfire'a, za to interesował go kongresman David Crockett. Wiedział, że po przedstawieniu w pobliskim hotelu odbędzie się przyjęcie, na którym pojawi się Crockett. Wspaniała okazja do rozmowy z kongresmanem, a także z innymi wpływowymi ludźmi, bo na pewno też tam będą.

Houston wiódł barwniejsze życie od obu wcieleń Crocketta – prawdziwego i fikcyjnego. Jako chłopiec uciekł do Czirokezów. Nauczył się ich języka i sposobu życia. Zaakceptowali go, a wódz plemienia nadał mu imię Kalanu – Kruk. Walczył w wojnie 1812 roku, a rana, którą odniósł w bitwie nad Horseshoe Bend, nie zagoiła się do tej pory, mimo upływu dwudziestu lat. Potem był politykiem, masonem, parał się nawet aktorstwem – przez pewien czas należał do kółka dramatycznego w Nashville – i w końcu został gubernatorem Tennessee.

Wkrótce po wyborach poślubił dwudziestojednoletnią Elizę Allen. Eliza była piękna, a jej ojciec bardzo bogaty, więc Houston miał wrażenie, że podjął najlepszą decyzję w życiu. Okazała się najgorszą. Zaledwie trzy miesiące po ślubie Eliza porzuciła go i wróciła do rodziców. Nigdy nie komentowali publicznie przyczyn rozpadu ich małżeństwa. Houston nie rozmawiał o tym nawet z najbliższymi przyjaciółmi; mimo to skandal był ogromny i zrujnował jego karierę polityczną. Houston zrezygnował ze stanowiska gubernatora i wrócił do Czirokezów, żeby wyleczyć złamane serce. Najwyraźniej mu się udało, bo chociaż nie miał rozwodu z Elizą, poślubił Czirokezkę, Talihinę Rogers.

A teraz znalazł się z powrotem w Waszyngtonie i miał śmiałe plany. Często myślał o sobie, przywołując zdanie z Szekspirowskiego *Jak wam się podoba*: „Jeden człowiek w różnym czasie gra wiele ról". On już odegrał niemało ról, a dziś wieczór wcieli się w jeszcze jedną: rolę handlarza, który ma atrakcyjny towar i musi go jak najlepiej sprzedać. To była kwestia życia lub śmierci.

Houston stał jeszcze przez chwilę pod teatrem, cały czas mrucząc pod nosem. Znowu pociągnął z piersiówki, a potem ruszył w stronę hotelu. Bar to o wiele milsze miejsce do czekania, pomyślał. Kiedy ta cholerna komedia wreszcie się skończy, zdobycz sama do niego przyjdzie.

2

Houston wszedł do hotelowego baru i zamówił whisky. Barman odłupał nożem kawałek lodu i chciał wrzucić go do szklanki.

– Daruj sobie ten lód – mruknął Houston. Rzucił monetę na bar, wziął szklaneczkę i ruszył przez salę w stronę dwóch elegancko ubranych biznesmenów, których zwabił w swoją sieć. Nazywali się całkiem zwyczajnie: Smith i Jones.

Usiadł obok nich, opróżnił szklankę jednym pociągnięciem i lekko się skrzywił.

– Jeżeli nie pali w przełyk – rzekł z uśmiechem – to nie ma się pewności, że szkodzi, prawda?

Smith i Jones zaśmiali się uprzejmie, ale obaj rozejrzeli się po sali, szukając dogodnej drogi ucieczki.

Houston nie zamierzał ich puścić. Był w samym środku swojej gadki. Wskazał głową szklaneczkę i powiedział:

– Chciałbym panów zobaczyć, kiedy przyjedziecie do Teksasu i pierwszy raz spróbujecie mescalu.

Smith, niższy i bardziej łysy z tej dwójki, zapytał:

– Słyszałem, że w tym Teksasie… a właściwie w Meksyku, kobiety i mężczyźni kapią się w jednej łaźni. Czy to prawda?

Houston uśmiechnął się.

– Czystość jest drugą cnotą po pobożności – odparł.

Jones, wyższy, z wydatnym nosem i małymi oczami, zmarszczył brwi.

– Jak pobożna może być okolica, którą Jim Bowie nazywa domem?

– Już odpowiadam, panie… eee… Jones. – Houston zapomniał na chwilę, który jest który. – Jim wżenił się w dobrą teksańską rodzinę. Tak, proszę pana, odkrył, że nie trzeba obchodzić prawa, by wzbogacić się w Teksasie.

Smith i Jones spojrzeli po sobie sceptycznie. Obaj znali Bowiego, a ściślej rzecz ujmując, słyszeli co nieco na jego temat: nożownik, zabójca, przemytnik, handlarz niewolnikami, awanturnik, pijak. Ten grzesznik budził w nich jedynie wstręt i niepokój.

W drugim końcu sali stał Crockett otoczony przez grupkę mężczyzn, wśród których był szeroko uśmiechnięty Hackett. Kongresman poklepał aktora po ramieniu jak starego przyjaciela i powiedział:

– Jest bardziej mną niż ja sam. Zastanawiałem się, czy nie zatrudnić pana Hacketta, żeby grał mnie przez siedem dni w tygodniu, bo chętnie zrobiłbym sobie trochę wolnego. Oczywiście obywatele Tennessee mogą mi pomóc spełnić to marzenie przy okazji najbliższych wyborów...

Mężczyźni roześmiali się głośno. Trochę zbyt głośno, jak na tak niewyszukany żart, ale Crockett zaczynał się do tego przyzwyczajać. Wyglądało na to, że jego reputacja jako człowieka dowcipnego – a przynamniej źródła dowcipów – sięgała daleko i ludzie tak bardzo chcieli ją potwierdzić, że śmiali się do rozpuku z każdego słowa, które wypowiedział.

Crockett zauważył Houstona.

– Przepraszam, panie Wildfire, panowie – rzekł. – Muszę porozmawiać z tym człowiekiem.

Idąc przez salę do Houstona, uścisnął jeszcze kilka dłoni, posłał uśmiechy kilku dżentelmenom i ukłonił się kilku damom. Gdyby ktoś mi płacił za zabawianie gości, byłbym bardzo bogatym człowiekiem, pomyślał, stając przy Houstonie i jego towarzyszach. Mówił właśnie pan Smith:

– A co na to Meksykanie? Bo przecież ich wojsko okupuje teraz San Antonio de Béxar, prawda?

– Na razie tak – odparł Houston.

Najwyraźniej nie była to odpowiedź, którą panowie Smith i Jones chcieli usłyszeć. Jones udawał, że zobaczył w sali kogoś, z kim koniecznie musi pomówić, przeprosił obu panów i odszedł.

Houston zawołał za nim:

– Proszę inwestować teraz, bo później będzie pan żałował!

Crockett klepnął Houstona w ramię.

– Zdobywasz sobie przyjaciół, gdziekolwiek się pojawisz.

Houston skrzywił się i opróżnił kolejną szklaneczkę.

– Podobało ci się przedstawienie? – zapytał Crockett.

– Podoba mi się od dnia, kiedy cię poznałem – odparł Houston z lekkim uśmieszkiem.

Podszedł do baru i poprosił o dolewkę. Kiedy ponownie znalazł się koło Crocketta, ten wzniósł toast:

– Za Tennessee.

– Do diabła z Tennessee, Davidzie – rzekł Houston, podnosząc swoją szklankę. – Za Teksas.

– Szybko rzucasz starą dziewczynę – skomentował Crockett.

Houston roześmiał się głośno, ale niewiele było w tym śmiechu radości.

– Poczekaj, aż ona rzuci ciebie. Zasłużyłeś sobie na to, broniąc Indian.

– Ale przynajmniej będę miał zaszczyt zostania odrzuconym w wyborach – odparował Crockett, a widząc spojrzenie Houstona, dodał: – Bez urazy, panie gubernatorze.

Smith i Jones w milczeniu przysłuchiwali się tej wymianie zdań. W pewnej chwili Smith pokręcił głową i szepnął do towarzysza:

– To smutne, prawda? Zaledwie rok temu wydawało się, że ci dwaj będą się starali o wejście do Białego Domu. A teraz...

Jones wzruszył ramionami. Wiedział, tak jak wszyscy w tej sali, że Crockett i Houston nie mają już czego szukać w polityce

Crockett też zdawał sobie z tego sprawę. Houston najwyraźniej nie – przynajmniej takie wrażenie miał Crockett.

– Co chcesz mi sprzedać, Sam? – spytał.

Houston pochylił się, skinął szklanką na Crocketta i odparł konspiracyjnym szeptem:

– Coś, czego niedługo może potrzebować pewien kongresman.

Crockett roześmiał się.

– Sprzedajesz fotele bujane?

Houston opróżnił szklankę i wytarł usta.

– Sprzedaję Teksas – powiedział.

Crockett pokręcił głową. Oto kolejny nierealny plan Sama.

– A na co mi północny Meksyk?

– Teksas – poprawił go Houston. – Nikt nie inwestowałby w wojnę, gdyby Teksas miał pozostać prowincją Meksyku.

Crockett zmarszczył brwi.

– Zakładasz, że stanie się częścią Stanów Zjednoczonych?

Houston uśmiechnął się i podniósł szklankę.

– Za Republikę Teksasu.

Crockett niechętnie podjął toast. Obaj wypili.

– Pamiętasz, jak było w Tennessee, Davidzie?

Crockett skinął głową.

– Teksas jest lepszy. Drewno, woda, zwierzyna, bydło i tyle ziemi, ile w życiu nie widziałeś. To raj na ziemi, żyć, nie umierać. Zaciągniesz się do milicji i dostajesz dwieście sześćdziesiąt hektarów.

Kiedy Crockett rozważał kuszącą propozycję, Houston dostrzegł pośrodku sali mężczyznę, który wyglądał na zamożnego.

– Oto człowiek z kapitałem – mruknął do przyjaciela, klepnął go w ramię i odszedł.

– Sam! – zawołał za nim Crockett.

Houston stanął i odwrócił się.

– Myślisz, że ta nowa republika będzie potrzebowała prezydenta? – spytał David.

Mężczyźni wymienili porozumiewawcze spojrzenia i uśmiechnęli się. Potem Sam Houston ruszył przed siebie, żeby zasiać kolejne ziarenko.

3

George Kimball zamaszystym gestem otworzył drzwi.

– Oto i on, Almeronie – oznajmił, uśmiechając się z dumą. – Nasz własny sklep kapeluszniczy: Kimball i Dickinson.

Almeron przepuścił przodem żonę Susannę i wszedł za nią do małego sklepu. Na półkach leżały nakrycia głowy wszelkich możliwych rodzajów, począwszy od drogich, wysokich czap z bobra, skończywszy na tanich kapeluszach z materiału, z wąskim rondem. Kimball był najbardziej dumny ze wspaniałych kapeluszy szytych specjalnie dla śmietanki towarzyskiej. Ale był przy tym wystarczająco praktyczny, by wiedzieć, że Gonzales to niezupełnie to samo co Nowy Orlean i większość jego dochodów będzie pochodziła od rolników i sklepikarzy, głównie nowo przybyłych do Teksasu *Anglos*, którzy nie mieli dużo pieniędzy.

– Och, Almeronie – powiedziała Susanna, ściskając męża za rękę. – Jest śliczny. Ale czy jesteś pewien, że to rozsądna decyzja?

Almeron roześmiał się. Rozmawiali na ten temat kilkanaście razy.

– A nie mówiłem, George? Kobiety w dzisiejszych czasach nie dostrzegają subtelności wielkiego biznesu. – Czule objął żonę. – Jestem tylko współwłaścicielem sklepu, Sue. George nie oczekuje, że sam będę go prowadził. – Odwrócił się do Kimballa z przekorną miną. – A może jednak, George?

Kimball uśmiechnął się.

– No cóż – rzekł – może mógłbyś czasem wieczorem pozamiatać.

Wszyscy się roześmiali.

– Wiem o tym – przyznała Susanna – ale taki jesteś zajęty w kuźni. A teraz to… Martwię się, że za dużo bierzesz na siebie. – Poklepała się po zaokrąglonym brzuchu. – Poza tym niedługo przybędzie ci jeszcze jeden obowiązek… tatusiu.

Almeron przytulił ją.

– I właśnie dlatego chcę to zrobić. Gonzales się rozrasta, więc interes z kuźnią wkrótce się rozkręci. Sklep też. Ba, zanim urodzi się nasz syn…

– …albo córka – dodała z uśmiechem Susanna.

Almeron odwzajemnił uśmiech.

– Albo córka. Zanim się urodzi, będziemy już w pół drogi do zbicia fortuny. Przecież dlatego się tu przeprowadziliśmy, i to aż z Tennessee.

Susanna oparła głowę na piersi męża. Miał rację. Na starej farmie na wschodzie ich życie było ciągłą walką. Podobnie jak wielu ich sąsiadów, przejechali do Teksasu z nadzieją, że znajdą tu szansę realizacji najśmielszych marzeń.

Spojrzała na Kimballa.

– Widzisz, co zrobiłeś mojemu mężowi, George? – powiedziała. – Zamieniłeś go w potentata finansowego, zbyt zajętego zbijaniem fortuny, żeby miał czas dla swojej biednej żony i maleńkiej córeczki.

– Albo syna – poprawił ją Almeron, uśmiechając się od ucha do ucha.

– Nie martw się, Susanno – stwierdził Kimball. – Może się okazać, że Almeron jeszcze przez długie tygodnie nie zostanie milionerem. Masz mnóstwo czasu, żeby się przyzwyczaić do niewiarygodnej fortuny.

– No cóż – rzuciła wesoło Susanna. – Skoro to jeszcze całe tygodnie…

Tygodnie mijały, a Almeron wciąż nie był milionerem. Prowadził jednocześnie oba interesy i opiekował się ciężarną żoną. A kiedy urodziła się ich córeczka, znalazł sobie nową pracę: nie najlepiej płatną, ale za to najbardziej satysfakcjonującą.

Bo tak naprawdę wcale nie pracował w sklepie kapeluszniczym. To było terytorium Kimballa, a Almeron z przyjemnością zadowalał się rolą cichego wspólnika. Za to Susanna chętnie pomagała od czasu do czasu. Angelina była cichym i pogodnym dzieckiem. Spała spokojnie w łóżeczku na zapleczu, gdy na Susannę przychodziła kolej, by stanąć za ladą.

Pod koniec września Susanna i Kimball robili inwentaryzację towarów. Tego dnia mieli niewielu klientów, ale że interesy ogólnie rzecz biorąc szły dobrze, żadne z nich się nie martwiło. Spokojny dzień raczej ich cieszył – traktowali go jak chwilę wytchnienia. Almeron wszedł do sklepu z blaszanym wiadrem.

– Przyniosłem wam obiad – oznajmił.

– Pewnego dnia będzie z ciebie świetna żona – stwierdził Kimball.

Almeron parsknął śmiechem.

– Cóż, z pewnością należę do rzadkiego gatunków mężów. Kto inny pozwoliłby pracować żonie w sklepie, żeby samemu przygotowywać posiłki i zmywać naczynia? Przecież to wbrew naturze!

Susanna pocałowała męża w policzek i wzięła wiaderko z jego rąk. Już nakryła stół na zapleczu, żeby jedząc, mogli patrzeć na ukochaną córeczkę.

– Nie poślubiłam cię dlatego, że jesteś przeciętny – powiedziała przekornie – ale dlatego, że jesteś najlepszym z możliwych mężów.

Almeron skłonił się.

– Muszę zgodzić się z twoją opinią.

Drzwi sklepu otworzyły się z hukiem. Szesnastoletni Galba Fuqua wpadł do pomieszczenia. Na jego twarzy malowało się przerażenie.

24

– No, tu jesteście – wydusił z siebie, z trudem łapiąc oddech. – Burmistrz chce, żeby wszyscy mężczyźni zebrali się przy brodzie na Guadalupe. Najszybciej, jak to możliwe!

Susanna poczuła na plecach lodowate paluchy lęku.

– Co się stało, Galba? – spytała. – O co chodzi?

– Meksykanie! – wyjaśnił chłopak. Oczy błyszczały mu z podniecenia.

– Burmistrz kazał zabrać ze sobą broń. – Odwrócił się bez słowa i wybiegł ze sklepu.

Almeron spojrzał na Susannę i uśmiechnął się, próbując ją uspokoić.

– Przynieś strzelbę, George – polecił Kimballowi. – Choć wątpię, czy będzie nam potrzebna.

A do żony powiedział:

– Zostań tutaj, Sue, Wszystko będzie dobrze. Wiesz, ten Galba zawsze był trochę postrzelony.

Susanna pocałowała męża i zerknęła na Kimballa.

– George – wykrztusiła przez ściśnięte gardło – uważaj na... Obaj na siebie uważajcie.

Bród znajdował się jakieś sześć kilometrów na północ od miasteczka. Gdy Almeron Dickinson i George Kimball dotarli na miejsce, zastali tam ponad stu mężczyzn, którzy kręcili się bez celu, czekając na instrukcje. Andrew Ponton, burmistrz Gonzales, szedł przez tłum i lakonicznie odpowiadał na pytania. Wydatny brzuch i blada cera wskazywały, że nie prowadzi zbyt aktywnego trybu życia. Bez wątpienia nie był w swoim żywiole, stojąc na czele czegoś, co wyglądało jak wyprawa wojenna. Kiedy dostrzegł Almerona, od razu do niego podszedł.

– To może być poważna sprawa – powiedział.

– Co jest grane, Andrew?

– Kojarzysz tę armatę, która stoi tu od lat?

Almeron skinął głową.

– Była tu, kiedy przeprowadziłem się do Gonzales cztery lata temu. Nic wielkiego, zwykłe działo.

– Zgadza się, nic wielkiego. Ale Meksykanie chcą je dostać z powrotem.

– Po co? – zdziwił się Kimball.

– Nie wiem. – Burmistrz pokręcił głową. – Mogę się tylko domyślać. Pewnie przypuszczają, że użyjemy jej przeciwko nim. Jakbyśmy mogli za pomocą tej żałosnej armatki wyrządzić komukolwiek krzywdę. W każdym razie przysłali pułkownika Ugartechea, żeby ją zabrał.

– Co zrobiłeś? – zapytał Almeron.

Ponton uśmiechnął się lekko.

– Odbyłem z nim bardzo uprzejmą rozmowę. Powiedziałem, że nie jestem uprawniony do tego, by zwrócić mu działo. Że gdybym podjął taką decyzję, straciłbym urząd i wszelkie szanse na reelekcję. Dodałem, że muszę się skonsultować z wyborcami i wtedy zdecyduję, co zrobić.

– A on sobie poszedł? Tak po prostu?

Burmistrz pokiwał nerwowo głową.

– Powiedział, że wróci dzisiaj i żebym lepiej oddał mu armatę, bo inaczej nastąpi... akcja odwetowa.

– A gdzie ona teraz jest? – spytał Almeron.

Ponton uśmiechnął się szerzej.

– Zakopałem ją. W sadzie brzoskwiniowym

Almeron spojrzał na Kimballa, a potem na Pontona.

– Cóż, moim zdaniem lepiej ją wykopać.

– Wykopać? – zdziwił się burmistrz.

– Jeśli Meksykanie chcą naszą armatę – odparł Almeron – to uważam, że powinniśmy im ją dać.

Przed zachodem słońca tłum nad brzegiem rzeki powiększył się do ponad stu pięćdziesięciu osób – zebrali się niemal wszyscy mężczyźni z Gonzales. Niektórzy śmiali się, kiedy armata wjechała między nich. Było to nieduże działo nadające się do wystrzeliwania najwyżej sześciofuntowych pocisków. Kiedyś osadzono je na metalowych kołach, ale te zniknęły, a wtedy ktoś sklecił nowe z kawałków pni. Mała armata kręciła się i chwiała na nich jak dziecinna zabawka.

Mężczyźni obejrzeli działo.

– Czy ona w ogóle strzela? – spytał nowo przybyły imigrant z Illinois.

– Nie wiem, czy wystrzeli pocisk, ale bez wątpienia narobi dość hałasu, aby przekazać wiadomość Meksykanom – stwierdził Almeron.

Kimball pokręcił sceptycznie głową.

– Niechby chociaż pierdnęła! I tak miło mnie tym zaskoczy.

Mężczyźni roześmiali się. Pod kierunkiem Almerona oczyścili działo z ziemi i zaczęli przygotowywać do strzału. Nie mieli pocisku, więc załadowali je kawałkami żelaza, podkowami i gwoździami. Teraz musieli czekać na świt.

Mgła nad Guadalupe była gęsta, ale ledwie słońce ukazało się nad horyzontem, ktoś krzyknął:

– Tam są!

Nocą Meksykanie rozbili obóz po drugiej stronie rzeki. Almeron ocenił, że jest ich co najmniej setka. Meksykański oficer zszedł nad brzeg i uśmiechnął się pojednawczo.

– Jestem porucznik Francisco Castañeda! – zawołał. – Pułkownik Domingo de Ugartechea kazał mi zabrać armatę, która znajduje się w waszym posiadaniu.

– Miło nam pana poznać! – odkrzyknął Almeron. – Proszę kłaniać się od nas pułkownikowi i przekazać mu wiadomość… – Almeron podniósł głos. – Jeśli chcecie armatę, to przyjdźcie i ją sobie weźcie!

Stojący za Almeronem mężczyźni z Gonzales rozwinęli transparent z rysunkiem armaty i napisem Przyjdźcie i ją weźcie! Machali nim, wznosząc głośne okrzyki.

Porucznik bez słowa odwrócił się i popędził do obozu.

– Przygotujcie się, panowie – powiedział Almeron. – Oni naprawdę mogą przyjść i chcieć ją zabrać.

Przez cały dzień mężczyźni z Gonzales pozostawali w gotowości, ale Meksykanie nie podjęli żadnych działań.

Po zachodzie słońca Teksańczycy zebrali się, żeby zdecydować, co dalej.

– Musimy wziąć byka za rogi – zaproponował Kimball. – Posłuchajcie, jak ja to widzę. Mamy przewagę liczebną. Ta armata to tylko zabawka, ale i tak my mamy jedną, a oni żadnej. Jeśli uderzymy z całą siłą i z zaskoczenia, to uciekną z powrotem do Meksyku z podkulonymi ogonami.

– George ma rację – poparł przyjaciela Almeron. – Skoro oni nie kwapią się do ataku, to my ich zaatakujmy. Coś mi mówi, że dzielny porucznik Castañeda nie będzie się bronił zbyt zaciekle. Wygląda, jakby dopiero co zaczął nosić długie spodnie.

Burmistrz Ponton skinął głową.

– Więc postanowione. Jaki masz plan?

Przygotowania do ataku zakończyli godzinę przed świtem. W nocy przesunęli się pół kilometra w dół rzeki. Armatę umieścili na pospiesznie skleconej tratwie i przeprawili na drugi brzeg, sami zaś przeszli bród albo przepłynęli rzekę wpław. Potem najciszej jak mogli, ruszyli przez ciemny las w stronę obozu Meksykanów. Zatrzymali się jakieś trzysta metrów przed celem, Almeron wskazał dwie poświaty ognisk w oddali.

– Tam celujcie – szepnął.

Mężczyźni unieśli strzelby. Kimball podał Almeronowi małą pochodnię, przytknął ogień do armaty.

Po chwili rozległ się huk wystrzału, a niemal w tym samym momencie mężczyźni z Gonzales posłali salwę w stronę meksykańskich oddziałów. Nagle przebudzonych Meksykanów ogarnęła panika.

Porucznik Castañeda bez koszuli i czapki wyskoczył z namiotu. Z szablą w ręce, rozglądał się gorączkowo. Almeron prawie się roześmiał, widząc jego przerażenie. Castañeda machał rękami w stronę Teksańczyków i krzyczał na całe gardło:

– Nie strzelajcie! Chcę paktować!

Almeron już przeładował armatę. Posłała następne kawałki żelaza w stronę obozu. Za nimi poleciały kolejne pociski z muszkietów. Młody porucznik przestał domagać się negocjacji i ruszył biegiem – z większością swoich ludzi – w stronę głównej drogi.

– Przyjdźcie i ją sobie weźcie! – naśmiewali się z uciekających Meksykanów zwycięscy Teksańczycy. – Przyjdźcie i ją sobie weźcie!

Kimball klepnął przyjaciela w plecy.

– Myślisz, że trafiliśmy któregoś?

– Trudno powiedzieć – odparł Almeron. – Ale chyba już nie mają ochoty na naszą armatę.

Rozległy się wiwaty. Może i mieli mizerne działo, ale w tym momencie czuli, że nie dorówna im żadna armia na świecie.

Susanna płakała.

– Nie martw się, kochanie – powiedział Almeron, masując jej ramiona. – Wrócę, zanim się obejrzysz.

Nie przestała płakać.

– Widziałaś, jak szybko przepędziliśmy Meksykanów z Gonzales – pocieszał ją. – Równie łatwo przepędzimy ich z Béxar. A potem wojna się skończy i wrócę do moich kobiet.

Spojrzał na dziecięce łóżeczko z drewna orzechowego, które sam zrobił. Mała Angelina miała już ponad rok, była śliczna i mądra. Niedługo zacznie chodzić i mówić.

– Nie możesz mieć mi za złe, że martwię się o ciebie – powiedziała Susanna. – Każda bitwa jest dla kogoś ostatnia. Nawet jeśli wygracie, niektórzy zginą.

– Nic mi nie będzie. To wykluczone. Wykułem sobie specjalną zbroję. Będę nią pobrzękiwać na Meksykanów, a oni uciekną ze strachu.

Susanna roześmiała się mimo woli. Nie chciała powiedzieć, że martwi się też o siebie i Angelinę. Jakby mało było problemów z meksykańską armią, pojawiło się nieoczekiwane zagrożenie ze strony band białych najemników, wykorzystujących zamieszanie spowodowane wojną. Susanna słyszała straszne historie o tych ludziach. Plądrowali sklepy, gwałcili kobiety i zajmowali prywatne domy. Almeron, jak wielu dobrych i uczciwych mężczyzn z miasteczka, szedł walczyć z Meksykanami w Béxar. Ale w Gonzales pojawili się nowi mężczyźni, którzy nie wyglądali ani na dobrych, ani na uczciwych. Susanna bała się, że wśród nich są ci straszni bandyci. Patrzyli na nią w wyjątkowo krępujący sposób, gdy przechodziła przez ulicę, czasem nawet mruczeli coś pod nosem. Susanna nie rozumiała słów, ale sam ton ich komentarzy był wystarczająco wymowny. Nawet teraz, gdy Almeron był jeszcze w domu, czuła się narażona na ich zaczepki. Kiedy wyruszy z armią do San Antonio de Béxar, zostanie sama i całkiem bezbronna.

Almeron wiedział o maruderach. Nie wspomniał o swoich obawach Susannie, ale załatwił pewne sprawy.

– Nie będzie mnie tylko przez kilka dni – obiecał. – Poprosiłem Smithera, żeby zaglądał do ciebie i sprawdzał, czy wszystko w porządku.

Launcelot Smither miał niewielką farmę na peryferiach miasteczka. Ponoć kiedyś był lekarzem, ale Almeron nie znał szczegółów. Smither nie należał do ludzi, którzy chętnie odpowiadają na pytania, a z własnej woli w ogóle nic nie mówił. Był jednak człowiekiem uczciwym i godnym zaufania, a ponadto wyśmienitym strzelcem, można więc było liczyć, że obroni rodzinę Almerona równie dobrze, jak on sam.

Susanna skrzywiła się.

– Nie przepadam za Smitherem. Ten zapach...

– Hoduje świnie – powiedział Almeron – i może nie dba zbytnio o czystość. Ale to dobry człowiek. Możesz na niego liczyć. Jeżeli kiedykolwiek będziesz czegoś potrzebowała, daj mu tylko znać, a zaraz się zjawi. I codziennie zajrzy do ciebie, żeby sprawdzić, czy wszystko w porządku. Poza tym nie zapominaj, że George Kimball zostaje. Wszystko będzie dobrze.

Susanna spojrzała na męża podejrzliwie.

– Nigdy wcześniej nie szukałeś dla mnie takiej opieki. Dlaczego teraz to robisz?

Almeron odwrócił wzrok.

– To niespokojne czasy. Meksykanie... i w ogóle. Chcę, żebyś była bezpieczna.

Następnego ranka Susanna, z Angeliną na rękach, patrzyła, jak jej mąż i inni ochotnicy z Gonzales ruszają drogą do Béxar. Almeron odwrócił się, żeby pomachać do niej po raz ostatni. Uśmiechnął się, a Susanna odpowiedziała mu uśmiechem. Starała się nie martwić zbytnio ich chwilowym rozstaniem. Kiedy grupka jeźdźców zniknęła za wzgórzem, ruszyła w stronę domu. Już czuła się samotna, choć od odjazdu Almerona minęło zaledwie kilkanaście minut. Pogrążona w myślach o mężu, nie zauważyła trzech mężczyzn siedzących na ławce przed hotelem, którzy bacznie ją obserwowali.

Przez następne tygodnie Susanna była zbyt zajęta, żeby rozpamiętywać swoją niechcianą samotność. Angelina robiła się coraz żwawsza i nadążenie za nią wymagało ogromnego wysiłku. W każdej wolnej chwili Susanna pomagała w sklepie z kapeluszami, miała też oko na kuźnię, którą pod nieobecność Almerona prowadził młody Galba Fuqua. Musiała traktować go nader ostrożnie, bo nie ulegało wątpliwości, że chłopak się w niej durzy. Ta nieudolnie skrywana sympatia trochę jej pochlebiała, pilnowała jednak, aby nie dać mu do zrozumienia, że mogłaby odwzajemnić jego uczucia. To by było zwyczajnie okrutne.

Dostała tylko jeden list od męża, Almeron zapewniał, że dobrze się czuje i nic mu nie zagraża, i obiecywał, że niedługo znowu będą razem. Pisała do niego prawie codziennie i prawie o wszystkim: o sprytnych pomysłach Angeliny, o udanym dniu w sklepie George'a Kimballa i o niezwykłym zamówieniu kowalskim, które otrzymał Galba. Nie wspominała tylko, że czuje się bardzo samotna i z każdym dniem coraz bardziej się boi. Ulice Gonzales wydawały jej się coraz mniej bezpieczne, starała się więc nigdzie nie chodzić bez Kimballa albo Smithera.

Pewnego ranka, gdy już posprzątała po śniadaniu, wykąpała i ubrała córkę i napisała do Almerona, poszła do sklepu, żeby przejrzeć ostatnie rachunki. Nie ukończyła żadnej szkoły, wszystkiego, co umiała, nauczyła ją babcia. Czytała słabo, ale rachowała lepiej od Kimballa, a on zawsze był jej wdzięczny za pomoc.

W sklepie zastała trzech mężczyzn. Byli niechlujni, a ich ubrania wyglądały na nigdy nieprane. Przebierali w leżących na półkach nakryciach głowy, głośno przy tym rechocząc. Kiedy Susanna weszła do środka, zobaczyła, jak ciskają na ziemię wysokie czapy z bobra, które przed chwilą przymierzali. Kimball spojrzał na nią znacząco i powiedział:

– Przepraszam panią, ale musiała się pani pomylić. To sklep z męskimi kapeluszami.

Susanna natychmiast zorientowała się, że George chce, aby wyszła. Skinęła uprzejmie głową i odparła:

– Rzeczywiście, musiałam się pomylić. Myślałam, że to sklep gospodarczy.

Sięgnęła do klamki, ale w tym momencie najwyższy z mężczyzn, rudy byczek nazwiskiem Mahoney, złapał ją za nadgarstek i pochylił się ku niej. Jego kumple, Edmondson i Bearden, przyglądali się jej lubieżnie. Uwielbiali, gdy ich szef zaczepia kobiety i zawsze chętnie przyłączali się do zabawy.

Mahoney miał kwaśny oddech i twarz pokrytą kilkudniowym zarostem.

– Jakoś nie wierzę, że się pani pomyliła – powiedział. – Uważam, że to przeznaczenie sprowadziło panią do mnie.

Angelina zaczęła płakać, więc Susanna mocniej przytuliła córkę, próbując ją uspokoić.

– Jestem mężatką – odparła.

Mahoney się roześmiał.

– Mężatką? Może i tak. Ale czy nie widziałem pani męża, jak wyjeżdżał z miasta? To było ze trzy tygodnie temu. A może miesiąc?

Susanna spojrzała błagalnie na Kimballa.

– Gdybym ja miał za żonę taką ślicznotkę – ciągnął rudzielec – w żadnym wypadku nie wyjechałbym z miasta. Byłbym przy pani dniem… i nocą.

Kimball wyszedł zza kontuaru.

– Proszę trzymać ręce z dala od tej kobiety – powiedział ostro. Niektórzy sklepikarze chowali pod ladą strzelbę, ale Kimball uważał, że jego sklep przyciąga tylko dżentelmenów z Gonzales, więc broń jest mu niepotrzebna. Teraz mógł tylko zacisnąć pięści. Miał nadzieję, że wygląda groźnie.

Efekt jednak nie był tak przerażający, jak mu się zdawało. Trzej mężczyźni spojrzeli na niego i ryknęli śmiechem.

– Sir Galahad – powiedział jeden z nich.

Mahoney złapał Susannę jeszcze mocniej i przysunął twarz do jej szyi, a Bearden uderzył Kimballa z całej siły w brzuch. George bez tchu osunął się na kolana. Edmondson wyrżnął go w szczękę i powalił na podłogę. Potem obaj zaczęli go kopać w żebra. Cały czas się z niego śmiali.

Teraz i Susanna, i Angelina krzyczały. Mahoney zaczął ciągnąć Susannę na zaplecze, podczas gdy jego kumple opróżniali kasę.

Odgłos wystrzału sprawił, że wszyscy zamarli bez ruchu. W drzwiach stał Launcelot Smither. Pierwszy strzał oddał w powietrze, ale teraz celował prosto w głowę Mahoneya. Wszedł do sklepu.

– Jeśli nie chcesz za chwilę zacząć wakacji w piekle – powiedział cicho – to natychmiast zabieraj łapy od tej pani. Wszyscy trzej się stąd wynoście.

Bearden i Edmondson wyciągnęli noże z pochew i spojrzeli na Mahoneya, czekając na rozkaz. Smither skinął głową w ich kierunku i powiedział spokojnie:

– Jeżeli któryś zrobi krok w moją stronę, najpierw zastrzelę ciebie, a potem załatwię ich gołymi rękami.

Mahoney przez chwilę wpatrywał się w Smithera, oceniając swoje szanse. Facet jest nieduży i chuderlawy, uznał. Nawet ze strzelbą w rękach nie wygląda groźnie.

– Gość nie ma jaj, chłopcy – rzucił do kumpli. – Brać go!

Edmondson i Bearden nie zdążyli zrobić nawet kroku, gdy padł strzał. Tam, gdzie przed chwilą była twarz rudzielca, widniała teraz krwawa miazga. Szkarłatna mgiełka zawirowała w powietrzu. Susanna krzyknęła z przerażenia. Angelinie chyba zabrakło oddechu, bo posiniała na twarzy i złapała matkę za rękę.

Bearden i Edmondson rzucili się na Smithera, który złapał strzelbę za lufę i zamachnął się. Czaszka Edmondsona pękła z trzaskiem. Bearden zaatakował Smithera i rozciął mu koszulę. Krew trysnęła z rany na piersi. Smither znów zamachnął się strzelbą, ale tym razem nie trafił. Stracił równowagę i upadł na podłogę, a Bearden kopnął go w głowę. Smither, oszołomiony, prawie nie czuł bólu, słyszał tylko krzyk Susanny. Zastanawiał się, dlaczego nikt nie przychodzi im z pomocą, zwłaszcza po tym, jak rozległy się strzały.

Bearden pochylił się, złapał Smithera za włosy i, odciągnąwszy mu głowę do tyłu, przystawił nóż do gardła. Nagle znieruchomiał. Jak przez kłąb gęstej mgły Smither dostrzegł zaskoczenie malujące się na jego twarzy. Bearden osunął się na ziemię i Smither zobaczył sterczącą mu z pleców rękojeść noża. Za zbirem stał Kimball. Z nosa leciała mu krew i ledwo trzymał się na nogach. Zdołał jednak wyciągnąć nóż zza paska Mahoneya i w ostatniej chwili rzucił się na Beardena, ratując życie Smitherowi.

Smither usiadł z trudem i czekał, aż mgła się rozwieje. Susanna pobiegła na zaplecze, położyła wrzeszczącą Angelinę do łóżka i chwyciła rolkę muślinu, której zamierzała użyć do bandażowania ran. Kimball siedział na podłodze obok Smithera i patrzył na pobojowisko. Przed sklepem zebrała się grupka gapiów, ale nadal nikt nie miał odwagi, żeby wejść do środka.

Smither spojrzał na Susannę, a na jego twarzy pojawił się ni to uśmiech, ni to grymas bólu – nie miała pewności, bo nigdy nie widziała, żeby Smither się uśmiechał.

– Coś mi się zdaje – powiedział – że musimy wywieźć panią z miasta. – Pokiwał z powagą głową. – Najlepiej do Béxar. Tam jest bezpiecznie.

4

Generał Edward Burleson, który dowodził teksańskimi oddziałami w Béxar, wyraźnie nie radził sobie z odpowiedzialnością, jaka na nim spoczywała. Można było odnieść wrażenie, że jego idea dowodzenia sprowadza się do czekania, aż ktoś podejmie decyzję za niego. Żołnierze generała Martína Perfecto de Cósa okupowali Béxar i starą misję w Alamo, a Teksańczycy Burlesona siedzieli bezczynnie na obrzeżach miasta. Kolejne bezowocne próby rokowań potęgowały tylko frustrację w ich szeregach. Burleson nie zamierzał się ruszyć, a bez jego rozkazu nikt nie mógł nic zrobić.

Zaprawieni w bojach wojownicy – tacy jak Sam Maverick i Ben Milam – byli wściekli i nie potrafili zrozumieć, na co generał czeka. Dawno powinni zaatakować Meksykanów i przepędzić ich z Béxar. Siedzieli w cieniu topoli i popijali kawę z cynowych kubków. Milam od czasu do czasu zaciągał się dymem z długiej glinianej fajki. Maverick miał trzydzieści dwa lata i pochodził z Karoliny Południowej, z rodziny o długich tradycjach wojskowych. Jego dziadek ze strony matki był generałem w wojnie o niepodległość. Inny przodek, również imieniem Sam, zginął w masakrze bostońskiej piątego marca 1770 roku. Najmłodszy z Mavericków dopiero niedawno przeprowadził się do Béxar. Miasto mu się spodobało i chciał w nim zostać na dłużej.

Czterdziestosiedmioletni Milam był weteranem wojennym z 1812 roku. Pochodził z Walii, ale wychował się w zachodniej Wirginii. Przeżył wojnę, żółtą febrę, zatonięcie statku i najazdy Indian. Podobnie jak Maverick, był urodzonym wojownikiem. I tak jak on nie lubił siedzieć z założonymi rękoma.

– Trzeba coś z tym zrobić – powiedział Maverick. – Wóz albo przewóz.

Milam nachmurzył się i skinieniem głowy wskazał namiot Burlesona.

– Jemu się chyba wydaje, że jeśli posiedzimy tu dostatecznie długo, zanudzimy Meksykanów na śmierć – rzekł.

Maverick łyknął kawy.

– Ludzie zaczynają gadać, że czas stąd wiać. Przyszli walczyć, a nie siedzieć na tyłku od rana do wieczora.

– Co się stanie, jeśli Burleson nie podejmie żadnej decyzji?

– Coś mi się widzi, że trzeba będzie zdecydować za niego. – Maverick uśmiechnął się.

– Odprawa oficerów! – Milam i Maverick podnieśli wzrok. Winders, młody adiutant, wyszedł przed namiot generała. – Odprawa!

Wstali. Maverick wylał resztkę kawy na trawę.

– Może Burleson postanowił wreszcie się ruszyć – mruknął.

Ruszyli w stronę generalskiego namiotu. Byli tam już doktor James Grant, porywczy Szkot, i znacznie rozsądniejszy od niego J.C. Neill, znakomity oficer, który zdaniem wielu żołnierzy powinien był dowodzić armią pod Béxar. Nadszedł także James Fannin, równie niezdecydowany, jak Burleson. Nie wyglądał na swoje trzydzieści dwa lata i choć starał się sprawiać wrażenie twardego faceta, nie zdobył autorytetu wśród podwładnych.

Maverick zamierzał doradzić generałowi szybki szturm na miasto; Milam był gotów taki atak poprowadzić. Maverick dostał się kiedyś do meksykańskiej niewoli i omal nie został rozstrzelany. Meksykanie postawili go już przed plutonem egzekucyjnym, ale w ostatniej chwili rozmyślili się, a wkrótce później więzień zdołał uciec. Część ludzi Burlesona uważała, że zapał bojowy Mavericka po części wynika z chęci osobistej zemsty.

Major Robert Morris był jedynym oficerem Burlesona, który naprawdę wyglądał jak żołnierz. Miał na sobie polowy mundur New Orleans Greys*. Odprawa szybko przekształciła się w kłótnię.

– Musimy natychmiast zaatakować! – krzyknął Maverick. Zawtórowało mu kilka entuzjastycznych głosów.

– Chyba powinniśmy to przegłosować – zadudnił basem Burleson.

– Dość już głosowania, psiakrew! – ryknął Milam.

– Kto jest za... – kontynuował niezrażony generał.

Maverick zdołał go na chwilę zagłuszyć.

– Trzeba działać – rzekł – bo inaczej wszystko się...

Ale Burleson nie rezygnował.

– Kto jest za tym, żeby zaatakować meksykańskie pozycje? – spytał.

Fannin podniósł rękę jak pilny uczeń w szkole.

– Skoro dwa miesiące temu nie byliśmy gotowi do ataku, nie bardzo rozumiem...

– Kiedy uciekłem, Meksykanie zdychali w Béxar z głodu – przerwał mu Maverick.

– Ale ich artyleria... – próbował tłumaczyć Neill.

– W ich artylerii nic się od października nie zmieniło – odparował Grant.

– Okopali się – zauważył Neill. – Przeszkolili załogi dział...

– Panowie, głosujemy – nie poddawał się Burleson.

– Jedna trzecia ludzi wróciła do domów albo porozłaziła się Bóg wie gdzie! – zawołał Morris. – To byli nasi najlepsi żołnierze!

– Jeżeli teraz nie uderzymy, pozostali też odejdą – poparł go Grant.

Fannin pokręcił głową. Miał nadzieję, że racje Burlesona zwyciężą, i będą mogli dalej czekać i analizować sytuację.

– Nie możemy kontynuować oblężenia – rzekł. – Z zapasów została nam już tylko whisky.

---

* New Orleans Greys – amerykańscy ochotnicy, którzy wzięli udział w wojnie o niepodległość Teksasu (przyp. tłum.).

Gdyby upór był zaletą dowódców, Burleson nie miałby równych sobie wodzów w historii wojskowości. Chciał głosowania i Bóg mu świadkiem, że do głosowania doprowadzi.

– Ci, którzy są za szturmem, niech podniosą ręce – zarządził.

Podniosło się tylko pięć rąk.

– W takim razie postanowione – oznajmił generał. – Proponuję wycofać się do Goliad i czekać, aż zgromadzenie postanowi, co dalej...

Ben Milam z ponurą miną przysłuchiwał się tej dyskusji. Teraz wystąpił przed szereg i spojrzał spode łba na pozostałych.

– Jeśli taka wasza wola, proszę bardzo – powiedział. – Ale ja tu przyszedłem walczyć!

Odwrócił się na pięcie i skierował do wyjścia. Maverick ruszył za nim.

– Ben! – zawołał Burleson. – Jeśli chcesz zwerbować własnych ochotników, nie mogę ci w tym...

– Masz rację – warknął Milam, nie odwracając się. – Nie możesz mi w tym przeszkodzić.

Przed namiotem zgromadziło się kilkudziesięciu mężczyzn. Gdy Milam i Maverick wyszli, część z nich wstała, jakby przeczuwali, że za chwilę wydarzy się coś ważnego. Nie słyszeli, co się działo na odprawie – choć oficerowie mówili bardzo głośno – ale tak jak Milam rwali się do działania.

– Panowie, wiecie, jaka jest sytuacja – powiedział Milam, stanąwszy przed nimi. – Założę się, że macie jej tak samo dość jak ja.

Odpowiedział mu pomruk aprobaty.

– Oficerom nie spieszy się do szturmu, ale mam wrażenie, że wy nie podzielacie ich punktu widzenia.

– Nie! – rozległy się okrzyki. – Nie! Dobierzmy im się do skóry!

Milam odwrócił się do Mavericka.

– Daj mi na chwilę szablę, Sam.

Maverick spełnił prośbę, a Milam stanął na skraju grupy ochotników, przytknął czubek ostrza do ziemi i przeszedł na drugi koniec oddziału, rysując na ziemi nierówną kreskę.

– Kto jest ze mną, niech przekroczy tę linię – powiedział. Cofnął się i podniósł szablę. – Kto pójdzie ze starym Benem Milamem do San Antonio?

Ochotnicy ruszyli naprzód jak wezbrana fala, krzycząc i wiwatując.

– Jesteśmy z tobą, Ben! Prowadź!

Wieść rozeszła się lotem błyskawicy.

– Będziemy się bić!

Burleson wybiegł przed namiot.

– Panowie, panowie, nie bądźmy tacy pochopni. To bardzo nierozsądne atakować Meksykanów tak nielicznym i słabo wyszkolonym oddziałem.

Milam oddał szablę Maverickowi.

– Może ci ludzie są niewyszkoleni, generale, ale chcą walczyć – stwierdził. – Po to się tu zebrali. I nikt ich nie powstrzyma: ani pan, ani wszystkie demony piekieł!

Znów odpowiedziały mu wiwaty. Burleson wrócił do namiotu. Obrzucił ponurym spojrzeniem zebranych w nim oficerów, którzy nie chcieli przyjąć do wiadomości, że zlekceważono ich demokratyczne głosowanie.

Jeszcze tej nocy Neill nadzorował pospieszną konstrukcję ziemnego szańca dla jedynej dwunastofuntówki, jaką mieli Teksańczycy. Ochotnicy, zwykle unikający wszelkiego wysiłku, tym razem z zapałem rzucili się do pracy: wykopali rowy, naścinali drzew i zbudowali prowizoryczne, ale spełniające swój cel umocnienia.

Od tyłu szaniec przylegał do rzeki, za którą rozciągało się San Antonio de Béxar, gdzie ochotnicy niecierpliwie czekali na sygnał do szturmu. Przed szańcem, dokładnie na linii strzału, znajdowała się stara misja w Alamo. Żołnierze generała Cósa fortyfikowali ją od tygodni, ale Teksańczycy wiedzieli, że Alamo jest w fatalnym stanie – mury się kruszyły, a wiele pozycji w jej obrębie nie nadawało się do obrony. Przy sprzyjających okolicznościach misję mógł zdobyć nawet „nieliczny i słabo wyszkolony oddział".

O wschodzie słońca Neill zaczął szykować dwunastofuntówkę do pierwszego strzału.

– Jeśli na nas zaszarżują – ostrzegł załogę działa – bądźcie gotowi na kąpiel.

Spojrzał na zegarek i skinął na sierżanta dowodzącego załogą. Sierżant przytknął pochodnię do lontu i kula poszybowała łukiem w stronę Alamo. Wylądowała z głuchym łoskotem, wyłamawszy spory kawałek muru w północnej ścianie. Stu meksykańskich żołnierzy natychmiast ruszyło truchtem przez most na San Antonio. Znalazłszy się na drugim brzegu, skręcili ostro w lewo i kierowali się ku południowej bramie misji.

Milam obserwował ich odwrót z miasteczka przez lunetę.

– Dali się złapać – stwierdził z satysfakcją.

Stał na skraju lasu na północ od Béxar. Razem z nim czekała grupa ochotników dowodzona przez rudowłosego Colorado Smitha, jednego z najlepszych teksańskich kawalerzystów i tropicieli.

– Wejdźmy na dach mojego warsztatu – zaproponował Smith. – Stamtąd będziemy mogli ostrzeliwać cały plac.

– Czy w tych domach są Meksykanie? – zapytał Milam.

– W większości z nich.

– No to spróbujmy. Przekonajmy się, dokąd dojdziemy, zanim nas zobaczą.

Dał znak ręką i jego ludzie zaczęli przemykać w kilkunastoosobowych grupkach po obu stronach ulicy Acequia. Równolegle do nich, wzdłuż ulicy Soledad, posuwał się trzydziestoosobowy oddział Franka Johnsona, kierując się do Veramendi House, najokazalszej rezydencji w miasteczku, należącej dawniej do Jamesa Bowiego. Z Veramendi House, wznoszącego się po wschodniej stronie zakola rzeki, widać było całe Alamo.

Padł strzał. Curilla, jeden z Teksańczyków, złapał się za ramię i krzyknął z bólu. Krew pociekła mu spomiędzy palców. Erastus „Głuchy" Smith podniósł karabin do ramienia i zestrzelił snajpera z dachu Veramendi House. Czterdziestoośmioletni Głuchy Smith należał do najstarszych żołnierzy w teksańskiej armii i bardzo niechętnie do niej przystał. Ten urodzony w Nowym Jorku hodowca bydła ożenił się z Meksykanką i miał z nią czworo dzieci. Chciał tylko spokojnie żyć, ale skoro Meksykanie zamierzali mu w tym przeszkodzić… Cóż, będzie walczył. Będzie bronił domu.

Ludzie Milama posuwali się wzdłuż ulicy. Rozbiegli się z krzykiem, gdy z działa w rogu placu poleciał w ich stronę kartacz. Hermann Ehrenberg, młody niemiecki ochotnik, rzucił się na ziemię.

– *Gott im Himmel!* – krzyknął, zasłaniając twarz.

Zagrały muszkiety. Kule z wizgiem rykoszetowały na kamiennych ścianach, wzbijały fontanny kurzu obok leżącego Ehrenberga.

– Kryj się! – krzyknął Milam.

Niemiec poderwał się z ziemi, ruszył biegiem i dołączył do pozostałych. Wycofali się do Veramendi House, zgarniając po drodze rannego kompana. Kopniakami i uderzeniami kolb wyłamali drzwi i okna. Ledwie wpadli do środka, nadleciał kolejny kartacz. Czterech rannych upadło na podłogę; jeden wpatrywał się tępo w krwawy kikut, który jeszcze przed chwilą był jego lewą nogą.

Na głównym placu Béxar rozgorzała walka o każdy dom. Strzelcy wychylali się z drzwi i okien i celowali w głowy przeciwników z odległości dziesięciu, najwyżej dwudziestu metrów. Teksańczycy próbowali przebiec na drugą stronę ulicy, ale usadowieni na dachach strzelcy zasypali ich takim gradem kul, że musieli wrócić do poprzednich kryjówek.

Głuchy Smith i porucznik Hall weszli po drabinie na dach Veramendi House i przeczołgali się na jego prawy skraj. Spojrzeli na plac: w okopach wokół kościoła San Fernando znajdowało się blisko dwustu Meksykanów. Smith wziął na cel jednego z artylerzystów w północno-wschodnim rogu placu, ale zanim nacisnął spust, spadły na niego kule wroga. Rozpaczliwie – i bezskutecznie – rozejrzał się w poszukiwaniu osłony i dostrzegł snajperów usadowionych na kościelnej dzwonnicy.

– Na Boga! – krzyknął Hall, kiedy pocisk trafił go w lewą dłoń.

Smith uderzył kolbą karabinu w dach, próbując wybić w nim dziurę, przez którą mógłby zejść.

Teksańczycy zebrani w jadalni Veramendi House spojrzeli niepewnie na sufit, z którego sypnął się tynk. Sekundę później Głuchy Smith wpadł w wybity kolbą otwór i z łoskotem wylądował na stole.

– Rany boskie, Smith! – wykrzyknął Lem Crawford, żółtodziób z Karoliny Południowej. – Aleś nam strachu napędził, bracie!

Nie bacząc na krwawiącą ranę, Smith przyciągnął pod otwór w suficie krzesło, wszedł na nie i wygramolił się na dach.

– Pomóżcie mi ściągnąć Halla!

Hall siedział tam, gdzie przedtem. Zranioną dłoń przyciskał do piersi. Kule świszczały mu koło głowy, ale jakimś cudem żadna go nie dosięgła.

– Szykuj się! – zawołał Smith. – Schodzisz na dół.

Hall uśmiechnął się, jakby właśnie został zaproszony na obiad.

– W porządku, Głuchy.

Smith objął Halla i przyciągnął do otworu w dachu. Zebrani na dole wyciągnęli ręce i delikatnie opuścili go do jadalni. Smith, choć poważniej ranny od kolegi, o własnych siłach wczołgał się z powrotem do środka. Cała operacja kosztowała go tyle nerwów, że usiadł na krześle i wybuchnął histerycznym śmiechem.

Henry Karnes, osamotniony teksański żołnierz, przebiegł przez wąską uliczkę dochodzącą do północno-zachodniego rogu placu; kule z muszkietów wzbijały fontanny kurzu wokół jego stóp, ale Karnes przetoczył się po ziemi, dosięgnął drzwi i wpadł do pokoju, w którym Ben Milam z grupą kilkunastu towarzyszy rozbijali ścianę dzielącą ich od sąsiedniego pomieszczenia. Za narzędzia służyły im siekiera i noga od stołu. Nagle Milam coś usłyszał.

– Przerwijcie na chwilę! – zawołał.

Hałas ustał i teraz wszyscy usłyszeli stłumione „bam, bam, bam" dochodzące z drugiego pokoju. Colorado Smith wyszczerzył zęby w uśmiechu.

– Oni też próbują się do nas przebić.

– I dobrze. – Milam pokiwał głową. – Odwalą za nas całą robotę. No, chłopcy, ładować broń! Cofnąć się i…

Po chwili ściana runęła. W chmurze pyłu stało kilkunastu zaskoczonych *soldados*.

– Ognia! – wrzasnął Milam.

Teksańczycy strzelili, a potem rzucili się do ataku. Meksykanie nie zdążyli zewrzeć szyków, więc mogli bronić się tylko narzędziami, którymi rozbili ścianę. Poszły w ruch noże i bagnety, pięści i zęby, kamienie i butelki. Mniej liczni Meksykanie nie mieli szans: zginęli w ciągu kilku sekund. Milam dobił ostatniego pchnięciem bagnetu.

Późnym popołudniem Milam, Maverick, Fannin i Frank Johnson zebrali się na dziedzińcu Veramendi House. Johnson przyklęknął i narysował na ziemi schematyczny plan miasteczka.

– Resztki oddziałów wroga zostały odcięte na Plaza de Armas – powiedział, zaznaczając miejsce.

– Rano uderzymy na plac – zaproponował Milam – a potem ruszymy na Alamo.

Fannin pokręcił głową.

– Wolałbym nie rzucać się prosto w paszcze ich armat.

Milam spojrzał przez lunetę na fort po drugiej stronie rzeki.

– Jeżeli przypuścimy atak ze wszystkich stron równocześnie, nie będą mogli skoncentrować ognia…

– Za murami fortu są setki ludzi – przerwał mu Johnson.

– Ludzi, którzy umierają z głodu – powiedział Milam i odwrócił się do Mavericka. – Hej, Sam…

Huknął strzał. Milam ze zdziwieniem spojrzał na małą, okrągłą dziurkę na piersi. Popłynęła z niej krew.

– Mój Boże – stęknął i osunął się na ziemię.

Następna kula trafiła go w czoło.

Johnson rozejrzał się i dostrzegł strzelca ukrytego w gałęziach topoli.

– Drzewa! – krzyknął.

Teksańczycy podnieśli broń i oddali nierówną salwę. Trafiony trzema pociskami snajper spadł z topoli na brzeg rzeki i bezwładnie osunął się do wody.

Sam Milam wpatrywał się niewidzącymi oczyma w niebo nad Béxar. Różowe i pomarańczowe smugi zapowiadały piękny zachód słońca.

Pochowali go wieczorem na dziedzińcu Veramendi House, kilka kroków od miejsca, w którym zginął. Nie było czasu na pogrzeb z prawdziwego zdarzenia. Sam Maverick i Frank Johnson stanęli nad grobem.

– Nie ma drugiego takiego człowieka jak Ben – powiedział Johnson.

– To mało powiedziane, przyjacielu – rzekł Maverick. – Zdaje się, że ty masz zająć jego miejsce?

– Tak. – Johnson skinął głową. – Ale Bena nie można zastąpić.

Przez chwilę obaj milczeli.

– Opowiedział mi kiedyś historię ze swojej młodości – odezwał się w końcu Maverick. – Mieszkał wtedy w Nowym Orleanie. Tak się złożyło, że pośredniczył w transakcji sprzedaży mąki jakiejś firmie z Ameryki Południowej. Chodziło o ogromną ilość mąki, więc musieli specjalnie wyczarterować statek. Kapitan nazywał się Zunno i przy każdej okazji podkreślał, że jest ateistą. Drażniło to Bena.

Johnson zaśmiał się cicho.

– Nie, żeby Ben był przesadnie religijny – ciągnął Sam – ale po prostu nie mieściło mu się w głowie, że można wypłynąć w taki długi rejs z człowiekiem, który śmieje się Wszechmogącemu w nos. Uważał, że na morzu człowiek potrzebuje wszelkiej pomocy, tej zwyczajnej, i tej nadprzyrodzonej. – Maverick przykucnął i zaczął uklepywać ziemię na świeżym grobie. – Jego wspólnicy twierdzili, że robi z igły widły. Tłumaczyli mu, że przecież zainwestowali krocie w ten interes... Swoją drogą, ciekaw jestem, skąd wziął tyle forsy. Odkąd go znałem, nie miał grosza przy duszy.

– Co było dalej? – zainteresował się Johnson.

Maverick wstał.

– Wypłynęli z Nowego Orleanu z tym kapitanem bezbożnikiem i ruszyli na południe. Rejs miał trwać ładnych kilka tygodni, ale nie minęły nawet dwa, jak załoga zaczęła chorować na żółtą febrę. Padali jak muchy; Ben mówił, że wyrzucali do morza po cztery, pięć ciał dziennie. Kapitan też umarł; nawet na łożu śmierci przeklinał Boga. Ben doszedł do wniosku, że nasz dobry Pan jasno dał do zrozumienia, co myśli o takim prowadzeniu interesów. On sam też zachorował i wszyscy jego wspólnicy. Zanim dopłynęli na miejsce, kilku zmarło, więc zostało mu mniej wspólników, niż miał na początku. To zresztą, zdaniem Bena, wcale nie było najgorsze. Nie, żeby był z natury zimnym draniem, co to, to nie, ale mniej wspólników to większe zyski dla reszty, prawda?

– A mieli z tego w ogóle jakiś zysk?

– Ani centa! – Maverick roześmiał się. – Przeżyła tylko połowa załogi, stracili kapitana, większość pasażerów umarła albo była umierająca... I wtedy nadszedł sztorm. Przez cztery dni i noce walczyli z żywiołem, kto żyw, dwoił się i troił, żeby utrzymać krypę na powierzchni. Paru tych, którzy wylizali się z febry, fale zmyły z pokładu. W końcu statek zaczął nabierać wody. Ben i reszta przyszykowali już nawet szalupy, bo bali się, że lada chwila pójdzie na dno. Ale nie. Statek jakoś doczołgał się do brzegu i zacumowali w jakimś małym, zapyziałym porcie. Ben cieszył się, że żyje, ale mąka miała mniej szczęścia: leżała w ładowni pod trzymetrową warstwą wody.

Słońce skryło się za horyzontem i zrobiło się ciemno.

– Co zrobił Ben? – spytał Johnson.

– Imał się różnych zajęć, aż w końcu dostał pracę na statku płynącym do Nowego Orleanu. Zanim weszli do portu, statek wpadł na mieliznę i zatonął. Ben zeskoczył z pokładu i zdołał dotrzeć na brzeg.

Johnson roześmiał się głośno.

– Nie wydaje ci się, że Ben trochę koloryzował?

Maverick pokręcił głową.

– Wątpię. Prędzej bym się spodziewał, że pominął to i owo.

Johnson spojrzał w stronę Alamo.

– Patrz.

Kilku mężczyzn wyszło właśnie przez główną bramę misji. Jeden z nich niósł białą flagę.

– Chyba są gotowi do rozmów – mruknął Maverick. – Do licha, Ben! Że też musiałeś …

Generał Cós stał na murach Alamo i z ponurą miną patrzył, jak młody pułkownik José Juan Sanchez-Navarro idzie na drugi brzeg rzeki do Béxar błagać w jego imieniu o litość. Domyślał się, że to będzie koniec jego kariery. Mieli przewagę liczebną, zajmowali lepszą pozycję i byli wyszkolonymi żołnierzami, a przeciw nim stanęła zbieranina wieśniaków i handlarzy niewolników, którzy o wojaczce nie mieli pojęcia. Mimo to stracił Alamo, stracił miasto i – na dobrą sprawę – przegrał wojnę. Santa Anna nie wybaczał takich porażek. Fakt, że generał ożenił się z jego siostrą, na pewno mu nie pomoże, co najwyżej zaszkodzi. Szwagier traktował go surowiej niż innych podwładnych, aby nie narazić się na oskarżenie o nepotyzm. A może Santa Anna zwyczajnie go nienawidził?

Cós bał się porażek – jak każdy żołnierz. Ale jeszcze bardziej bał się chwili, kiedy będzie musiał zameldować o klęsce szwagrowi.

Sanchez-Navarro wjechał do obozu. Juan Seguin wyszedł mu na spotkanie. Seguin był *Tejano*, miał dwadzieścia dziewięć lat i mieszkał w Béxar od urodzenia. Pochodził z jednego z rodów założycieli miasteczka; jego ojciec Erasmo był nawet *alcalde*, czyli burmistrzem, kiedy Stephen F. Austin pierwszy raz odwiedził San Antonio. Od roku on piastował tę funkcję i podobnie jak wielu obywateli meksykańskich, był coraz bardziej zaniepokojony ekscesami Santa Anny. Udało mu się zgromadzić mały oddział wierny Teksasowi, ale teraz i on, i jego ludzie znaleźli się w niewygodnej sytuacji: sprzeciwili się centralistycznemu rządowi kraju i stanęli po stronie buntowników. *Anglos* mu nie ufali, bo był Meksykaninem, a większość Meksykanów uważała go za zdrajcę. Zdawał sobie sprawę, że niektórzy chcieliby przyłączyć Teksas do Stanów Zjednoczonych, a inni woleliby, aby został w Meksyku. Sam nie popierał ani jednych, ani drugich. Seguin chciał, by Teksas stał się niepodległą republiką.

Nawet ci Teksańczycy, którzy wątpili w jego lojalność, musieli przyznać, że w pewnych sytuacjach był niezastąpiony: nikt nie mówił po hiszpańsku tak jak on.

Sanchez-Navarro zasalutował Burlesonowi, Johnsonowi, Morrisowi i Fanninowi, którzy siedzieli przy stole nieopodal generalskiego namiotu. Burleson wskazał miejsce i pułkownik usiadł. Towarzyszący mu żołnierze stanęli za nim.

– Generał prosi, by jego ludzie mogli zachować karabiny i po dziesięć nabojów – powiedział Sanchez-Navarro, a Seguin przetłumaczył jego słowa na angielski.

– Nie ma mowy! – zaprotestował Johnson. – Mają złożyć broń!

Sanchez-Navarro znów coś powiedział.

– Potrzebują jej, by bronić się przed Komanczami – wyjaśnił Seguin.

Burleson pokiwał głową.

– Czy generał przyrzeknie nie wracać tu ani nie podejmować żadnych działań zbrojnych przeciwko Teksasowi? – zapytał.

Seguin przetłumaczył, wysłuchał odpowiedzi pułkownika i odparł:

– Generał złoży takie przyrzeczenie.

– Ufasz mu? – mruknął Johnson do Burlesona.

Burleson ruchem głowy wskazał Alamo.

– A chcesz szarżować na te działa?

Armia meksykańska pod dowództwem generała Martína Perfecto de Cósa opuszczała San Antonio de Béxar ze znacznie mniejszą pompą, niż do niego przybyła. Kolumny wymizerowanych, upokorzonych żołnierzy maszerowały przez plac wśród wiwatujących Teksańczyków. Dzwony kościoła San Fernando obwieszczały zwycięstwo.

Kapitan Juan Seguin obserwował całą scenę z mieszanymi uczuciami. Jeden z miejscowych kupców, Don José Palaez, podjechał do niego swoim konnym wózkiem.

– Wrócą tu? – zapytał.

– Nie – odparł Seguin. – Generał Cós dał słowo.

Kupiec zaśmiał się gorzko.

– Kiedy usłyszałem, że Meksykanie skapitulowali, nie chciałem w to uwierzyć. Jak tym draniom udało się tego dokonać?

Seguin nawet na niego nie spojrzał. Patrzył na pokonanych.

– Siłą serca.

Na obrzeżach miasteczka grupa Teksańczyków obserwowała odwrót Meksykanów. Niewielu żołnierzy zwycięskiej armii miało na sobie mundury. Jednostki New Orlean Greys zostały sformowane w Luizjanie zaledwie przed kilkoma miesiącami, żeby wesprzeć Teksas w walce przeciwko Santa Annie. Nie nosili się typowo po wojskowemu, ale ich „mundury" były wystarczająco jednolite, by wyglądali jak jeden oddział. Mieli szare kurtki i obszerne czapki z czarnym daszkiem. W sumie była ich zaledwie setka, a że właśnie pokonali armię liczącą z górą tysiąc ludzi, czuli się jak prawdziwi wojownicy.

Niektórzy manifestowali radość, kpiąc z mijających ich Meksykanów.

– Luizjana właśnie skopała wam tyłki! – zawołał Boldt, jeden ze strzelców.

– Nie! To Kentucky skopało wam tyłki! – dorzucił chudy jak szczapa szeregowy Jaxon.

– Obaj się mylicie, panowie! – pogodził ich niejaki Logan. – Tennessee skopało im tyłki! – Odwrócił się do pozostałych. – Sant'anna ich tu przysłał, a my odsyłamy ich z powrotem!

– Cieszcie się, że zostawiliśmy wam muszkiety! – krzyknął następny z Greys, Dubrawski, niedawno przybyły do Ameryki. – Inaczej dzicy by was zeżarli!

Gagliasso, były włoski marynarz, rzucił w Meksykanów kamieniem.

– Zmiatać mi stąd! – zawołał. – I żebym was więcej nie widział!

Paru innych splunęło z pogardą. Generał Cós spiorunował ich wzrokiem, próbując zachować resztki godności, ale w końcu westchnął ciężko i pojechał przed siebie.

5

Dla Jesúsa Montoi dziadkowa farma, skalista i położona na krańcu świata, była zarazem niebem i piekłem. Maleńkiej chacie, w której mieszkali, daleko było do luksusów i atrakcji San Antonio de Béxar. Kiedyś wybrali się tam sprzedać kozy. Miasteczko dosłownie oczarowało

Jesúsa. I nic dziwnego; największe miasto, jakie widział wcześniej, składało się z jednego sklepu, jednego baru i pięciu domków, więc w porównaniu z nim Béxar było istną metropolią. Po prostu zachwycające.

Tak jak señority. Kobiety, które widywał w swojej wiosce, były silne, toporne, nieokrzesane i przedwcześnie postarzałe po latach katorżniczej pracy. W Béxar zobaczył kobiety o gładkiej skórze, w pięknych sukienkach, otulone kolorowymi szalami. Nie pachniały ziemią i potem, lecz kwiatami i perfumami.

Jesús marzył o takich kobietach, delikatnych i pięknych jak figurki Matki Boskiej w glinianym wiejskim kościółku. Marzył też o podróżach i przygodach. Chciał zobaczyć miasta większe i dalsze niż Béxar, poczuć upojny smak wolności.

Lecz choć maleńkie gospodarstwo dziadka stało się dla niego pułapką, było zarazem ciepłym i gościnnym domem rodzinnym. Farma rozpościerała się na łagodnym stoku wzgórza, wciśniętego między wysokie góry. Z dwóch stron otaczały ją szerokie strumienie – jeden bystry, gniewny, z mnóstwem wirów i małych wodospadów, drugi leniwy, spokojny jak woda w stawie. W pobliskim lesie było mnóstwo zwierzyny. Żyzna ziemia rodziła kukurydzę, pomidory, fasolę i paprykę.

Matka Jesúsa zmarła, kiedy był małym dzieckiem – tak dawno, że prawie jej nie pamiętał. Za to ojciec zginął całkiem niedawno. Wspomnienia tego przerażającego wydarzenia były żywe i wracały do Jesúsa w licznych koszmarach sennych; noc w noc przeżywał ten sam paraliżujący strach.

Od tamtej pory mieszkał z dziadkiem. Dla obu był to trudny czas: jeden stracił ojca, drugi syna. Dziadek Jesúsa był jednak dobroduszny i cierpliwie słuchał tęsknej paplaniny wnuka o wspaniałej przyszłości, jaka go czeka. Umiał też opowiadać o swoim życiu z taką swadą, że wydawało się znacznie barwniejsze niż w rzeczywistości.

Jesús siedział na brzegu leniwego strumienia, patrzył na nieruchomą linkę wędki i rozkoszował się błogim spokojem. Zdawał sobie sprawę, że nigdzie nie byłby równie szczęśliwy. Nie tłumiło to tęsknoty za innym życiem, ale dawało przynajmniej chwilowe zadowolenie. Jestem młody i wszystko przede mną, myślał. Będzie czas na podróże i na romanse z niezwykłymi kobietami.

Poczuł szarpnięcie i coś pociągnęło linkę pod wodę. Jesús wyprostował się gwałtownie, odczekał, aż ryba chwilę pobawi się przynętą, i wyciągnął na brzeg dużego pstrąga. Podniósł go z dumą i już chciał biec na pole pochwalić się dziadkowi, gdy dostrzegł coś w oddali. Coś, co zmroziło mu krew w żyłach.

Dwóch meksykańskich kawalerzystów zbliżało się właśnie do pola, które dziadek orał pługiem zaprzężonym w woły. Mieli długie lance, czerwone kurtki i hełmy, które w blasku słońca lśniły oślepiająco. Jesúsowi przypominali jakieś mityczne stwory z ognistymi łbami. Niespiesznie podjechali do oracza.

– Witaj, patrioto – odezwał się jeden. – Słyszeliśmy, że masz syna.

Dziadek obrzucił żołnierzy ponurym spojrzeniem, próbując nie dać po sobie poznać, że się boi.

– Mojego syna powieszono – odparł. – Zostałem sam.

Dla potwierdzenia swoich słów wskazał pustą chatę.

Dragoni spojrzeli po sobie i jeden zjechał nad strumień, żeby się rozejrzeć. Drugi tymczasem objeżdżał oracza dookoła, zmuszając go do obracania się w miejscu. Milczał, uśmiechając się znacząco.

– Mieszkam w Teksasie – przyznał dziadek – ale jestem porządnym Meksykaninem.

Jesús przez chwilę śledził tę niepokojącą scenę, a kiedy zobaczył, że pierwszy z dragonów kieruje się w jego stronę, odrzucił pstrąga i schował się w rowie. Żołnierz nie zauważył go, ale jego uwagę zwróciła ryba, która plasnęła o ziemię. Gwizdnął na towarzysza i zjechał do rowu. Jesús kulił się jak mógł, ale nic go nie zasłaniało przed wzrokiem dragona.

Podniósł wzrok. Koń zatrzymał się tuż nad nim – jeszcze krok i stratowałby Jesúsa. Dragon wyglądał jeszcze bardziej złowrogo. Czyżby miał zamiar nadziać go na lancę? Czy raczej powieszą ich z dziadkiem na drzewie, tak jak powiesili ojca?

Żołnierz, który Jesúsowi wydał się przerażający, miał w rzeczywistości dobroduszny, niemal przyjazny wyraz twarzy. Uśmiechnął się łagodnie i powiedział:

– Witamy w armii generała Antonia Lópeza de Santa Anny.

Jesús instynktownie osłonił głowę rękami, szykując się na cios.

– No chodź, chłopcze. Chodź. Nie zrobimy ci krzywdy. Wstań.

Jesús niechętnie wykonał polecenie. Rozejrzał się bezradnie, szukając drogi ucieczki, choć dobrze wiedział, że nie prześcignie konia. Ani nie ucieknie przed ostrzem lancy.

– Jak się nazywasz, synu?

– Jesús Montoya.

– Masz żonę?

Jesús pokręcił przecząco głową.

Porzucony na brzegu pstrąg żył jeszcze; jego skrzela pracowały rozpaczliwie.

45

– Zdążysz się ożenić, jak dorośniesz – stwierdził dragon z uśmiechem.
– A wcześniej zostaniesz bohaterem wojennym. Pójdziesz z nami.

– Dokąd... Jak to... – zająknął się Jesús.

Żołnierz skinął na niego, żeby ruszał.

– Wszystko się wyjaśni – rzekł. – W swoim czasie.

Zapędził Jesúsa do miejsca, gdzie dziadek stał przy pługu z drugim jeźdźcem. Chłopak potknął się i spojrzał błagalnie na żołnierza.

– Moja rodzina...

– Będzie z ciebie dumna. – Dragon uśmiechnął się. – To wielki honor walczyć w obronie kraju.

Jesús chciał uściskać dziadka, ale żołnierze nie pozwolili im się pożegnać. Pomachał więc tylko z daleka i szepnął:

– Dziadku...

Starzec smutno pokręcił głową. Obaj zdawali sobie sprawę, że są bezradni. Drugi żołnierz zrównał się z tym, który znalazł Jesúsa. Chłopiec nie widział dobrze ich twarzy, tak oślepiający blask bił od hełmów.

– Dokąd idziemy? – zapytał.

– Cicho bądź! – warknął dragon. – Marsz!

Ten, który znalazł Jesúsa, nadal się uśmiechał.

– Daj spokój, chłopak jest po prostu ciekawy. Dokąd idziemy, pytasz? Idziemy ukarać *gringos*.

6

Zaznaczył pan, że kurtka ma mieć długie poły? Jak frak?
Pan Ingram, właściciel sklepu i baru, zaczynał mieć tego dość, ale cały czas się uśmiechał. Nasz klient – nasz pan. Nawet wymagający, upierdliwy i wyniosły klient.

– Tak jak pan sobie życzył, panie Travis – odparł z zawodową uprzejmością.

– Pułkowniku Travis – poprawił go młody człowiek.

Ingram tylko uniósł brwi i skinął głową.

Prowadził najlepiej zaopatrzony sklep w San Felipe, a na dobrą sprawę jedyny sklep godny tej nazwy. Szczycił się tym, że można u niego znaleźć dosłownie wszystko, co człowiekowi może być w życiu potrzebne. Od frontu, w sklepie, sprzedawał żywność, tytoń, meksykańskie koce, tykwy, broń, siodła, garnki, świece, noże, a nawet dziecięce przysmaki: kawałki trzciny cukrowej i cukierki z kaktusa. Na tyłach znajdował się bar z rozchwianymi stolikami, pełniący zarazem funkcję magazynu. Pod ścianami stały skrzynie, towary zajmowały każdy wolny kawałek przestrzeni, ale to nie przeszkadzało bywalcom lokalu. Kiedy przychodzili pić, wystrój knajpy mało ich obchodził.

William Barret Travis nie miał okazji tam zaglądać. Był abstynentem, w dodatku z rodzaju tych, którzy wszystkim napotkanym ludziom chętnie przedstawiają swoje poglądy na temat alkoholu. Ingram właśnie się uczył, że dwudziestoszcześcioletni Travis bardzo ceni precyzję wypowiedzi – na każdy temat.

Podpułkownik Travis był mężczyzną przystojnym, wysokim i dumnym; nosił się jak prawdziwy arystokrata. Miał ciemne, przenikliwe oczy i gładką twarz bez śladu zmarszczek, na której chyba nigdy nie gościł uśmiech. Mimo surowego oblicza sprawiał wrażenie człowieka młodszego – i z pewnością bardziej niewinnego – niż był w rzeczywistości.

Rzadko bywał w San Felipe, ale jego wizyty zawsze napawały Ingrama lękiem. Ilekroć młody podpułkownik wchodził do sklepu, właściciel wiedział, że czeka go precyzyjne zamówienie, przesadnie szczegółowe i powtarzane do znudzenia.

Ten dzień był jeszcze gorszy niż zwykle. Pochmurny Travis oparł się o kontuar i beznamiętnym tonem odczytał spisaną odręcznie listę zakupów.

– Lampasy będą czarne? – upewnił się, nie pierwszy raz zresztą. Wskazał rysunek, który przedstawiał mężczyznę w takim samym mundurze, jaki kazał sobie uszyć. Człowiek na obrazku do złudzenia przypominał Travisa.

Ingram jeszcze raz pokiwał głową.

– Tak, panie pułkowniku, dokładnie tak, jak pan sobie życzył. Dokąd mam wysłać mundur?

Travis wyprężył się lekko.

– Do San Antonio de Béxar. Tam będę stacjonował. Mam bronić miasta.

– Przed czym? Przecież Meksykanie wynieśli się z Béxar z podkulonymi ogonami.

Ta odpowiedź trochę zbiła Travisa z tropu – ale tylko trochę. Nie powinien się spodziewać, że Ingram, zwykły cywil, zrozumie powagę żołnierskich obowiązków.

– Mister William?

W drzwiach stanął Joe, służący Travisa. Był mniej więcej wzrostu swojego pana. Miał na sobie używane, lecz czyste i schludne ubranie. Tylko

Travis i sam Joe używali określenia „służący" – dla wszystkich innych dwudziestotrzyletni Murzyn był po prostu niewolnikiem.

– Ona tu jest – powiedział Joe. – W pańskim biurze. Czeka.

Jego słowa miały tak niewiele wspólnego z mundurem, który w tej chwili bez reszty pochłaniał uwagę Travisa, że pułkownik nie od razu zrozumiał, kogo Joe ma na myśli. Uniósł pytająco brwi.

– Pańska żona, mister – wyjaśnił Joe.

Po drugiej stronie ulicy James Bowie wytoczył się z wąskiego przesmyku między domami. Za nim wyszedł Sam, jego niewolnik, którego Bowie nigdy nie nazwałby służącym. Zdaniem Sama jego pan wyglądał jak chodzący trup. Kaszlał okropnie i ostatnio coraz częściej. Sam nie wiedział, czy Bowie jest tylko chory, czy już umierający – i właściwie niewiele go to obchodziło. Wiedział, że jest niewolnikiem, i większość jego myśli kręciła się wokół marzeń o ucieczce i wolności. Ale do dnia, w którym to nastąpi, Sam był gotów przyjmować rozkazy i znosić wszelkie upokorzenia ze stoickim spokojem. Nie miał wyboru.

– Mister James? – zagadnął półgłosem.

Bowie zaczął się krztusić. Zadrżał konwulsyjnie i zwymiotował na ścianę. No, pomyślał Sam, to wyjaśnia sprawę. Jego pan nie był ani chory, ani umierający, tylko po prostu zalany w trupa. Jak zwykle.

Ulicą za ich plecami przemknęła grupa jeźdźców. Sam miał pilnować, żeby nikt nie zobaczył jego pana w takim stanie, ale tętent kopyt najwyraźniej wyrwał Bowiego z alkoholowego odrętwienia, bo wyprostował się i wybiegł na ulicę. Sam usunął się na bok, przepuszczając go, a potem z ciężkim westchnieniem ruszył za nim.

Kiedy Bowie zobaczył idących w jego kierunku Travisa i Joego, aż go skręciło. Wyprężył się jednak i ruszył żwawym krokiem, jakby gdzieś się spieszył w ważnej sprawie. Prawie wszyscy mijani ludzie witali go serdecznie i poklepywali po plecach – widać było, że jest ulubieńcem Teksańczyków. Travisa nikt nie pozdrawiał.

Mijając się, dotknęli rond kapeluszy w uprzejmym geście powitania.

– Witam, pułkowniku – powiedział Travis.

– Cześć, Buck – odparł Bowie. Wiedział, jak bardzo drażni Travisa to przezwisko*.

Niewolnicy też się w pewnym sensie przywitali: wymienili znaczące spojrzenia, świadczące o łączącej ich więzi, a raczej o jej braku. Sam uważał się za lepszego od Joego, Joe zaś nasłuchał się opowieści o wy-

---

* *Buck* (ang.) – kozioł (przyp. tłum.).

brykach Bowiego, jego pijaństwie i niepoczytalności. Pocieszał go fakt, że jest własnością dżentelmena z prawdziwego zdarzenia, jakim bez wątpienia był mister William.

Oddaliwszy się poza zasięg głosu, Travis i Bowie znów przemówili.

– Zapijaczony prymityw – mruknął Travis.

– Zasmarkany elegancik – odparował Bowie.

Jeźdźcy, których przybycie otrzeźwiło Bowiego, zatrzymali się pod sklepem Ingrama i ruszyli do baru przepłukać gardła. W jednym z konnych Bowie rozpoznał Głuchego Smitha, znakomitego zwiadowcę i starego kumpla.

– Głuchy! – zawołał donośnie. Wiedział, że przezwisko nie wzięło się znikąd.

Smith nie zareagował.

– Głuchy! – Bowie podniósł głos.

Smith akurat w tej chwili przypadkiem odwrócił się – i ze zdziwieniem stwierdził, że Bowie stoi tuż za nim. Podali sobie ręce.

– Przyjechaliście z Béxar?

– Ano z Béxar. – Smith pokiwał głową.

– Jak tam mój dom?

Smith spojrzał Bowiemu w oczy. Zastanawiał się, ile może mu powiedzieć.

– Wypędziliśmy z niego Meksykanów. Zagoniliśmy ich najpierw do starej misji, a potem przegnaliśmy na cztery wiatry.

– Czy mój dom bardzo ucierpiał? Jak wygląda?

– Była ostra strzelanina – odparł Smith, ważąc słowa. – Z dział też.

Bowie wyobraził sobie piękną rezydencję w ruinie. Veramendi House należał do rodziny jego żony i chociaż od dawna nikt z nich już tam nie mieszkał, ludzie nadal nazywali go „pałacem Veramendich". Dla Bowiego dom był ważny tylko z jednego względu: to w nim żył szczęśliwie z ukochaną Ursulą. Zburzony dom można odbudować. Albo porzucić. Ale Ursula...

Travis stanął w drzwiach swojego biura. Jasnowłosy siedmiolatek z poważną twarzą spojrzał na niego pytająco. Stojąca za nim kobieta o smutnych oczach głaskała po główce trzyletnią dziewczynkę, która uczepiła się maminej spódnicy i zawstydzona nie chciała nawet spojrzeć na Travisa. Kobieta szturchnęła lekko chłopca.

– No, Charlie, chyba pamiętasz tego pana, co? Pamiętasz tatę?

Travis zmusił się do uśmiechu i opuścił rękę do wysokości pół metra nad podłogą.

– Kiedy cię ostatnio widziałem, byłeś o, taki mały – powiedział ze sztuczną serdecznością.

Charlie milczał. Patrzył tylko na ojca bez cienia złości, bez strachu, bez… właściwie bez żadnych uczuć. Travis z przylepionym do ust uśmiechem odwrócił się do dziewczynki.

– Jak do niej mówisz? Lizzy? Betsy?

– Elisabeth – odparła kobieta.

Dziewczynka wtuliła twarz w matczyną spódnicę. Travis, nie patrząc kobiecie w oczy, udał, że porządkuje leżące na biurku dokumenty.

– Cóż, Rosanno, mamy do wyboru porzucenie, cudzołóstwo albo okrutne traktowanie. Porzucenie byłoby chyba najbliższe prawdy.

Rosanna Travis miała dwadzieścia cztery lata, ale trudy życia sprawiły, że przedwcześnie się postarzała. Nie straciła dawnej urody, wzrok miała jednak surowy, a usta zaciśnięte w wąską kreskę. Travisowi trudno było rozpoznać w niej uroczą dziewczynę, którą przed siedmiu laty poznał na potańcówce w Claiborne w Alabamie. Nie przyszło mu do głowy, że Rosanna przybiera surowy wyraz twarzy tylko w takich sytuacjach jak ta, kiedy czuje się, jakby ktoś wydzierał jej serce z piersi.

– Gdy cię ostatnio widziałam, leżałeś obok mnie w łóżku – powiedziała cicho, niemal szeptem. – Potem zamknęłam oczy. To było cztery lata temu. – Skinieniem głowy wskazała papiery na biurku. – Porzucenie, cudzołóstwo, okrucieństwo… Dopuściłeś się wszystkich trzech.

– To prawda – zgodził się Travis. – Bez wątpienia masz rację.

Rosanna usiadła na obitym skórą fotelu przy biurku i wzięła małą Elisabeth na kolana.

– Dużo się o tobie mówi w Claiborne.

Travis spojrzał na nią z zainteresowaniem, jak zwykle, kiedy był przedmiotem rozmowy.

– Co takiego się mówi?

– Różnie. – Rosanna uśmiechnęła się. – Jesteś… Jesteśmy przedmiotem wielu plotek.

Travis przysiadł na skraju biurka.

– Na przykład?

– Niektórzy twierdzą, że to ja cię zdradziłam.

Travis się skrzywił.

– Nie powinniśmy mówić o tym przy dzieciach…

– Charlie codziennie słyszy takie rzeczy – odparła Rosanna. – Choćby od dzieci, które powtarzają rozmaite plotki i nabijają się z niego. Nie powiemy nic, czego by już nie wiedział. Elisabeth jest dzięki Bogu za mała, żeby coś z tego zrozumieć.

Travis pokiwał głową. Charlie cały czas się w niego wpatrywał, ale pułkownik unikał wzroku syna.

– A inne plotki? – zapytał.

– Podobno zabiłeś człowieka.

– Co takiego?

– Ci, którzy twierdzą, że cię zdradziłam, mówią też, że zamordowałeś mojego kochanka. Jedni mówią, że go zadźgałeś, inni, że zastrzeliłeś, a jeszcze inni, że przywiązałeś go do łóżka i podpaliłeś jego dom.

– Co za brednie! – Travis zerwał się na równe nogi i zaczął nerwowo krążyć po pokoju. – Kto tak mówi?

Rosanna wzruszyła ramionami.

– Prawie wszyscy. Odkąd uciekłeś nocą, zostawiając niespłacone długi i porzuconych klientów kancelarii... nie cieszysz się szczególnym szacunkiem. Sama czasem staję w twojej obronie. – Zaśmiała się z goryczą.

– Tak, tak, bronię twojej godności. To dopiero ironia losu, co?

Travis milczał. Policzki paliły go ze wstydu.

Twarz Rosanny pozostała nieprzenikniona, ale jej głos zdradzał tłumione emocje, gdy spytała:

– Ożenisz się z nią?

– Z kim? – zdziwił się Travis.

– Z kim? – Rosanna znów uśmiechnęła się gorzko. – Taka odpowiedź nie przystoi nawet tobie, Will.

Travis spuścił wzrok.

– Nie miałem pojęcia, że coś o niej wiesz.

– Bo nie wiem. Słyszałam tylko, że się zaręczyliście.

– To nie jest do końca prawda. Od jakiegoś czasu... jesteśmy razem, ale ślub...

– Jak się nazywa?

– Rebecca – odparł Travis po chwili wahania. – Rebecca Cummings.

– Rebecca. Nawet podobne do Rosanna, nie uważasz?

– Wystarczająco różne – odrzekł Travis z udawaną beztroską.

Widząc, jak łzy napływają Rosannie do oczu, natychmiast pożałował swoich słów. Sięgnął po chusteczkę i podszedł do żony, ale powstrzymała go gestem. Wyjęła własną chusteczkę z torebki i otarła łzy. Siedziała chwilę nieruchomo, aż odzyskała spokój, a jej twarz znów zmieniła się w nieprzeniknioną maskę.

Charlie stał przy matce, nie spuszczając wzroku z Travisa. Nie okazywał śladu emocji. Rosanna przejrzała dokument. Nie było w nim nic, czego nie czytałaby już dziesiątki razy.

– Na pewno tego chcesz? – zapytała.

– Przecież oboje już podpisaliśmy...

– Chodziło mi o Charliego.

– Nie upieram się, ale uważam, że powinien mieć jakiś męski wzorzec w życiu.

Rosanna milczała, lecz jej spojrzenie mówiło wyraźnie, co myśli o „męskim wzorcu" w jego wydaniu. Travis udał, że tego nie widzi.

– Znalazłem już rodzinę, w której zostanie podczas mojej nieobecności. Nazywają się Ayersowie i są cudowni. Żona jest sporo młodsza od męża, ale...

Przerwał, bo oczy Rosanny znów zaszły łzami. Postanowił zmienić temat.

– Dostałem awans na podpułkownika – oznajmił weselszym tonem. – Pisałem ci o tym?

– Nie mogę powiedzieć, że cieszę się razem z tobą, Billy. – Rosanna wstała. – No, czas na nas. Czeka nas długa droga.

Uklękła i z całej siły przytuliła syna do piersi. Charlie, oszołomiony gwałtownym matczynym uściskiem, szarpnął się, próbując się wyrwać. Kiedy po chwili go puściła, położyła mu ręce na ramionach i spojrzała głęboko w oczy, jakby chciała na zawsze zapamiętać jego twarz. Pocałowała syna w czoło i odgarnęła mu włosy opadające do oczu.

Travis, nie chcąc patrzeć na tę scenę, stanął przy oknie i wyjrzał na ruchliwe ulice San Felipe.

– Twój ojciec będzie bogaty – tłumaczyła chłopcu Rosanna. – Zapewni ci wykształcenie.

Charlie nic nie powiedział, nie uronił ani jednej łzy. Wyglądał jak posąg.

Rosanna wstała i ostatni raz spojrzała na syna. Potem wzięła Elisabeth za rączkę i bez słowa ruszyła do drzwi. Dziewczynka odwróciła się jeszcze, kiedy wychodziły. Travis wpatrywał się przez chwilę w zamknięte drzwi. Wreszcie odwrócił wzrok, uśmiechnął się z wysiłkiem i przyklęknął przed synem.

– Mamy tu nauczyciela, który będzie cię uczył hiszpańskiego – powiedział. – *Hola, Carlos*. To znaczy: cześć, Charlie.

Chłopiec bez słowa usiadł na stojącym w kącie krześle. Sięgnął do torby, którą zostawiła mu matka, i wyjął z niej książeczkę z obrazkami.

Travisa naszły nagle wątpliwości, czy podjął słuszną decyzję. Wyjrzał przez okno. Jego żona i córka szły drugą stroną ulicy. Na zawsze odchodziły z jego życia.

7

Pomieszczenie było niskie i miało niemalowane ściany. Pośrodku stała zbita z nieheblowanych desek platforma, a na niej mównica. Pod ścianami ustawiono kilkadziesiąt krzeseł i kilka pospiesznie sklęconych ław. Miejsc siedzących nie starczyłoby nawet dla połowy mężczyzn zgromadzonych w sali, ale to nie miało znaczenia, bo wszyscy byli zbyt podekscytowani, żeby usiąść. Zebrani dzielili się niemal dokładnie po połowie na zwolenników Stronnictwa Wojny i Stronnictwa Pokoju.

To pierwsze reprezentował T.J. Rusk. Przyjechał do Teksasu tropem oszustów, z którymi zawarł niekorzystną transakcję. Nie złapał ich, ale zakochał się w tym kraju i postanowił osiąść tu na stałe. Na krótko przed oblężeniem Béxar zebrał oddział ochotników, dotarli jednak do miasta za późno i nie wzięli udziału w walkach.

Kolejny członek Stronnictwa Wojny, gubernator Smith, były nauczyciel, miał dziewięcioro dzieci z trzech kolejnych małżeństw, lecz mimo to – a może właśnie dlatego – był porywczy i ciągle rozdrażniony.

Do Stronnictwa Wojny należeli także James Grant i Mosley Baker, nieokrzesani prostacy, którzy już dawno dali się Santa Annie we znaki. Generał wydał nawet wyrok śmierci na Bakera, ale ten na razie skutecznie wymykał się jego ludziom. Był wśród mężczyzn z Gonzales, kiedy ci krzyczeli: „Przyjdźcie i ją sobie weźcie!" – a więc uczestniczył w hałaśliwych narodzinach rewolucji. Potem pomagał odbić Béxar z rąk generała Cósa.

Grant, lekarz z zawodu, wciąż nie wyzbył się dźwięcznego szkockiego „r", choć spędził w Teksasie dobrze ponad dziesięć lat. Przybył w te okolice jako rządowy agent osiedleńczy z nadzieją zbicia fortuny na sprzedawaniu ziemi imigrantom. Powodziło mu się znakomicie, między innymi dlatego, że umiejętnie obchodził – a w razie potrzeby także łamał – prawo. Szemrane interesy przysporzyły mu sporo wrogów. Zaliczał się do nich także Santa Anna, który gardził spekulantami ziemią, aresztował ich przy każdej okazji i przetrzymywał w meksykańskich więzieniach. Grant jednak, tak jak porywczy Baker, nie wpadł jeszcze w ręce generała.

David Burnet, który również uzyskał licencję rządu meksykańskiego na sprowadzanie osadników do Teksasu, był pod wieloma względami przeciwieństwem Granta. Nie pił, nie przeklinał, w jednej kieszeni nosił Biblię, w drugiej rewolwer i z obu tych przedmiotów potrafił czynić morderczy użytek. Pochodził z New Jersey, gdzie pracował jako księgowy.

Obecnie, z rozwichrzoną szopą czarnych włosów, bardziej przypominał nawiedzonego ewangelistę straszącego wiernych siarką i ogniem piekielnym. I równie skutecznie umiał panować nad tłumem.

Stał w tej chwili na mównicy i przemawiał donośnym głosem kaznodziei. Po jednej stronie sali zgromadzili się członkowie Stronnictwa Wojny, po drugiej ich rywale. Mierzyli się teraz wzrokiem nad dzielącą ich polityczną przepaścią.

– Panowie! – zawołał Burnet. – Minęły ponad dwa lata, odkąd wystąpiłem z petycją o odłączenie Teksasu od Coahuili. Wielu z was podpisało się pod tym dokumentem!

Rozległy się wiwaty i okrzyki triumfu. Burnet pochylił się, oparł mocniej o mównicę i obrzucił zebranych złowrogim spojrzeniem, jakby byli grzesznikami skazanymi na wieczne potępienie.

– Dziś jednak chodzi nam o coś więcej niż zwykłe oddzielenie stanów. Dziś chcemy niepodległości Teksasu!

Z części sali zajmowanej przez Stronnictwo Pokoju dobiegło buczenie. Większość jego zwolenników opowiadała się za zawarciem porozumienia z Meksykiem; obawiali się, że żądanie niezależności doprowadzi do wybuchu rewolucji i ogromnego rozlewu krwi.

Burnet postukał w mównicę, próbując uciszyć zgromadzonych.

– Lecz aby wybić się na niepodległość, potrzebujemy wsparcia ze strony patriotów. Strzeżmy się, albowiem egoizm oportunistów, którzy chcą się dorobić kosztem wolności kraju, może wyrządzić nieodwracalne szkody naszej sprawie.

Natężenie wiwatów i okrzyków krytyki było tym razem mniej więcej równe.

Grant, który siedział przy zbitym z desek stoliku, wstał i oskarżycielskim gestem wycelował palec w Burneta.

– Nazywasz mnie oportunistą? – zawołał. – Dobrze więc, jestem oportunistą! Ale odbicie Béxar wszystko zmieniło! Teraz to my kontrolujemy sytuację!

Gubernator Smith zerwał się z miejsca.

– Przysięgaliśmy wierność Meksykowi – przypomniał, usiłując przekrzyczeć Stronnictwo Wojny. – Obowiązuje nas federacyjna konstytucja z 1824 roku!

– Santa Anna osobiście podarł konstytucję na strzępy, nieprawdaż? – przerwał mu Mosley Baker. – I nazwał się najwyższym dyktatorem. Centraliści zmienili zasady. Nie wiem jak wy, ale ja na pewno nie będę się wysługiwał dyktatorowi!

Zwolennicy Bakera zaczęli klaskać, tłuc w stoły i stukać laskami w podłogę.

– Dobrze mówi! – krzyczeli. – Dobrze mówi! My też nie!

Gubernator podniósł ręce, próbując ich uciszyć, ale bezskutecznie.

– Panowie! – zawołał ochrypłym z wysiłku głosem. – Czy chcemy walczyć o przywrócenie konstytucji, czy o niepodległość?

W tej sali nie należało zadawać takiego pytania.

– Niepodległość! – odpowiedziała chórem połowa zebranych.

– Konstytucja! – ryknęła druga połowa.

Hałas stał się nie do wytrzymania.

Pracując ostro łokciami, Juan Seguin przepchnął się do pierwszego szeregu. Większość obecnych szanowała go bardziej niż Smitha, toteż harmider ścichł, osiągając poziom głośnego pomruku.

– Możemy przeciwstawić się dyktatorowi, ale jako lojalni Meksykanie – zasugerował.

Thompson, charyzmatyczny, lecz beznadziejnie skorumpowany polityk z Karoliny Południowej, wypalił bez ogródek:

– Nie jestem Meksykaninem!

Odpowiedziały mu liczne głosy poparcia. Seguin uciszył je, podnosząc rękę.

– Każdy z nas musiał stać się katolikiem i Meksykaninem, żeby móc się tu osiedlić – stwierdził.

Miał rację, choć dla większości osadników przysięga była czczą formalnością, hołdem złożonym archaicznemu prawu. Nikt nie zamierzał jej dotrzymywać – a już z pewnością nie w sytuacji, kiedy istniała korzystniejsza alternatywa.

– Sam Houston jest generałem naszej armii… – ciągnął Seguin.

– Nie jest generałem ludzi, którzy w Béxar zasmakowali zwycięstwa – przerwał mu Grant.

Stronnictwo Wojny zareagowało kolejnymi wiwatami.

– A poza tym gdzie jest teraz pan Houston, señor Seguin? – zapytał szyderczo Burnet. – Gdzie nasz dobry generał?

Pusty kieliszek stuknął głośno o kontuar w barze na tyłach sklepu Ingrama. Sam Houston próbował sobie nalać następną porcję trunku, ale ręka tak mu się trzęsła, że musiał na chwilę odstawić butelkę.

Mathew Ingram, piętnastoletni syn właściciela, który właśnie sprzątał w sklepie, przerwał zamiatanie i wbił wzrok w roztrzęsionego Houstona. Dopiero kiedy Houston spojrzał na niego, zorientował się, że zachowuje się niegrzecznie, i spuścił oczy na zamieciony przed chwilą kawałek podłogi. Jego ojciec wszedł do baru z zapasem towaru.

– Dobrze się czujesz? – zapytał Houstona.

– Sięgnąłem dna – odparł Houston z sardonicznym uśmiechem – a to całkiem niezły punkt wyjścia. – Chwycił butelkę i znów spróbował trafić do kieliszka. Skinął Ingramowi głową. – Miło, że pytasz.

W drzwiach baru pojawił się Juan Seguin. Rozejrzał się po tonącym w półmroku wnętrzu, a dostrzegłszy Houstona, pokręcił głową z dezaprobatą.

– Już czas, panie generale – powiedział.

Houston nie zwrócił na niego uwagi, całkowicie skoncentrowany na butelce. Zdawał sobie sprawę, że Mathew obserwuje go ukradkiem, więc tym razem postarał się, żeby ręka mu nie drgnęła. Nie uronił ani kropli i z dumą wychylił kieliszek. Odwrócił się do Seguina.

– Wytrzeźwieć przez picie – oto prawdziwy cud – powiedział.

– Generale – powtórzył z naciskiem Seguin.

– W porządku, Juan. – Houston pokiwał głową. – Już idę.

Rzucił na bar monetę z podobizną dystyngowanego mężczyzny i napisem: GENERAŁ ANTONIO LOPEZ DE SANTA ANNA.

Wyszli na ulicę. Houston odetchnął pełną piersią, wciągając do płuc świeże powietrze. Z każdym krokiem prezentował się coraz dumniej, aż ludzie zaczęli się za nim oglądać. Był wyższy od większości mijanych mężczyzn, ale nie tylko jego wzrost robił wrażenie na przechodniach. Mógłby być o głowę niższy, a i tak przyciągałby uwagę. Seguin zawsze go za to podziwiał – i zazdrościł mu. On sam nie był urodzonym wodzem. Nigdy też nie widział, żeby ktoś tak beztrosko jak Houston trwonił wrodzony dar.

– Kto tam jest? – zapytał Houston.

– Grant, Baker i paru innych – odparł Seguin. Pokrótce opisał przebieg spotkania.

– Cholerni durnie – mruknął Houston.

– Teraz, po zajęciu Béxar, chcieliby ruszyć na Matamoros.

– Matamoros? A po co, u licha, chcą zająć Matamoros?

Matamoros, meksykańskie miasto portowe, stanowiło jedną z głównych bram do Teksasu od strony południowej, miało więc spore znaczenie strategiczne. Powszechnie uważano, że jego mieszkańcy nie przepadają za Santa Anną i mogliby powiększyć zastępy zwolenników teksańskiej sprawy. Ale największą bodaj pokusę dla potencjalnych zdobywców stanowił fakt, że Matamoros było miastem bogatym, zasobnym w gotówkę, broń i inne towary, których pożądali członkowie Stronnictwa Wojny.

– Chcą złupić port – wyjaśnił Seguin. – Zasmakowali we krwi.

W tej chwili podszedł do nich Travis. Objuczony sakwami Joe trzymał się z tyłu.

– Panie generale – odezwał się Travis. – Można pana prosić na słowo?

Houston zatrzymał się i spojrzał na niego wyniośle. Travis lekko się zmieszał, ale szybko wróciła mu pewność siebie.

– Czy nie zechciałby pan, panie generale, przemyśleć swojej decyzji o wysłaniu mnie do Béxar? Miasto zostało odbite, więc pozostanie mi tylko... Jestem kawalerzystą, panie generale. Wydaje mi się, że gdzie indziej mogę się bardziej przydać.

Skinął na Joego, a ten otworzył sakwę. Travis wyjął z niej rysunek zamówionego munduru i pokazał go Houstonowi.

– Panie generale, proponuję, żeby oddział jazdy...

Houston nawet nie spojrzał na rysunek.

– Proszę złożyć wniosek na piśmie – powiedział.

– Już to zrobiłem, panie generale.

Joe wręczył Travisowi zwitek papierów. Ten podał je Houstonowi, ale generał nie wyciągnął po nie ręki. Spojrzał za to na Travisa w taki sposób, że ten poczuł się nieswojo.

– Jesteście prawnikiem, Travis, prawda?

– Zgadza się – odparł Travis z dumą. Trochę się rozluźnił. – Tak jak i pan, generale.

Houston skinął głową i poklepał Travisa po plecach.

– Bóg czuwa nad Teksasem – rzekł protekcjonalnym tonem.

Joe dyskretnie spuścił oczy, a Houston i Seguin poszli dalej. Travis odprowadził ich wzrokiem, a potem bez słowa wrócił do biura.

– Powiedz mi – odezwał się Houston, kiedy z Seguinem oddalili się od Travisa – dlaczego młodzi mężczyźni mierzą swoją wielkość liczbą walk, a nie miarką krawiecką?

– Czemu jest pan dla niego taki surowy, generale?

Houston spojrzał na Seguina i uśmiechnął się.

– Przypomina mi mnie samego.

Podeszli do tłumu zgromadzonego przed siedzibą rady miejskiej.

– Doradzam odrobinę pokory, generale – szepnął Seguin.

Ludzie już ich zauważyli. Widząc wrogie spojrzenia, Houston zamyślił się nad słowami Seguina.

– Juan, *mi amigo* – powiedział – ja korzę się tylko przed Bogiem.

Tłum rozstąpił się i weszli do środka.

W sali panował chaos. Zebrani w grupki mężczyźni przygotowywali dokumenty, spierając się o szczegóły zapisów. Nie ulegało wątpliwości, że linia frontu przebiega między Stronnictwami Wojny i Pokoju. Burnet przechadzał się po sali i najwyraźniej panował nad sytuacją. Teraz wszedł na mównicę.

– Przedłożono pod dyskusję sprawę ataku na Matamoros... – Dostrzegł Houstona, który stanął na uboczu i oparł się o ścianę. Zwrócił się w jego kierunku. – Kto chce zabrać głos w tej sprawie?

Jedni podnieśli ręce, inni zaczęli wymachiwać laskami, domagając się szansy na przedstawienie swoich argumentów. Burnet powiódł wzrokiem po zebranych, wyłowił z tłumu Granta i skinął na niego. Szkot wstał i wskazał przybitą do ściany mapę Teksasu i Coahuili.

– Zajęcie Matamoros przypieczętuje naszą niepodległość – stwierdził. – Uderzymy na terytorium wroga i wyprzemy go z Teksasu.

Stronnictwo Wojny odpowiedziało triumfalnym pokrzykiwaniem. Gubernator Smith uśmiechnął się kpiąco.

– Wszyscy wiemy, kto ma prawa do ziem leżących na terytorium Meksyku – zauważył. – W tej chwili prawa te nie są nic warte...

Część zebranych zareagowała głośnym syczeniem.

– Ta rada jest do cna skorumpowana – ciągnął tymczasem Smith. – Kiedy celem wojny są łupy, dawne przymierza idą w niepamięć. Przyjaciele dzielą los wrogów.

Połowa sali zajmowana przez Stronnictwo Wojny eksplodowała okrzykami sprzeciwu.

– Łupy? – prychnął Baker. Wstał i ruszył w stronę mównicy. – To sprawa odwagi! Kwestia tego, czy mamy dość ikry, żeby dokończyć to, co zaczęliśmy!

Większość obecnych z entuzjazmem wyraziła swoje poparcie. Houston spojrzał na Seguina, powiódł wzrokiem po sali i pokręcił głową. Zaczął przepychać się przez tłum. Wszystkie oczy zwróciły się na niego i choć jego obecność mało kogo ucieszyła, miała ogromny wpływ na przebieg spotkania. Zapadła taka cisza, jakiej nie było od początku spotkania.

– Bez dowódców. Bez przeszkolenia. Prawie bez zaopatrzenia i praktycznie bez amunicji.

Houston nie podnosił głosu, ale było go słychać w całej sali. Podszedł do ściany, wyciągnął nóż i wskazał nim punkt na mapie. W lewej ręce trzymał dymiące cygaro.

– Ekspedycja wojskowa z San Felipe do Matamoros – nakreślił linię łączącą oba miasta – to szaleństwo. Nie można rozdzielać armii na samowolne oddziały milicji i szabrowników, które pod byle pretekstem rozlezą się po okolicy jak żądna krwi tłuszcza.

Schował nóż, zaciągnął się cygarem i ruszył dalej w obchód sali.

– Naprawdę wydaje się wam, że to koniec? Wojna jeszcze się nie zaczęła, a najgorsze łotry już troszczą się tylko o własną kieskę.

W sali zapanowała cisza, którą dopiero po dłuższej chwili przerwały gniewne okrzyki:

– Tchórz!

– Asekurant!

– Panikarz!

– Pijak!

Protesty narastały, a Houston coraz bardziej zacinał się w uporze.

– Nowe tereny zawsze przyciągają krzykaczy i miernoty, które lubują się w pochopnych i bezmyślnych posunięciach – oznajmił. Popatrzył po otaczających go ludziach. – Wygląda na to, że w Teksasie jest ich więcej niż gdzie indziej.

Początkowo tłum składał się mniej więcej po równo ze zwolenników i przeciwników Houstona, ale teraz już wszyscy byli mu wrodzy. Stojący na mównicy Burnet uśmiechnął się lekceważąco.

– Nie chciał pan odbijać Béxar – przypomniał Houstonowi. – Ale zwyciężyliśmy. Teraz nie chce pan iść na Matamoros, gdzie czeka nas równie słodkie zwycięstwo. Może po prostu nie lubi się pan bić, generale?

Odpowiedzią były triumfalne okrzyki i szyderczy śmiech.

– W nowym państwie Teksas będą rządzić prawdziwi wojownicy! – zawołał Mosley Baker, czym zasłużył na chóralne poparcie.

Burnet gestem uciszył tłum.

– Rada przegłosuje teraz wniosek o usunięcie generała Houstona ze stanowiska głównodowodzącego armii. Kto jest za, proszę podnieść rękę.

Podniosła się większość rąk, rozległy się okrzyki: „Dobrze mówi! Tak! Tak!" T.J. Rusk wahał się, ale w końcu przyłączył się do głosujących.

Smith pogroził Burnetowi palcem.

– Nie reprezentuje pan Teksasu – upomniał go. – To ja jestem gubernatorem. Niniejszym zawieszam posiedzenie rady!

Burnet odwrócił się do tłumu. Najwyraźniej świetnie się czuł w roli prowokatora.

– Kto jest za tym, żeby odwołać gubernatora Smitha ze stanowiska?!

Znów odpowiedzią były wiwaty i las uniesionych rąk. Zewsząd spoglądały na Burneta wykrzywione wściekłością twarze.

– Matamoros! – krzyczeli podżegacze. – Zwycięstwo! Bóg z Teksasem!

Houston próbował jeszcze coś powiedzieć, ale nie mógł się przebić przez ogólny rejwach.

– Milicja musi podlegać generałowi armii! – krzyczał, lecz nikt go nie słuchał. – Musimy zachować spójne dowodzenie...

Burnet przysunął się do niego i warknął:

– To już nie twój interes, kto komu podlega.

Odwrócił się i wskazał Fannina, który siedział pod ścianą wyprężony jak modelowy żołnierzyk.

– Dowództwo armii przejmie pułkownik James Fannin, student akademii West Point!

Fannin wstał, a rozentuzjazmowane Stronnictwo Wojny powitało go triumfalnymi okrzykami. Rzeczywiście, Fannin uczył się w West Point, Burnet nie wiedział jednak – albo po prostu wolał o tym nie mówić – że po niespełna dwóch latach został wydalony z akademii i nie ukończył studiów. Nigdy niczym się nie wyróżnił: na jego roku było osiemdziesięciu sześciu studentów, a Fannin zajmował sześćdziesiątą lokatę. Lecz nie zmieniało to faktu, że wśród zgromadzonych w San Felipe był jedynym studentem West Point, co w oczach rwących się do działania wojowników czyniło go idealnym dowódcą.

Houston nie miał pojęcia o nader skromnych osiągnięciach Fannina, ale znał się na ludziach i wystarczył mu jeden rzut oka na pułkownika, by wiedzieć, że nie nadaje się na wodza.

– Żołnierze amatorzy w służbie polityków amatorów – mruknął z pogardą.

– Nieodżałowany Sam Houston! – krzyknął w odpowiedzi Grant, nie kryjąc sarkazmu. – Były gubernator Tennessee, były generał armii Teksasu.

Tłum skwitował jego słowa wybuchami śmiechu.

– Walka w Béxar doprowadziła do chaosu – ciągnął Houston. – Dalsze walki przyniosą unicestwienie...

– Ty tchórzu! – przerwał mu Grant.

Houston spojrzał na niego beznamiętnym wzrokiem, wydmuchnął dym z cygara i odparł:

– Ty męska dziwko.

Granta zamurowało. Obrażano go wielokrotnie i na różne sposoby, ale czegoś takiego jeszcze nie słyszał.

– Coś ty powiedział?

Houston uśmiechnął się z satysfakcją. Musiał trafić w czuły punkt.

– Nazwałem cię męską dziwką, Grant. To gorsze niż zwykły pederasta.

Grant wyciągnął nóż. Houston wiedział, jak wykorzystać dramatyczny moment. Ściągnął jedwabną apaszkę, rozdarł koszulę i obnażył pierś. Przydało mu się aktorskie doświadczenie.

– Dalej! – zawołał melodramatycznie. – Pchnij mnie!

Seguin z westchnieniem stanął obok niego. Grant chciał się już rzucić na Houstona, kiedy nagle wszystkie spojrzenia zwróciły się ku drzwiom.

– Każda okazja jest dobra, żeby się rozebrać, co, Houston? – zapytał stojący w progu Jim Bowie. Uśmiechnął się i pokręcił głową.

Pierwszy raz tego dnia w sali zapadła całkowita cisza.

– To nie pański interes, panie Bowie – odwarknął Grant.

– Racja – przytaknął mu Houston, naśladując szkocki akcent. – To sprawa między mną a tą męską dziwką.

Grant skrzywił się, jakby go spoliczkowano. Bowie oparł rękę na biodrze, odchylając połę kurtki i odsłaniając schowany w pochwie nóż. Podszedł do stołu. Wszyscy słyszeli legendy związane z tym nożem. Bowie wyjął go teatralnym gestem. Klinga była olbrzymia i tak przerażająca, że niektórzy nie mogli znieść jej widoku i spuścili wzrok. Bowie obrócił nóż w dłoni i podał go Grantowi rękojeścią do przodu.

– Możesz wolisz mój, Grant? – zapytał i dodał, zniżywszy złowieszczo głos: – Jeśli tak, chętnie ci go dam.

Wszyscy z zapartym tchem śledzili tę scenę. Bowie wypuścił z ręki nóż, który z głośnym łoskotem spadł na stół, i posłał Grantowi spojrzenie, jakby mówił: „No, dalej, spróbuj".

Grant wolałby umrzeć, niż pozwolić się upokorzyć na oczach Stronnictwa Wojny, któremu miał ambicje przewodzić. Miał jednak dość oleju w głowie, by zdawać sobie sprawę, że jeśli przeciągnie strunę, naprawdę może zginąć. Owszem, był niezłym nożownikiem, ale „niezły" to trochę za mało, żeby stanąć przeciw Jamesowi Bowiemu. Wahał się jeszcze chwilę, a potem schował swój nóż i odsunął się na bok.

Bowie podszedł do Houstona i zapiął mu koszulę, odwracając się przy tym plecami do Granta – w taki sposób, że wszyscy musieli to zauważyć. Sama jego obecność wystarczyła, by uspokoić atmosferę. Houston, wciąż lekko oszołomiony jak człowiek, którego właśnie wyrwano ze snu, zapytał szeptem:

– Postawić ci drinka?

Bowie uśmiechnął się i włożył mu na głowę kapelusz, przekrzywiając go zawadiacko.

Grant cały czas wpatrywał się w leżący na stole nóż, ale nie wyciągnął po niego ręki. Otaczający go ludzie, jeszcze przed chwilą rozgorączkowani i hałaśliwi, teraz siedzieli cicho jak myszy pod miotłą. Thompson, pyskaty Karolińczyk, wpatrywał się w nóż Bowiego z chorobliwą fascynacją. Zastanawiał się, czy jeśli dojdzie do bójki, krew zbryzga mu nową bobrową czapę. Najchętniej zerwałby się na równe nogi i uciekł, gdzie pieprz rośnie, ale nie mógł się ruszyć z miejsca.

Bowie uśmiechnął się i powiódł wzrokiem po sali.

– Musicie zrozumieć Sama – powiedział. – Wychował się wśród Indian.

Objął Houstona wpół i już ruszyli w stronę drzwi, gdy Bowie przypomniał sobie o nożu. Cofnął się i wolno schował go do pochwy, nie odrywając wzroku od Granta. Wszyscy patrzyli z zapartym tchem.

Houston i Bowie wyszli na ulicę.

– Wspomniałeś coś o drinku – odezwał się po chwili Bowie.

Houston uśmiechnął się i klepnął go w plecy. Poszli do baru Ingrama, który od dobrego kwadransa nie miał przyjemności gościć Houstona w swoich progach.

Pozbywszy się generała, Stronnictwo Wojny wróciło do dyskusji nad marszem do Matamoros, który nazwano już ekspedycją Matamoros.

– Proponuję, żeby dowództwo nad ekspedycją objął generał Fannin – zasugerował Grant.

Burnet pokiwał głową.

– Kto jest za? – zapytał.

Wniosek przeszedł bez większych sprzeciwów. Fannin wstał, zrobił skromną minę i pomachał zebranym. Miał nadzieję, że nie widać po nim, jak bardzo się boi. Zgoda, chciał zostać bohaterem, ale ta ekspedycja zapowiadała się na niebezpieczną.

– To jakiś absurd! – zawołał sfrustrowany Smith. – W ten sposób zagarniecie większość zapasów i zabierzecie je daleko stąd. Teksas zostanie bezbronny!

Zwolennicy interwencji zakrzyczeli go, Burnet spiorunował go wzrokiem.

– Jeżeli zajmiemy Matamoros, wojsko meksykańskie będzie mogło wkroczyć do Teksasu tylko od strony lądu. A drogi łatwo upilnować. To najlepszy sposób obrony Teksasu! – Odpowiedziały mu oklaski. – Jeśli zaś chodzi o zapasy, to pułkownik Fannin i jego ludzie wezmą tylko to, co niezbędne. W każdej placówce po drodze zostawią minimalną obsadę. Doktor Grant i pułkownik Johnson z setką ludzi zdobędą dodatkowe zapasy i konie dla ekspedycji.

Grant pokiwał głową.

– Béxar jest bezpieczne. Można z tamtejszego garnizonu zabrać sporo ludzi i broni. Wyruszymy tam najdalej za czterdzieści osiem godzin.

Wszyscy przytaknęli mu z entuzjazmem. Plan wyglądał doskonale.

Burnet spojrzał na zwolenników wojny, potem na Stronnictwo Pokoju, w którym również odzywały się głosy tych, którzy zaczynali dostrzegać zalety ekspedycji Matamoros.

– Nadszedł nasz czas, bracia! – zawołał. – Do Matamoros! Po zwycięstwo!

Dwa dni później Bowie stał przed sklepem Ingrama i patrzył, jak oddział milicji dosiada koni i żegnany wiwatami wyjeżdża z miasta, pewien zwycięstwa. Prowadzona przez Fannina kolumna skierowała się prosto do Goliad, a Grant i Johnson ze swoimi ludźmi ruszyli do Béxar. Mimo że Johnson był oficerem, to Grant jechał na czele, pozując na wodza ekspedycji. Zdegustowany Bowie pokręcił tylko głową i poszedł w swoją stronę.

Minął zadaszony łącznik między domami – ten sam, w którym niedawno tak boleśnie się pochorował. Sądząc po dochodzących stamtąd odgłosach, ktoś kontynuował tę niechlubną tradycję. Bowie zajrzał w głąb zaułka i dostrzegł skulonego pod ścianą mężczyznę. Sączące się z pobliskiego okna światło lampy padało mu na twarz. Bowie rozpoznał Houstona, który siedział z rozrzuconymi rękami i głową bezwładnie opartą o ścianę. Obok leżał jego kapelusz, zgnieciony i brudny, jakby niepostrzeżenie zsunął mu się z głowy. Houston miał zamknięte oczy i mruczał coś pod nosem.

Bowie od razu się zorientował, że Sam jest pijany w sztok; sam często bywał w takim stanie. W jednej ręce Houston trzymał do połowy opróżnioną butelkę, w drugiej pistolet.

Bowie podszedł bliżej i stanął nad nim. Houston z wysiłkiem otworzył oczy. Kąciki ust miał brudne od wymiocin.

– Weź sobie stołek – zaproponował.

Bowie rozejrzał się i stwierdził, że znajdują się dokładnie w tym samym miejscu, w którym ostatnio się porzygał. Przykucnął.

– Zrób mi przyjemność – poprosił. – Nie śpij tu dzisiaj.

Houston pociągnął solidny łyk z butelki. Whisky pociekła mu po brodzie i wsiąkła w koszulę na piersi.

– Robisz z siebie durnia, Sam – dodał Bowie.

– Mściwe sukinsyny – burknął Houston. – Wysłali mnie, żebym dogadał się z Czirokezami.

Podał butelkę Bowiemu, który też się napił.

– Rada nie miała pojęcia, co innego można z tobą zrobić – zauważył. – Nie chciałeś jechać do Matamoros. Dla Fannina byłbyś jak drzazga w tyłku. Dla Granta też.

Houston pokiwał głową i wziął kolejny łyk.

– Więc się mnie pozbyli. Tak to widzę.

– Spójrz na to z drugiej strony: wrócisz do domu. Przecież nigdzie nie czujesz się tak dobrze, jak wśród Indian. Sam mi to powiedziałeś.

Houston tylko wzruszył ramionami.

– Przez trzy miesiące sypiałem pod Béxar na gołej ziemi – ciągnął Bowie. – A ten wymuskany szwagierek Santa Anny mieszkał w moim domu. I pił moją whisky. Straciłem wszystko, co miałem. Przynajmniej wszystko, co było moje na papierze.

Houston zapatrzył się w mrok.

– Teksas był dla nas wszystkich drugą szansą – mruknął. – Miejscem, w którym obmyjemy się z grzechów, a to nie byle co. Nie zapominaj o tym.

Bowie spojrzał na niego z ukosa. Houston podkreślił wagę swoich słów kolejnym łykiem trunku. Wyglądał, jakby wygłaszał kolejną ważną mowę – wieczny polityk, nawet kiedy siedzi we własnych rzygowinach.

– Ale Teksańczycy zmarnowali Teksas – dodał.

– Ta ziemia jest dla ludzi za dobra.

– To nie jej wina – zauważył Houston i zawiesił głos. – Oni wrócą. Meksykanie. Przyprowadzą dużą, dobrze wyszkoloną armię. I staną naprzeciw garstki amatorów. Jedyna nasza szansa to wydać im bitwę w otwartym terenie. Jak w 1812. Jak w wojnach z Indianami. Taktyka spalonej ziemi. – Kolejny łyk whisky. – Do diabła, Jim, co takiego jest w tym przeklętym miejscu?

– Jakim miejscu?

– W Alamo. Kiedy tylko w Béxar źle się dzieje, wszyscy chronią się w Alamo. Przecież to tylko kupa błota i zrujnowany kościół.

– I działa, które chronią mój dom.

– Ty nie masz domu. – Houston pokręcił bezradnie głową. – Tak jak ja.

To stwierdzenie zabolało bardziej, niż Houston mógł się spodziewać. Poklepał Bowiego po udzie.

– Cholernie mi przykro z powodu twojej żony, Jim.

– A mnie z powodu twojej, Sam.

Przez chwilę byli dwoma zwyczajnymi mężczyznami, którzy wiele w życiu stracili i mieli prawo uważać, że dawno przeżyli swoje najlepsze dni. Czując, że osuwa się w znajomą otchłań rozpaczy, Houston wysiłkiem woli otrząsnął się z przygnębienia. Spojrzał z ożywieniem na Bowiego.

– Jestem twoim generałem czy nie? – zapytał.

– Wiesz, że tak.

– To dobrze. Chcę, żebyś wrócił do Béxar, wysadził Alamo w powietrze i ściągnął mi tu działa. Obiecaj mi, że to zrobisz.

Po chwili namysłu Bowie pokiwał głową.

– Obiecujesz? – nalegał Houston.

– Obiecuję. A teraz chodź, trzeba cię wygrzebać z tego gnoju i nadać ci ludzki wygląd. – Bowie pomógł Houstonowi wstać. – Nie zapominaj, że jesteś naszym ambasadorem wśród Czirokezów. Odrobinę godności, Sam.

– Mam odrobinę godności, Jim. Właśnie odrobinę.

Następny dzień wstał pogodny i słoneczny, niebo było bezchmurne, a powietrze rześkie. Ulice San Felipe opustoszały, jakby sytuacja wróciła do normy, a miasteczko znów stało się – jak zwykle – zabitą dechami dziurą na końcu świata. Świnie ryły w ziemi w poszukiwaniu jedzenia, bezdomne psy robiły to samo, choć z większym zapamiętaniem.

Houston, który w świetle dziennym prezentował się gorzej niż po zmroku, osiodłał i objuczył Saracena, pięknego białego ogiera. Wierzchem dłoni otarł spierzchnięte wargi i dosiadł konia.

Mathew Ingram obserwował go z okna ojcowskiego sklepu. Teraz albo nigdy, pomyślał. Wyszedł na dwór i pomachał do jeźdźca.

– Generale?

Houston siedział sztywno w siodle, wpatrzony w dal, jakby w ogóle go nie usłyszał.

– Panie generale – powtórzył Mathew. – Ja chcę walczyć.

Houston nasunął trójgraniasty kapelusz niżej na twarz, chroniąc oczy przed słońcem, i spiął konia ostrogami. Saracen ruszył stępa. Mathew truchtał za nim, z trudem dotrzymując mu kroku.

– To ważne, panie generale. Proszę mi powiedzieć, co mam robić.

Houston wstrzymał konia i wreszcie spojrzał na chłopaka.

– Masz matkę? – zapytał.

– Mam.

– A ojca?

– Tak, panie generale.

Houston znów spojrzał w stronę horyzontu.

– To idź do domu i bądź przy rodzicach.

Odjechał. Mathew odprowadził go wzrokiem, a potem bez entuzjazmu wrócił do sklepu – i do zamiatania podłogi.

Wyjeżdżając z miasta, Houston minął dwudziestkę konnych. Był wśród nich Jim Bowie. Skinął Houstonowi głową, spiął konia i odjechał w przeciwnym kierunku, prowadząc swoich towarzyszy. Houston niespiesznie wyjechał z San Felipe. Jeden oddalał się od źródła zamieszania, drugi zmierzał wprost ku niemu.

Na skraju miasta czekali ludzie Travisa, około trzydziestu konnych. Pułkownik stał na ganku niedużego drewnianego domu. Za nim, w drzwiach, stali Ayersowie. Pani Ayers opierała ręce na ramionach małego Charliego, który w milczeniu patrzył na ojca.

Travis przykucnął przy synu i poprawił klapy jego płaszczyka.

– Masz słuchać państwa Ayersów – powiedział. Charlie skinął głową. – Nie rozrabiaj. Kiedy wrócę, zamieszkamy we własnym domu. Obiecuję.

Chłopiec znowu pokiwał głową, tym razem z nadzieją w oczach. Nie zostało już nic więcej do powiedzenia. Travis, świadomy spojrzeń swoich ludzi, wyciągnął rękę.

– Do zobaczenia, synu.

Charlie uścisnął jego dłoń. Travis wstał i podszedł do konia.

– Tato?

Pułkownik spojrzał na chłopca.

– O co chodzi, Charlie?

Chłopak wzruszył ramionami.

– O nic. Po prostu chciałem to powiedzieć.

Travis zdołał tylko skinąć głową. Dosiadł konia i dał znak do odjazdu. Gdyby nie obecność żołnierzy, na pewno by się rozpłakał.

8

Miasteczko Zacatecas nawet w swych najlepszych dniach nie znało wielkich luksusów. Teraz przeobraziło się w ziejącą smutkiem zniszczoną pustynię. Jeszcze nie tak dawno, mimo iż biedne, Zacatecas tętniło nadzieją i zapałem, kiedy federaliści gromadzili się, by odeprzeć atak dyktatora i wiernych mu oddziałów. Stało się inaczej: to dyktator – Antonio López de Santa Anna – pokonał federalistów. I nie tylko pokonał, wręcz ich zmiażdżył. A potem poszczuł na miasto swoich żołdaków, dając im wolną rękę i godząc się na trwający dwa dni koszmar rzezi, gwałtów i rabunku.

Wędrująca przez północne rubieże kraju meksykańska armia też nieczęsto miała okazję zaznać luksusów. Żołnierze byli słabo wyposażeni, przemęczeni i głodni. Nie mieli kapelanów ani lekarzy; jedli zwykle tylko to, co udało im się znaleźć, zabić i ugotować. Wielu zabrało w drogę swoje rodziny – i trudno się dziwić, wcielano ich bowiem do armii na dziesięć lat lub dłużej, najczęściej bez żołdu. Pozbawiona żywiciela rodzina była skazana na śmierć głodową, wolała więc ruszyć w drogę razem z nim, powiększając szeregi armii cieni. Miało to tę zaletę, że żołnierze znajdowali w bliskich wsparcie i pociechę. Miało też i wadę: przybywało gąb do wykarmienia.

O ile miasteczku i armii nie zbywało na luksusach, o tyle Santa Anna wprost w nie opływał. Podłogę w jego namiocie wyściełał miękki dywan, z sufitu zwieszał się ozdobny żyrandol, a na łóżku leżały puchowe poduszki, jedwabna pościel i ręcznie tkane ozdobne koce. Na ścianach wisiały obrazy, a pod nimi stały regały pełne oprawnych w skórę tomików poezji i dzieł wybitnych strategów. Oficerowie generała mogli sobie czasem pozwolić na whisky czy *mescal*, natomiast barek Santa Anny zawierał tylko butelki najlepszego porto i drogich win. Wykwintne posiłki podawano mu na porcelanowych talerzach, śmietankę w srebrnym dzbanuszku.

Wśród oficerów i adiutantów generał miał opinię człowieka próżnego i skłonnego do przesady, któremu zdarza się zapędzić się za daleko zarówno w gniewie, jak i w patriotyzmie. Budził powszechny lęk, ale zarazem trudno było odmówić mu charyzmy. Ludzie garnęli się do niego, nawet jeśli nie we wszystkim się z nim zgadzali. Generał miał dość specyficzne upodobania – uwielbiał bardzo młode kobiety, właściwie jeszcze dziewczęta, oraz sztukę starożytną i walki kogutów.

Na tyłach jego namiotu w Zacatecas znajdował się wykopany w ziemi i okolony pochodniami ring, na którym właśnie miała odbyć się walka. Dwóch opiekunów klęczało, przytrzymując swoich podopiecznych; jeden kogucik był brązowy, drugi biały. Santa Anna czekał na rozpoczęcie walki w namiocie, rozparty w pluszowym fotelu. Otworzył onyksowe puzderko na opium i wciągnął do nosa szczyptę narkotyku. Adiutant generała, José Batres, stał obok z notesem i ołówkiem, gotów zapisywać życiowe maksymy, których Santa Anna nie skąpił swoim podwładnym.

Do namiotu zajrzał jeden z ptasich opiekunów.

– Jesteśmy gotowi, Ekscelencjo – zameldował.

Zadowolony Santa Anna klasnął w dłonie i wyszedł. Adiutant nie odstępował go na krok. Kiedy generał wskazał ring, Batres już wiedział, że za chwilę usłyszy kolejną złotą myśl wodza.

– Ludzie są jak koguty w ringu – oznajmił Santa Anna. – W duszy każdego z nas kryje się zabójca. Wystarczy rozpalić w nim krew... – Jeden z opiekunów wziął do ust grzebień swojego koguta i zassał w niego krew. Grzebień wyprężył się i stanął sztywno na łbie ptaka. Przywodził na myśl barbarzyńską chorągiew. Drugiemu kogutowi przypięto do łapy ostrą jak brzytwa stalową ostrogę. – ...i dać mu do ręki mordercze narzędzie.

Generał zasiadł na płóciennym krześle polowym. Otoczyli go oficerowie, z niecierpliwością oczekujący rozpoczęcia walki. Na znak Santa Anny wpuszczono koguty na ring. Rozległ się ogłuszający ptasi jazgot, w powietrze wzbiła się chmura kurzu, pierza i kropelek krwi. Generał śledził walkę rozmarzonym wzrokiem. Nie ma nic równie kojącego i inspirującego od walki kogutów, pomyślał. Odwrócił się do Batresa.

– Śmiertelna furia uszlachetnia nawet największych prostaków – wyszeptał.

Batres mechanicznie notował słowa generała, nie zastanawiając się nad ich sensem. Robił, co mógł, byle nie patrzeć na krwawe widowisko. Ilekroć zdarzyło mu się zerknąć na ring, natychmiast spuszczał wzrok.

Wściekły pojedynek trwał blisko dwie minuty. Wreszcie brązowy kur rozorał białemu szyję. Krew zbryzgała Batresa i Santa Annę. Generał uśmiechnął się szeroko. Jego adiutant zwalczył falę mdłości.

– Zwyciężcą jest brązowy kogut! – obwieścił ptasi opiekun.

Wśród oficerów pieniądze przeszły z rąk do rąk. Rozpromieniony właściciel koguta podał go generałowi do pogłaskania. Szeregowy Medrano wskoczył na ring, zgarnął zakrwawione truchło i pobiegł do kobiet, które skubały kurczaki na obiad. Cisnął koguta na stos.

– Jeszcze jeden bohater na rosół – powiedział.

Ożywiony zapachem świeżej krwi, Santa Anna wrócił do namiotu, gdzie czekał na niego generał Manuel Fernandez Castrillón.

– Witam, generale – uśmiechnął się Santa Anna. – Jakie wieści pan przynosi?

– Złapaliśmy kolejną grupę buntowników.

Santa Anna sięgnął po onyksowe puzderko i pokazał je Castrillónowi.

– Wie pan, że kiedyś należało do Napoleona Bonaparte?

– Tak, panie generale.

Na regale stało popiersie Napoleona, na ścianie wisiał jego portret. Castrillón doskonale wiedział, że Santa Anna ma obsesję na punkcie słynnego Francuza. Nazywał się nawet „Napoleonem Zachodu".

Santa Anna zażył kolejną porcję opium, przymknął oczy i westchnął głęboko.

– Ekscelencjo – mówił dalej Castrillón – tutejsi mieszkańcy głodują.

Santa Anna spiorunował go wzrokiem. W innej sytuacji rozgniewałby się, słysząc takie słowa, ale opium działało kojąco.

– Powstali przeciw Mexico City – odparł. – Przeciw mnie.

– Nieoczekiwany akt łaski mógłby przypieczętować ich lojalność.

Castrillón zdawał sobie sprawę, że stąpa po cienkim lodzie, ale mimo wieloletniego doświadczenia frontowego nie umiał zagłuszyć głosu sumienia.

Santa Anna przyglądał mu się przez chwilę z zagadkowym uśmiechem. Nagle przyszedł mu do głowy świetny pomysł.

– Mają buty?

Castrillón nie spodziewał się takiego pytania. Zerknął na Batresa, nie bardzo wiedząc, do czego zmierza generał, i odparł ostrożnie:

– Niektórzy tak.

Santa Anna wstał i również spojrzał na swojego adiutanta. Ten zaś natychmiast zorientował się, że zaraz padnie rozkaz. Przyłożył ołówek do papieru.

– Z rozkazu Santa Anny wszyscy mieszkańcy miasta otrzymają po parze nowych sandałów! – oznajmił generał i wyszedł przed namiot.

Castrillón i adiutant pospieszyli za nim. Oznaki cierpienia miasta były widoczne na każdym kroku. Zewsząd dobiegał lament wdów i głosy mężczyzn błagających o litość. I ten wszechobecny brud, bieda i zgliszcza. To nie było zwykłe stłumienie buntu, pomyślał Castrillón, lecz okrucieństwo graniczące z barbarzyństwem.

Do Santa Anny podszedł pułkownik Juan Almonte. Prowadził posłańca. Zasalutował i rzekł:

– Panie generale, posłaniec od pańskiego szwagra generała Cósa…

Santa Anna przerwał mu niecierpliwym gestem.

– Nie teraz.

Nieco dalej meksykańscy żołnierze bili więźnia, który nie dawał się zaciągnąć do szeregu stojącego przed plutonem egzekucyjnym. Santa Anna przyglądał się temu z dobrodusznym wyrazem twarzy.

– W obliczu śmierci łaska Pańska spływa nawet na tych, którzy na co dzień są jej pozbawieni – stwierdził. – Czuję, że jest blisko.

José Batres zapisał tę złotą myśl.

– Czy każemy im losować, Ekscelencjo? – spytał Castrillón.

– Niby po co? – Santa Anna spojrzał na niego zdziwiony.

– Żeby ustalić, którzy zostaną rozstrzelani.

Santa Anna pokiwał głową. Tak, słyszał o tym dziwacznym obyczaju. Zamyślił się.

– Rozstrzelajcie wszystkich – rozkazał po chwili.

Catsrillón wyglądał, jakby go spoliczkowano. Almonte z kamienną twarzą przekazał rozkaz żołnierzom.

– Panie generale – zaczął Castrillón, starając się nie popadać w błagalny ton – jest taka tradycja…

– Jeżeli będziemy posłuszni tradycji, mieszkańcy pomyślą, że to przeznaczenie odebrało im bliskich – przerwał mu Santa Anna. Rozległ się huk muszkietowej salwy, a po nim rozpaczliwe jęki i płacz. Generał uśmiechnął się z zadowoleniem. – A tak będą pamiętać, że zrobił to Antonio López de Santa Anna.

Almonte wrócił do nich.

– Przybył posłaniec od generała Cósa – powtórzył.

Santa Anna skinął przyzwalająco głową. Posłaniec wystąpił naprzód.

– Generał brygady Cós poddał Alamo i wycofał się z San Antonio de Béxar – zameldował.

Twarz Santa Anny pociemniała z gniewu. Zacisnął pięści i Castrillón miał przez chwilę wrażenie, że zacznie krzyczeć. Ale Santa Anna mruknął tylko pod nosem:

– Co za tchórz! Poderżnąłbym mu gardło, gdyby nie należał do mojej rodziny. Gdzie teraz jest?

– Ruszył na południe – odparł posłaniec. – Idzie nam na spotkanie.

– Przygotujcie się do wymarszu na północ – polecił Santa Anna, zwracając się do Castrillóna. – Jeśli ci lądowi piraci chcą krwi, ja ich w niej utopię.

Odwrócił się i skierował do namiotu, ale nagle stanął, jakby coś sobie przypomniał. Wskazał zwłoki buntowników, których krew płynęła po bruku.

– I niech przez tydzień nikt nie waży się ich tknąć!

9

B itwa o miasto i późniejsza krwawa zemsta Santa Anny dosłownie zrujnowały Zacatecas. Leżące na północy San Antonio de Béxar zachowało urodę, chociaż walki go nie oszczędziły. Wokół głównego placu nadal stały niskie domy z gliny i kamienia, otynkowane i pomalowane w pastelowe odcienie błękitu, fioletu i róży. Na środku wznosił się dostojnie kościół San Fernando, zwieńczony kopułą i ozdobiony górującą nad nim dzwonnicą. Okalał go niski mur, a tuż za bramą rozciągał się *campo santo* – cmentarz, na którym grzebano księży, indiańskich budowniczych i mieszkańców Béxar.

Wzdłuż cmentarza z północy na południe biegła ulica Soledad, którą jechali właśnie Bowie, Seguin i reszta ich oddziału. Ulice miasta wypełniał tłum *Tejanos*, którzy po zakończeniu walk wracali do domu. Większość z nich znała Bowiego – jeśli nie osobiście, to przynajmniej ze słyszenia. Był wprawdzie *gringo*, w dodatku cieszącym się nie najlepszą sławą, ale wżenił się w rodzinę Veramendich, jedną z najbardziej szanowanych w miasteczku, i choćby z tego względu należał mu się szacunek. Poza tym mieszkańcy Béxar lubili go i byli skłonni wiele mu wybaczyć.

– Señor Bowie! Señor Bowie! – krzyczały dzieciaki, biegnąc za nim i próbując dotknąć konia, którego dosiadał.

Bowie uśmiechał się do nich, ale uśmiech zniknął z jego twarzy, gdy spojrzał przed siebie na Veramendi House. Wszyscy zsiedli z koni, tylko Bowie pojechał dalej w stronę poznaczonego kulami domu. Odprowadzili go wzrokiem i dyskretnie zajęli się własnymi sprawami.

Sierżant William Ward, cyniczny Irlandczyk i prawa ręka Bowiego, nie był aż tak delikatny.

– Pułkowniku! – zawołał.

Seguin pokręcił głową.

– Zostaw go – mruknął półgłosem.

Bowie długo stał przed frontowymi drzwiami, jakby bał się wejść do środka. W końcu zebrał się na odwagę, pchnął drzwi i wszedł. W dachu i ścianach ziały dziury po kulach, na stołach i podłodze walały się puste butelki i papierowe przybitki z muszkietów. Większość mebli rozkradziono, a te, które się ostały, były zniszczone. Minął salon i stanął w łukowato sklepionym przejściu na dziedziniec. Patio przedstawiało sobą obraz nędzy i rozpaczy: uschnięty bluszcz na altanie, brud, szkło z rozbitych butelek. Ale i tak wystarczył jeden rzut oka, żeby wyobraźnia przeniosła Bowiego w przeszłość, do szczęśliwszych czasów.

Z zielonej altany zwieszają się papierowe lampiony. Stoły uginają się pod ciężarem waz z ponczem, butelek wina, kryształowych karafek i wszelkich możliwych specjałów. Na ogromnym głównym stole piętrzy się stos kolorowych paczek. To prezenty ślubne. Orkiestra gra skoczną melodię. Część eleganckich *Tejanos* tańczy, inni rozmawiają z ożywieniem. Sam roznosi drinki. Bowie ma na sobie ślubny strój: ciemnozielony aksamitny frak, jedwabną kamizelkę i fular.

Prowadzi uprzejmą rozmowę z Juanem Seguinem i swoim świeżo upieczonym teściem Juanem Martínem de Veramendim, ale myślami jest gdzie indziej. Przy niej. Odwraca się i jego oczom ukazuje się wymarzony widok: osiemnastoletnia Ursula w długiej białej sukni wygląda jak księżniczka z bajki. Kruczoczarne włosy, czarne oczy, zarazem niewinne i wszystkowiedzące, i pełne usta, które czerwienią się zachęcająco, kiedy szczęśliwa uśmiecha się do męża. Ten uśmiech obiecuje spełnienie i szczęście.

Ursula wychodzi na patio. Goście witają ją oklaskami, a ona kłania się onieśmielona, dziękując za wyrazy uznania. Ale jej oczy szukają tylko jednego człowieka – mężczyzny, który przed kilkoma minutami został jej mężem. Bowie wie, że to najcenniejsza chwila w całym jego życiu, chwila, w której cały świat jest jedną wielką obietnicą, chwila, w której przepełnia go proste, czyste szczęście.

Zamknął oczy, pragnąc, by wspomnienie trwało jak najdłużej, ale kiedy je otworzył, był na patio sam. Za plecami miał zdewastowaną altanę. Smutek otulił go jak czarna chmura.

Podniósł wzrok i spojrzał na Alamo na drugim brzegu rzeki.

Sam stanął w drzwiach i chrząknął dyskretnie, dając znać, że jest w pobliżu. Bowie nie zareagował.

71

– Wszystko w porządku, mister James? – spytał Murzyn.

– Mam dom – powiedział Bowie prawie szeptem.

– Dom? – Sam nie rozumiał, co jego pan ma na myśli.

– Nie mogę go wysadzić w powietrze.

– Czego, mister?

– Nie przejmuj się – zapewnił Bowie z uśmiechem. – Rozmawiałem z innym Samem.

William Barret Travis jechał przez plac na czele małego oddziału kawalerii. Nie było to stanowisko, o jakim marzył, ale gubernator Smith kazał mu zebrać stu ludzi i wesprzeć pułkownika J.C. Neilla w Béxar. Mimo najszczerszych chęci Travis zdołał zebrać tylko dwudziestu dziewięciu mężczyzn. Upokorzony niepowodzeniem, poprosił Smitha o zwolnienie z tego obowiązku, ale gubernator odmówił. Wjeżdżając do San Antonio, Travis miał wrażenie, że towarzyszy mu niezmywalne piętno hańby.

Mijali sprzedawców sprzątających sklepy, mieszkańców zajętych odbudową domów i warsztatów, dzieci biegające po ulicach. Na końcu jechał Joe, jak równy wśród równych.

Jakiś kundel przemknął przez drogę i podbiegł do właściciela, Toma Watersa. Waters, ubrany w wystrzępiony mundur New Orleans Greys, rozchylił poły kurtki, wyjął kawałek mięsa i rzucił go psu. Tuż obok trzech pijanych Greys kupowało właśnie butelkę whisky. Na widok Travisa wybuchnęli śmiechem. Zmierzył ich niechętnym spojrzeniem, ale postanowił na razie nie reagować. Jeszcze zdąży zaprowadzić porządek w tym bajzlu.

Wstrzymał konia i wezwał swojego pierwszego oficera, Johna Hubbarda Forsytha.

– Niech kwatermistrz rozlokuje ludzi – rozkazał.

Mężczyźni zaczęli zsiadać z koni, Travis zaś pojechał dalej.

– Dokąd pan jedzie, pułkowniku?! – zawołał za nim Forsyth.

– Chcę zobaczyć, o co mam walczyć.

Galopem wpadł w ulicę Potrero i wyjechał za wschodnie rogatki. Zatrzymał się na łagodnym wzniesieniu i spojrzał przed siebie. Niespełna kilometr dalej znajdowała się stara misja San Antonio de Valero. Alamo. Zdaniem Travisa w niczym nie przypominała fortu: kompleks budynków otoczony niskim murem. Wiedział jednak, że to szczególne miejsce. Ilekroć wybuchały walki, Alamo było w ich centrum, jakby żołnierze nie mogli oprzeć się jego urokowi. Zabudowania misji miały ponad sto lat, mur kruszył się i nosił ślady kul – ale wciąż stał. I czekał…

10

Czirokezi nazywali tę grę „siostrzyczką wojny". Tak jak na wojnie, jej zasady zmieniano i dostosowywano do zmiennych warunków – liczby graczy w drużynach, rozmiarów placu gry, rodzaju terenu. Każdy gracz miał w rękach dwa kije, którymi uderzał piłkę – wyrzeźbioną z drewna, kamienną lub wypaloną z gliny. Na dwóch krańcach boiska znajdowały się bramki, a celem gry było wstrzelenie do nich piłki. Ponieważ jednak bramki mógł dzielić równie dobrze kilometr, jak i dwadzieścia kilometrów, kijów równie chętnie używano do okładania przeciwników. Zdarzało się, że zawodnicy przez tydzień w ogóle nie widzieli piłki. Drużyny mogły liczyć od pięciu do tysiąca graczy. Później gra stała się znana pod nazwą *lacrosse*, ale określenie używane przez Czirokezów było znacznie bliższe prawdy – zarówno ze względu na strategię prowadzącą do zwycięstwa, jak i na ilość przelewanej w meczach krwi.

Sam Houston wychował się wśród Indian i jako dziecko uwielbiał tę grę. Nie tyle nauczył się jej zasad, co raczej je wchłonął i przyswoił sobie. Lubił grać w ataku i w obronie, odciągać przeciwników od bramki doskonale opracowanym zwodem, pędzić prosto przez boisko i zwyciężać dzięki brutalnej sile. Kiedy tego dnia wjechał na wzgórze i zobaczył przed obozem grupę chłopców i dorosłych mężczyzn, którzy z wrzaskiem i śmiechem gonili się po polanie, przyszło mu do głowy, że on też bierze udział w grze. W życiu wszystko sprowadzało się do strategii, do zwycięstw i porażek... i do przetrwania za wszelką cenę.

Widywał w przeszłości indiańskie wioski złożone z tipi i pospiesznie skleconych drewnianych chałup, ale nad Neosho, toczącą spokojne wody przez sosnowy las, Czirokezi zbudowali prawdziwe małe miasteczko. Większość z nich mieszkała w drewnianych domach krytych korą, zaopatrzonych w kamienne piece i kominy. Drzwi i okna zasłaniano wyprawionymi skórami. Inni pobudowali chaty z niewypalanych cegieł, z gliny i słomy; przejęli tę technikę dawno temu od Indian z zachodu kontynentu. Pośrodku wioski stał duży podłużny dom, w którym mieścili się wszyscy mieszkańcy, zwoływani na naradę lub – rzadziej – na wyprawę wojenną.

Na polanie panował radosny chaos, ale w samej wiosce było cicho i spokojnie. Houston czuł się tu jak w domu. Wstrzymał konia na szczycie pagórka i ze wzruszeniem patrzył w dół. Wyjął zza pazuchy metalową piersiówkę, pociągnął szybki łyk i schował ją z powrotem.

Pierwsze zauważyły go dzieci, które usłyszały stukot kopyt. Rzuciły się biegiem w jego stronę, piszcząc z radości. Zaalarmowani ich krzykiem rodzice spojrzeli w tym kierunku i też rozpoznali Houstona. W wiosce zaczął się ruch. Gracze znieruchomieli i spojrzeli na wzgórze. Zanim Houston zjechał do wioski, śledziły go dziesiątki par oczu.

Talihina Rogers nie od razu go zauważyła, chociaż nie było dnia, żeby nie spojrzała z nadzieją w stronę ścieżki nad rzeką, czekając, aż do niej wróci. Teraz jednak bez reszty pochłaniało ją wyszywanie wyjątkowo skomplikowanego wzoru; w tej chwili świat mógłby dla niej nie istnieć.

Kobieta siedząca obok szturchnęła ją i uśmiechnęła się znacząco.

– Kruk wrócił.

Talihina nie była skora do publicznego okazywania uczuć. Tylko raz zerknęła na Houstona i zaraz wróciła do wyszywania. Nie podnosiła więcej wzroku, chociaż Houston jechał prosto w jej stronę. Dopiero kiedy usłyszała, że zatrzymał się dosłownie parę kroków od niej, spojrzała na niego. Cała wioska zebrała się wokół nich, w milczeniu śledząc rodzinne przedstawienie. Wszyscy wiedzieli o tym, czego ani Houston, ani Talihina nie dawali po sobie poznać. Houston zachowywał się jak rasowy aktor, w ogóle nie zwracał uwagi na gapiów – patrzył wprost na Talihinę, jak zwykle zachwycony jej urodą i dostojnością. Była tu w pewnym sensie obca, tak jak on: miała matkę Czirokezkę i białego ojca. Odziedziczyła po nich czarne jak noc włosy i szare, poznaczone plamkami błękitu oczy. Była wyższa od większości Indianek z wioski. Niektóre uważały, że to dlatego Kruk ją sobie upodobał – sam był najwyższym człowiekiem, jakiego w życiu widziały, nic więc dziwnego, że postanowił związać się z taką kobietą.

Talihina bez słowa wstała i weszła do chaty. Houston, wciąż nie zaszczycając zebranych ani jednym spojrzeniem, poszedł za nią i zamknął drzwi. Indianie uśmiechnęli się, popatrzyli po sobie i zaczęli się rozchodzić, zostawiając ich samych.

Przytulny domek nic a nic się nie zmienił. Na podłodze leżały konopne dywaniki, pod ścianą stał stół i krzesła z topolowego drewna, a naprzeciwko nich – szerokie łoże przyrzucone zwierzęcymi skórami. Podchodząc do niego, Talihina ściągnęła sukienkę i rzuciła ją na podłogę. Spojrzała na Houstona, położyła się i wyciągnęła do niego ręce. Naprawdę wrócił do domu.

Przysiadł potem na łóżku, a ona przyniosła czystą szmatkę, woreczek z ziołami i miskę wody. Usiadła obok niego. Jego stara rana nad kolanem wyglądała fatalnie. Talihina obmyła ją, zrobiła okład z ziół i obandażowała mu nogę.

– Wygląda źle – powiedziała.

Houston czuł się trochę skrępowany jej zabiegami. Z trudem zmusił się, żeby spojrzeć na opatrunek. Talihina uśmiechnęła się kpiąco.

– Twoja biała żona nigdy cię nie opatrywała?

Nie musiał odpowiadać. Jego biała żona, Eliza, rzeczywiście nigdy nie zajmowała się jego ranami. W ogóle podczas ich krótkotrwałego związku nie miał z niej wiele pociechy. Nie bardzo wiedział, dlaczego dręczą go przez nią takie wyrzuty sumienia. Chociaż raz to nie on był winny. Oszczędził ją, pozwolił zachować dobre imię, wziął na siebie odpowiedzialność za nieudane małżeństwo... Gdyby chciała, rozwiódłby się z nią i pozwolił jej znaleźć innego męża. Ale nie wyraziła na to zgody, więc pozostali małżeństwem. W świetle prawa białych ludzi jego małżeństwo z Talihiną, zawarte przed pięcioma laty, było więc nielegalne. Za to w oczach Czirokezów byli mężem i żoną – przed Bogiem i w majestacie prawa.

Talihina miała zaledwie dziesięć lat, kiedy Houston wpadł jej w oko; Sam był o dwa lata starszy. Wmaszerował do obozu ze strzelbą w jednej i *Iliadą* Homera w drugiej ręce. Na jego twarzy brawura mieszała się z lękiem. Zaprzyjaźnili się z Talihiną od razu. W miarę jak dorastali, ich przyjaźń zmieniła się najpierw w pożądanie, potem w miłość. Wprowadzili się nawzajem w słodki świat cielesnych rozkoszy i choć oboje próbowali go później badać u boku innych partnerów, wiedzieli, że łączącej ich więzi nic nie jest w stanie zerwać. Jego ambicja nie pozwalała mu długo usiedzieć na miejscu i koniec końców zaprowadziła przed ołtarz z inną kobietą. Talihina zawsze wyobrażała ją sobie jako bladą, chorowitą i zalęknioną kurę domową; w jej oczach Eliza w niczym nie przypominała silnej, zaradnej i namiętnej kobiety, jakiej Houston potrzebował. I na jaką zasługiwał.

Kiedy w 1830 roku wrócił do wioski, oświadczył, że na zawsze porzucił świat białych ludzi. Poprosił Talihinę o rękę. Przyjęła jego oświadczyny. Jak mogłaby odmówić? Byli sobie przeznaczeni, na dobre i na złe. Nawet jeśli nie cały czas wiedli wspólne życie, ich serca zostały raz na zawsze połączone. Gdyby więc Houston pewnego dnia znów wyjechał, by więcej nie wrócić, i tak byliby z Talihiną nierozłączni.

Ilekroć wracał, zaklinał się, że podjął nieodwołalną decyzję. Talihina jednak wiedziała, że potężna, nieokiełznana siła ciągnie go do świata białych. To było jak przeznaczenie. Został ranny w bitwie nad Horseshoe Bend, w starciach z Brytyjczykami, które Amerykanie nazwali wojną 1812 roku. Rana nie chciała się zagoić i boleśnie przypominała o jego drugim życiu, była fizyczną manifestacją wszystkiego, przez co przeszedł. I tak jak ona nigdy się nie zasklepi, tak Sam nie porzuci snów o wielkości i sławie. Zawsze będzie niewolnikiem świata białych.

Talihina skończyła bandażować nogę i wstała.

– Przyniosę ci coś do zjedzenia.

Houston złapał ją za rękę, łagodnie, lecz zdecydowanie.

– Nie jestem głodny.

– Przejechałeś szmat drogi. Musisz jeść.

Przyciągnął ją do siebie.

– Tylko ciebie mi trzeba.

Wódz Bowles czekał w głębi podłużnej chaty w otoczeniu plemiennej starszyzny. Houston usiadł naprzeciw niego. Nie pierwszy raz przeszło mu przez myśl, że Bowles w niczym nie przypomina typowego Czirokeza. Jego matka wywodziła się z tego plemienia, ale ojciec był Szkotem. Bowles – dziś osiemdziesięcioletni starzec – miał jasną skórę, rude włosy i mnóstwo piegów. Od czasu, gdy przed trzydziestu laty Houston pierwszy raz zjawił się w wiosce, był dla niego jak ojciec.

Houston przybył do wioski na polecenie rady San Felipe, aby zaproponować Bowlesowi zawarcie układu pokojowego i zagwarantować neutralność Czirokezów w coraz bliższej wojnie z Meksykiem. Teksańczycy obawiali się, że Santa Anna sprawi im dość kłopotów; nie chcieli cały czas oglądać się za siebie, czy przypadkiem nie napadną ich Indianie.

Houston przemówił po czirokesku:

– Przed końcem roku Teksas powinien mieć tymczasowy rząd. Przy odrobinie szczęścia dojdzie do tego znacznie wcześniej. Przybywam z zapewnieniem, że zachowacie wszystkie swoje ziemie. – Dla większego efektu zawiesił na chwilę głos. – Czyli ponad sześć tysięcy kilometrów kwadratowych.

Wódz Bowles zaciągnął się dymem z fajki.

– Meksykanie dobrze nas traktują – odparł. – Szanują granice naszych terenów. Nie próbują nas stąd wysiedlać. A meksykańskie prawo zabrania mordowania Czirokezów.

Houston pokiwał głową, próbując zebrać myśli. Przez większą część dnia pił i w tej chwili musiał się bardzo starać, jeśli miał wypaść przekonująco. Wojownicy byli gotowi wysłuchać jego argumentów, ale po ich minach widział, że niewiele się po nim spodziewają. Zwłaszcza w takim stanie.

– Przyjaciele! – Houston powiódł wzrokiem po wnętrzu chaty. – Wiem, że to trudne. Mielibyście zawrzeć układ z krajem, który jeszcze nie istnieje, z narodem, który nie ma własnego rządu. A jednak o to właśnie

76

przyszedłem was prosić. Wasze życie pod teksańskimi rządami nie zmieni się. Zachowacie swoje prawa, swoją ziemię i sami będziecie kształtować swój los.

Bowles nie odpowiedział od razu. Wpatrywał się badawczo w Houstona.

– Kruku – powiedział wreszcie. – Razem walczyliśmy przeciw Kri. Osobiście odprawiłem ceremonię, w której wziąłeś za żonę kobietę Czirokezów. Razem udaliśmy się do Waszyngtonu na spotkanie z Wielkim Ojcem.

– Udało nam się – zauważył z uśmiechem Houston. – Rząd amerykański zapłacił za naszą whisky.

Nikt się nie roześmiał. Houston zawsze miał wrażenie, że Indianie nie podzielają jego poczucia humoru.

– Owszem, w Teksasie wybuchną walki, ale to nie jest twoja wojna – ciągnął wódz. – Byłeś Czirokezem na długo przed tym, nim stałeś się Teksańczykiem. Czirokezi od dawna są jednym narodem. Zostań z nami. Bądź naszym przedstawicielem.

Houston wyjrzał przez drzwi chaty na spokojną wioskę. Oferta brzmiała kusząco. Czirokezi byli jego rodziną, Talihina jego prawdziwą żoną. Rozumiał ich jak mało kto – i jak mało kto mógłby bronić ich praw. Wiedział jednak, że nie może przystać na tę propozycję.

Ta cząstka jego natury, która w wieku dwunastu lat przybyła do wioski i znalazła w niej dom, z radością zostałaby tu na resztę życia, założyła z Talihiną rodzinę i prowadziła spokojny, niespieszny żywot. Jednak była w nim także inna cząstka, przekonana, że jest stworzony do rzeczy naprawdę wielkich i gotowa dążyć do wielkości przez krew i samotność. Wybór był bolesny, ale oczywisty. Mógł żyć szczęśliwie – albo zostać bezlitosnym zdobywcą.

I niech Bóg się nad nim zmiłuje, ale niczego tak nie pragnął, jak być zdobywcą.

11

Prom na Red River był przeciążony. Przy dziesięciu pasażerach, z których każdy wprowadził na pokład konia, i dużym ładunku towarów na handel skrzypiąca drewniana barka zanurzyła się w wodzie kilkanaście centymetrów głębiej niż zwykle. Kiedy powolutku pełzła na drugi brzeg, drobne fale ochlapywały pokład, ale nawet jeśli Pasqua denerwował się z tego powodu, nie dał tego po sobie poznać. Mrukliwy przewoźnik siedział na ławeczce przy rufie z rudlem w jednej ręce i butelką w drugiej. Miał tak uszczęśliwiony wyraz twarzy, jakby przez całe życie o niczym innym nie marzył.

David Crockett patrzył na Pasquę z troską, ale starał się za bardzo nim nie przejmować. Od drugiego brzegu dzieliła ich już niewielka odległość. Gdyby doszło do najgorszego, rozmyślał Crockett, pasażerowie bez problemu dopłynęliby do brzegu wpław. W tej przeprawie towarzyszyli mu jego siostrzeniec William Patton i przyjaciel Micajah Autry. Autry pochodził z Karoliny Północnej. Dobiegał czterdziestki, a w życiu próbował między innymi pracy w szkole i – chyba jak co drugi spotkany przez Crocketta człowiek – w kancelarii prawniczej. Ale tym, co najbardziej w nim Crocketta pociągało, była jego poezja. Autry, z natury małomówny i nieskory do uśmiechu, miał kapryśną naturę, która w pełni ujawniała się tylko w jego wierszach. W drodze do Teksasu przesiedzieli przy ognisku wiele wieczorów, podczas których Crockett wygrywał na skrzypcach żałosne arie i wesołe poleczki, a Autry recytował swoje najnowsze wiersze. Crockett umiał docenić talent literacki; sam był niezmiernie dumny z książki podpisanej jego nazwiskiem – chociaż tak naprawdę wcale jej nie napisał.

Prom przybił do brzegu. P.A. Hutton, wścibski miejscowy handlarz, obrzucił przybyszy ciekawym spojrzeniem, po czym razem ze swoim pomagierem Jacksonem zajęli się rozładowywaniem skrzyń i paczek. W końcu Hutton wypluł prymkę tytoniu i zwrócił się do Crocketta:

– Witamy w Teksasie.

– Miło mi – odparł Crockett, starając się nie patrzeć Huttonowi w oczy. Zależało mu na zachowaniu anonimowości. Zwykle kiedy ludzie go rozpoznawali, byli tak podekscytowani, że zaraz musiał wygłaszać mowy, ściskać ręce, dowcipkować. W rozmowach z Autrym nazywał tę szopkę „zgrywaniem Davy'ego". A zgrywanie Davy'ego bywało męczące.

– Skąd was przyniosło, panowie? – spytał Hutton. Jackson wykonywał lwią część ciężkiej pracy; po jego minie było widać, że doskonale zdaje sobie z tego sprawę.

– Z Tennessee – odparł Crockett, zajęty swoim bagażem. – Między innymi.

Hutton zrobił mądrą minę i pokiwał głową.

– Zewsząd ludziska przyjeżdżają. – Przyjrzał się bacznie Crockettowi. – Bandziory, dłużnicy, oszuści... – Z uśmiechem patrzył, jak Jackson sam wynosi na brzeg skrzynię pełną karabinów. Splunął do wody. – No, ale teraz przynajmniej będzie nas z dziesięć razy więcej niż tych meksyków.

– Poważnie? – spytał bez szczególnego zainteresowania Crockett.

Na przystani zebrało się jeszcze paru mieszkańców okolicy, również zaciekawionych przybyciem obcych.

– Co was sprowadza? – dopytywał się tymczasem Hutton. – Szukacie ziemi? A może złota?

– Słyszeliśmy, że macie tu piękny, dziki kraj. Bizony, niedźwiedzie... Pomyśleliśmy, że warto się rozejrzeć.

Rozczarowany Hutton zmarszczył brwi.

– Nie przyjechaliście walczyć?

Crockett wybuchnął śmiechem.

– Nie, chyba że bizony pierwsze zaczną strzelać.

Ludzie na brzegu zachichotali i zaczęli szeptać między sobą.

– Można się tu gdzieś zatrzymać? – zapytał Crockett Huttona.

Handlarz wskazał stojący w górze rzeki dom, oszalowany nierówno przyciętymi deskami. Na ścianie widniał napis HOTEL ZAGUBIONA PRERIA.

– Właśnie rozmawiacie z właścicielem – dodał z dumą.

Crockett pokiwał głową. Wybrał moment, w którym przyjaciele nie zwracali na niego uwagi, wyjął srebrny zegarek kieszonkowy i podał go Huttonowi.

– To prawdziwe srebro – powiedział.

Hutton otworzył kopertę i przeczytał wygrawerowany w środku napis.

– Skąd go masz? – zapytał podejrzliwie.

Zmieszany Crockett spuścił wzrok.

– To był... To był prezent...

W oczach Huttona zabłysło małe światełko.

– Ty jesteś David Crockett?!

Wyszło szydło z worka. Crockett uśmiechnął się i zniżył głos:

– Tak, przyznaję się bez bicia.

Nazwisko jak fala poniosło się przez tłumek na nabrzeżu. Zebrało się już kilkunastu gapiów i Crockett słyszał, jak powtarzają szeptem:

– Davy Crockett... Davy Crockett... Davy Crockett...

Hutton z zapałem uścisnął jego dłoń.

– Niech mnie licho! – wykrzyknął. – Myślałem, że siedzisz pan w Waszyngtonie!

Koniec z kamuflażem. Crockett uśmiechnął się szeroko i donośnym głosem wypowiedział słowa, które powtarzał już kilkakrotnie przy różnych okazjach w drodze do Teksasu:

– Wiecie, w domu wyniknął mały problem z reelekcją. Więc powiedziałem: słuchajcie, ludziska, albo mnie wybierzecie, albo idźcie do diabła. Ja jadę do Teksasu.

Odpowiedziały mu śmiechy i wiwaty, a Crockett pomyślał, że powinien trochę popracować nad tym tekstem. Może następnym razem dorzuci parę szczegółów – i zdobędzie ciut większy poklask.

Kiedy śmiech ucichł, dodał półgłosem:

– Proszę, oto jestem…

12

J.C. Neill i William Barret Travis stali na płaskim dachu nad główną bramą Alamo. Rozciągał się stąd widok na cały kompleks zabudowań misji. Nie ulegało wątpliwości, że budowniczowie nie przeznaczyli Alamo roli fortu. Przede wszystkim misja była zbyt rozległa – rozciągała się na powierzchni ponad dwunastu tysięcy metrów kwadratowych. Długi gliniany mur był wprawdzie solidny, ale pozbawiony otworów strzelniczych. Nawet Travis, który nie miał doświadczenia w obsadzaniu fortyfikacji, widział, że obrona takich murów oznaczałaby wystawienie się na ogień nieprzyjaciela, co, rzecz jasna, nie było dobrym pomysłem. Zresztą nawet gdyby mury lepiej nadawały się do obrony, i tak zabrakłoby mu ludzi: potrzebował kilkakrotnie liczniejszej załogi niż stu pięćdziesięciu żołnierzy, którzy w tej chwili znajdowali się w Alamo.

– Misję założono ponad sto lat temu – mówił właśnie Neill. – Mieszkańcy Béxar nazwali ją Alamo. Nie wiem dlaczego.

– Alamo to hiszpańska nazwa pewnej odmiany topoli. Może misja wzięła nazwę od tych drzew.

– Może – przytaknął z wahaniem Neill. – Ale czy widzi pan tu jakieś topole? Ktoś mi mówił, że nazwa pochodzi od Alamo de Parras, oddziału hiszpańskiej kawalerii, który stacjonował tu przed laty. Chociaż bez wątpienia ten, kto budował misję, nie myślał o zastosowaniach militarnych.

Słabości Alamo były oczywiste, toteż Travis wolał się skupić na jego mocnych punktach.

– Fort jest nieźle uzbrojony – zauważył.

– Żadna placówka na zachód od Missisipi nie ma tylu armat co my – przyznał Neill z dumą w głosie. – Generał Cós zostawił nam większość dział, kiedy uciekał. Największe, osiemnastofuntowe, kazałem ustawić na południowo-zachodnim murze, na wprost miasta. – Wskazał przeciwległy kraniec kompleksu. – Od północy mur się sypie, więc wystawiłem tam dwie baterie po pięć dział każda. – Neill wskazał piętrowy budynek we wschodniej części fortu. – Dawniej mieścił się tam klasztor, teraz są koszary i prowizoryczny szpital. – Klepnął w plecy Travisa, który uważnie go słuchał. – Może się przejdziemy?

Zeszli po drabinie na plac. Wysoki, jasnowłosy Green Jameson stał przed budynkiem koszar i czyścił okulary. Dwóch ludzi kończyło właśnie zbijać niskie ogrodzenie z drewnianych palików, zaostrzonych na końcach.

– Pułkowniku Travis – odezwał się Neill – to jest major Jameson, nasz inżynier. Buduje palisadę, która połączy główną bramę z budynkiem kościoła.

Wokół fortu, po zewnętrznej stronie ogrodzenia ciągnął się głęboki rów o zarośniętych brzegach. Pozycja wyglądała na trudną do obrony, ale Travis zdawał sobie sprawę, że pozory mogą mylić. Nieprzyjaciel będzie musiał przedrzeć się przez zarośla, przebrnąć przez rów i wspiąć na ogrodzenie.

– Co tam wcześniej było? – zapytał.

– Nic. – Neill wzruszył ramionami. – Stanowisko nie do obrony.

– Trudno to wyjaśnić – przyznał Jameson. – W okolicach San Antonio są jeszcze cztery inne misje, ale żadna nie ma takiej luki w obronie. To poważny błąd projektanta.

– Można się tu bronić?

Jameson się uśmiechnął.

– Kiedy skończę, wszędzie będzie można się bronić. Nawet na palisadzie.

– Przyśle się tu strzelców, postawi działo i będziemy mieli jeden z najmocniejszych punktów oporu w całym Alamo – zawtórował mu z zapałem Neill.

Travis zmarszczył brwi. Słowa Neilla wcale nie napawały go otuchą.

Minął ich człowiek w obszarpanym mundurze New Orlean Greys. Travis odwrócił się do Neilla.

– Musi pan wiedzieć, pułkowniku, że zamówiłem nowe mundury – powiedział.

Neill uniósł pytająco brwi.

– Jak cię widzą, tak cię piszą – dodał Travis.

Neill nie bardzo wiedział, jak to rozumieć. Sam nie nosił munduru, więc Travis albo był celowo nieuprzejmy, albo zwyczajnie nie zdawał sobie sprawy ze swojej bufonady.

Jameson pożegnał się i wrócił do pracy. Na końcu palisady znajdował się najbardziej charakterystyczny i najciekawszy budynek całego kompleksu: kościół.

– Misję założono na początku XVIII wieku, ale kościół powstał dopiero pięćdziesiąt lat później – wyjaśnił Neill. – Słyszałem, że było z nim sporo kłopotów, tak jakby to miejsce przynosiło pecha.

Travis ogarnął wzrokiem zbudowany z wapiennych bloków gmach, który nawet na wpół zrujnowany prezentował się imponująco. Po obu stronach wejścia stały rzędy spiralnie rzeźbionych kolumn. Po bokach – także nad drzwiami – znajdowały się nisze, w których postawiono figury świętych. Travis ze zdumieniem stwierdził, że wszystkie cztery posągi są nienaruszone, co jak na placówkę wojskową było zastanawiające.

– Czy kościół został zniszczony w jakiejś bitwie? – zapytał.

– Nie rozumiem...

– Nie ma dachu.

– Ach, to... Katolicy nie ukończyli budowy. Kopuła i część dachu zapadły się dawno temu, a Cós i jego ludzie uprzątnęli gruz i zbudowali z niego rampę, która prowadzi od tyłu na dach apsydy. – Neill uśmiechnął się protekcjonalnie. – Nie wiem, na ile zna się pan na hiszpańskiej architekturze sakralnej, ale tak się nazywa tylna część kościoła.

Travis wyniośle skinął głową, jakby chciał dać do zrozumienia, że jest ekspertem w sprawach hiszpańskiej architektury.

– Rampa się nam przyda – ciągnął Neill. – Powinniśmy być za nią wdzięczni Cósowi. Umieszczone na niej dwa działa kryją ogniem całą wschodnią stronę fortu. – Weszli po rampie. Neill wskazał na północny wschód. – Tam, w zagrodzie dla koni, ustawiliśmy jeszcze jedną armatę. Wydaje mi się, że to wystarczające zabezpieczenie naszych tyłów.

Travis odwrócił się i spojrzał w przeciwną stronę. Przez duże okno na piętrze widział dzwonnicę kościoła San Fernando przy głównym placu Béxar.

Zeszli na dół. Po obu stronach przedsionka znajdowały się niskie, mroczne pomieszczenia.

– Tu było baptysterium – wyjaśnił Neill, wskazując jedno z nich. – Tam zakrystia. – Wskazał drugie i podniósł wzrok. – A to jest wszystko, co zostało z chóru.

– Miejsce kultu przekształcone w fortecę – rzekł Travis z zadumą.

– W pewnym sensie ma pan rację. – Neill się uśmiechnął. – Tylko że o ile mi wiadomo, nikt nigdy nie odprawił tu nabożeństwa. Nawet kiedy misja normalnie działała, czynna kaplica znajdowała się tam. – Wskazał podłużny budynek koszar. – Została zburzona.

Wyszli na dwór i spojrzeli na fasadę kościoła.

– Ten budynek przez lata stał nieużywany. Dach szybko się zawalił i w środku długo zalegał gruz. Dopiero ostatnio to się zmieniło. Ściany mają ponad metr grubości i są z litego kamienia. To najlepiej ufortyfikowana budowla w całym Alamo. – Skinieniem głowy Neill wskazał figury przy wejściu. – Święci Dominik i Franciszek, a wyżej święte Klara i Małgorzata. Tubylcy twierdzą, że Franciszek posiadał dwa dary: umiał wieszczyć i napełniać ludzkie serca świętym żarem.

Ruszył dalej, Travis zaś spojrzał ponuro na świętego Franciszka. Przydałby mu się choć jeden z jego darów – a najlepiej oba.

Dogonił Neilla przy północnym murze.

– To miejsce najbardziej mi się nie podoba – stwierdził Neill. – Jeszcze za czasów Cósa mur skruszał i praktycznie się rozsypał. Cós próbował zatkać dziurę belkami i gliną, Jameson solidnie wzmocnił tę łatę, ale mimo to wystarczy mocniejszy powiew wiatru, żeby wszystko szlag trafił.

Travis wychylił się przez mur. Od zewnątrz był wzmocniony umocowanymi poprzecznie belkami, które wyglądały jak wygodna drabina dla napastników. Dalej ciągnął się szeroki na dwieście metrów pas otwartej przestrzeni, który nad rzeką przechodził w nadbrzeżny zagajnik. Atak z zagajnika z pewnością miałby katastrofalne skutki dla obrońców; wyglądało na to, że w najbliższych tygodniach ten fragment umocnień będzie głównym zmartwieniem Neilla i Travisa. Należało jak najprędzej wzmocnić mury fortu.

Neill odwrócił się i wskazał jeszcze jeden budynek na terenie misji.

– W razie potrzeby może pan zająć moją kwaterę przy zachodniej ścianie. Jest odosobniona, ale znajduje się blisko kluczowych pozycji obronnych.

– Nie rozumiem, panie pułkowniku...

– Sprawy natury osobistej wzywają mnie do Miny – wyjaśnił Neill. – Pan przejmie dowodzenie.

Wiadomość była wstrząsająca – choć zarazem wspaniała. Własny posterunek! Travis odruchowo wypiął pierś. Od razu poczuł się jak prawdziwy oficer.

– Wiem, że kręcił pan nosem na ten przydział – powiedział Neill. – Kawalerzyści nie lubią zamykać się w fortach.

Travis zasalutował.

– Będę bronił Alamo do ostatniego żołnierza, pułkowniku – zapewnił.

– Pańskim największym zmartwieniem będzie dopilnowanie, żeby żołnierze i ochotnicy nie powyrzynali się nawzajem z nudów – odparł z uśmiechem Neill.

– Jest pan pewien, pułkowniku, że ze strony Meksykanów nie ma już żadnego zagrożenia?

Neill parsknął śmiechem.

– Pułkowniku Travis, armia meksykańska musiałaby przemierzyć wiele kilometrów, w dodatku zimą, aby przybyć tu przed moim powrotem. Santa Anna może być okrutnym despotą, ale nie jest wariatem. Proszę mi wierzyć: jeśli w ogóle tu wrócą, to najwcześniej wiosną. A do tego czasu Alamo będzie najsilniejszą i najlepiej ufortyfikowaną placówką w całym Teksasie.

13

Bar był najjaśniej oświetlonym i najbardziej hałaśliwym budynkiem w całym Béxar. Teksańczycy i *Tejanos* tłoczyli się przy kontuarze. Jedynymi kobietami w lokalu były kelnerki i kilka prostytutek, które mierzyły wzrokiem podpitych mężczyzn. Czekały na chwilę, w której dobroduszność i hojność wstawionych klientów bierze górę nad wywołaną alkoholem gderliwością i skąpstwem.

Travis wiedział, że musi wejść do baru i że nie będzie się w nim czuł swobodnie. Pijanym często brakuje rozsądku, przez co trudno spokojnie z nimi rozmawiać. Travisowi zaś zależało na tym, żeby wszyscy go wysłuchali, zrozumieli i docenili. Między innymi dlatego stronił od alkoholu: whisky mąciła mu w głowie i burzyła klarowność myśli.

Co innego prostytutki. Nie raz i nie dwa libido wpędziło go w znacznie większe tarapaty niż jego poglądy polityczne. Za młodu prowadził nawet pamiętnik, w którym odnotowywał kolejne podboje i szyfrem zapisywał, jak satysfakcjonujący – bądź niesatysfakcjonujący – okazał się miłosny akt. Słabość do płci pięknej zrujnowała mu małżeństwo, a i teraz, choć nie mógł się doczekać ślubu z piękną Rebeccą, nie umiał przestać myśleć o innych kobietach. Nieśmiałe ciemnookie *Tejanas* z Béxar ogromnie go pociągały. Miło wspominał flirty z Meksykankami w San Felipe i w Nacogdoches, a także schadzki z francuskimi kobietami w Nowym Orleanie. Ale kobiety z San Antonio de Béxar wydawały mu się najpiękniejsze i najbardziej pociągające ze wszystkich – może dlatego, że od ostatniej miłosnej przygody minęło już sporo czasu. Chętnie wśliznąłby się do łóżka jakiejś chętnej i zmysłowej dziewczyny.

Otrząsnął się z tych myśli. Na razie miał na głowie inne sprawy, znacznie ważniejsze i znacznie mniej przyjemne. Zajrzał do baru przez uchylone drzwi i dostrzegł Bowiego w otoczeniu gromady prostaków. Odetchnął głęboko i wszedł do środka.

Bar pełnił zarazem funkcję burdelu i sklepu. Teksańczycy i miejscowi *vaqueros* popijali whisky ze szklanek, a inni goście przybytku prowadzili rozmaite interesy. Albert Grimes, południowiec o zaczerwienionym od słońca karku, próbował właśnie sprzedać karabin jakiemuś znużonemu życiem *Tejano*.

– Z dwustu kroków odstrzelisz zającowi wąsy – zachwalał towar podpity Grimes. – Muj błeno eskopajta.

Tejano obejrzał broń.

– Będę też potrzebował amunicji – powiedział po hiszpańsku.

Grimes spojrzał na niego pytająco.

– Chce, żebyś dorzucił trochę amunicji – wyjaśnił James Butler Bonham, wysoki elegant, którego akcent wyraźnie zdradzał karolińskie korzenie.

Grimes pokiwał głową.

– Powiedz mu, że butelki z mescalem mają być pełne.

Bonham przetłumaczył jego odpowiedź *Tejano* i zostawił ich, żeby dobili targu. Zauważył wchodzącego do baru Travisa.

– Cześć, Will. – Musnął rondo kapelusza. – Nie spodziewałem się, że cię spotkam w takim miejscu. Co by sobie pomyśleli ludzie w Saluda?

Travis nie zdobył się na równie prowokującą odpowiedź. Nie był przesadnie wygadany i w przeciwieństwie do większości mężczyzn nie umiał porozumiewać się językiem aluzji.

– Nie przyszedłem tu pić, Jim – odparł poważnie. – Muszę porozmawiać z pułkownikiem Bowiem. To sprawa najwyższej wagi.

Bonham zaśmiał się pod nosem. Will Travis nic się nie zmienił od czasu, kiedy w Karolinie nosił koszulę w zębach. A minęło tyle lat…

Gdy wychodził z baru, Sam, niewolnik Bowiego, podszedł do kontuaru i poprosił o następną butelkę whisky. Miał na sobie ubranie, którego najlepsze czasy już minęły. Kiedyś nosił je jakiś biały dżentelmen, ale potem przyszła taka chwila, że trzeba było zdecydować, czy podniszczony strój wyrzucić, czy też wielkopańskim gestem podarować go niewolnikowi. Jeżeli Sam był wdzięczny za tę wspaniałomyślność, nie dawał tego po sobie poznać. W ogóle niewiele dawał po sobie poznać. Twarz miał jak wykutą z kamienia i tylko ci, którzy przypadkiem spojrzeli mu w oczy, mogli się przekonać, że pałają gniewem. Nie był w stanie zmienić swojego nędznego statusu, ale też nie chciał się z nim pogodzić. Służył swojemu panu, w pewnym sensie nawet go szanował, ale gdyby nadarzyła się okazja, natychmiast zwiałby, gdzie pieprz rośnie.

Z butelką w ręce wrócił do stolika w rogu sali, gdzie Bowie słuchał właśnie tyrady Williama Warda, kłótliwego Irlandczyka o zaczerwienionej twarzy i zaciekłym spojrzeniu.

– Przyjdzie taki czas, że Teksas stanie się niepodległym państwem – mówił Ward. – Czy opowie się wtedy po stronie Północy czy Południa? Będą czarnuchy pracować na naszych polach czy nie będą?

Sam nalał im następną kolejkę. Sądząc po wyrazie jego twarzy, musiał albo nie słyszeć słów Warda, albo kompletnie się nimi nie przejął.

Bowie pociągnął solidny łyk whisky, otarł usta i odparł:

– Ja tam swoje wiem i powiem ci tak: nie będzie żadnego niepodległego państwa, które by graniczyło z Luizjaną.

Ward podniósł szklankę, jakby zgadzał się z Bowiem bez zastrzeżeń. Stojący obok Sam wpatrywał się beznamiętnie w przestrzeń. Bowie łyknął jeszcze trochę whisky – i rozkaszlał się paskudnie. Kiedy wreszcie opanował kaszel i podniósł wzrok, przez łzy dostrzegł zbliżającego się Travisa.

Idąc przez salę, Travis mierzył ochotników niechętnym wzrokiem, niczym wyjątkowo szpetne zwierzęta w ogrodzie zoologicznym. Nikt nie zwracał na niego uwagi. Podszedł do Bowiego; Joe trzymał się dwa kroki z tyłu.

– Pułkowniku – rzekł Travis.

Bowie bez słowa skinął głową.

Dopiero teraz, z bliska, Travis dostrzegł zmęczenie malujące się na jego twarzy.

– Fatalnie wyglądasz – powiedział. – Jesteś cały żółty. Na policzkach, na czole...

– A ty co, w lekarza się bawisz? – przerwał Bowie, nie patrząc na niego. – Na tym też się znasz?

Travis zdał sobie sprawę, że w ten sposób może tylko utwierdzić Bowiego w jego niechęci, i postanowił przejść do rzeczy.

– Doszły mnie słuchy, że chcesz zburzyć misję i zabrać działa.

– Tak? A kto ci to powiedział?

– Ludzie gadają różne rzeczy, jak sobie wypiją. A twoi ludzie piją dużo i chętnie.

Bowie zmarszczył brwi, spojrzał na Travisa z ukosa i znów odwrócił wzrok.

– To byłby poważny błąd – dodał Travis.

– Owszem.

Travis nie spodziewał się, że Bowie tak łatwo się z nim zgodzi. Zanim jednak zdążył coś odpowiedzieć, Bowie dodał:

– Dalszą dyskusję na ten temat będę prowadził wyłącznie z pułkownikiem Neillem.

Travis wyprężył się dumnie.

– Pułkownik Neill dziś rano wyjechał z Béxar w sprawach osobistych. Teraz ja tu dowodzę.

– Proszę, proszę. – Bowie uśmiechnął się sarkastycznie. Wychylił następny kieliszek. – Cóż za błyskawiczny awans. Jeszcze trochę, a naprawdę zaczniesz nosić długie spodnie.

Kilku siedzących w pobliżu Teksańczyków, wśród nich Ward, parsknęło śmiechem. Joe udał, że nic nie słyszy, żeby oszczędzić Travisowi dalszego upokorzenia. Travis poczuł się urażony, ale nie rezygnował. Powie to, co musi, nawet gdyby miał się narazić na dalsze kpiny.

– Twoim ludziom brakuje dyscypliny. Jeżeli sytuacja się nie zmieni, będę musiał sam się tym zająć jako pułkownik i dowódca placówki...

– Jako podpułkownik – poprawił go Bowie.

Travis zatoczył się w tył, jakby Bowie go spoliczkował.

– Zaprowadź ład wśród swoich ludzi, bo inaczej ja to zrobię – zapowiedział, rozpaczliwie starając się nadać swojemu głosowi władcze brzmienie.

Odwrócił się i wraz z Joem wymaszerował z baru. W wejściu minął się z Juanem Seguinem, ale zaślepiony złością nawet go nie zauważył. Seguin podszedł do Bowiego.

– Wartownicy widzieli konnych na obrzeżach miasta – powiedział. – Przy Campo Santo.

Bowie dopił whisky i wstał.

– Trzeba to sprawdzić. – Odwrócił się do siedzących przy stoliku Teksańczyków. – Weźcie spluwy. Przejedziemy się trochę.

Campo Santo był starym cmentarzem położonym tuż za granicami Béxar. Spoczęło na nim wielu założycieli miasteczka. Ponieważ znajdował się na uboczu i nie był już używany, nie otaczano go przesadną opieką. Stare nagrobki wyzierały z wysokiej gęstej trawy, drewniane krzyże przegniły, spróchniały i rozsypały się w proch, tak jak stali mieszkańcy cmentarza. Bowie i Seguin nie uważali go za najlepsze miejsce na biwak, uznali więc, że jeśli ktoś tam się włóczy po nocy, na pewno ma złe zamiary.

Uwiązali konie w małym zagajniku, dobyli broni i zaczęli się skradać w stronę cmentarza. Kiedy dobiegło ich rżenie koni i ludzkie szepty, Bowie zatrzymał wszystkich, podnosząc rękę.

Z tej odległości nie był w stanie zrozumieć słów. Odwrócił się do Seguina.

– To hiszpański? – zapytał szeptem.

Seguin pokręcił głową.

– Nie słyszę.

Coś poruszyło się za najbliższym nagrobkiem. Bowie, Seguin, trzej Teksańczycy i czterej *Tejano* natychmiast wycelowali broń w tym kierunku.

– Nie ruszać się! – krzyknął Bowie.

W tej samej chwili usłyszeli za plecami szczęk odwodzonych kurków. Bowie odwrócił się i stanął na wprost wymierzonych w niego piętnastu karabinów. Dał znak i jego ludzie położyli broń na ziemi, a wtedy zza nagrobka dobiegł ich rozdrażniony głos:

– Ależ trzeba się namęczyć, żeby... *Hablo Engles, muchachos?*

– Mamy ich, Davidzie – powiedział spokojnie Micajah Autry.

Zza nagrobka wyszedł David Crockett. Był ubrany w spodnie z jeleniej skóry i długi wełniany surdut, spod którego wyzierała biała skórzana kamizelka ozdobiona indiańską wyszywanką z paciorków. Na głowie miał czapkę z lisiego futra, bardzo podobną do koszmarnej dwuipółkilogramowej czapy, jaką upodobał sobie James Hackett.

Crockett spojrzał na Bowiego i jego ludzi. Rozpoznał wśród nich Teksańczyków.

– Jesteśmy po tej samej stronie – powiedział pojednawczo.

– Co tu robicie? – zapytał Bowie ostrym tonem.

– Postanowiliśmy się przyczaić i zorientować, kto tak hałasuje w mieście: Teksańczycy czy Meksykanie. David Crockett – powiedział Crockett, wyciągając rękę do Bowiego.

– Ten Crockett? Z Tennessee?! – Bowie uścisnął jego dłoń. Dużo słyszał o tej legendarnej postaci. Pierwsze, co mu przyszło do głowy, to że Crockett wcale nie jest taki wysoki, jak sobie wyobrażał. – Davy Crockett? – powtórzył, nie przestając potrząsać jego dłonią.

– Woli, żeby mówić do niego David – wtrącił Micajah Autry.

Zanim wrócili na główny plac, już rozeszła się wieść, że sławny Davy Crockett przyjechał do Béxar. Podekscytowani mieszkańcy wylegli na ulice, żeby na własne oczy zobaczyć wielkiego łowcę niedźwiedzi i pogromcę Indian. Crockett obrzucił tłum spojrzeniem, usłyszał kilka okrzyków: „Przemówienie! Przemówienie!” i natychmiast przeobraził się w polityka. Wszedł na ławkę i uniósł ręce, żeby uciszyć gapiów.

– Wygląda na to, że gdziekolwiek się pojawię, muszę wygłosić mowę – zaczął, żartobliwie przeciągając słowa. – Nie jestem tylko pewien, czy to dlatego, że ludzie wszędzie chcą mnie słuchać, czy dlatego, że sam lezę tam, gdzie największy tłum.

Odpowiedziały mu wybuchy śmiechu.

– Co cię sprowadza do Béxar, Davy? – spytał ktoś.

Crockett błysnął zębami w jednym ze swoich zabójczych uśmiechów. Od przeprawy przez Red River zdążył już przemyśleć tę mowę.

– Wiecie, w domu wyniknął mały problem z reelekcją. Dobrzy ludzie z mojego okręgu zdjęli mnie z urzędu, a na moje miejsce wybrali pewnego „dżentelmena" z drewnianą nogą. Tak między nami, widziałem, jak ten facet pije. Jestem pewien, że ta jego noga, nie dość że drewniana, to jeszcze musi być pusta w środku!

Znowu śmiech.

– O tak! I wiecie, co im powiedziałem? Wybraliście na moje miejsce gościa z drewnianym kulasem? W takim razie idźcie do diabła! Ja jadę do Teksasu.

Odpowiedzią były wiwaty.

– Davy Crockett trzyma z Teksasem! – zawołał Mial Scurlock.

Crockett uciszył tłum, nie przestając się uśmiechać.

– Rodacy. Przyjechałem tu wesprzeć was i waszą słuszną sprawę. Nie pragnę niczego więcej niż jako szeregowy... no, może starszy szeregowy... bronić wolności naszego wspólnego kraju!

Ludzie klaskali i potakiwali z entuzjazmem. Crockett czuł, że trafił we właściwe miejsce. Tutaj, na dalekim pograniczu, waszyngtońska porażka nikogo nie interesowała. Gdyby tej nocy odbywały się wybory, jak nic zostałby gubernatorem. I nie widział powodu, dla którego sympatie ludzi miałyby się znacząco zmienić do czasu prawdziwych wyborów.

Zszedł z ławki i zaczął brnąć przez tłum, ściskając wszystkim ręce i głaszcząc dzieci po główkach. Micajah Autry szedł tuż za nim, pławiąc się w blasku jego sławy i pilnując, żeby nikt nie zrobił mu krzywdy. Albert Grimes podszedł do Crocketta z książką w ręce. Crockett uśmiechnął się ironicznie, gdy przeczytał tytuł: *Opowieść o życiu Davida Crocketta*. Grimes wcisnął mu książkę do jednej, a ołówek do drugiej ręki.

– Podpisze ją pan, panie Crockett?

Crockett złożył w książce autograf i oddał ją właścicielowi.

– „Jestem pół aligatorem, pół żółwiem" – wyrecytował z uśmiechem Scurlock. – „Zjeżdżam po tęczy i jednym susem przesadzam Missisipi". Powiedz im, Davy. Powiedz, jak z gołymi rękami rzucasz się na żbiki. Widziałem cię na scenie...

Crockett nie uśmiechał się już tak szeroko. Pokręcił smutno głową.

– To nie byłem ja.

– Jak nie ty! – Scurlock klepnął go w plecy.

– To był aktor, który w sztuce odtwarzał rolę...

Scurlock nie dał mu skończyć.

– Powiedz to, Davy. Te słowa z *Lwa Zachodu*!

Crockett obrzucił tłum niepewnym spojrzeniem. Nie bardzo wiedział, jak zmienić temat rozmowy.

– Teraz, jak ty tu jesteś, Sant'anna nie odważy się wytknąć nosa z dziury! – stwierdził Grimes.

Te słowa nie podobały się Crockettowi.

– Myślałam, że walki dobiegły końca – zauważył z nadzieją w głosie. – Czyżbym się mylił…?

14

Meksykańska armia z mozołem posuwała się na północ. Pogoda była fatalna – było przeraźliwie zimno, zacinał deszcz ze śniegiem. Wielu poborowych, przyzwyczajonych do gościnnego ciepła rodzimych tropików, nigdy dotąd nie widziało śniegu. Początkowo przeraził ich, ale i wprawił w podniecenie, wkrótce jednak zaczął im dokuczać przejmujący chłód. Nawet najlepiej wyposażeni żołnierze byli już potwornie zmęczeni i zziębnięci. Wcieleni do wojska wieśniacy często szli boso, a na grzbiecie mieli tylko lekkie bawełniane ubrania, w których wyciągnięto ich z domów.

Jesús mógł się uważać za szczęściarza. Jego mundur, choć niedopasowany, był przynajmniej ciepły, a na nogach miał buty – podarte, bo podarte, ale zawsze. Patrzył, jak grupka wieśniaków pomaga przepchnąć przez bród mosiężne działo na zaprzężonym w woły wózku. Kilkunastu zakurzonych lansjerów wjechało w nurt rzeki i minęło trudzących się przy armacie wieśniaków, ochlapując ich lodowatą wodą. Jesús nigdy nie siedział na koniu, ale w tej chwili zaczął żałować, że nie ma wierzchowca. O ileż łatwiej by mu się podróżowało! Poza tym jeźdźcy cieszyli się szacunkiem, o jakim piesi żołnierze nie mogli nawet marzyć.

Na plecach niósł ciężki pakunek, podtrzymywany przechodzącą przez czoło linką. Banda skutych, podobnie objuczonych jeńców dreptała obok. Wszyscy mu mówili, że jest żołnierzem, ale Jesús czuł się jak więzień. Jak niewolnik.

Kiedy tak brnął naprzód, dogonił go sierżant – twardy żołnierz, ale przyzwoity człowiek. Jesús był mu wdzięczny, że czasem przychodził pogadać. Pozwalało to łatwiej znieść długie godziny marszu.

Sierżant powiódł wzrokiem po otaczającym ich pustkowiu: we wszystkich kierunkach rozciągała się stepowa preria. Nie rosły na niej żadne jadalne rośliny, nie było żadnych zwierząt, które można by upolować na kolację.

– Prawdziwa pustynia – stwierdził sierżant.

– W Béxar jest pięknie – pocieszył go Jesús. – Urodziłem się w Teksasie, ale ojciec raz zabrał mnie do Béxar.

– To dziura zabita dechami.

– Leży nad rzeką, w której jest mnóstwo ryb – mówił dalej Jesús, wspominając swoją wizytę w mieście. Minęły od niej zaledwie trzy lata, ale wydawała mu się nieskończenie odległa. – Dookoła są pola kukurydzy i fasoli. I takie ogromne drzewa. Rzucają dużo cienia.

Nie wspominał o pięknych kobietach, swoim najukochańszych wspomnieniu.

Sierżant wzruszył ramionami.

– W Mexico City też mamy takie skarby. Nawet więcej.

Dysząc ciężko, przeszli następny kilometr.

– Gdzie jest teraz twój ojciec? – zagadnął sierżant.

– Nie żyje. Dziadek został sam. A ja zginę gdzieś daleko od domu.

Sierżant pokiwał głową.

– Na bezbożnej ziemi.

Kolejna długa chwila upłynęła w milczeniu.

– Skąd pan pochodzi, sierżancie? – zapytał Jesús.

– Z Vera Cruz. – Sierżant uśmiechnął się lekko. – To duży port. Wszyscy moi bracia są marynarzami.

– A pan nie.

– Nie. Mam chorobę morską.

Przeszli następny kilometr – a może i z dziesięć kilometrów.

– Wygramy tę wojnę, prawda? – spytał Jesús.

Sierżant poklepał go po ramieniu.

– Santa Anna ją wygra – odparł. – My nie.

Jesús spojrzał na niego pytająco.

– Jesteśmy tylko mięsem armatnim, chłopcze. Nie rwij się do boju.

Jadący na czele kolumny Santa Anna podniósł rękę i wstrzymał konia. Cała armia się zatrzymała. Santa Anna i Castrillón patrzyli na dwóch jeźdźców, którzy zmierzali w ich stronę. Za nimi, w oddali, widać było wycofującą się armię generała Cósa.

Santa Anna skrzywił się z niesmakiem. Na dany przez niego znak kolumna wojska ruszyła dalej. Castrillón widział, że generał Cós jest wyczerpany i przygnębiony, wątpił jednak, by prezydent zwrócił na to uwagę. Albo żeby się tym przejął.

Cós wstrzymał konia. Kiedy Santa Anna spojrzał na szwagra, na jego twarzy politowanie mieszało się z gniewem.

– Żona mnie prosi, żebym wyznaczył jej bezużytecznemu bratu jakieś zadanie, i co? – odezwał się pogardliwym tonem. – Znów muszę wracać do tego zapyziałego Teksasu!

– Skończyły się nam zapasy, Ekscelencjo – odparł niepewnie Cós. – Morale spadło...

– Zawracaj, generale.

Cós spojrzał zdumiony na Santa Annę.

– Przysiągłem, że odjadę i nie wrócę do Teksasu. Dałem słowo...

– Zawracaj! – krzyknął Santa Anna.

Cós zawrócił konia i skierował się z powrotem w stronę Béxar. Santa Anna pokiwał głową. Skinął na trębacza, który zagrał sygnał do wymarszu. Armia ruszyła na północ.

Ciężar pakunku zmuszał Jesúsa do pochylenia głowy. Nie mógł się odwrócić ani rozejrzeć, przez co często miał kłopot z określeniem pory dnia. Wydawało mu się jednak, że maszeruje już wiele godzin. Słysząc dobiegające z przodu poruszenie, podniósł głowę. Około dziesięciu żołnierzy stało nad czymś, co leżało na ziemi. Znalazłszy się bliżej, dostrzegł ciała trzech mężczyzn, nagie, okaleczone, leżące z rozpostartymi ramionami.

Odór zgnilizny aż zapierał dech. Jesús zatkał sobie nos. Sierżant odwrócił się w jego stronę.

– Tak kończą maruderzy, chłopcze – rzekł. – Indianie nie śpią. Bądź czujny.

Pokręcił głową i odszedł.

– Sierżancie! – zawołał za nim Jesús.

Sierżant się odwrócił.

– Tak, chłopcze?

– Kiedy będę mógł wrócić do domu?

Sierżant wskazał trupy przy trakcie.

– Chcesz skończyć tak jak oni?

Jesús nie chciał, ale nie mógł pozbyć się przeświadczenia, że prędzej zginie w armii, niż gdyby się od niej odłączył. Westchnął, poprawił ładunek na plecach i ruszył dalej w długiej, bardzo długiej kolumnie nieszczęsnych *soldados*.

15

Dla mieszkańców Béxar każda okazja do świętowania była dobra. Tego dnia w barze przy głównym placu zebrał się tłum. Wystrojeni goście tańczyli przy dźwiękach gitary i dwojga skrzypiec. Oficjalnie świętowano rocznicę urodzin George'a Washingtona, ale wszyscy wiedzieli, kto jest prawdziwym bohaterem wieczoru. David Crockett niepodzielnie panował nad tłumem. Z nikim nie rozmawiał zbyt długo, ale też nikomu nie dał odczuć, że go lekceważy. Gdyby w barze pojawiły się jakieś dzieci, Crockett całowałby je i głaskał po główkach, zabiegając o głosy ich rodziców.

Wnętrze udekorowano lampionami i serpentynami. Młodzi mężczyźni – z Béxar i całego Teksasu – flirtowali z pięknymi señoritami, te zaś, kryjąc się za barwnymi jedwabnymi wachlarzami, pozowały na wyniosłe i nieprzystępne, chociaż nie zawsze udawało im się ukryć zachęcający uśmiech.

Maria Ramona Sanchez patrzyła na te romantyczne sceny z rozbawieniem. Nie miała wątpliwości, że czeka ją namiętne zakończenie wieczoru – zawsze tak było – ale namiętności będą towarzyszyć pieniądze, które przejdą z rąk do rąk. Jeżeli zainteresowany dżentelmen będzie się upierał przy romantyzmie, Maria może słodko szczebiotać i trzepotać rzęsami. Znała odpowiednie słowa, wiedziała, jak przekonać mężczyznę, że jest jej jedyną miłością. Gdyby jednak trafił się jej klient z bardziej pragmatycznym podejściem do życia, nie będzie protestować. Maria Ramona Sanchez była bardzo elastyczna. Taki miała zawód.

Nie znaczyło to, że brała wszystko, co jej wpadło w ręce. W brudnych chałupinach na obrzeżach Béxar nie brakowało dziwek, które były gotowe gzić się z każdym, kto miał trochę grosza. Patrzyła na nie z mieszaniną wzgardy i politowania. To bieda i desperacja zmusiły je do takiego życia. Ona wybrała zawód świadomie jak rasowa kobieta interesu. Postrzegała swoje ciało jako towar, który można sprzedać – i kupić. Wiedziała też, że należy handlować nim rozważnie i z klasą. To zaś oznaczało, że to ona musi wybierać klientów, nie zaś odwrotnie. Nie miała wątpliwości, że znajdzie się mężczyzna, który doceni jej wdzięki i będzie skłonny za nie zapłacić wysoką cenę, wyższą, niż żądały jej koleżanki po fachu. A gdyby taki się nie trafił, była gotowa iść do domu i spróbować szczęścia następnego dnia. W tym zawodzie nie opłacało się udzielać rabatów.

Zauważyła, że uwagę większości ludzi skupia dziś na sobie niejaki Crockett. Elegancko ubrany, musiał być kimś ważnym, więc przez chwilę zastanawiała się, czy wypróbować na nim swoje uroki. Szybko porzuciła tę myśl. Wyglądało na to, że Crockett jest gościem honorowym, na pewno zatem trafi się kobieta – może nawet niejedna – która zaoferuje mu za darmo to, co Maria Ramona chciałaby mu sprzedać, i to za spore pieniądze. Stała spokojnie pod ścianą i obserwowała gości, szukając innej „ofiary".

Tuż obok tańczyli Almeron i Susanna Dickinsonowie. Bardzo się kochali. Dla nich ta zabawa była znakiem, że ich życie, tak dotąd ciężkie, wreszcie się układa. Kiedy Susanna po przykrych przejściach w Gonzales przybyła do Béxar, Almeron bał się o jej bezpieczeństwo. Oblężenie się zakończyło i Cós musiał się wycofać, lecz sytuacja była nadal niepewna, a Almeron zdawał sobie sprawę, że niebezpieczeństwo jest blisko. Zamieszkali w domku nieopodal placu, patrzyli, jak ich córeczka dorasta, i marzyli o tym, co będzie po zakończeniu wojny. Życie było piękne.

Almeron kątem oka obserwował Crocketta, który brnął przez tłum, ściskał podawane mu ręce, klepał gości po plecach i sam był poklepywany.

– Ludzie mówią, że chce zostać gubernatorem – mruknął. – Ale mnie się widzi, że ogłosimy republikę i potrzebny będzie raczej prezydent.

Susanna zerknęła na Crocketta i skrzywiła się lekko.

– On jest taki… pospolity.

– Może za takiego właśnie chce uchodzić – zauważył z uśmiechem jej mąż.

Juan Seguin i José Palaez stali w kącie i przyglądali się tańczącym parom. Dla Teksańczyków zabawa była wspaniałym wydarzeniem, ale Seguin i Palaez mieli zupełnie inne odczucia. Ich miasto zalała właśnie fala łasych na ziemię dzikusów, którzy mieli za nic meksykańskie tradycje.

Palaez z niesmakiem patrzył na hałaśliwych *Anglos*.

– Dlaczego walczysz u boku tych mętów? – zdziwił się.

Seguin wzruszył ramionami.

– Wróg mojego wroga jest moim przyjacielem. Santa Anna zdradził ojczyznę i wymordował tysiące Meksykanów.

– Ale Santa Anna chce rządzić tylko w Meksyku, a oni… oni chcieliby mieć cały świat dla siebie.

Travis minął ich, udając, że nie poznaje Seguina. Przeciskał się przez tłum jak ktoś, kto nie powinien był się znaleźć w takim miejscu. Nikt go nie zagadywał, nikt nie proponował mu drinka. Wreszcie Travis wypatrzył puste miejsce pod ścianą, skąd mógł spokojnie śledzić zabawę. Od razu wpadł w oko Marii Ramonie. Tak, ten jegomość wyglądał obiecująco...

William Ward przepijał właśnie do Bonhama.

– Nie zadawaj się z tym gościem – ostrzegł go na widok Travisa.

– Razem się wychowaliśmy – odparł z uśmiechem Bonham.

Ward nie krył zdziwienia.

– Potem Travisowie przenieśli się do Alabamy – ciągnął jego rozmówca. – Od tamtej pory go nie widziałem.

– Jaki wtedy był? – spytał Ward, zerkając z ukosa na Travisa.

Bonham rozparł się wygodniej na krześle.

– Kiedy myślę o Billym Travisie, przypominają mi się urodziny Johna Duncana.

Ward spojrzał na niego zaintrygowany.

– Duncanowie wyprawili synowi huczne przyjęcie. – Bonham pociągnął łyk whisky. – Były namioty, gry i zabawy, przyjechał nawet mały cyrk. Zabawa odbywała się na polu, na tyłach ich domu. Zaprosili tylko dzieci z najlepszych rodzin.

– A nasz pułkownik Billy się do nich nie zaliczał – domyślił się Ward.

– Ano nie. W dniu przyjęcia rozglądam się dokoła, a na skraju pola stoi Billy: sam jak palec, obdarty, bez butów. Wyglądał prawie tak jak teraz. Zabawa trwała cały dzień. Gdy przyjechali po mnie rodzice, na odchodnym obejrzałem się przez ramię. – Kolejny łyk whisky. – Przez pięć godzin nie ruszył się z miejsca. Uparty był.

– Co chcesz przez to powiedzieć? – Ward zmarszczył brwi.

– Sam nie wiem. Może Billy chciał móc potem opowiadać, że był na przyjęciu u Johna Duncana. Założę się, że jeśli go o nie zapytasz, okaże się, że pamięta je znacznie lepiej ode mnie.

Travis podszedł do mijającego go Crocketta i z szerokim, choć nie do końca szczerym uśmiechem, zagaił:

– Kongresman Crockett! Chciałem powiedzieć, że zamierzam przyznać panu rangę pułkownika w naszej ochotniczej armii.

Crockett nie zwolnił kroku. Uśmiechnął się tylko protekcjonalnie.

– Pułkowników ci u nas dostatek. Starszy szeregowy Crockett będzie w sam raz.

Orkiestra właśnie zrobiła sobie przerwę i jeden z muzyków skinął na Crocketta, który z ulgą musiał przyznać, że wyszło to bardzo naturalnie. Wcześniej poprosił kierownika zespołu, żeby zaprosił go do wspólnego muzykowania. Liczył, że wymiga się w ten sposób od kolejnego przemówienia.

Travis ruszył za nim.

– Szanuję pańską opinię, ale przy reputacji, jaką się pan cieszy...

Crockett dał muzykom znak, że za chwilę do nich dołączy, i odwrócił się do Travisa. Jego uśmiech – jak na polityka przystało – był jeszcze bardziej fałszywy niż przedtem grymas Travisa.

– Wrócimy jeszcze do tej sprawy – rzekł. – Porozmawiamy na spokojnie. W porządku, Travers?

Travis go nie poprawił. Patrzył bez słowa, jak Crockett oddala się w stronę podium dla orkiestry, witając się z każdym po drodze. Kongresman wszedł na podwyższenie i gestem uciszył tłum. Uśmiechnął się szeroko.

– Panie i panowie, pierwszy raz biorę udział w teksańskiej zabawie. Obiecuję więc, że moja mowa nie potrwa dłużej niż abstynencja Irlandczyka.

Publiczność wybuchnęła znacznie głośniejszym śmiechem, niżby to wynikało z jakości dowcipu. Crockett odczekał, aż znów zrobi się cicho.

– Zapewniam was, że ja i moi ochotnicy doceniamy gościnne przyjęcie, jakie nam zgotowaliście. Jeśli ten cały Santanner i jego banda się tu pojawią, też ich gorąco przywitamy!

Wiwatom nie było końca.

– Dołożymy im tak, że nas popamiętają!

Pokrzykiwania i oklaski brzmiały ogłuszająco.

– Wbrew powszechnie panującej opinii nie jestem wielkim wojownikiem – ciągnął Crockett, uśmiechając się skromnie.

Słuchacze parsknęli śmiechem.

– Nieprawda! – zawołał ktoś. – To łgarstwo!

Crockett uśmiechnął się od ucha do ucha. Bowie przyglądał się przedstawieniu z nieprzeniknioną twarzą.

– Wszyscy też wiemy, że nie nadaję się do polityki. Jestem jedynym kongresmanem, który wyjechał z Waszyngtonu biedniejszy, niż do niego przybył.

Kolejny wybuch śmiechu.

– Całe szczęście, że spotkałem mojego starego przyjaciela Sama Houstona, który powiedział: „David, jedź do Teksasu i pokaż im, jak naprawdę gra się *The Tennessee Grasshopper*!

Publiczność nie posiadała się z zachwytu. Crockett cieszył się reputacją znakomitego skrzypka. Dla zebranych w barze ludzi sam udział w jego na wpół magicznym występie był prawdziwym darem niebios.

Crockett ułożył sobie skrzypce na ramieniu, przycisnął brodą i odliczył:

– Raz, dwa, trzy, cztery!

Zaczął grać zaraźliwie optymistyczną wersję *Listen to the Mocking Bird*. Braki w technice nadrabiał entuzjazmem. Słuchacze byli w siódmym niebie. Jedni puścili się w tany, inni stali pod sceną i klaskali w rytm melodii.

Jim Bowie nie podzielał ogólnego entuzjazmu. Skrzywił się i rzekł do stojącego obok Crispa:

– Łowca niedźwiedzi przyjechał do miasta, a ludzie robią taki cyrk, jakby co najmniej Chrystus wrócił.

Ward szepnął mu coś do ucha. Na twarzy Bowiego odmalowało się najpierw niedowierzanie, a potem gniew. Podszedł do stojącego w drugim końcu sali Travisa, położył mu dłoń na ramieniu i obrócił go w swoją stronę.

– Nie masz prawa nawet rozmawiać z moimi ludźmi, a co dopiero ich aresztować! – warknął.

Przestraszony Travis próbował pokryć zmieszanie oburzeniem.

– Uprzedzałem, że zamierzam zaprowadzić tu porządek.

– Nie masz żadnej władzy nad moimi ochotnikami!

– Właśnie że mam! Ja tu dowodzę!

Wokół zebrał się tłumek gapiów. Crockett zauważył zamieszanie i zeskoczył z podwyższenia. Orkiestra ucichła.

– Prędzej piekło zamarznie, niż ja zacznę przyjmować rozkazy od niewypłacalnego dłużnika, który porzucił ciężarną żonę!

– A ja od oszusta, który żeni się z dziewczyną – niech spoczywa w pokoju – dla jej rodzinnej fortuny!

Bowie zrzucił płaszcz i dobył noża. Tym razem Travis przestraszył się nie na żarty i nie zdołał tego lęku zamaskować. Cofnął się o dwa kroki, żeby znaleźć się jak najdalej od legendarnego nożownika.

Crockett ich rozdzielił.

– Spokojnie, panowie! Wiem, że nie macie z kim walczyć, ale to nie znaczy, że powinniście szukać wroga wśród swoich!

Bowie nie zamierzał łatwo ustąpić. Jego oczy miotały błyskawice. Travis rozpaczliwie starał się znaleźć honorowe wyjście z sytuacji.

– Kongresman Crockett ma trochę racji – przyznał. – Powinniśmy załatwić to demokratycznie. Głosujmy.

Bowie rozluźnił się i niewiele brakowało, żeby się uśmiechnął.

– Crockett! – zawołał Scurlock. – My chcemy Crocketta!

Bowie spoważniał, Crockett zaś uśmiechnął się skromnie.

– Nie, nie, nie – pokręcił głową. – Jestem z wami, chłopcy, nie ponad wami.

Bowie powiódł wzrokiem po ucichłej nagle sali.

– Kto jest za podpułkownikiem, niech podniesie rękę.

Tylko trzech ludzi poparło Travisa, który rozglądał się rozpaczliwie dookoła, ale nie znalazł więcej popleczników.

– No, dalej – próbował zachęcić niepewnych. – Nie będzie żadnych konsekwencji. Kto chce, żebym ja tu dowodził?

Podniosło się jeszcze kilka rąk, ale nadal było ich niewiele. Joe też rozglądał się na boki, szukając poparcia dla swojego pana.

Bowie uśmiechnął się z zadowoleniem.

– Kto jest za mną?

Sporo obecnych podniosło ręce, w tym większość ludzi Travisa. Podpułkownik spojrzał błagalnie na Crocketta, ale ten rozłożył bezradnie ręce.

– Dżentelmen z Tennessee wstrzymuje się od głosu – oznajmił.

Bowie wyszczerzył zęby w uśmiechu i zaczął wkładać płaszcz. Rozradowani zwolennicy poklepywali go po plecach. Travis nie mógł dłużej tego znieść.

– Dowodzisz wyłącznie milicją – przypomniał Bowiemu. – Wojsko nie może podlegać ochotnikowi. To niezgodne z prawem.

Dobrze wiedział, że to lichy argument. Nikt mu nie przyklasnął.

– Nie podoba ci się wynik, więc zmieniasz zasady – zadrwił Bowie.

– Szkoda zdrowia, Jim – wtrącił pojednawczo Ward. – Wszyscy wiemy, kto tu dowodzi.

Odpowiedział mu pomruk aprobaty. Bowie zastanowił się i wydał Travisowi pierwszy oficjalny rozkaz:

– Uwolnij moich ludzi!

Podpułkownik nie miał wyboru. Skinął na jednego ze swoich podwładnych, Johna Forsytha, a ten poszedł wypuścić z aresztu dwóch pijanych ludzi Bowiego. Travis jak pies z podkulonym ogonem wymknął się z baru i przepadł w mrokach nocy. Przyjechał do Béxar, żeby dowodzić załogą fortu, ale jak miał kierować ludźmi, którzy go nie szanują?

Idąc pustą ulicą, zauważył stojącą w cieniu piękną kobietę. Maria Ramona Sanchez dokonała wyboru.

Konfrontacja Bowiego i Travisa zmąciła wesoły nastrój, ale zabawa szybko zaczęła się ponownie rozkręcać. Podkomendni Bowiego zasiedli przed baterią butelek, żeby uczcić sukces w niedawnym głosowaniu, Crockett zaś na przemian przygrywał na skrzypcach i zabawiał gości. Ani on, ani jego kompani nie mogli się równać z Bowiem i jego ludźmi, kiedy przyszło do picia, ale wstydu Tennessee nie przynieśli. Kiedy kilka godzin później potańcówka dobiegła końca, Crockett był lekko zdziwiony, że jeszcze trzyma się na nogach. Idąc z Autrym i paroma innymi, rozmawiali o świetlanej przyszłości, jaka czeka ich w Teksasie.

– Zajmę tę parcelę nad Red River – stwierdził kongresman. – Wiecie, tę, którą mijaliśmy po drodze. Z niebieską dziurą na łokciu.

Wszyscy pokiwali głowami – nawet ci, którzy nie byli do końca pewni, co Crockett miał na myśli.

– Nie rozumiem, dlaczego musieliśmy rozbić obóz za miastem – zauważył Autry. – Mnóstwo pięknych domów stoi pustych.

– Właściwie dlaczego są puste? – zainteresował się Crockett, oglądając porzucone domostwa.

– Tutejsi mieszkańcy twierdzą, że Meksykanie wrócą.

– A wrócą? – zmartwił się kongresman.

– Pewnie tak, ale większość ludzi jest zdania, że najwcześniej późną wiosną. O ile w ogóle.

Minęli mały dom z otwartymi na oścież drzwiami i oknami. Jego mieszkańcy, Ana i Gregorio Esparzowie, chowali właśnie srebrną zastawę w dziurze wykopanej w klepisku. Ich synek Enrique siedział na podłodze i bawił się bąkiem, zerkając marzycielsko w mrok za drzwiami. Crockett przystanął i przez chwilę przyglądał mu się z niepokojem. Enrique na chwilę zapomniał o bąku. Jego ojciec odezwał się cichym, natarczywym tonem:

– Zamknij drzwi, synku.

Enrique posłusznie wykonał polecenie, nie odrywając wzroku od ciekawskich Amerykanów.

Crockett pokręcił głową i odwrócił się do Autry'ego.

– Zupełnie jakby wiedzieli o czymś, o czym my nie mamy pojęcia.

Tylko jedna migocząca świeczka rozjaśniała mroki sypialni Travisa. Podpułkownik siedział półnagi na skraju łóżka. Maria Ramona spała. Widziała, co się wydarzyło w barze, i żal jej się zrobiło młodego żołnierza. Niewiele brakowało, żeby za darmo dotrzymała mu towarzystwa, ale zmieniła zdanie. Litością się człowiek nie naje. Mimo wszystko postanowiła zająć się Travisem ze szczególną troską; niech chociaż na krótko zapomni o swoich kłopotach. Od razu poczuła się dobra i hojna. Zgodziła się nawet przespać u niego, co rzadko się jej zdarzało. Miała nadzieję, że doceni jej wysiłki.

Travis wpatrywał się w mrok. Jego twarz przybierała coraz bardziej zacięty wyraz. Poślinił palce i złapał knot świecy. Płomyk zasyczał, zgasł i zapadła ciemność. Wyciągnął się na łóżku, przytulił do pięknej nieznajomej i szybko zapadł w sen bez marzeń.

16

Meksykański dragon wjechał na szczyt wzgórza. Zatrzymał się i spojrzał z uśmiechem na roztaczający się w dole widok. W oddali migotały światła Béxar. Za plecami żołnierza jechały dziesiątki takich jak on, a dalej szły setki wymęczonych piechurów i tabun *soldaderas* – żon, dziwek i pomagierów, jacy zawsze towarzyszą wojsku. Kolumna ludzi ciągnęła się na ponad półtora kilometra. Meksykańska armia dokonała rzeczy niemożliwej: przeszła setki kilometrów przez pustkowia, żeby trafić do Béxar. Żołnierze cierpieli, marzli, walczyli, krwawili i umierali – ale w końcu doszli na miejsce. Wieczna chwała była na wyciągnięcie ręki.

W Béxar pierwsze różowe smugi brzasku zaczynały barwić niebo. Po nocnej zabawie miasto było jak wymarłe. Nie licząc kilku przedsiębiorczych sklepikarzy, wszyscy odsypiali nocne szaleństwa.

Siedzący na kościelnej dzwonnicy Daniel Cloud walczył z przemożną sennością. Nie pił tyle co inni, ale noc i tak kosztowała go sporo sił. Wraz ze śliczną siedemnastoletnią Isabellą znaleźli sobie cichy kącik w stajni, nieopodal Soledad. Chorobliwie podejrzliwemu ojcu dziewczyny do głowy by nie przyszło jej tam szukać. Isabella wstydziła się, że musi oszukiwać rodziców, ale byli nieufni wobec *gringos*. Nie zrozumieliby. Dziewczyna była pewna, że nadejdzie dzień, w którym wszystko zrozumieją. Cloud udowodni, że jest godny ich córki, i z radością przyjmą go do rodziny. Na razie Cloud i Isabella musieli korzystać z każdej nadarzającej się okazji. Daniel martwił się, że dziewczyna czuje się jak dziwka, kiedy oddaje mu się w stajni czy w zagajniku nad rzeką. Wynagrodzi jej to, gdy tylko skończy się ta straszna wojna.

Korciło go, żeby zamknąć oczy i powspominać niedawne rozkosze, ale zwalczył tę pokusę. Otulona poranną ciszą okolica wyglądała prześlicznie. Długa zima dobiegała końca i trawy zaczynały się zielenić. Pojawiły się pierwsze błękitne kwiatki, tak charakterystyczne dla Teksasu, pokrywając spłachetki równiny jednolitym dywanem. A w oddali coś błyszczało srebrzyście...

Srebrzyście?!

Cloud zerwał się na równe nogi i wytężył wzrok. Hełmy! Konie! Lance! Więc jednak się zjawili... Meksykańskie wojsko przybyło do Béxar!

Złapał za linę i szarpnął z całej siły. Dźwięk dzwonu poniósł się nad miastem. Ludzie zaczęli wychodzić z domów, zerkali pytająco na dzwonnicę. Na twarzach niektórych malowało się przerażenie, inni byli zwyczajnie wściekli, że ktoś budzi ich o tak wczesnej porze.

Cloud spojrzał w dół: Travis pędził przez plac w stronę kościoła. Przesadzając po dwa stopnie naraz, wbiegł na samą górę dzwonnicy. Dzwon tymczasem umilkł, a Daniel Cloud wpatrywał się niepewnie w dal.

– Widziałem błysk metalu – wyjaśnił Travisowi i wyciągnął rękę. – O, tam. Na pewno widziałem. – Pokręcił głową, jakby chciał otrząsnąć się ze snu. – A potem spojrzałem drugi raz i nic tam nie było.

Travis przeszedł na zachodni skraj dachu. Cloud podążył za nim. Porucznik zmrużył oczy, osłonił je ręką – i też to dostrzegł. Nie umiałby powiedzieć, czy dzielą ich trzy kilometry, czy dziesięć, ale był pewien: meksykańska armia maszerowała przez wzgórza. I wyglądała jak armia mrówek. Nie było widać jej końca.

Bowie wbiegł na dach i stanął zdyszany obok nich. Spojrzawszy we wskazanym przez Travisa kierunku, rzekł spokojnie:

– Wiesz, jaka jest dobra strona tego całego interesu, Buck? Właśnie odkryłem cudowne lekarstwo na kaca.

Travis obserwował nadciągające wojsko. Miał wrażenie, że armia liczy tysiące ludzi. Wiele tysięcy. Widok był przerażający – i zarazem nieodparcie fascynujący.

– Nie obronimy miasta – stwierdził. Spojrzał w dół, na plac, gdzie zebrali się prawie wszyscy Teksańczycy. Nikt nie wiedział, co się dzieje. – Zbierzcie swoje rzeczy! – zawołał. – Wycofajcie się do Alamo! Meksykanie idą!

Nie wiedzieć czemu, spodziewał się, że ludzie spokojnie rozejdą się do domów, zabiorą dobytek i ruszą do misji. Tymczasem na placu natychmiast zapanował chaos. Żołnierze i cywile rozpierzchli się w panice, niektórzy biegali bez ładu i składu. Travis i Bowie również zbiegli na dół i popędzili do domów.

Travis nie zastał już u siebie Marii Ramony. Zawołał Joego i kazał mu się pakować. Wkrótce jechali już konno wśród tłumu. Porucznik starał się zapanować nad tłuszczą.

– Odwrót! – krzyczał. – Spokojny odwrót do Alamo! Zachowajcie spokój!

Nikt go nie słuchał. Ludzie Crocketta pędzili przez plac stado długorogich krów. Crockett i Autry biegli obok.

– Uważajcie, żeby krowy nie powłaziły do domów! – wołał Crockett. – Pilnujcie ich! Szybciej! – Zauważył skuloną pod ścianą kobietę *Tejano* i skinął jej uprzejmie głową. – Już nas tu nie ma, proszę pani – powiedział z uśmiechem. – Uważajcie na te rogi!

Krowy zupełnie nie interesowały Grimesa, który próbował zerwać karabin z ramienia człowieka, któremu niedawno go sprzedał.

– Wiem, że go kupiłeś – tłumaczył nic nierozumiejącemu *Tejano*. – Ale jest mi potrzebny.

Almeron Dickinson osiodłał konia, wskoczył na niego i ścisnął żonę za rękę.

– Pułkownik Travis mówił, że miną całe tygodnie, zanim się zjawią! – powiedziała płaczliwie Susanna.

– Jak zobaczą nasze armaty, to przejdzie im ochota do szturmowania – odparł z uśmiechem Almeron. – Wsiadaj.

Susanna nie dała rady wsiąść na konia z Angeliną na rękach. Pomógł jej Joe. Podał dziecko Almeronowi i podsadził Susannę na siodło. Podziękowała mu, a Almeron spiął konia i ruszyli stępa w stronę Alamo.

Poruszony ogólnym rozgardiaszem Travis bezskutecznie błagał o odrobinę ładu.

– Odwrót… Spokojnie… Odwrót… Spokojnie… – powtarzał.

Minął go Tom Waters w pogoni za swoim kundlem, który przestraszył się hałasu.

– Chodź tu, Jake! – wołał Tom. – Wracaj do pana!

Seguin dyrygował grupą ludzi, którzy ładowali na wozy worki z kukurydzą. Travis podjechał do niego.

– Kapitanie Seguin! – zawołał. – Proszę zabrać swoich ludzi do Alamo!

– Jeśli pan chce, może pan głodować, pułkowniku – odparł spokojnie Seguin. – Ja wolę zabrać zapasy.

Travis ruszył dalej. Joe trzymał się tuż za nim. Minęli kobietę *Tejano*, która trzymała za rękę małą dziewczynkę. Obie patrzyły, jak *Anglos* czmychają do Alamo. Dziewczynka zadarła główkę.

– Czy oni umrą, mamusiu?

– Tak, córeczko. – Kobieta pokiwała smutno głową. – Wszyscy.

Przy Veramendi House Sam ładował na wóz jedzenie i naczynia kuchenne. Bowie pomagał mu, raz po raz wstrząsany atakami kaszlu. Kiedy otarł usta, Juana, jego szwagierka, zauważyła, że chustka jest czerwona od krwi.

– W jadalni jest schowana strzelba – powiedział do niej po hiszpańsku i Juana pobiegła po broń.

Sam podszedł do Bowiego i zapytał:

– Dobrze się pan czuje, mister James?

Bowie odprawił go machnięciem ręki i wrócił do pracy.

W porządku, pomyślał Sam. Niech umiera, jak chce. Im prędzej, tym lepiej.

Bydło przeprawiono przez bród na rzece tuż poniżej mostu, ostrożnie zapędzono do przejścia w łukowatym szańcu strzegącym głównej bramy Alamo i dalej na dziedziniec fortu. Za krowami podążali rozgorączkowani ludzie i inne zwierzęta gospodarskie. Teksańczycy wnosili przez bramę broń i zapasy, *Tejanos* wypatrywali swoich rodzin. Gregorio Esparza z żoną i dziećmi też znaleźli się w środku. Mały Enrique był przerażony. Jego matka spojrzała niepewnie na biegających w tę i z powrotem Teksańczyków i przeżegnała się. Nie pierwszy raz przyszło jej do głowy, że być może znaleźli się po niewłaściwej stronie.

Almeron Dickinson zaprowadził żonę, córeczkę i kilka innych kobiet do baptysterium w zrujnowanym kościele.

– Ma grube mury – wyjaśnił. – Będziecie tu bezpieczne.

Pocałował Susannę i Angelinę i pobiegł do Bowiego po rozkazy.

Na dziedzińcu Alamo kłębili się żołnierze i ochotnicy. Forsyth dostrzegł grupkę ludzi, którzy stali niezdecydowani pośrodku tego rozgardiaszu.

– Przejdźcie tam! – krzyknął, wskazując ręką. – Albo tam! Nie obchodzi mnie, gdzie chcecie iść, ale zabierajcie się stąd!

– Tylko Bowie może mi rozkazywać – odparł urażony Ward. – Cholera wie, gdzie się podział – dodał półgłosem.

Bowie był przy głównej bramie. Wraz z Jamesonem i Seguinem odsunął się na bok, żeby przepuścić karawanę zwierząt i ludzi. Dyktował coś Seguinowi, który pospiesznie notował jego słowa na skrawku papieru.

– ...niosąc białą flagę, którą, jak mniemam, pan i pańscy żołnierze zechcecie uszanować.

Seguin zapisywał wiadomość po hiszpańsku.

– Podpisz: w imię Boga i Meksyku. – Bowie wziął karteluszek, coś wykreślił i dodał: – W imię Boga i Teksasu. – Spojrzał z namysłem na Seguina. – A co mi tam, odkąd to ja, James Bowie, nie potrafię się z kimś dogadać? Jameson? Znajdź mi jakąś białą szmatę.

Travis siedział w swojej kwaterze i pisał list:

Liczne siły wroga znalazły się w zasięgu wzroku. Potrzebujemy ludzi i zaopatrzenia. Przyślijcie jedno i drugie. Mamy trochę żołnierzy i jesteśmy zdecydowani bronić Alamo do końca.

Ward, Grimes i kilku innych Teksańczyków przemknęło pod jego oknem. Ward z pogardą zerknął na zamknięte drzwi.

– Nieprzyjaciel atakuje, a jego wysokość zamknął się w swoich komnatach.

Travis zapieczętował list, wziął drugą kartkę i zaczął pisać kolejny – tym razem do stacjonującego w Goliad Fannina.

Wycofaliśmy wszystkich do Alamo. Będziemy mężnie bronić fortu, by nie przynieść wstydu ani sobie, ani naszemu krajowi. Będziemy odpierać szturmy do czasu, gdy przyjdzie nam Pan z odsieczą, Pułkowniku. Oczekujemy, że uczyni Pan to bezzwłocznie. Sytuacja jest dramatyczna, będziemy więc wdzięczni za wszystkich żołnierzy, którzy nie są Panu pilnie potrzebni. Jest tu łącznie stu czterdziestu sześciu ludzi, którzy nie ugną się przed wrogiem. Mamy niewielkie zapasy, ale wystarczą, by dotrwać do Pańskiego przybycia. Uważamy za celowe przypomnieć dzielnemu żołnierzowi, który wie, na czym polega prawdziwa służba, że wzywamy go na pomoc.

Pułkownik pisał, Joe zaś przechadzał się nerwowo za jego plecami.

– Joe – mruknął Travis, nie odwracając się – usiądź, zanim udzieli mi się twoje przerażenie.

Zastanawiał się, czy Fannin wyczuje ironię w ostatnim zdaniu: „Uważamy za celowe przypomnieć dzielnemu żołnierzowi, który wie, na czym polega prawdziwa służba..."

Tak jakby ten ołowiany żołnierzyk miał pojęcie o służbie.

Rozległo się pukanie do drzwi i do pokoju wszedł Crockett.

– Panie pułkowniku?

Travis podniósł wzrok znad listu. Z pióra, które wciąż trzymał w ręce, atrament kapał na biurko. Crockett odniósł wrażenie, że pułkownik jest kompletnie zagubiony.

– Nie chciałbym panu przeszkadzać, ale mamy tu istne piekło.

– Muszę wysłać kurierów, póki jeszcze jest czas.

Crockett skinął głową i już chciał wyjść, ale Travis go powstrzymał.

– Jeszcze jedno. Chciałbym, żeby pańscy ludzie zajęli pozycje na palisadzie.

Crockett wskazał głową w lewo.

– Ma pan na myśli ten drewniany płotek, pułkowniku?

– Wolałby pan inny przydział?

– Skądże. – Crockett uśmiechnął się. – Sam chciałem się tam zgłosić.

Travis skinął głową.

– Poza tym byłbym wdzięczny – dodał – gdyby mógł pan nadzorować obsadę pozostałych stanowisk.

– Załatwione, pułkowniku.

– Potrzebujemy po sześciu ludzi przy każdym dziale. Dział jest osiemnaście, więc razem daje to...

– Stu ośmiu ludzi – odparł szybko Crockett.

Travis trochę się zdziwił, a kongresman uśmiechnął się skromnie.

– Od czasu do czasu nawet łowca niedźwiedzi musi trochę porachować.

– Co półtora metra na murach ma stać strzelec z muszkietem – kontynuował z uśmiechem Travis.

Crockett szybko dokonał niezbędnych obliczeń i od razu się zorientował, że żądanie Travisa jest niewykonalne.

– Panie pułkowniku – rzekł – potrzebujemy więcej ludzi.

17

Oddział kilkuset Teksańczyków, ledwie powłócząc nogami, dobrnął do dziedzińca misji La Bahía w pobliżu Goliad. La Bahía, zbudowana w 1779 roku, była młodsza niż Alamo, i według oceny mężczyzn, którzy widzieli je obie, wydawała się solidniejsza. Ogromny kościół był w dobrym stanie, podobnie jak kwatery oficerów i koszary. Całość otaczał solidny mur dwuipółmetrowej wysokości.

Jednakże na Teksańczykach, którzy przybyli, aby ją zająć, La Bahía nie zrobiła wrażenia. W tej chwili niewiele się dla nich liczyło poza jedzeniem i snem. Maszerowali całymi godzinami, popędzani przez zadziwiająco sztywnego i niepewnego dowódcę pułkownika Jamesa Walkera Fannina. Gdy wchodzili przez bramę, rozglądali się ciekawie. Byli zmęczeni, głodni i zdegustowani. Jęknęli cicho, gdy Fannin stanął przed kościołem i podniósł rękę, żeby zwrócić ich uwagę.

– Panowie – powiedział uprzejmie – chciałbym prosić o uwagę…

– Dobry Boże – mruknął Anglik nazwiskiem Huberman – zaraz nam zafunduje kolejną mowę.

Teksańczycy zrzucili plecaki i strzelby z pleców i klapnęli na ziemię. Nikt nie zwracał specjalnej uwagi na Fannina. Mało kto w ogóle na niego patrzył.

– Rozumiem, że możecie być nieco zawiedzeni tym, że… eee… odłożyliśmy szturm na Matamoros. – W głosie Fannina słychać było lekki zaśpiew, ślad dzieciństwa spędzonego w Georgii. Nie był prawdziwym południowcem jak Bowie albo Travis, należał raczej do wyrafinowanych plantatorów. – Ale że, jak mówią, ostrożność jest lepszą częścią męstwa, postanowiłem zatrzymać się tutaj, w Goliad.

Przygotował się na protesty, lecz jego ludzie milczeli. Większość z nich po prostu cieszyła się, że nie muszą już tego dnia dalej iść.

– Zostaniemy tu i poczekamy na zaopatrzenie i rozkazy od… – Fannin próbował nadać swojemu głosowi ostry ton, ale mu nie wyszło – …tego, kto przejął dowództwo w San Felipe.

Odpowiedział mu pomruk niezadowolenia. Wszak głównie przez tych bufonów z San Felipe wpakowali się w całe to zamieszanie. Myśleli, że idą do Matamoros po upojne zwycięstwo i bogate łupy. Tymczasem maszerowali całymi dniami, żeby w końcu wylądować w tej małej kolonii na końcu świata, której waga sprowadzała się do bycia strategicznym punktem na mapie. Zasadniczo istniały tylko dwie drogi z Teksasu do

Meksyku. Jedna wiodła z zachodu przez Coahuila i Rio Grande. Prowadziła prosto do San Antonio de Béxar, dalej do Bastrop i Washington-on--the-Brazos. Druga droga biegła prosto z południa przez Matamoros. Wiła się w kierunku północnym, przebiegała przez Agua Dulce, San Patricio, Refugio i dochodziła do Goliad. Zostawić Béxar albo Goliad bez ochrony to otworzyć drzwi do Teksasu dla armii Santa Anny.

– Ponieważ prawdopodobnie zostaniemy tu przez kilka dni, chciałbym przechrzcić ten garnizon na Fort Oporu!

Jeden z Teksańczyków jęknął. Nikt poza nim nie zareagował. Nikogo to nie obchodziło.

Fannin brak reakcji odebrał jako odrzucenie propozycji.

– Chyba że chcecie przegłosować tę nazwę – dodał.

Ludziom patrzącym z murów Alamo wydawało się, że meksykańska armia zalała Béxar niczym morze: oficerowie w czerwonych mundurach przybranych złotymi galonami; konni dragoni, których srebrne hełmy błyszczały w słońcu, jakby byli ubrani w błyskawice; gwardia prezydencka z lancami. Za nimi szli *soldados* w błękitnych kurtkach i białych spodniach; na głowach mieli wysokie czako ozdobione pomponami. Były ich setki, maszerowali ulicami w idealnym szyku. Chociaż wielu – tak jak Jesús – było niechętnych walce, a nawet zmuszonych do niej, Teksańczykom jawili się jak przerażająca machina wojenna.

Na czele ogromnej armii jechał Santa Anna. Jego doradca, pułkownik José Batres, trzymał się na tyle blisko generała, żeby w każdej chwili móc zareagować na jego rozkaz, a zarazem na tyle daleko, by zachować pełen szacunku dystans.

Santa Anna z rozbawieniem obserwował obywateli Béxar, którzy bądź to znikali w domach, bądź wznosili entuzjastyczne okrzyki, gdy przejeżdżał obok nich.

– Rozbiegają się jak przestraszone dzieci – powiedział.

Batres, nie wiedząc, czy to zdanie wymaga reakcji, odparł po prostu:

– Tak jest, generale.

Kobieta *Tejano* pochyliła się do kilkuletniej córki i ponagliła ją głośnym szeptem:

– No powiedz, powiedz to, cośmy ćwiczyły!

Dziewczynka pomachała rączką i zawołała:

– *Viva Santa Anna! Viva Mexico!* – Zaczęła biec obok konia prezydenta i krzyczeć raz za razem monotonnym wyćwiczonym głosem: – *Viva Santa Anna! Viva Mexico!*

Santa Anna spojrzał na nią, skinął głową i dotknął kapelusza. Na ten widok mała zatrzymała się i natychmiast zawróciła do matki, mając nadzieję na nagrodę za dobre wykonanie zadania. Ale wzrok Santa Anny zatrzymał się na dziewczynce tylko na chwilę, gdyż jego uwagę natychmiast przyciągnęła oszałamiająca dziewczyna *Tejano* stojąca w progu. Była szczupła, miała kształtne piersi i włosy czarne jak noc. Jej oczy, ogromne i brązowe, rozszerzyły się z podziwem na widok procesji przechodzącej koło jej domu. Generał pomyślał, że to on jest przyczyną tego zachwytu, i uśmiechnął się do dziewczyny. Ledwie zdążyła spuścić wstydliwie oczy, matka złapała ja za ramiona, wciągnęła do domu i zamknęła drzwi.

Santa Anna zerknął na Batresa. Doradca znał to spojrzenie. Widział je wiele razy. Skinął głową – wiadomość została odebrana. To była ta część jego obowiązków, która najbardziej go niepokoiła: zdobywanie panienek dla Santa Anny. Na szczęście większość kobiet z radością się zgadzała, a te, które nie chciały, zawsze można było namówić w taki czy inny sposób.

Castrillón i Almonte zatrzymali się w przyjemnym cieniu domu należącego do rodziny Yturrich. Stał na północnym rogu placu, naprzeciwko kościoła San Fernando. Załatwili już z właścicielem – który w tym momencie był żarliwym zwolennikiem prezydenta – że przejmą dom na kwaterę główną Santa Anny. Yturri, jego żona i czworo dzieci pospiesznie zbierali swoje rzeczy i przygotowywali się do wyjścia tylnymi drzwiami, podczas gdy Castrillón i Almonte siedzieli przed frontem i patrzyli z podziwem na jadącego ku nim Santa Annę.

– Kto inny poprowadziłby taki marsz? – zapytał Castrillón. – Ilekroć zaczynam w niego wątpić, coś przypomina mi o jego wielkości.

Santa Anna podjechał do nich. Batres zeskoczył z konia i pomógł zsiąść generałowi.

– Czy straż przednia rozbiła już obóz? – zapytał Santa Anna, podchodząc do Castrillóna i Almonte.

– Tak jest, generale – odparł Castrillón.

Santa Anna rozejrzał się po placu, na którym cały czas kłębił się tłum. Armia wkraczała do miasta kolumna za kolumną.

– Wypatrzono już stanowiska artylerii?

– Tak, Ekscelencjo, ale to może być niepotrzebne – odpowiedział Castrillón.

Santa Anna spojrzał na niego podejrzliwie.

– Wygląda na to, że Teksańczycy chcą negocjować – ciągnął Castrillón. – Powinniśmy im przedstawić nasze warunki.

Santa Anna spojrzał na niego z niesmakiem. Castrillón był wspaniałym generałem, ale Santa Anna często zastanawiał się, czy ma dość ambicji niezbędnej do wygrywania wojen, podbijania nowych terenów i ludzi. Był odważny, silny i mądry. Ale niestosowny humanizm stanie się przyczyną jego upadku.

Z kolei Castrillón zdawał sobie sprawę, że mówiąc coś, co nie zgadza się z teorią Santa Anny na temat absolutnego podporządkowania sobie wroga, za każdym razem ryzykuje życie. Ale nie potrafił porzucić własnych zasad tylko po to, żeby zadowolić generała – nawet jeśli wiedział, że inni oficerowie zrobiliby to z radością.

Teraz udawał, że nie dostrzega niechętnej reakcji Santa Anny. Miał nadzieję, że konflikt da się rozwiązać bez przemocy. Zapytał więc z nadzieją:

– Jakie są pana warunki, generale?

W Alamo Green Jameson zapytał Jima Bowiego:
– Ciekawe, jakie będą jego warunki?
– Santa Anna potrafi być twardy – odparł Bowie. – Ale musi wiedzieć, że odgryzł więcej, niż może przełknąć.

Jameson spojrzał w stronę Béxar.
– Tak, przewyższają nas liczebnie, ale to my jesteśmy lepiej uzbrojeni. Z naszą artylerią możemy pobić tych Meksykanów, nawet jeśli będzie ich dziesięć razy więcej!

Bowie uśmiechnął się.
– Nie widzę powodu, żeby miało do tego dojść. Chodźmy, przemówmy do rozsądku tym dżentelmenom.

Jameson podniósł białą flagę i we dwóch wyszli przez bramę, minęli szaniec i ruszyli do mostu na rzece. Zatrzymali się tam, czekając, aż zbliżą się dwaj meksykańscy jeźdźcy. Bowie rozchmurzył się, gdy zobaczył Castrillóna jadącego obok Almonte. Wiedział, że ten generał jest dobrym człowiekiem. A co ważniejsze – człowiekiem mądrym i nielubiącym niepotrzebnego rozlewu krwi.

Zanim Castrillón i Almonte zatrzymali się przy moście, Bowie uśmiechnął się szeroko i zawołał do Castrillóna:
– Manuel, ile razy będziemy się targować o ten stary kościół, zanim wreszcie skończy się wojna?

Castrillón spuścił wzrok.

Bowie pomyślał, że nie powinien był zwracać się do Castrillóna po imieniu w obecności generała Almonte. Postanowił załatwić sprawę bardziej oficjalnie.

– Przyszedłem, żeby się dowiedzieć, czy wasz dowódca zechce negocjować w tej trudnej sytuacji.

Castrillón milczał i nadal unikał wzroku Bowiego. Almonte zsiadł z konia i wręczył Bowiemu list.

– Od samego generała Santa Anny – powiedział po angielsku.

Bowie rozłożył kartkę i zaczął czytać.

Travis siedział przy biurku w swojej kwaterze. W drzwiach stali Colorado Smith i Launcelot Smither.

– Gonzales – powiedział Travis, podając jeden list Smitherowi. Drugi podał Colorado Smithowi, mówiąc: – A to do pułkownika Fannina w Goliad. Z Bogiem.

Smith i Smither wyszli. Przed kwaterą Travisa czekała Susanna Dickinson z Angeliną na rękach.

– Panie Smither – powiedziała.

Launcelot zatrzymał się i zdjął kapelusz.

– Tak, psze pani?

Susanna dotknęła jego ręki.

– Nie miałam okazji podziękować panu za pomoc w Gonzales.

Smither wbił wzrok w ziemię. Zawsze żył samotnie i każda rozmowa z kobietą ogromnie go peszyła.

– Zrobiłem to przyjemnością, psze pani.

– Uratował mi pan życie, panie Smither, mnie i mojej córce – powiedziała Susanna. – Nie mam słów, aby panu podziękować.

Skinął głową, nadal na nią nie patrząc.

– A teraz odjeżdża pan, być może po to, żeby znowu uratować nam życie. Proszę na siebie uważać.

– Często zastanawiam się… – rzekł Smither – to znaczy nie wiem, czy jest mi pani winna jakiekolwiek podziękowania.

– Co pan ma na myśli?

– To ja zabrałem panią do Béxar. Wydaje mi się, że przeze mnie wpadła pani z deszczu pod rynnę.

Susanna uśmiechnęła się.

– Połączył mnie pan z mężem, panie Smither, a to dla mnie najważniejsze. Cokolwiek się stanie, będziemy razem.

Smither dotknął ronda kapelusza.

Gdy się odwracał, by odejść, prawie wpadł na kapitana Johna Forsytha, który pędził do kwatery Travisa.

– Pułkowniku! – zawołał Forsyth z akcentem, który zdradzał nowojorskie pochodzenie. – Chyba powinien pan to zobaczyć.

Travis wyszedł z kwatery i ruszył za pułkownikiem w stronę południowo-zachodniej ściany. Wbiegli na rampę, zmierzając prosto do osiemnastofuntowej armaty wymierzonej w stronę Béxar. Gdziekolwiek Travis spojrzał, widział meksykańskich żołnierzy rozstawiających namioty i wznoszących szańce dla artylerii. Miał wrażenie, że szeregi wroga są nieprzeliczone. Widok był na swój sposób piękny, choć zarazem przerażający.

Pochłonął Travisa bez reszty, tak że w pierwszej chwili nie zauważył Crocketta, kiedy ten wspiął się na rampę. Jemu też zaparło dech w piersi.

– Pułkowniku Travis – powiedział. – Już to mówiłem, ale powtórzę jeszcze raz: będziemy potrzebowali znacznie więcej ludzi.

Travis, wciąż oszołomiony, rzekł cicho:

– Ta armia naprawdę dobrze się prezentuje.

Nagle dostrzegł coś więcej niż przerażający majestat meksykańskiej armii. Zobaczył Bowiego i Jamesona na moście, rozmawiających z dwoma wrogimi oficerami.

– Co pułkownik Bowie robi na moście? – zapytał wzburzony, nie kierując swoich słów do nikogo konkretnego.

William Ward, energiczny Irlandczyk, odparł szelmowskim tonem:

– Próbuje nas wyciągnąć z tego szamba.

Daniel Cloud podniósł karabinek skałkowy i wycelował go prosto w pierś Almonte.

– Mógłbym go przygwoździć – powiedział, mrużąc oko. – Strzelić prosto między te śliczne guziki.

Crockett poklepał Clouda po ramieniu.

– Przy tobie robię się nerwowy, synu. Ten gość może być naszą przepustką na wyjście z tego bagna.

Travis wpatrywał się w Bowiego z nieskrywaną niechęcią. Nie odwracając wzroku, powiedział:

– Odpalić osiemnastofuntówkę.

Nikt się nie ruszył.

Travis powtórzył głośniej, ze złością:

– Ognia z osiemnastofuntówki!

Dickinson i jego załoga szybko załadowali armatę. Na skinienie Travisa Almeron zapalił lont.

Na moście Bowie skończył czytać list po raz drugi. To były złe wieści.

Meksykańska armia nie może w żadnym wypadku negocjować z obcymi buntownikami, którzy – jeśli chcą ocalić życie – nie mają innego wyjścia, niż natychmiast podporządkować się Najwyższemu Rządowi, który jako jedyny może po rozważeniu sprawy udzielić im łaski. List nie był nawet podpisany przez Santa Annę, tylko przez jego doradcę Batresa.

Bowie spojrzał na Castrillóna.

Generał powiedział po angielsku:

– Przykro mi, Jim.

Z Alamo rozległ się wystrzał. Ziemia zadrżała. Bowie, Jameson, Castrillón i Almonte odwrócili się natychmiast w stronę fortu i patrzyli z niedowierzaniem, co się dzieje.

W Béxar Santa Anna ledwie drgnął na dźwięk wystrzału. Obserwował spokojnie, jak pocisk roztrzaskuje mały domek na wschód od miasta. Zwrócił się do Batresa.

– Wciągnąć flagę! – rozkazał.

– Którą, generale?

Na moście Castrillón i Almonte uspokajali przerażone hukiem konie.

– Cholera jasna! – zaklął Bowie i przeszedł na hiszpański. – Nie miałem z tym nic wspólnego!

Castrillón i Almonte bez słowa zawrócili i pogalopowali z powrotem do miasta. Bowie ruszył wściekły do Alamo. Jameson dreptał z tyłu, próbując za nim nadążyć. Niósł białą flagę, teraz już całkiem bezużyteczną.

Na południowo-zachodnim murze Crockett patrzył w stronę dzwonnicy kościoła San Fernando.

– Niech pan spojrzy tam, pułkowniku – powiedział.

Travis z lękiem podążył wzrokiem za spojrzeniem Crocketta. Nad najwyższym punktem miasta powoli podnosiła się flaga. Żaden człowiek w Alamo nigdy wcześniej nie widział takiej flagi, ale wszyscy bez trudu odczytali jej znaczenie. Była w kolorze krwi, a na środku widniała czaszka i dwa skrzyżowane piszczele. Meksykański żołnierz wciągał flagę, w tle zaś nadal było widać oddziały wchodzące do miasta.

– To zły znak – stwierdził Crockett.

Bowie wpadł przez główną bramę i popędził na rampę, na której stał Travis. Stanął przed nim z zaciśniętymi pięściami.

– Czyś ty zwariował?! – warknął. – Próbowałem zawrzeć rozejm!

– Jeśli mamy zawrzeć z nimi jakąś umowę – odparł Travis – zrobimy to z pozycji siły. Nie przewrócimy się na grzbiet, odsłaniając brzuch, i nie będziemy błagać. W przeciwnym razie nasze dotychczasowe słowa nic by nie znaczyły! Tak jak cała ta cholerna wojna!

Bowie z trudem opanował gniew.

– Umieranie za nic to gówniany pomysł – powiedział zduszonym głosem.

Travis zauważył list w jego dłoni.

– To ich odpowiedź?

Bowie wyciągnął rękę. Travis wziął list, przeczytał go i podniósł wzrok.

– ...bezwarunkowa kapitulacja... – Prawie się uśmiechnął. – To oznacza, że mogą zrobić, co zechcą. Być może, pułkowniku, rozstrzelaliby tylko oficerów?

Crockett wskazał flagę nad kościołem San Fernando.

– Wygląda na to, że wszyscy awansowaliśmy – rzekł.

Na dziedzińcu Alamo mężczyźni *Tejano* zebrali się w małej grupce.

– Widziałem generała Cósa – powiedział Gregorio Esparza. – Złamał przyrzeczenie, że nie wróci.

Seguin skrzywił się. Cós był tchórzem – to jeszcze potrafił zaakceptować. Ale był też kłamcą, a tego niczym nie można było usprawiedliwić.

– Mężczyzna powinien dotrzymywać słowa – stwierdził Seguin i zwrócił się do Esparzy: – Twój brat jest z nim?

Gregorio spojrzał ze smutkiem w stronę miasta. Pokłócił się ostro z bratem właśnie o przyszłość Teksasu. Francisco kierował się dobrem kraju. Gregorio słuchał swojego sumienia.

– Może to on wciągnął flagę – powiedział.

Sprzeczka Travisa z Bowiem przerodziła się w swego rodzaju naradę wojenną. Bowie i Crockett popatrzyli po sobie, a potem obaj spojrzeli na Travisa. To spojrzenie mówiło: „I co teraz?"

– Poczekamy na posiłki – stwierdził Travis. – Za kilka dni cały Teksas będzie wiedział o naszej sytuacji.

– Powiedz mi, Buck – mruknął Bowie z ironią – ile to jest „kilka" w Alabamie.

Travis zignorował tę uwagę.

– Proponuję obsadzić stanowiska i przygotować się na niekoniecznie delikatną odpowiedź – powiedział i odszedł.

Bowie i Crockett wymienili sceptyczne spojrzenia.

– Myślisz, że sam wymyśla takie teksty? – rzucił Crockett.

– Nigdy nie przepadałem za bohaterskimi gestami – skomentował Bowie.

Nagle rozległ się huk meksykańskiej armaty. Wszyscy w Alamo przygotowali się na uderzenie pocisku. Kula przeleciała nad murem i wyrwała sporą dziurę w ścianie podłużnego budynku koszar. Kilka metrów dalej, w baptysterium kościoła, mała Angelina Dickinson zapłakała ze strachu. Matka próbowała ją uspokoić, ale sama ledwo powstrzymywała się od krzyku. Inne kobiety przytuliły dzieci, gdy wokół podniósł się kurz.

– Już dobrze, maleńka – szeptała Susanna do córki. – Śpij, dziecinko, śpij...

18

Wdomu Yturrich Santa Anna zwołał naradę wojenną. Gdy generałowie zbierali się u dowódcy, meksykańscy żołnierze, wśród nich Jesús, wypakowywali jego rzeczy z wozu i wnosili do domu. Zadaniem Batresa było dopilnowanie, by zrobili to, jak należy. A że nie miał pojęcia, jak wykonać jakiekolwiek zadanie, pilnowanie sprowadzało się u niego do mieszanki gróźb i ostrzeżeń.

– Uważać na kryształy! – krzyczał. – Za potłuczone szkło będą potłuczone kości!

Soldados wiedzieli, że nie są to czcze pogróżki, więc obchodzili się ze skrzyniami nader delikatnie. Jesús złapał mocno swój koniec długiego drewnianego pudła i zaczął tyłem wchodzić do domu, stawiając drobne, ostrożne kroki.

Oniemiał na widok przepychu panującego w środku. Nigdy nie widział równie wspaniałej rezydencji. Główny salon był pomalowany w odcienie palonej umbry i pomarańczu, a delikatne mozaiki obramowywały wejście. Santa Anna siedział u szczytu podłużnego stołu z mahoniowego drewna, który wypolerowano do lustrzanego połysku. W czarnych płytach posadzki odbijał się ogień płonący w ozdobnym kominku w rogu pokoju i mniejsze płomyki kandelabru, przez co można było odnieść wrażenie, że generałowie stoją w jeziorze płynnego ognia.

Castrillón, Almonte, Sesma, Cós i Caro zebrali się wokół stołu. Castrillón i Almonte siedzieli, reszta stała za nimi. Wszyscy czekali na słowa prezydenta. Przez chwilę Santa Anna nic nie mówił. Sączył kawę nalaną przez służącego Bena, wolnego Murzyna, który znalazł bardziej przyjazny dom w Meksyku niż w rodzimej Ameryce.

Santa Anna odstawił porcelanową filiżankę na spodeczek i wytarł usta serwetką.

– Czy Houston jest z nimi? – spytał.

– Nie – odpowiedział Almonte.

Santa Anna prawie się uśmiechnął.

– Słyszałem, że opuściła go żona – rzekł. – Z powodu rany, która nie chce się goić.

– Wolał zrezygnować ze stanowiska, niż narazić się na skandal – wyjaśnił Almonte.

– Jaki mężczyzna rezygnuje z władzy dla kobiety? – Santa Anna był szczerze zdumiony. – Zjawi się, choćby po to, żeby ratować swoją reputację.

Znowu napił się kawy.

– A co z Jimem Bowiem, tym nożownikiem?

– Jest na terenie misji – odparł Almonte, po czym, dumny, że może przekazać dobre wieści, dodał: – Jest tam ktoś jeszcze wart zainteresowania – Davy Crockett.

Santa Anna wyglądał na zachwyconego.

– Crockett? Ten słynny łowca niedźwiedzi?

Almonte skinął głową.

– Więc on naprawdę istnieje? – zapytał Santa Anna.

– Tak, Ekscelencjo. Ostatnio pracował w Kongresie Stanów Zjednoczonych.

To była kolejna zaskakująca informacja dla Santa Anny.

– W Kongresie? Jesteś pewien, że to ten sam Crockett?

– Ten sam – zapewnił Almonte. – Czasem nosi zwierzę na głowie. Przynajmniej tak słyszałem.

Santa Anna uśmiechnął się.

– Jakie to niezwykłe.

– Są źle zorganizowani i mają mniej ludzi – ciągnął Almonte. – Powinniśmy natychmiast to wykorzystać.

– Lepiej poczekać – zaoponował Castrillón, choć wiedział, że mówiąc to, naraża się na gniew prezydenta. – Za kilka dni będziemy mieli ciężką artylerię, a oni nigdzie się nie wybierają.

Almonte skrzywił się.

– Zaledwie tydzień marszu stąd, w Goliad, są następni buntownicy pod dowództwem pułkownika Fannina. – Spojrzał na Santa Annę, szukając u niego aprobaty.

Ale prezydent nie zwracał specjalnej uwagi ani na Almonte, ani na Castrillóna. Wydawał się spokojny, jakby wszystko układało się dokładnie po jego myśli.

– Houston, Fannin... będzie więcej mięsa na rożnie – stwierdził. – Poczekamy. Ale noc zamienimy im w koszmar, żeby nie zapomnieli, co ich czeka.

Travis robił obchód stanowisk artylerii na północnym murze. Wybrał to miejsce na swoje stanowisko dowodzenia, bo był to najsłabszy punkt fortu. Crockett i przybysze z Tennessee kryli się po przeciwnej stronie fortu, za palisadą. Na pierwszy rzut oka mogło się wydawać, że drewniany płot to pięta achillesowa Alamo. Jednak ostro zakończone bale i zewnętrzny rów wysadzany drzewami sprawiały, że było to miejsce niewygodne do ataku i zarazem dość łatwe do obrony.

114

To północny mur najbardziej martwił Travisa. Cós popracował nad nim trochę, gdy zajmował Alamo, Jameson też wzmacniał go, jak mógł, ale nadal była to tylko krusząca się mieszanina kamieni, kłód drewna i glinianych cegieł. Kilka celnych strzałów z armat zamieni go w sito. Jeśli Meksykanie ruszą do szturmu, nie będą nawet potrzebowali drabin, żeby przejść przez mur – wystarczy się po nim wspiąć.

Wyglądało na to, że nie planują szybkiego ataku. Raczej przygotowują się do oblężenia. Cóż, pomyślał Travis, przynajmniej zyskamy trochę czasu. Im dłużej Meksykanie będą oblegać Alamo, tym większe szanse, że nadejdzie odsiecz. Przyjdzie Houston. I Fannin. Wszystko może się dobrze skończyć.

Przy palisadzie Micajah Autry walczył z nudą, po raz kolejny czyszcząc strzelbę.

– Sto razy bardziej wolałbym walczyć tam na zewnątrz, w polu – mruknął.

Crockett skinął głową.

– Ja też wolę otwartą przestrzeń – rzekł. – Ale tak się złożyło, że musimy tu siedzieć.

Podszedł do nich Bowie. Wskazał dziesiątki namiotów, które Meksykanie ustawili na otaczających fort wzgórzach i chciał coś powiedzieć, ale złapał go atak kaszlu. Oparł się o mur, czekając, aż kaszel minie.

– Nie chcę być wścibski, ale co ci właściwie dolega, Jim? – spytał Crockett.

– Suchoty. Dur brzuszny. Zapalenie płuc. Jedna z nich albo wszystkie naraz.

Crockett dostrzegł słynny nóż Bowiego i popatrzył z fascynacją na rękojeść. Bowie zauważył jego zainteresowanie, rozchylił poły płaszcza i wyciągnął nóż, nawet na niego nie patrząc. Podał go Crockettowi, który wziął go do rąk jak relikwię. Gwizdnął cicho. Był pod wrażeniem wielkości i wagi klingi, a co najważniejsze – jej historii.

– Ta walka na noże na mierzei w Natchez – powiedział – ta, którą opisali… To prawda?

Bowie uśmiechnął się lekko. Wszyscy go pytali o walkę na mierzei. Opowiadał tę historię chyba z tysiąc razy, a mógłby pewnie i dziesięć tysięcy; robił to, ilekroć ktoś go o to prosił. Wydało mu się zabawne, że legendarny David Crockett jest pod wrażeniem jego legendy, tak samo jak wszyscy inni.

To nawet nie miała być jego walka. Był sekundantem w pojedynku Samuela Wellsa i doktora Thomasa H. Maddoksa. Jeden z sekundantów

Maddoksa, Norris Wright, był starym wrogiem Bowiego. Cholera, to nawet nie był porządny pojedynek: obaj mężczyźni chybili z pistoletów. Chcieli podać sobie ręce na zgodę, ale między sekundantami było zbyt dużo wrogości, żeby sprawy zakończyły się w ten sposób. Sam Cuny, drugi sekundant Wellsa, postanowił skorzystać z okazji i wyrównać rachunki z pułkownikiem Robertem Crainem, który przyszedł z Maddoksem. Nikt nie powiedział ani słowa, nie było potrzeby. Cuny i Crain wyciągnęli pistolety, Bowie też. Crain strzelił, Bowie odpowiedział strzałem. Kula musnęła w fular Craina, ale nie zrobiła mu krzywdy. Crain sięgnął po drugi pistolet i wypalił, trafiając Cuny'ego w udo. Krew siknęła jak z kranu.

Crain zaczął uciekać, a Bowie wyciągnął swój ogromny nóż i ruszył za nim. Crain odwrócił się i cisnął bezużytecznym pistoletem, trafiając go prosto w czoło. Bowie zatoczył się i upadł na pieniek wyrzucony przez wodę. Doktor James Denny, też z obstawy Wellsa, przybiegł i pomógł mu wstać. Ale teraz dogonił ich także Wright. Strzelił. Kula oderwała Denny'emu dwa palce i przebiła płuco Bowiego.

W tym momencie Bowie był już jak rozwścieczony byk. Rzucił się na Wrighta, który próbował uciekać. Dwaj ludzie z grupy Maddoksa, bracia Blanchardowie, strzelili do Bowiego. Jeden trafił w udo. Bowie upadł. Wright odwrócił się i wyciągnął szpadę z laski. Zaczął przyszpilać Bowiego do ziemi; przyłączył się do niego Alfred Blanchard.

Wielokrotnie pchnięty Bowie wymachiwał na oślep nogami i nożem. Kilka razy drasnął przeciwników.

W końcu zdołał usiąść, łapiąc Wrighta za kołnierzyk. Kiedy Wright wyprostował się, pociągnął za sobą Bowiego i pomógł mu stanąć. Bowie wbił mu nóż głęboko w pierś. To była chwila mrożąca krew w żyłach – dwóch starych wrogów patrzyło sobie w oczy. Oczy Wrighta były rozszerzone ze zdumienia, spojrzenie Bowiego bezlitosne i gniewne.

Bowie przekręcił nóż. Krew trysnęła mu na twarz. Wright nadal wytrzeszczał oczy, ale już niczego nie widział. Upadł na ziemię i po chwili znieruchomiał.

– To był wóz albo przewóz – powiedział Bowie. – Albo on, albo ja.
Crockett się uśmiechnął.

– Ale „on" zdążył już wpakować ci dwie kule i ranić szpadą... Przynajmniej tak słyszałem.

– Nie pamiętam zbyt dobrze – odparł Bowie cicho. – Byłem za bardzo zajęty zabijaniem go.

Crockett i Bowie spojrzeli na wzgórze. Nie było tam jeszcze armat, ale wiedzieli, że to kwestia czasu. Meksykańscy żołnierze roili się na stoku niczym mrówki.

– Nie spieszy im się – stwierdził Bowie. Popatrzył na horyzont. Słońce zachodziło, rzucając delikatną poświatę w odcieniach czerwieni i złota na fasadę kościoła w Alamo.

Autry pokręcił głową.

– Dlaczego po prostu nas nie zaatakują?

Bowie spojrzał na Autry'ego, a potem na Crocketta.

– Widziałem kiedyś, jak *vaqueros* przez cały dzień zabijali byka.

– Męcząc zwierzę w ten sposób, można zmarnować mięso – stwierdził Crockett.

Nagle powietrze wypełniły przenikliwe dźwięki trąbki wojskowej. To nie była miła nuta i wszyscy mężczyźni na murach Alamo spojrzeli w kierunku źródła hałasu.

– Kiedy zabierasz ze sobą orkiestrę, to znaczy, że spodziewasz się okazji do świętowania – rzucił od niechcenia Ward.

Crockett przyłączył się do Travisa na południowo-zachodniej rampie i spojrzał w stronę Béxar.

– Miło z ich strony, że nam tak przygrywają – powiedział. – To nie było hasło „do ataku"?

Travis pokręcił głową.

– To marsz kawalerii, ale wiem, że Santa Anna lubi wykorzystywać tę melodię do innych celów. Zapożyczył ten zwyczaj od Hiszpanów, a Hiszpanie od Maurów. To się nazywa *Deguello*.

– Wpada w ucho – stwierdził Crockett.

Travis uśmiechnął się ponuro.

– *Deguello* znaczy „podrzynanie gardła".

Crockettowi zrzedła mina.

– To już mniej wpada w ucho.

Muzyka urwała się jak nożem uciął i na dziedzińcu Alamo zapadła złowieszcza cisza. Ludzie instynktownie wyczuwali, że to nie wróży nic dobrego. Nagle meksykańskie działa zaczęły strzelać ze wszystkich stanowisk. Pierwsze kule uderzyły w północny mur, niszcząc jedną z bel konstrukcyjnych. Następne wybiły głęboką dziurę, prawie na wylot. Inne wylądowały w rzece, kawałek od zachodniego muru. Mężczyźni po tej stronie fortu poczuli na twarzach wodną mgiełkę.

Jedna z kul przeleciała nad murem i przetoczyła się po dziedzińcu. Obrońcy zauważyli ze zgrozą, że jej zapalnik nadal płonie, i spanikowani rozpierzchli się w poszukiwaniu osłony. Czekali całą wieczność, żaden nie odrywał oczu od pocisku. Kiedy już myśleli, że nie wybuchnie, eksplodował z ogłuszającym hukiem, siejąc kartaczami we wszystkich kierunkach. Kawałki metalu wbiły się w ściany i drzwi. Wszyscy skulili się, trzymając dłonie nad głowami, szukając jakiejkolwiek osłony. Waters złapał swojego kundla i rzucił się za najbliższą osłonę. Mężczyźni, kobiety i dzieci przyciskali się do ścian w baptysterium i w koszarach. W kwaterze Travisa Joe skulił się w kącie pokoju z dłońmi na uszach. Na jego twarzy malowało się przerażenie.

Po meksykańskiej stronie wcale nie było łatwiej. Huk, gryzący dym i chaos kompletnie wytrąciły z równowagi Jesúsa. Jego zadanie polegało na polewaniu armaty wodą po każdym strzale. Między wystrzałami padał na ziemię, krzycząc i płacząc.

W baptysterium w Alamo też rozległy się krzyki. Angelina Dickinson szlochała głośno i szarpała się, jakby chciała uwolnić się z ramion matki i uciec od tych strasznych rzeczy. Ale kiedy świt zapłonął nad pogodną teksańską wsią, bombardowanie nagle się skończyło i mała Angelina przestała płakać. Wyczerpana wtuliła się w pierś matki i po chwili już spała.

Pozostałe kobiety spojrzały po sobie. Czy to koniec? Wciąż zaniepokojone powychodziły ze swoich kryjówek i zaczęły wyglądać na dziedziniec. Świecił pustkami; cisza była taka, że dzwoniło w uszach. Potem pojedynczo, po dwóch ludzie zaczęli wychodzić ze swoich kryjówek na światło dzienne. To był koniec. Na razie.

Green Jameson obiegł cały teren misji, wybierając mężczyzn, którzy mieli z nim iść pod północną ścianę, teraz jeszcze słabszą niż przed ostrzałem. Nie mieli wiele budulca – tylko błoto i kawałki drewna, ale Jameson i jego ekipa robili, co mogli, by załatać kruszący się mur. Nad nimi Ward i pięciu innych strzelców wymierzyli w stanowisko armatnie po północnej stronie, osłaniając pracujących mężczyzn. Wiedzieli, że jeśli teraz Meksykanie otworzą ogień, wszyscy zginą.

Ward popatrzył przed siebie. Dolphin Floyd, farmer z Karoliny Północnej, stał obok niego. Karabin skałkowy wyraźnie drżał w jego rękach.

– Zauważyłeś jakieś różnice, jeżeli idzie o armaty? – spytał cicho Ward.

Floyd nie odpowiedział. Bał się, że jeśli otworzy usta, zacznie krzyczeć. Pokręcił przecząco głową. Ward skinął w stronę meksykańskich szańców.

– W nocy przysunęli je bliżej.

Floyd zamknął oczy i próbował myśleć o Karolinie Północnej, o swojej małej farmie i żonie Emily, najładniejszej dziewczynie w całym hrabstwie. Ale nie potrafił się skupić na żadnym ze wspomnień dawnego piękna i spokoju. Oczami wyobraźni widział siebie rozrywanego na kawałki przez meksykańską kulę. Kiedy znowu otworzył oczy, zorientował się, że Ward ma rację. Osłaniający armatę ziemny kopiec przysunął się. Był coraz bliżej. A działo mierzyło prosto w mury Alamo.

19

Travis wyciągnął szablę z pochwy i nakreślił linię na piasku.
– Tutaj – powiedział.
Sam i Joe stali na środku dziedzińca. Trzymali w rękach łopaty i patrzyli na linię.
– Ponieważ nasza studnia wysycha – tłumaczył im Travis – każdego dnia, kiedy nie będziecie mieli innych spraw na głowie, macie kopać tu nową.
Obaj Murzyni pokiwali głowami, a Joe powiedział cicho:
– Tak jest.
Travis odszedł, żeby zobaczyć, jak idzie Jamesonowi przy północnym murze. Kiedy znalazł się poza zasięgiem słuchu, Sam rzucił z niesmakiem:
– Nie dość, że nosimy im wodę, teraz jeszcze musimy ją znaleźć.
Joe wziął się do roboty, ale Sam tylko pokręcił głową.
– Nie spiesz się tak – powiedział.
Joe go nie słuchał.
– Im szybciej zejdę do tego dołu – odparł – tym mniejsza szansa, że mi łeb odstrzelą.
– Im szybciej znajdziesz wodę tej bandzie białasów, tym szybciej cię pogłaszczą po głowie – odparł Sam.
Joe spojrzał na niego, jakby dostał w twarz. A potem wrócił do kopania.
Sam przyłączył się do niego, ale bez specjalnego zaangażowania. Zauważył, że nikt nie zwraca na nich szczególnej uwagi, więc nie muszą się przykładać do pracy. Joe kopał jednak z zapałem, najwidoczniej chcąc odwalić kawał dobrej roboty dla swojego pana. Sam popatrzył na niego z politowaniem.
– Od dawna cię ma? – spytał.
Joe przerwał na chwilę kopanie i odparł:
– Mister Simon White z Brazorii w zeszłym roku w lipcu wypożyczył mnie panu Williamowi.
Przez chwilę obaj pracowali w milczeniu. Kiedy Sam znowu się odezwał, mówił tak cicho, że Joe ledwo go usłyszał:
– Znałem człowieka imieniem Nemo, który należał do Simona White'a. Uciekł do Saltillo.
– Udało mu się?
– Nie mam pojęcia – odparł Sam.

Travis, zadowolony z postępów Jamesona w pracy, obszedł cały fort, sprawdzając fortyfikacje i notując w myślach uwagi do nowego planu obrony. Kilku mężczyzn z New Orleans Greys okopywało się w okolicy koszar. Długi rów mógł w przyszłości posłużyć jako ostatni bastion obrony.

– Panowie – polecił Travis – przesypcie część tej ziemi do worków i ułóżcie je pod murem. To podwoi jego grubość i da nam lepszą ochronę.

Mężczyźni, którzy zamierzali właśnie tak zrobić, pokiwali głowami i czekali, aż Travis sobie pójdzie.

Louis Dewall pracował w kuźni, rąbiąc na kawałki podkowy, łańcuchy i wszystko, co nadawało się do wykorzystania w charakterze kartaczy. W Nowym Jorku miał własną kuźnię. Kiedy zamienił na kartacze wszystkie kawałki metalu, jakie wpadły mu w ręce, wrzucił rozpalone do czerwoności odłamki do kubła z wodą, żeby ostygły. Jego przyjaciel Daniel Cloud wyjmował kawałki z wiadra i pakował je do płóciennych worków. Travis zatrzymał się i przez chwilę patrzył, jak pracują.

– W zagrodzie dla koni są dwa ołowiane koryta. Nadadzą się na kule do armat – powiedział i odszedł.

Cloud odprowadził go wzrokiem, a potem rzekł do Dewalla:

– Na co, do cholery, oszczędzamy amunicję?

Dewall tylko wzruszył ramionami i wrócił do pracy.

Idąc do swojej kwatery, Travis usłyszał znajomy kaszel. Poszedł za tym dźwiękiem i zobaczył Bowiego, który ledwie trzymał się na nogach. Stał oparty o ścianę, niemal bezradny wobec ataku kaszlu. Zdegustowany własną słabością, uderzył pięścią w mur. Travis dał mu chwilę, żeby się pozbierał, i dopiero wtedy do niego podszedł.

Bowie splunął krwią i otarł usta.

Travis milczał przez chwilę, a potem rzekł:

– Nigdy nie brałem udziału w walce, w której przeciwnik miał tyle armat.

Bowie zrozumiał, że Travis przekazuje mu znak pokoju. Podpułkownik wcale nie był taki zły, może trochę zarozumiały, ale wyrośnie z tego. Już miał mu odpowiedzieć, kiedy Travis znowu się odezwał:

– Podejrzewam, że dopóki nie zdecydują się nas zaatakować, będą strzelać tylko po nocach. Żebyśmy nie mogli spać.

Bowie skinął głową, przyciskając do ust zakrwawioną chusteczkę.

– Aż zaczniemy wszędzie widzieć duchy.

– Pułkowniku – powiedział Travis cicho – dałem się ponieść emocjom przy pańskich ludziach. To było niestosowne i nieprofesjonalne.

Bowie machnął ręką i uśmiechnął się.

– Zapomnij o tym – odparł. – Większość z nich i tak nie zrozumiała twoich słów.

– To ważne, żebyśmy się dogadywali – stwierdził Travis. – Według mnie, chociaż jesteśmy słabo przygotowani, kapitulacja nie wchodzi w grę. Proponuję grać na zwłokę, dopóki nie przybędą posiłki.

Bowie kiwnął głową.

– Ja też tak uważam.

Travis odpowiedział skinieniem głowy. Naprawdę się dogadali.

– Czasem po prostu drażni mnie twój sposób mówienia, Travis – rzekł Bowie. – Nic więcej. Przysięgam na Boga.

Odszedł i znów się rozkaszlał. Travis odprowadził go wzrokiem. Było mu przykro z powodu choroby Bowiego, ale nie mógł zdławić przypływu radości na myśl, że z racji jego stanu zdrowia on ma teraz pełnię władzy w Alamo. Wszystkie głosowania i zwalczające się nawzajem frakcje nie miały już znaczenia. Bowie nie był w stanie dowodzić. Travis zmarszczył brwi, próbując otrząsnąć się z tych niegodnych oficera myśli. Nie miał czasu na upajanie się sukcesem. Musiał dowodzić.

Poszedł do swojej kwatery i usiadł przy składanym biurku, które powędrowało za nim z Alabamy do Nowego Orleanu, potem do Nacogdoches, Anahuac i wreszcie do Béxar. Przy nim pisał listy miłosne, dokonywał sekretnych wpisów do pamiętnika, przy nim też podpisał papiery rozwodowe. A teraz musiał napisać list, który sprowadzi pomoc ze wszystkich zakątków Teksasu. Kiedy Houston, Fannin i cała reszta zrozumieją, w jak strasznym znalazł się położeniu, zjawią się tutaj i pogonią Santa Annę z powrotem za Rio Grande, ku Mexico City. Tę wojnę nadal można było wygrać.

Wygładził kawałek brunatnego papieru pakowego, zanurzył gęsie pióro w atramencie i zaczął pisać:

Dowództwo fortu Alamo
Bejar, 24 lutego 1836
Do obywateli Teksasu i wszystkich Amerykanów na świecie

Współobywatele i Rodacy!
Jestem oblężony przez tysiąc lub więcej Meksykanów pod dowództwem Santa Anny. Wytrzymuję nieustanne bombardowanie i ostrzał przez dwadzieścia cztery godziny na dobę, ale straciłem już wielu ludzi. Nieprzyjaciel domaga się bezwarunkowej kapitulacji, w przeciwnym wypadku jeśli fort padnie, garnizon zostanie wybity do nogi. Odpowiedziałem na to żądanie wystrzałem z armaty i nasza flaga nadal dumnie powiewa nad murami. Nigdy

nie poddam się ani nie wycofam. Wzywam więc w imię wolności, patriotyzmu i wszystkiego, co drogie sercu Amerykanów, abyście bezzwłocznie przyszli nam z wszelką możliwą pomocą. Wróg codziennie otrzymuje posiłki i bez wątpienia w ciągu najbliższych kilku dni liczba Meksykanów zwiększy się do trzech, czterech tysięcy. Jeżeli moja prośba pozostanie bez echa, jestem zdecydowany walczyć tak długo, jak zdołam, i zginąć śmiercią żołnierza, który nigdy nie zapomina, czym jest honor i co jest winien swojemu krajowi.

Zwycięstwo albo śmierć!

Podpułkownik William Barret Travis, dowódca

Zaczął składać list, a potem pomyślał, że powinien dodać coś krzepiącego, wskazującego na zaradność i stanowczość jego ludzi.

PS Bóg jest po naszej stronie. Kiedy wróg pojawił się na horyzoncie, mieliśmy zaledwie trzy buszle kukurydzy. Od tego czasu w opuszczonych domach znaleźliśmy osiemdziesiąt albo dziewięćdziesiąt buszli, w forcie zaś znalazło schronienie od dwudziestu do trzydziestu sztuk bydła. Travis.

Jeszcze raz przeczytał list. Pomyślał, że warto byłoby dodać kilka górnolotnych fraz, ale nie miał na to czasu. List był skreślony w pośpiechu, ale musiał wystarczyć. Czytelnicy będą mu musieli wybaczyć niedoskonałości stylistyczne.

Travis zwrócił się do Joego, który zmęczony kopaniem wrócił do kwatery. W czasie, kiedy pułkownik zajmował się pisaniem, siedział cierpliwie na stołku przy drzwiach.

– Joe, idź po kapitana Martina i każ mu się natychmiast u mnie zameldować.

– Tak jest – powiedział Joe i wybiegł z pokoju.

Po chwili zjawił się Albert Martin.

– Kapitanie Martin – zaczął Travis. – Chcę, żeby zawiózł pan tę wiadomość do Gonzales.

– Tak jest, panie pułkowniku.

Travis podał mu list.

– Proszę przywieźć ze sobą wszystkich krzepkich mężczyzn, jakich pan znajdzie. Niech ktoś inny zawiezie list dalej. Colorado Smith i pan Smither wyjechali wczoraj. Może spotka pan któregoś z nich i będzie mógł im go przekazać.

Martin skinął głową i wybiegł, żeby przygotować konia. Travis usiadł przy biurku. Teraz czekała go najtrudniejsza część zadania: czekanie.

O zmierzchu, gdy Albert Martin wyjechał z Alamo i znalazł się na drodze do Gonzales, złowieszczy dźwięk granego w Béxar *Deguello* poniósł się nad fortem. Wszyscy zaczęli gorączkowo szukać schronienia. Wiedzieli, co ich czeka. Ledwie koszmarna melodia się skończyła, zaczęło się bombardowanie. Obrońcy Alamo chowali się i modlili, żeby pocisk nie odnalazł ich w ciemnościach.

20

James Walker Fannin wybrał na kwaterę kaplicę misji La Bahía, czyli, jak wolał mówić, Fortu Oporu. Gdy tak siedział za ogromnym biurkiem, czuł się i wyglądał jak prawdziwy dowódca. Podwładni wchodzili z czapkami w ręku, czekając na jego radę lub rozkaz, a on udzielał im trafnych odpowiedzi.

Tylko sam Fannin tak to widział. Ludzie nie darzyli go specjalnym szacunkiem. Raczej przeciwnie. Podśmiewali się z niego i mówili, że całymi dniami chowa się w swojej kwaterze, unikając nie tylko walki, ale w ogóle wszelkiego działania. Ktoś zasugerował nawet, żeby nazwać Fannina „Fantomem". Nie był to może żart najwyższych lotów, ale żołnierzy z Fortu Oporu śmieszył do łez.

Podczas gdy obrońcy Alamo całymi dniami wzmacniali kruszące się mury, garnizon w La Bahía miał znacznie mniej obowiązków. Ściany fortu były wysokie i mocne, działa zostały dobrze rozmieszczone, zapasów mieli aż nadto. Dzień w dzień obijali się i czekali, aż coś zacznie się dziać. Kiedy zobaczyli Colorado Smitha galopującego w stronę fortu, pomyśleli z nadzieją, że czekanie dobiegło końca.

Wielu Teksańczyków z Fortu Oporu znało Smitha i powitali go radośnie, gdy wjechał przez bramę.

– Gdzie Fannin?! – wrzasnął Smith.

Jack Davis, chłopak z Pensylwanii, przerwał struganie patyka i wskazał mu kwaterę główną. Kapral Zaboly podbiegł do Smitha, gdy ten zsiadł z konia, i zaprowadził go do Fannina.

Fannin czytał list od Travisa, cały czas marszcząc brwi. Smith, który spieszył się, żeby znowu ruszyć w drogę, krążył niespokojnie, czekając, aż Fannin skończy.

– Kiedy wyjechaliście z Alamo? – spytał Fannin, odłożywszy list.

– Dwa dni temu – odparł Smith.

Fannin oparł się wygodniej na krześle i podrapał po brodzie. Wydawało mu się, że w takiej pozie wygląda na pogrążonego w zadumie.

– Więc nie wiecie, czy garnizon już się nie poddał – powiedział. Colorado Smith uśmiechnął się.

– Jim Bowie miałby się poddać? – odparł.

– A może fort został już zdobyty – stwierdził Fannin. Smith pokręcił głową.

– Nie wydaje mi się, żeby Santa Anna był gotowy do szturmu. Wyglądało na to, że Meksykanie szykują się do długiego oblężenia.

Fannin westchnął i wstał. Zaczął chodzić po pokoju. Wyglądał jak oficer, który obmyśla strategię.

– Fort Oporu, w którym właśnie się znajdujemy, ma równie duże znaczenie strategiczne – zauważył z troską w głosie.

– Ci ludzie są w straszliwym położeniu, pułkowniku – powiedział Smith. Fannin machnął niecierpliwie ręką.

– Rozumiem to, ale nasze zapasy są niewielkie. Miałbym wystawić na niebezpieczeństwo główne siły naszej armii w otwartym polu... – Pokręcił głową i zobaczył, że Smith patrzy na niego z niesmakiem. Wyprostował się i powiedział: – Rzecz jasna, rozważę tę możliwość. Opór, jaki stawiają Bowie i pułkownik Travis, dowodzi ich wielkiej odwagi.

Na twarzy Smitha zamiast niesmaku pojawiła się rezygnacja. Zrozumiał, że Fannin nie ma zamiaru w nic się pakować. Więcej, podejrzewał, że Fannin w ogóle nie ma zamiaru nic zrobić.

– Dowodzi ich odwagi – ciągnął tymczasem pułkownik – ale, jeśli mogę tak się wyrazić, również braku rozsądku.

Na ziemi leżały dwie strzały. Jedna miała grot z zadziorami, druga gładki. Sam Houston przykucnął, pociągnął z butelki i spojrzał na dwóch sześcioletnich Czirokezów, którzy oglądali strzały.

– Ta jest na ptaki? – zapytał jeden z nich.

– Zgadza się – odparł Houston po czirokesku. Drugi podniósł strzałę o gładkim grocie.

– A ta na ryby.

Houston pokręcił głową.

– Nie.

– Na bardzo duże ptaki?

– Na ludzi – wyjaśnił Houston. Chłopcy spojrzeli na strzałę ze szczerym podziwem. Houston podniósł wzrok, mrużąc oślepione słonecznym blaskiem oczy. Ciemny ptak krążył leniwie na niebie. Houston od niechcenia wziął strzałę na ptaki i napiął łuk. Na pierwszy rzut oka mogło się wydawać, że to duża wrona albo sęp, ale teraz Houston rozpoznał kruka. Wycelował, patrzył na ptaka przez kilka sekund i powoli zwolnił cięciwę.

Żaden z chłopców nie rozumiał, dlaczego Houston nie chce zabić ptaka – strzał wyglądał na bardzo prosty, zwłaszcza dla takiego wielkiego myśliwego.

Tętent kopyt sprawił, że cała trójka odwróciła się i spojrzała na szlak, którym zbliżał się do nich Głuchy Smith. Twarz miał poważną, ale to nie było nic niezwykłego. Houston nigdy nie widział, żeby ten człowiek się uśmiechał.

– Głuchy! – zawołał głośno.

Smith zsiadł z konia i podał mu rękę.

– Cześć, Sam.

Houston uścisnął jego dłoń. Nadal trzymał łuk i strzałę w lewej ręce.

– Cóż, przypuszczam, że jechałeś taki kawał, żeby mi przekazać wspaniałe wieści. Poznaję to po twojej rozpromienionej twarzy – stwierdził.

Większość ludzi odpowiedziałaby grzecznie, ale Smith nie zwykł wdawać się w słowne uprzejmości. Jakby nie miał czasu na żarty. W dodatku wydawało się, że nigdy nie rozumie cudzych dowcipów. Na słowa Houstona pokręcił smutno głową.

– Niestety, generale, nie mam dobrych wieści. Wręcz przeciwnie.

Houston spochmurniał.

– Mów.

– Przede wszystkim chodzi o ekspedycję Matamoros. To katastrofa. Rozdzielili się, pewnie teraz już nie żyją. Johnson i Grant pojechali w jedną stronę, Fannin w drugą.

– Cholerni głupcy. Durnie! – warknął Houston. Ze złością odrzucił łuk i strzałę. – Powiedziałbym, że zasłużyli sobie na to, co ich spotkało, ale potrzebujemy tych ludzi. Co za bezsensowna strata.

Smith z powagą skinął głową.

– To prawda, generale.

Houston domyślił się, że to nie koniec złych wiadomości.

– Co jeszcze?

– Cóż, jest jeszcze jedna sprawa. Santa Anna zajął Béxar.

Ta informacja nie była zaskakująca, ale wydawało się, że nadeszła zbyt szybko. Jakim cudem Santa Anna przyprowadził wojsko z Mexico City w środku zimy? – zastanawiał się Houston. Zawsze podejrzewał, że ten dyktator nie jest do końca człowiekiem, ale zakładał, że jego żołnierze są jednak ludźmi.

– Kiedy to się stało?

– Trzy dni temu – odparł Smith. – Nasi ludzie zostali oblężeni w forcie Alamo.

Alamo. Dlaczego wszyscy, którzy znajdą się sto kilometrów od tego miejsca, ulegają jego urokowi? Każdy strateg, który zobaczył Alamo, dochodził do wniosku, że oto znalazł wspaniały, niezdobyty fort. Tymczasem jak na razie wszyscy się pomylili. Stara misja przynosiła klęskę każdemu, kto ją zajął. Ci, którzy teraz tkwili w Alamo, nie będą wyjątkiem.

Wódz Bowles siedział i patrzył na rzekę. Widział, że Houston rozmawia z jakimś innym białym, po wyrazie jego twarzy poznał, że w świecie wydarzyło się coś ważnego. Houston często mówił mu, że tu zostanie, założy dom z Talihiną, znajdzie szczęście wśród Czirokezów. Wódź wiedział jednak, że to tylko gadanie. Houston miał swoje przeznaczenie, zapewne mroczne i ponure, ale z przeznaczeniem nie można walczyć. Niedługo odejdzie. Może nawet dzisiaj. I już nigdy nie wróci.

– Masz papier i ołówek? – zapytał Houston Smitha.

Smith skinął głową i sięgnął do zniszczonego plecaka. Wyjął pomiętą kopertę i ogryzek ołówka i wręczył je Houstonowi.

Pisząc pospiesznie, Houston tłumaczył mu:

– Zawieź to z powrotem do gubernatora Smitha. Jeżeli Burnet i reszta tych durniów nagle z czymś nie wyskoczą, może uda nam się zebrać armię, zanim wszystko się zawali.

Smith schował list do kieszeni.

– Gdzie pan będzie, generale?

Houston rozejrzał się po wiosce. Poczuł ukłucie bólu, ale wiedział, co musi zrobić.

– Pojadę tam – odparł. – Powiedz im, że wkrótce się zjawię.

Smith wsiadł na konia.

– Powinieneś coś zjeść przed odjazdem, Smith – stwierdził Houston.

Smith pokręcił głową.

– Mam słoninę i kawałek chleba w plecaku. Zjem po drodze. – Klepnął konia, pomachał Houstonowi i odjechał.

– Niedługo się zobaczymy! – zawołał za nim Houston, chociaż wątpił, żeby Głuchy go usłyszał.

Wódz Bowles wyczuł, że Houston podchodzi, ale nie odwrócił się. Kiedy Houston siadł koło niego, zauważył, że przebrał się w strój białego człowieka: długi płaszcz, spodnie z jeleniej skóry i ten dziwny trójgraniasty kapelusz.

Przez chwilę siedzieli w milczeniu, a potem Houston spytał:

– Skąd się wzięło moje indiańskie imię?

– Kruk jest dumny, ma mroczną naturę – odparł wódz. – I jest samotnikiem. Taki byłeś jako chłopiec, gdy po raz pierwszy do nas przyszedłeś.

– A teraz? – zapytał po angielsku Houston.

– Teraz mają dla ciebie inne imię, Ootstetee Ardeetahskee – odparł również po angielsku wódz.

– Ootstetee Ardeetahskee – powtórzył Houston. – Wielki Pijak. – Pokręcił smutno głową.

– W opowieściach Kruk często bywa przeklęty – rzekł wódz. – Zostaje pobity, zniszczony i porzucony, żeby umrzeć w samotności. Ale na koniec udaje mu się przechytrzyć wroga.

Houston zerknął na wodza, ale stary Indianin nie odrywał wzroku od rzeki.

– Oczywiście to są tylko opowieści – dodał wódz. – Nie jesteś już Krukiem.

Houston poczuł dotknięcie na ramieniu. Za nim stała Talihina. Usta miała zaciśnięte, ale w oczach krył się wielki smutek.

– Chodź – powiedziała. – Chodź do łóżka.

Kochali się już wiele razy w zadymionej, ciasnej chacie, pod gęstym baldachimem lasu, na brzegu rzeki, ukołysani przez jej pieśni. Talihina podchodziła do tego zupełnie inaczej niż wszystkie kobiety *Anglo*, które poznał Houston – nawet profesjonalistki, których entuzjazm powinien być towarem na sprzedaż. Okazywała namiętność bez wstydu, jaki kobiety ze Wschodniego Wybrzeża uważały za nieodłączny element swojej tajemniczości. W jej objęciach Houston często czuł się jak zwierzę – silne, wolne zwierzę, które nie myśli, tylko czuje. Czasem rozkosz była tak intensywna, że oboje krzyczeli, ryczeli jak zwierzęta, sapali i pojękiwali.

Ale dzisiaj kochali się powoli i czule. Talihina położyła się na wznak i delikatnie poprowadziła go do siebie. Kiedy w nią wszedł i złapał spokojny rytm, cały czas patrzyła mu w oczy. Nie odzywali się, nie wydawali żadnych dźwięków, aż przepełniona smutkiem rozkosz sprawiła, że westchnęli i zadrżeli.

Nie rozmawiali też, gdy myli się i ubierali, ani gdy razem szli do miejsca, gdzie czekał spętany koń. Houston wsiadł na niego i spojrzał na Talihinę. Gdyby poprosiła, żeby został, nie wiedziałby, co zrobić. Niech diabli wezmą cały Teksas! Jak on miał dalej żyć bez tej kobiety?

Odezwała się cicho po czirokesku:

– Nie wracaj tu. Twoja duma dokonała wyboru za ciebie.

Houston prawie się uśmiechnął: został uwolniony. Obawiał się tej chwili, myślał, że złamie mu serce. Ale nie – czuł ulgę. Teraz mógł bez reszty poświęcić się sprawie Teksasu, jedynej kochance, której naprawdę potrafił oddać serce.

Odjechał bez słowa, stępa. Potem koń przeszedł w kłus, aż wreszcie rozpędził się do galopu i zniknął na szlaku. Kiedy był już poza zasięgiem wzroku i słuchu, Talihina zwinęła się w kłębek na ziemi i zawyła z rozpaczy.

21

M argarita Fernandez była starą kobietą, wdową od ponad dwudziestu lat. Teraz, gdy jej dzieci dorosły i same dochowały się potomstwa, miała mnóstwo wolnego czasu. Córki gotowały dla niej, sprzątały jej chatę, a w zamian niewiele od niej oczekiwano. Uwielbiała patrzeć na swoje wnuki, tkać koce i plotkować z przyjaciółkami na głównym placu Béxar. Mogła to robić albo nie, jak jej w duszy zagrało. Czasem wolała spędzać popołudnia w samotności, spacerując za miastem. Okolica niewiele zmieniła się od czasów, gdy była małą dziewczynką.

Jako dziecko Margarita chodziła na msze do starej misji po drugiej stronie rzeki. Pierwszą Komunię przyjęła w małej kapliczce, która została już zburzona. Stała obok starego kościoła, do którego rodzice zabraniali jej wchodzić. Był w ruinie, a w nawie zalegał gruby pokład gruzu. Margarita i wszystkie jej przyjaciółki były przekonane, że stary kościół jest nawiedzony. Uwielbiały zakradać się tam nocą, żeby słuchać wycia potępionych dusz, które musiały być tam uwięzione. Czasem wylatywały stamtąd stada nietoperzy i na chwilę niebo nad głowami dziewczynek ciemniało.

– Widzicie? – mówiła Margarita grobowym głosem. – To są te dusze, które straszą w misji. Przyjęły postać nietoperzy i wędrują po okolicy w poszukiwaniu żywych ciał, w których mogłyby zamieszkać. Żywe ciało, takie jak… twoje! – wykrzykiwała i wskazywała którąś z dziewcząt. Wybranka piszczała ze strachu.

Margarita nadal lubiła spacerować tam po południu, siadać w cieniu starych ścian i wspominać życie, jakim tętnił kościół, zanim zajęli go szukający śmierci mężczyźni. Czasem zostawała do zmierzchu, czekając, aż pojawią się nietoperze. Już jej nie przerażały. Teraz tylko sprawiały, że ze smutkiem myślała o utraconej młodości.

Ale w Alamo nie było już nietoperzy. Przepędziła je wojna. Głupie, nieszkodliwe „potwory" z jej dzieciństwa ustąpiły miejsca aż nazbyt prawdziwej bestii: śmierci. Margarita wiedziała, że w starej misji siedzą teraz mężczyźni z Béxar, zmuszeni do walki z własnymi braćmi z armii, która okupowała miasto. Wydawało jej się to jałowe i bezsensowne. Całe to wymachiwanie szabelkami, te wszystkie groźby. Po co to? Chciała tylko, żeby Béxar było takie jak za czasów, gdy była małą dziewczynką: senne, spokojne miasteczko, w którym szczodra natura dzieli się z ludźmi swoimi darami, a Bóg obdarza ich pięknem. Ale tak już nie będzie, pomyślała. Mężczyźni pożądają wojny jak dzieci mleka. Pokój zapanuje dopiero wtedy, gdy pozabijają się nawzajem i zostawią ziemię jej własnemu, spokojnemu rytmowi.

Kiedy przechodziła przez most w stronę misji, zobaczyła kilku mężczyzn na murach. Zerkali w jej stronę, a potem szybko odwracali wzrok. Nie była dla nich ważna. Nie była ważna dla nikogo. Nie przejmowała się tym. Żyła zbyt długo i zbyt wiele widziała bólu i smutku, żeby martwić się byle czym.

Seguin, Esparza i kilku innych *Tejanos* z grupy Seguina zebrało się na zachodnim murze i obserwowało Béxar. Kiedy Margarita Fernandez ich minęła, Seguin krzyknął do niej:

– Matko!

Spojrzała w górę, osłaniając oczy przed słońcem.

– Nie jestem twoją matką – odparła.

Tejanos roześmiali się. Seguin zapytał:

– Pozwalają ci tu przychodzić, kiedy zechcesz?

– Jestem za stara, żeby ktoś się mną przejmował. Cztery miesiące temu oni byli tutaj, a wy tam. – Wskazała za siebie, w stronę Béxar. – Potem oni opuścili to miejsce, a wy dalej tam byliście. Teraz oni są tam, a wy tu. Jestem już stara, nic mnie to nie obchodzi.

Scurlock wyszedł zza Seguina i rzucił:

– Zapytaj ją, na co oni czekają, do cholery!

Seguin pochylił się nad murem i zawołał do Margarity:

– Zauważyłaś jakieś przygotowania do ataku?! Co oni tam robią?

Stara kobieta wzruszyła ramionami.

– Generałowie jedzą, armia głoduje.

Seguin spojrzał na Scurlocka i też wzruszył ramionami. Zdenerwowany Scurlock zbyt długo siedział w zamknięciu.

– No dalej! Walczcie! Czekamy! – wrzasnął w stronę Béxar. *Tejanos* tylko pokręcili głowami. – Łgarze! Wszyscy Meksykanie to łgarze!

Nagle zdał sobie sprawę z tego, co powiedział. Zawstydzony odwrócił się do ludzi Seguina i pokręcił przepraszająco głową.

Seguin położył mu dłoń na ramieniu.

– Wszyscy jesteśmy Meksykanami, Scurlock. Przypomnij sobie przysięgę, którą złożyłeś. – Wyjrzał za mur i powiedział do Margarity: – Następnym razem przynieś nam trochę tortilli!

Margarita Fernandez uśmiechnęła się i poszła w kierunku mostu. Sądząc z tego, jak wyglądało wojsko w Béxar, ci biedacy nie zagrzeją tu miejsca dostatecznie długo, by nacieszyć się jej tortillami.

Scurlock usiadł i pokręcił głową.

– To kompletne szaleństwo.

Batres przechodził przez główny plac w Béxar, mijając wozy, okrążając stadka kurczaków, odpychając miejscowych. Poprawił kurtkę, podszedł do drzwi domu i zapukał. Otworzyła mu matka tej olśniewającej dziewczyny *Tejano*, którą Santa Anna wypatrzył, wjeżdżając do miasta. Dziewczyna stała za matką, zerkając nieśmiało na Batresa.

Oficer zdjął kapelusz i ukłonił się.

– Uszanowanie – zwrócił się do kobiety. – Z bliska pani córka wydaje się jeszcze piękniejsza.

Kobieta otworzyła szerzej drzwi.

– Proszę wejść, señor – powiedziała. – Musimy porozmawiać.

Godzinę później Santa Anna jechał z Batresem ulicą Potreto w stronę linii frontu.

– Jej ojciec nie żyje, Ekscelencjo – mówił właśnie Batres. – A matka nie pozwoli jej zobaczyć się z panem. Chyba że...

– Chyba że co?

Batres pokręcił smutno głową.

– Chyba że najpierw się pan z nią ożeni. Niestety.

Santa Anna uśmiechnął się.

– Myślę, że uroczystość powinna być skromna. Zgodzisz się ze mną?

– Ależ generale... – zająknął się Batres. – Z pańskiego rozkazu pozbyliśmy się z armii kapelanów, a poza tym...

Santa Anna spiorunował Batresa wzrokiem i adiutant natychmiast wszystko zrozumiał.

– Skromna uroczystość – powtórzył. – Tak jest, generale.

Santa Anna wskazał swoich żołnierzy.

– Ci ludzie ucieszą się na mój widok.

W Alamo Juan Seguin stał obok Crocketta. Obaj patrzyli ponad palisadą w dal.

– Spójrz w stronę grzbietu wzgórza, David – powiedział Seguin. Crockett zerknął na niego pytająco. – Mówiłeś, że chcesz go zobaczyć – wyjaśnił Seguin i wskazał na wzgórze.

Crockett zmrużył oczy. Nie można było mieć wątpliwości: Santa Anna podjeżdżał konno do stanowiska artylerii.

– To jest Santa Anna?

Seguin skinął głową.

– Prawdziwy paw – stwierdził Crockett. – Jest bardziej politykiem czy żołnierzem?

– Zależy od tego, co w danej chwili jest mu bardziej na rękę – odparł Seguin. Uśmiechnął się do Crocketta, który odpowiedział mu uśmiechem. Domyślał się, że Seguin miał na myśli nie tylko Santa Annę.

– Kiedy generał Iturbide zdradził swoją ojczyznę, ogłosił się cesarzem – powiedział Seguin. – Więc co zrobił Santa Anna, żeby wkraść się w jego łaski? Adorował siostrę cesarza.

Crockett roześmiał się.

– Tam, do diabła, człowiek musi jakoś radzić sobie w życiu. Sam w młodości byłem dość ambitny.

– Ale ona miała sześćdziesiąt lat...

Crockett spoważniał i zerknął na Santa Annę.

– No nie, taki ambitny to ja nigdy nie byłem.

Santa Anna i Batres jechali spokojnie wzdłuż pierwszej linii, sprawdzając stanowiska armatnie. Podjechali do regimentu Jesúsa. Santa Anna patrzył z dumą na swoje siły.

– Piękny mamy dzień – powiedział. – Naprawdę piękny.

Sama obecność Santa Anny denerwowała żołnierzy. Próbowali unikać jego wzroku, jakby był jadowitym wężem. Zwrócił uwagę na Jesúsa, który chował się za starszymi mężczyznami. Przywołał chłopca.

Jesús wystąpił z szeregu i stanął przed generałem, a Santa Anna powiedział z zadowoleniem do Batresa:

– Chłopiec, a walczy na froncie jak mężczyzna. – Zwracając się do Jesúsa dodał: – Jesteś bardzo dzielny. Założę się, że twój dziadek walczył z Komanczami.

Jesús kiwnął głową.

– A teraz twój ojciec musi być z ciebie bardzo dumny – ciągnął Santa Anna.

– Mój ojciec nie żyje – odparł Jesús, starając się zapanować nad gniewem, który go ogarnął. – Został powieszony.

Santa Anna pokręcił smutno głową.

– Ach, zamordowany przez *gringos*. – Wskazał na Alamo. – Obiecuję ci, że pomścisz jego śmierć.

– To pan kazał go powiesić – powiedział Jesús, patrząc generałowi prosto w oczy. – W Orizaba, kiedy walczył pan po stronie Hiszpanów.

Wszyscy zamarli. Jesús czekał, aż Santa Anna każe go aresztować i stracić. Zastanawiał się tylko, czy przedtem zostanie poddany torturom i czy dziadek kiedykolwiek się dowie, co się z nim stało.

Ku jego zaskoczeniu, Santa Anna uśmiechnął się.

– Teraz jesteśmy Meksykanami, mój przyjacielu – odpowiedział fałszywie życzliwym tonem. – Dla tego zaszczytu wszyscy jeszcze wielokrotnie będziemy ryzykować życie.

Nagle odwrócił się rozeźlony i spojrzał w stronę armat.

– Dlaczego to stanowisko jest tak bardzo z tyłu? – zapytał ostro.

Sierżant baterii spojrzał po innych, a potem wystąpił naprzód.

– To dla bezpieczeństwa Waszej Ekscelencji... – Wskazał na fort. – Podobno w Alamo jest Davy Crockett. Słyszałem wiele historii o tym człowieku. Kuzyn mi o nim opowiadał.

– Boisz się Crocketta? – spytał Santa Anna.

Zsiadł z konia, spojrzał w stronę Alamo.

– Podobno potrafi przeskakiwać przez rzeki – tłumaczył sierżant. – Mógłby skoczyć z Alamo prosto tutaj. W dodatku świetnie strzela. Potrafi z odległości kilku metrów ustrzelić muchę na ogonie osła.

Santa Anna spojrzał na sierżanta i pokręcił głową, jakby nigdy w życiu nie widział większego tchórza. Ruszył w stronę Alamo dumnym krokiem, z rękami na biodrach.

Stojący na palisadzie Seguin obserwował, jak Crockett uśmiecha się, ładuje karabin i wyjmuje wycior z lufy. Kongresman uniósł i wycelował broń.

– Widziałem, jak zestrzelił mrówkę z antylopy z odległości dwustu metrów – szepnął Autry do Seguina.

Kilku innych mężczyzn zgromadziło się wokół nich, wyczuwając, że dzieje się coś ważnego. Wszyscy słyszeli o nieziemskich właściwościach tej broni. Teraz zobaczą ją w akcji.

Palec Crocketta zamarł na cynglu.

– No, generalissimo – powiedział Crockett, mrużąc jedno oko. – Przejdź jeszcze pięć metrów, a cmoknę cię w policzek.

Santa Anna kroczył dumnie przed stanowiskiem armatnim. Pogrzebał obcasem w błocie, zaznaczając miejsce.

– Przesuńcie je tutaj! – rozkazał.

Za palisadą Crockett zaczerpnął powietrza. Wszyscy obserwujący go mężczyźni wstrzymali oddech. Crockett nacisnął cyngiel...

Santa Anna spojrzał w stronę Alamo. Na murach dwieście metrów dalej pojawił się maleńki kłąb dymu...

Coś rozdarło rękaw munduru Santa Anny. Generał zachwiał się. Batres i sierżant skoczyli mu z pomocą, ale Santa Anna szybko odzyskał panowanie nad sobą i machnął na nich niecierpliwie. Zrobił jeden, może dwa kroki do tyłu i spojrzał wściekły na Alamo. Nikt nie powiedział nawet słowa.

Mężczyźni otaczający Crocketta pokrzykiwali radośnie i poklepywali go po plecach. Crockett uśmiechnął się.

– Wiatr zniósł kulę – powiedział i rzucił w powietrze garść piachu.

Santa Anna nadal się cofał. Dopiero schowany bezpiecznie za działem rozkazał:

– Odpowiedzieć łajdakom!

Pod okiem sierżanta załoga załadowała armatę, podpaliła lont i w kierunku starej misji śmignęła kula. Wylądowała na samym środku dziedzińca. Potoczyła się po ziemi, a ludzie rozpierzchli się we wszystkich kierunkach w poszukiwaniu schronienia. Travis zanurkował do kwatery i skulił się, oczekując wybuchu.

Kula znieruchomiała… ale nie wybuchła. Leżała na ziemi jak bomba zegarowa, a lont nadal się iskrzył. Travis wyszedł z kwatery i wskazał na Warda.

– Bierz ten pocisk i zanieś go do kapitana Dickinsona – powiedział.

Ward popatrzył na Bowiego, czekając na rozkazy, które nie będą tak szalone.

– Możemy go jeszcze użyć – wyjaśnił niecierpliwie Travis.

Ward nadal nie kwapił się do wykonania rozkazu; iskry były coraz bliżej kuli. W końcu pokręcił głową i powiedział:

– Sam go sobie weź.

Świadkowie tego jawnego sprzeciwu czekali, aż Travis każe aresztować Warda. Zastanawiali się, co powinni wtedy zrobić. Ale Travis obrzucił Warda pogardliwym spojrzeniem i podszedł do kuli. Wyciągnął płonący lont, rzucił go na ziemię i zadeptał. Wszyscy wokół oderwali się od swoich zajęć, żeby popatrzeć, jak Travis niesie kulę do osiemnastofuntówki i wręcza Almeronowi Dickinsonowi.

– Oddaj im ją.

Dickinson kiwnął głową i uśmiechnął się.

– Tak jest, pułkowniku.

Kiedy kula została załadowana do największego działa w Alamo, Travis krzyknął:

– Ognia!

Dickinson przytknął ogień do lontu i posłał kulę z powrotem do meksykańskiego obozu. Nikt się nie odezwał, ale Bowie ewidentnie był pod wrażeniem zachowania Travisa. To z kolei zrobiło wrażenie na jego ludziach, którzy zauważyli podziw malujący się na twarzy dowódcy. Travis zwrócił się do mężczyzn stojących poniżej:

– Wystrzelić raz z każdej armaty!

Przez chwilę wahali się. Wszyscy głosowali za tym, by dowodził nimi Bowie, a teraz nie byli pewni, co robić.

– Słyszeliście, co powiedział pułkownik – odezwał się Bowie.

– Podpułkownik – poprawił go Travis.

Bowie uśmiechnął się i zawołał:

– Słyszeliście rozkaz! Dajmy im do wiwatu!

Ludzie popędzili na stanowiska, zaczęli ładować działa i odpalać: jeden, dwa, trzy strzały z rzędu. Odpowiedź Meksykanów była natychmiastowa. I ogłuszająca. Ponad ciągłym rykiem dział niosły się dźwięki *Deguello*. Mężczyźni w Alamo mogli się tylko kulić, szukać osłony i czekać.

W kwaterze głównej Travis kończył kolejny list:

...mam powody spodziewać się rychłego ataku wszystkich sił Santa Anny; ale wytrzymam do końca, żywiąc nadzieję na posiłki, które przybędą za dzień lub dwa. Dopraszam się przyjścia mi z pomocą tak szybko, jak to możliwe, ponieważ ze względu na przewagę liczebną wroga trudno nam będzie utrzymać się dłużej. Jeśli nas pokonają, złożymy ofiarę w świątyni naszej ojczyzny. Mamy nadzieję, że następne pokolenia i nasz kraj zapamiętają nas tak, jak na to zasłużymy. Wspomóż mnie, ojczyzno droga! Zwycięstwo albo śmierć!

W czasie, gdy Travis pisał, Joe parzył kawę. Seguin stanął w drzwiach.

– Pan mnie wzywał, pułkowniku?

Travis skończył list, złożył papier na pół i podniósł wzrok na Seguina.

– Nie mamy pojęcia, czy nasi kurierzy dotarli do celu – powiedział. – A ty znasz okolicę i język.

Wręczył list Seguinowi, ten jednak pokręcił przecząco głową.

– Pułkowniku, żąda pan, abym zostawił swoich ludzi.

– Proszę, żebyś dostarczył list Houstonowi i wrócił z odpowiedzią. Liczę na ciebie.

Seguin patrzył na Travisa i już chciał coś powiedzieć, ale pułkownik nie dał mu dojść do słowa.

– To rozkaz – rzucił.

Seguin wahał się jeszcze chwilę. W końcu wziął list i wyszedł.

Joe postawił na biurku Travisa kubek z kawą.

– On zjawi się lada dzień, prawda, mister William? Pułkownik Fannin?

Travis odwrócił się do Joego. Nie umiał kłamać, ale postanowił spróbować.

– Lada dzień, Joe – rzekł z uśmiechem.

Joe, przyzwyczajony, że biali ludzie mówią jedno, a myślą drugie, westchnął i wrócił na swoje łóżko.

Na dziedzińcu Alamo, przy głównej bramie Seguin skończył siodłać konia. Klacz należała do Bowiego, który wychylił się teraz przez drzwi swojej kwatery.

– Nie dawaj jej za dużo wody – powiedział. – Jest taka jak ja: kiedy za dużo wypije, do niczego się nie nadaje.

– Przyprowadzę ci ją z powrotem, Santiago – zapewnił Seguin.

Bowie zakaszlał.

– Sam wróć bezpiecznie. Nie sądzę, żebym jej tu jeszcze potrzebował.

Seguin wskoczył na siodło. Już chciał ruszać, gdy zauważył Travisa idącego w jego stronę.

– Powiedz Houstonowi, że każę strzelać z działa o świcie, w południe i o zmierzchu, codziennie, dopóki nasza flaga będzie powiewać nad fortem.

Seguin skinął głową.

– Jedź z Bogiem – powiedział Travis, podając mu rękę.

Seguin gwizdnął na swoich ludzi na zachodnim murze; to był ich prywatny sygnał. Mogli walczyć u boku *gringos*, ale najlepiej było trzymać się swoich.

– Niedługo się zobaczymy, przyjaciele! – krzyknął.

Pomachał im na pożegnanie, a mężczyźni na północnym murze zaczęli strzelać z karabinów i z jednej z armat, żeby odwrócić uwagę Meksykanów. Bowie klepnął klacz w zad, a Seguin pogalopował za bramę.

Crockett stał na palisadzie i patrzył, jak Seguin znika w mrokach nocy. Bowie podszedł do niego.

– Człowiek zaczyna się zastanawiać, co? – powiedział. – Nawet wielki Davy Crockett.

– Ty też jesteś sławny, Bowie.

– To nie sława, lecz raczej niesława. – Bowie zerknął na Crocketta. – Straciłeś swoją futrzaną czapę?

Crockett uśmiechnął się nieco wstydliwie.

– Zakładam ją, tylko kiedy jest naprawdę zimno – wyjaśnił, ale Bowie nadal patrzył na niego badawczo, nie do końca przekonany. – Prawdę mówiąc, zacząłem ją nosić tylko ze względu na tego gościa, który gra w sztuce o mnie. – Spojrzał w ciemność za murami. – Ludzie mają oczekiwania – dodał półgłosem.

– Zgadza się – przytaknął Bowie.

135

Przez chwilę siedzieli w milczeniu, po czym Bowie odezwał się znowu:

– Mogę cię o coś zapytać?

– Jasne.

– Co było trudniejsze: przeskoczenie Missisipi czy jazda na błyskawicy?

Crockett wyszczerzył zęby w uśmiechu.

– Historie są jak kijanki. Odwrócić się do jednej plecami, a natychmiast wyrosną jej ręce i nogi i ucieknie w podskokach. – Jego uśmiech zbladł, gdy spojrzał Bowiemu w oczy. – I powiem ci, że nie zarobiłem nawet centa na książce, którą napisał tamten gość. Jeżeli ktoś ci powie, że chce o tobie pisać, Jim, każ mu zapłacić z góry.

Rozległ się huk działa na liniach meksykańskich i pocisk uderzył w północny mur, po drugiej stronie fortu. Wrócili myślami do swojej obecnej sytuacji.

– Potrafisz złapać kulę armatnią? – zapytał Bowie. Żaden z nich się nie uśmiechnął.

Crockett westchnął.

– Gdybym był starym sobą, Davidem z Tennessee, to może przeskoczyłbym pewnej nocy przez mur i spróbował szczęścia. Ale jestem Davym Crockettem, tym gościem, na którego wszyscy patrzą wyczekująco. Davy Crockett przez całe życie walczy na tym murze.

Bowie skinął głową. Rozumiał, o co chodzi Crockettowi – pewnie lepiej niż którykolwiek inny mężczyzna w Alamo.

– Sam Houston przysłał mnie tutaj, żebym wysadził fort w powietrze – przyznał i zamilkł na chwilę, kiedy obydwaj z Crockettem zastanawiali się nad tym pomysłem. – Żałuję, że go nie posłuchałem.

– A ja żałuję, że go posłuchałem – powiedział Crockett.

Bowie próbował wstać, ale nie dał rady. Crockett i Autry pomogli mu stanąć na nogi i odprowadzili do kwatery. Znalazłszy się tak blisko Bowiego, Crockett wyraźnie czuł bijący od niego żar gorączki. Delikatnie posadzili go na łóżku. Juana przyszła z mokrą szmatką, żeby zwilżyć mu twarz. Travis wszedł do pokoju, kiedy Autry zdążył już wrócić na palisadę. Sam siedział naprzeciwko. Był gotowy przyjmować polecenia, ale nie miał ochoty wyrywać się na ochotnika.

– Pali go gorączka – powiedziała Juana.

– Wsadź go do wanny z chłodną wodą – powiedział Travis. – Jeśli gorączka spadnie, spróbuj dać mu coś do picia. Byle nie whisky.

Seguin – teraz już bezpieczny – zatrzymał konia na szczycie wzgórza na południe od Alamo. Odwrócił się i popatrzył na światła Béxar i misji. Tam zostało jego rodzinne miasteczko, jego przyjaciele. Wróci. Przysiągł to sobie i im.

22

Pułkownik Frank Johnson siedział przy oknie i patrzył, jak krople zimnego deszczu rozbryzgują się na ulicach San Patricio. Szeregowy Todish, jego adiutant, przyniósł filiżankę kawy. Pułkownik podziękował mu, upił ostrożnie łyk i zaśmiał się pod nosem. W taką noc dobrze jest siedzieć w ciepłym, przytulnym wnętrzu. Słuchał zawodzenia wiatru i szumu deszczu i uśmiechał się na myśl o Grancie i jego ludziach, którzy gdzieś na prerii próbowali łapać mustangi. Przy takiej pogodzie musieli mieć nielekko. Za to Johnson był bardzo zadowolony ze swojej sytuacji. Niczego tak nie lubił, jak leżeć w ciepłym łóżku w zimną burzową noc, zwłaszcza gdyby obok znalazła się jakaś chętna dama. No, aż takiego szczęścia nie miał. Mieszkańcy San Patricio nie byli zachwyceni obecnością żołnierzy, to zaś oznaczało, że miejscowe señority nie były im tak przyjazne jak panie w innych miastach. Szczególnie w Béxar.

Todish wyszedł, a Johnson sięgnął po ulubioną książkę, *Quentina Durwarda*, i przysunął sobie świecę.

Grantowi nie podobało się, że muszą rozdzielić oddział. Jego wyprawa na mustangi sprawiła, że Johnsonowi zostało zaledwie trzydziestu czterech ludzi.

– Konie mają kluczowe znaczenie – tłumaczył mu Johnson. – Tutaj nic nam na razie nie grozi, a im prędzej skompletujemy ekwipunek, tym szybciej pójdziemy do Goliad, połączymy się z oddziałem Fannina i razem ruszymy na Matamoros.

Grant bez entuzjazmu przyznał mu rację i następnego dnia wyjechał w teren, prowadząc dwudziestu sześciu żołnierzy, w tym Plácida Benavidesa i Reubena R. Browna. Ci dwaj umieli obchodzić się z końmi, a Benavides w dodatku znał okolicę jak własną kieszeń.

Johnson spodziewał się, że wrócą za dzień, może dwa, prowadząc stado mustangów. Gdyby im się nie powiodło, musieliby ruszyć na południe i liczyć na łut szczęścia w pobliżu Matamoros.

Powieść Waltera Scotta pochłonęła go bez reszty, ale po godzinie oczy zaczęły mu się kleić. Wstał, przeciągnął się, ziewnął. Już chciał wrócić do łóżka, gdy budynkiem wstrząsnęła eksplozja. Podłoga się zatrzęsła, a Johnson omal nie upadł.

W pierwszej chwili pomyślał, że jakiś piorun musiał uderzyć gdzieś blisko, ale kiedy w krótkich odstępach rozległo się pięć następnych wybuchów, dotarło do niego, że to ostrzał artyleryjski.

Generał José Urrea stał na wzgórzu nad San Patricio i uśmiechał się dobrodusznie. Teksańczycy byli kompletnie nieświadomi niebezpieczeństwa, więc wykonanie zadania nie sprawiło mu najmniejszego problemu. Kiedy wywiad doniósł mu, że przed dwoma dniami mały oddział wyjechał z miasteczka, Urrea rozesłał więcej zwiadowców, żeby zrobili rozpoznanie możliwości obronnych San Patricio. Durni Teksańczycy podzielili swoje i tak nieliczne siły na pięć mniejszych grup. Dwie pilnowały koni, jedna udawała, że patroluje główną drogę, dwie pozostałe miały oko na całą okolicę.

Urrea wiedział, że te pięć grup to prawie całe siły wroga; w miasteczku stacjonowało jeszcze najwyżej sześciu czy siedmiu obcych. Za dnia niepostrzeżenie przeprowadził swoich ludzi na pozycje bojowe, a kiedy pod wieczór się rozpadało, uznał, że nadszedł czas działania. Nikt nie spodziewa się ataku przy takiej pogodzie. Ustawił trzy armaty obok siebie, wziął miasteczko na cel i rozesłał swoich ludzi, żeby zajęli się pięcioma rozproszonymi oddziałami Teksańczyków. Zanosiło się na to, że nie będzie to nawet szturm, lecz zwykłe ćwiczenia. Jak na strzelnicy.

Odczekał do trzeciej nad ranem, żeby całkowicie zaskoczyć wroga. Jego strzelcy starannie zabezpieczyli broń i proch przed wilgocią, a potem jak duchy przemknęli na wyznaczone pozycje, dwieście metrów od San Patricio. Po pierwszej salwie armatniej mieli zasypać przeciwnika gradem kul.

Deszcz i wiatr zagłuszyły odległe wystrzały muszkietów, ale nieustępliwy grzmot dział przekonał Johnsona, że bitwa już jest przegrana. Wydawało mu się, że jeśli rozstawi ludzi wokół miasteczka, nie dadzą się zaskoczyć Meksykanom. Nie spodziewał się takiego ataku – nie w środku nocy i nie przy takiej ulewie. Jego ludzie byli rozproszeni, a on nie dość, że nie miał ich jak zebrać, to w ogóle nie mógł wydawać im rozkazów.

Salwy muszkietów wyrwały skulonych pod mokrymi kocami Teksańczyków z niespokojnej drzemki. Zajęli pozycje i zaczęli strzelać na oślep w mrok. Małe oddziały walczyły dzielnie, ale ich los był z góry przesądzony. Dziesięciu Teksańczyków zginęło błyskawicznie, a setka Meksykanów weszła do miasta, prowadząc osiemnastu jeńców.

Johnson wiedział, że w San Patricio jest kilku jego oficerów, nie miał jednak pojęcia, gdzie ich szukać. Nawet jego adiutant przepadł bez śladu; pewnie schował się gdzieś w ciemnościach, żeby mieć szansę ujść z życiem. Po namyśle – i po kilku następnych salwach z dział – Johnson musiał przyznać, że Todish podjął słuszną decyzję. W tę deszczową noc ostrożność rzeczywiście powinna wygrać z męstwem.

Ubrał się i wymknął z domu. Przebiegł kawałek ulicą, skręcił w las i pędził przed siebie tak długo, aż całkiem opadł z sił.

Doktor Grant wciągnął powietrze w nozdrza.

– Zanosi się na deszcz – stwierdził.

Plácido Benavides przeciągnął się na swojej derce i wskazał widoczny nad czubkami drzew horyzont.

– Wystarczy spojrzeć na chmury nad San Patricio. Założę się, że w mieście leje jak z cebra. – Zastygł bez ruchu. – Słyszeliście? To był grzmot?

Reuben R. Brown uśmiechnął się i napił kawy.

– Lepiej tam niż tutaj. Chłopcy mają przynajmniej dach nad głową.

Benavides parsknął śmiechem, Grant jednak zachował powagę. W ogóle rzadko się uśmiechał – między innymi dlatego Benavides wolałby zostać z Johnsonem, niż jechać z Grantem. Walczył pod Johnsonem podczas oblężenia Béxar; spędzili razem kilka niebezpiecznych godzin pod ostrzałem w Veramendi House. Podziwiał odwagę Johnsona i doceniał jego poczucie humoru, którego Grant był kompletnie pozbawiony. Benavides nie mógł jednak odmówić Szkotowi odwagi; doktor należał do ludzi, którzy nie poddają się nawet w najbardziej rozpaczliwej sytuacji.

Brown zjawił się w Béxar w dzień kapitulacji generała Cósa. Miał wrażenie, że ominął go najciekawszy epizod całej wojny, z chęcią więc przyłączył się do ekspedycji Matamoros. Z podobnych przyczyn zgłosił się na ochotnika do wypadu po mustangi: wolał działać, nawet jeśli wiązało się to z niebezpieczeństwem, niż tracić czas w jakimś zacisznym kącie.

Benavides przykrył się po brodę.

– Lepiej się prześpijmy, póki możemy. Nie wiadomo, czy ta sama ulewa nie przyjdzie i do nas.

Dzień wstał rześki i pogodny, niebo było bezchmurne. Grant, Benavides i Brown zwinęli obóz i niespiesznie ruszyli w drogę powrotną do miasta. Niespełna kilometr za nimi dwudziestu trzech pozostałych ludzi pędziło stado ponad czterysta dzikich koni. Brown nie wierzył własnemu szczęściu: potrzebowali tylko trzech dni – pracowitych, to fakt, ale tylko trzech – żeby złapać mustangi i pokonać ostatnią przeszkodę na drodze do Matamoros. Teraz wreszcie zacznie się coś dziać.

W lesie przy drodze do San Patricio czekało około sześćdziesięciu meksykańskich dragonów. Generał Urrea zdążył przepytać wziętych nocą jeńców. Groneman, Amerykanin z Nowego Jorku, pękł, kiedy Meksykanie postraszyli go torturami, i powiedział im, dokąd pojechał Grant. Urrea nie mógł wiedzieć, że oddział Granta wróci tak szybko, więc dragoni nastawili się na dłuższe czekanie, ale już po niespełna godzinie usłyszeli tętent setek końskich kopyt. Zadanie okazało się równie łatwe, jak wcześniejszy atak na San Patricio.

Meksykanie przepuścili jadących przodem Granta, Benavidesa i Browna, wypadli z zarośli i ruszyli ławą na nieprzyjaciela. Większość Teksańczyków nie zdążyła nawet wyciągnąć broni, gdy przeszyły ich dragońskie lance. Nieliczni, którzy mieli pistolety w dłoniach, oddali kilka strzałów i ranili dwóch dragonów.

Na dźwięk strzałów Benavides szarpnął wodze i zatrzymał konia.

– Grant! – zawołał! – Brown! Za nami!

Grant i Brown zawrócili i cofnęli się do Benavidesa, który zdążył już nabić dwa pistolety i teraz skinął niecierpliwie ręką.

– Szybciej! Musimy im pomóc!

Ruszył w kierunku, z którego dobiegał hałas, ale Grant złapał jego konia za uzdę.

– Ty nie jedziesz. Jeżeli to Meksykanie, musieli przejechać przez San Patricio, a to oznacza, że miasto padło. Jedź do Goliad i ostrzeż Fannina.

Benavides pokręcił wściekle głową.

– Nie! To jest tak samo moja wojna jak pańska!

– Grant ma rację, Plácido. – Brown poparł dowódcę. – Wychowałeś się w tych stronach. Znasz tu każdą ścieżkę. My nie dalibyśmy rady, ale tobie może się udać.

Benavides spoglądał to na jednego, to na drugiego. Wiedział, że mają rację. Bez dalszej dyskusji skinął głową, zawrócił i pogalopował przed siebie.

Brown i Grant śledzili przebieg toczącej się dwieście metrów dalej potyczki. Trupy Teksańczyków gęsto zaściełały ziemię; straty Meksykanów były minimalne. Najwięcej kłopotu sprawiały dragonom spłoszone mustangi, które przełamały ich szyki i uciekały w las.

– Co ty na to? – spytał Grant.

Brown uśmiechnął się niewesoło.

– Nigdy nie chciałem dożyć starości. Chyba powinniśmy tam pojechać i zginąć razem z chłopakami.

Podali sobie ręce.

– Jedźmy więc. I niech cię Bóg błogosławi.

Ruszyli na Meksykanów, ostrzeliwując się z pistoletów. Czterema pociskami skosili z siodeł dwóch dragonów, ale trzeci obrócił się gwałtownie i wbił lancę w pierś wierzchowca Browna. Koń zarył kopytami w ziemię, a Brown przeleciał mu przez łeb i spadł w przydrożne zarośla. Zanim Meksykanin zdążył go dopaść, Brown podbiegł do pozbawionego jeźdźca konia i wskoczył na siodło. Tylko cudem uniknął pchnięcia lancą,

Grant nie miał czasu na przeładowanie broni. Wyciągnął z pochwy szablę i zaczął się odgryzać napierającym na niego dragonom. Jednego ranił w rękę, drugiego zdołał pchnąć w szyję. Brown zdążył naładować pistolet i zastrzelił Meksykanina, który zachodził Granta od tyłu.

– Wszyscy nasi nie żyją! – krzyknął. – Uciekajmy!

Grant nie był tchórzem, ale nie był też samobójcą. Skinął Brownowi głową i zawrócił konia. Popędzili przed siebie, a piętnastu dragonów ruszyło w pościg. Brownowi udało się jeszcze raz naładować broń, kiedy usłyszał okrzyk Granta:

– Uważaj!

Odwrócił się: grot lancy chybił go dosłownie o centymetry. Brown wykręcił rękę do tyłu i z najbliższej odległości strzelił Meksykaninowi w twarz. Jeździec zginął na miejscu, ale jeszcze przez kilkadziesiąt metrów trzymał się w siodle, zanim zsunął się z końskiego grzbietu i stoczył w zarośla.

Pokonywali kilometr za kilometrem. Grant z Brownem utrzymywali niewielką przewagę, ale Meksykanie nie zamierzali rezygnować z pogoni.

– Poddajcie się! – krzyczeli. – Inaczej będziemy musieli was zabić! Poddajcie się!

– Chcą, żebyśmy się poddali, Reuben – stwierdził Grant.

– To zły pomysł. Obaj wiemy, jak Meksykanie traktują tych, którzy się poddają.

Przejechali blisko dziesięć kilometrów. Wszystkie konie zaczynały wykazywać oznaki zmęczenia, ale Grant i Brown jakimś cudem nadal jechali na czele. Nagle ból przeszył ramię Browna: to jeden z dragonów rzucił lancą. Ostrze wbiło się w mięsień powyżej łokcia. Brown spadł na ziemię. Meksykanin, który go zranił, podjeżdżał już do niego ze zwojem liny w rękach. Brown strzelił. Krew trysnęła ze skroni dragona, który spadł z siodła i przez chwilę jeszcze drgał spazmatycznie.

Brown nie zdążył już przeładować. Meksykanie pozsiadali z koni i zaczęli go okrążać. Usłyszał jeszcze krzyk Granta, którego jeden z dragonów ściągnął z konia, a kilku innych natychmiast przeszyło lancami.

Brown wstał z wysiłkiem i rzucił się do ucieczki. Jeden z Meksykanów zarzucił mu lasso na szyję i powalił go na ziemię. Brown mógł już tylko bezradnie przyglądać się dragonom. Był tak otępiały z bólu, że w ogóle nie czuł strachu. Ciekawe, dlaczego mnie jeszcze nie zabili, pomyślał tuż przed tym, jak stracił przytomność.

Obudził się w ciemnym i zimnym pomieszczeniu o kamiennych ścianach. Okrywał go cienki koc. Ramię miał zabandażowane, na stoliku obok pryczy stał talerz z kawałkiem chleba i kubkiem kawy. Przy otwartych drzwiach stało dwóch meksykańskich strażników. Kiedy usłyszeli, że Brown się ocknął, jeden z nich odwrócił się i powiedział po angielsku:

– Dzień dobry.

Brown łyknął kawy; była zimna, ale cudownie zwilżyła mu wyschnięte na wiór gardło. Kiedy poczuł, że odzyskał głos, zapytał:

– Gdzie jestem?

– W Matamoros. – Żołnierz się roześmiał. – Tam przecież się wybieraliście, prawda? – Powtórzył swoje słowa po hiszpańsku i drugi strażnik też parsknął śmiechem. – Chodź no tu, Teksańczyku – dodał i wskazał w głąb korytarza. – Powinieneś coś zobaczyć.

Brown wstał ostrożnie. Bolały go wszystkie mięśnie. Pokuśtykał do drzwi i wyjrzał za próg.

W sąsiednim pokoju na stole leżały zakrwawione zwłoki Granta. Otaczała je grupa rozweselonych Meksykanów, którzy cięli je i dźgali szablami, jakby brali udział w jakiejś krwawej zabawie. Żołądek podszedł Brownowi do gardła.

– Boże... – stęknął. – Dlaczego oni to robią?

– To James Grant – odparł wartownik, jakby to wszystko wyjaśniało. – Wielu z nich go znało.

Brown przypomniał sobie, że Grant był zamieszany w jakieś szemrane sprawki w Meksyku. Mógł się tylko domyślać, że jego interesy kolidowały z interesami ludzi, którzy teraz z takim upodobaniem masakrowali jego ciało. Jeszcze przez chwilę patrzył na nich z odrazą i zastanawiał się, czy to zapowiedź losu, jaki go czeka.

Cofnął się, usiadł na pryczy i oparł głowę o zimną kamienną ścianę. Zamknął oczy i czekał, aż Meksykanie przyjdą go zabić.

Twarze mężczyzn, którzy mierzyli się wzrokiem w ciemnym, zadymionym wnętrzu budynku rady miejskiej w San Felipe, niewiele się zmieniły. Burnet, Baker, Rusk i Smith nadal nie mogli się porozumieć. Otaczali ich ci sami ludzie co przedtem, z tymi samymi poglądami i tym samym zacietrzewieniem w oczach.

Gubernator Smith, wyraźnie zmęczony ciągnącą się tygodniami debatą, stanął przed zwolennikami wrogiego mu Stronnictwa Wojny i wskazał człowieka siedzącego na lewo od niego. Mężczyzna miał szeroką twarz okoloną krótko przyciętymi włosami i gęstymi bokobrodami. Uśmiechał się przyjaźnie do otaczających go ludzi. Nikt nie odpowiedział mu uśmiechem.

– Oto pan Harold Thatcher-Rhyme z Anglii – powiedział Smith. Na dźwięk nazwy tego kraju rozległo się kilka nieprzyjaznych okrzyków. –

Jest przedstawicielem osób skłonnych zainwestować pięć milionów funtów w młode państwo teksańskie.

Spodziewał się, że ta wiadomość zostanie przyjęta brawami, ale wiwaty Stronnictwa Pokoju utonęły w hałasie czynionym przez ich przeciwników. Burnet stał na mównicy na środku sali z zaciętą miną i włosami zjeżonymi jak bagienne chwasty. Spiorunował Anglika wzrokiem.

– Nie muszę chyba nikomu przypominać wojny z 1812 – warknął. – Nie wiem jak wy, ale ja byłem wtedy żołnierzem i dobrze ją pamiętam!

– Ja też! – poparł go Thompson, porywczy i skorumpowany Karolińczyk.

Thatcher-Rhyme wytrzeszczył oczy. W głowie mu się nie mieściło, że takim awanturnikom powierzono stworzenie przyszłej Republiki Teksasu.

– Potrzebujemy wsparcia dla naszych wojsk lądowych i marynarki... – próbował kontynuować Smith.

– Wsparcia! – prychnął Burnet. – My tu rozmawiamy, a nasi żołnierze stawiają w Alamo opór tysiącom Meksykanów. Pokładali wielkie nadzieje w pułkowniku Fanninie, który jednak, mimo doskonałych referencji, uznał, że nie nadaje się na dowódcę. Śle nam listy z błaganiami, żebyśmy znaleźli kogoś innego na jego miejsce!

Podał jeden z listów Fannina Smithowi, który usiadł ciężko i zerknął na papier. Z każdą przeczytaną linijką robił się coraz bardziej przygnębiony.

– Mamy też inne listy – ciągnął Burnet. Pomachał w powietrzu pismem wyjętym z kieszeni kamizelki. – Od pułkownika Travisa!

W sali zrobiło się cicho jak makiem zasiał. Nawet hałaśliwi agresorzy ze Stronnictwa Wojny zdawali sobie sprawę z powagi położenia Travisa.

Burnet odczytał list na głos:

– „...wzywam w imię wolności, patriotyzmu i wszystkiego, co drogie sercu Amerykanów... – W tym momencie spojrzał znacząco na Thatchera-Rhyme'a, który przewrócił oczami i westchnął ciężko. – ...abyście bezzwłocznie przyszli nam z wszelką możliwą pomocą... Jeżeli moja prośba pozostanie bez echa, jestem zdecydowany walczyć tak długo, jak zdołam, i zginąć śmiercią żołnierza, który nigdy nie zapomina, czym jest honor i co jest winien swojemu krajowi. Zwycięstwo albo śmierć!"

W sali nadal panowała cisza.

– Czy mamy pozwolić, aby ci dzielni ludzie zginęli? – zapytał Burnet.

Odpowiedziały mu ściszone pomruki: „Nie! Pewnie, że nie!"

– Właśnie! Musimy walczyć! Musimy wyruszyć do Alamo!

Znów zrobiło się głośno. Ludzie przekrzykiwali się, wiwatowali, głośno popierali mówcę. Nawet Stronnictwo Pokoju zdawało sobie sprawę, że nie można dłużej siedzieć z założonymi rękami.

Burnet pierwszy go zauważył. Sam Houston stanął w drzwiach i z niesmakiem przyglądał się zebranym.

– Houston – zdziwił się Sherman.

Mosley Baker spojrzał na gościa spode łba.

– Po co przyszedłeś?

Wszystkie oczy spoczęły na Houstonie, który nawet nie drgnął.

– Będę pilnował, żebyście się nawzajem nie pozabijali – odparł i przeszedł przez próg. – Za co z pewnością nikt mi nie podziękuje. – Wszedł w tłum. – Nie możemy sobie pozwolić, by amatorzy nadal dowodzili naszym wojskiem.

– Nie jesteś przypadkiem nachlany, Houston? – zapytał Burnet.

Houston udał, że go nie słyszy. Spojrzał na puszących się dumnie polityków.

– Tak jak nie możemy sobie pozwolić na amatorski rząd – dodał.

– Houston, naprułeś się i gadasz od rzeczy! – zawołał Burnet.

Houston nie reagował ani na obelgi ze strony Burneta, ani na nieprzyjazną atmosferę w sali.

– Odebraliście mi ludzi, żeby mogli złupić marną mieścinę, odległą o pięćset kilometrów i pozbawioną wszelkiego znaczenia strategicznego. – Oparł ręce na ramionach siedzącego przed nim Shermana i nachylił się nad nim. – I co wam z tego przyszło?

Sherman skrzywił się i odsunął. Zwolennicy wojny obserwowali tę scenę z kamiennymi twarzami. Doskonale wiedzieli, jaki koniec spotkał ekspedycję Matamoros.

Houston wskazał puste krzesło przy stole.

– Gdzie nasza męska dziwka, znakomity doktor Grant? Co się stało z chojrakami, którzy poszli zdobywać Matamoros?

Nikt się nie odezwał.

– Nie żyją. Nie ma ich wśród nas. Nie powtórzmy ich błędu. – Houston usiadł na dawnym miejscu Granta i powiódł wzrokiem po otaczających go mężczyznach. – Zbiorę armię – powiedział cichym, stanowczym głosem. – Pójdziemy na odsiecz Alamo.

Wszyscy słuchali go w napięciu. Czyżby naprawdę zgadzali się z tym, co mówił? Wziął do ręki kartkę z niedokończoną wersją deklaracji niepodległości Teksasu i pomachał nią Shermanowi przed oczami.

– Ale najpierw ogłosimy niepodległość i stworzymy rząd, który inne państwa będą mogły oficjalnie uznać. – Jeszcze bardziej zniżył głos; zebrani musieli mocno wytężyć słuch, żeby go usłyszeć. – Bo właśnie o to walczą ludzie uwięzieni w Alamo.

Nikt nic nie mówił, ale wszyscy wiedzieli, że Houston ma rację.

Thatcher-Rhyme nie wytrzymał. Wstał, wskazał na Houstona i wykrztusił ze wzruszeniem:

– Nareszcie! Boże święty, posłuchajcie tego człowieka!

23

Rzeka San Antonio spokojnie płynęła krętym korytem przez wyczekujący wiosny kraj. Na powierzchni tworzyły się małe wiry i drobne fale, ale nic nie mąciło jej biegu. Obecność wojska w Béxar nie miała na nią żadnego wpływu – tak jak nie miała wpływu na życie tych mieszkańców miasteczka, którzy nie schronili się na terenie misji. Wojna srożyła się tuż za progiem, od huku dział trzęsły się ich domy, ale oni musieli jak zwykle gotować, sprzątać, karmić inwentarz i kąpać dzieci. Jedna z kobiet klęczała właśnie na płyciźnie pięćdziesiąt metrów od mostu, nieopodal południowego muru Alamo. Prała – tak jak robiła to co tydzień w tym miejscu. Wojska przychodziły i odchodziły, ludzie rodzili się i umierali, a życie toczyło się dalej w całej swojej zwyczajnej wspaniałości.

Kiedy wcierała ługowe mydło w jedną z mężowskich koszul, myślami nie wybiegała poza inne czekające ją obowiązki. Nagły szmer za plecami wyrwał ją z zadumy, omal nie krzyknęła. Obok niej przykucnął *cazadore*, żołnierz lekkiej piechoty. Przytknął palec do ust. Za nim, przemykający jak cienie śmierci wśród drzew, dwójkami szli *Matamoros Permanentes*. Była ich setka i kierowali w stronę chat zbudowanych przy południowo-zachodnim rogu Alamo.

Danielowi Cloudowi po raz kolejny przypadło w udziale ogłoszenie alarmu. Pierwszy zobaczył Meksykanów i krzyknął:

– Idą tu! Idą!

Praczka w pośpiechu zgarnęła rzeczy i popędziła do domu, modląc się w duchu, by wydostać się poza zasięg strzelb, zanim zacznie się strzelanina.

Na dziedzińcu Alamo ludzie biegiem mijali szaniec, z którego dwie armaty celowały w główną bramę kompleksu. Jedni po drabinach wspinali się na dach koszar, gdzie stało największe, osiemnastofuntowe działo, inni zajmowali wolne miejsca na murach. Crockett kazał swoim ludziom sprawdzić, czy mają załadowaną broń.

– Bądźcie gotowi – powiedział do Autry'ego. – Ja pójdę do Travisa, zobaczymy, co on na to.

Zbiegł rampą na dziedziniec i stanął obok dowódcy.

Meksykanie zatrzymali się tuż poza zasięgiem strzału i przez długą chwilę obie strony mierzyły się wzrokiem. Na dany przez oficera rozkaz sformowali szyk, podeszli bliżej i zaczęli szykować się do strzału.

Travis podniósł rękę.

– Nie strzelać! – krzyknął. – Próbują ocenić naszą siłę.

Meksykanin krzyknął: „Ognia!" i jego podwładni oddali salwę w stronę fortu. Kule uderzyły w mur i w ziemię w pobliżu Travisa. Wszyscy – w tym także Crockett – schylili się odruchowo, tylko Travis stał bez ruchu. Ludzie na murach patrzyli na niego jak na wariata.

– Strzelać bez rozkazu, panowie – powiedział spokojnie.

Salwa obrońców przerzedziła szeregi Meksykanów. Autry miał pod ręką kilka naładowanych muszkietów. Sięgnął po pierwszy z brzegu, wycelował i strzelił. Jeden z meksykańskich żołnierzy padł, kiedy pocisk roztrzaskał mu czaszkę. Autry pokiwał z zadowoleniem głową i sięgnął po następny muszkiet. Strzelił – kolejny *soldado* padł trupem.

– Jak tak dalej pójdzie, niedługo dorównam Crockettowi – mruknął.

Na południowym odcinku muru ludzie ledwie nadążali z przeładowywaniem broni. Uśmiechnięty od ucha do ucha Crockett stał obok osiemnastofuntowej armaty.

– Strzelajcie celnie, panowie. Trzeba oszczędzać proch.

Pocisk zarył w ziemię kilka centymetrów od jego stóp. Crockett odruchowo odskoczył w tył.

– Mało mi odcisków nie odstrzelił – mruknął. – Drań jeden!

Wymierzył do człowieka, który – jak mu się wydawało – omal go przed chwilą nie trafił. Padł strzał. Trafiony w pierś Meksykanin osunął się na ziemię.

Travis podbiegł do osiemnastofuntówki i w tej samej chwili kula z muszkietu z wizgiem zrykoszetowała od lufy działa. Podwładni nie kryli podziwu dla jego odwagi. Zaczynali uznawać go za swojego dowódcę, zapomniawszy o wyniku pamiętnego głosowania w barze.

Almeron Dickinson załadował armatę. Travis skinął głową.

– Panie Dickinson…

Almeron przytknął pochodnię do lontu. Huknęło. Jedna z chałup rozpadła się na kawałki.

Tego już Meksykanom było za wiele. Pierzchali w popłochu.

– Uciekają! – zawołał Autry! – Zwiewają jak zające!

Odpowiedziały mu liczne wiwaty. Crockett odwrócił się do Travisa.

– Te chałupki dają niezłą osłonę.

– To prawda, ale nie możemy na nie marnować amunicji.

– Myślałem raczej o tym, żeby się trochę poruszać. – Crockett uśmiechnął się.

Godzinę później snajperzy zajęli pozycje na murach. Crockett z czterema ludźmi wykradli się przez główną bramę. Wszyscy nieśli pochodnie. Skierowali się prosto ku chatom. Crockett szedł pierwszy, pozostali rozciągnęli się za nim w tyralierę. Zakradł się od tyłu do pierwszego z domów i podpalił strzechę. Ze środka dobiegł krzyk i zanim Crockett zdążył ostrzec swoich ludzi, przez drzwi wypadło dwóch uzbrojonych Meksykanów. Jednemu z nich muszkiet eksplodował w rękach i poharatał twarz. Drugi spudłował, odrzucił muszkiet i z nożem rzucił się na Crocketta, który rozpaczliwie próbował przeładować broń. Kula przeszyła nagle pierś żołnierza. Krew zbryzgała Crocketta, a Meksykanin osunął się na kolana i padł martwy na ziemię.

Od strony Alamo dobiegły okrzyki radości. Crockett spojrzał w tamtą stronę i zobaczył, jak Travis oddaje właśnie muszkiet właścicielowi. Skinął mu głową na znak wdzięczności, ale Travis nie zareagował.

Po paru minutach wszystkie chaty płonęły. Słomiane dachy i ściany z wysuszonego drewna błyskawicznie zajmowały się ogniem i chałupy waliły się jak domki z kart, by wkrótce zmienić się w kupki popiołu. Teksańczycy zaczęli wycofywać się do fortu. Crockett szedł ostatni, gdy nagle jakiś dziwny dźwięk kazał mu się zatrzymać. Ranny w twarz *cazadore* jeszcze żył i właśnie próbował naładować muszkiet. Crockett odwrócił się do niego i wyszarpnął nóż z pochwy. Na ten widok Meksykanin przeżegnał się, wypuścił broń z rąk i próbował odczołgać się jak najdalej od Amerykanina. Crockett ruszył za nim, przyglądając mu się z zaciekawieniem, tak jak mógłby przyglądać się musze, która straciła jedno skrzydełko i kręci się w kółko, nie mogąc odlecieć. *Soldado* skulił się i zacisnął powieki, mamrocząc pod nosem pacierz. Mógł tylko czekać, aż ten *gringo* go dobije.

Tymczasem Crockett schował nóż i podniósł porzucony muszkiet. Zarzucił go na ramię i powiedział:

– *Muchas gracias*.

A potem zawrócił i podążył za swoimi ludźmi do fortu. Zaskoczony Meksykanin odprowadził go wzrokiem.

Zamiast skierować się prosto ku bramie, Crockett skręcił w stronę niskiego muru na południowym zachodzie fortu. Travis i Autry pomogli mu wspiąć się na drugą stronę. Ludzie pospieszyli z gratulacjami, zaczęło się ogólne poklepywanie po plecach i ściskanie rąk, które przerwał przeraźliwy krzyk dobiegający z kwatery Bowiego. Juana bezskutecznie starała się ukoić majączącego w gorączce szwagra.

Kiedy Travis i Crockett wpadli do pokoju, Bowie rzucał się na łóżku, piana ciekła mu z ust, a oczy miał szkliste i niewidzące. Travis i Juana wspólnie próbowali go unieruchomić.

– Nie, Boże, nie! Błagam! – krzyczał. – Moje dziecko... Nasze dziecko! Ursula!

Zdawało się, że minęła cała wieczność, zanim wreszcie się uspokoił. Powiódł po pokoju takim wzrokiem, jakby zastanawiał się, co sprowadza do niego tych wszystkich ludzi, zemdlał, a po chwili zachrapał donośnie.

Zmęczona Juana przysiadła na stołku.

– Wzywa moją siostrę – wyjaśniła. – Swoją żonę. Była w ciąży, kiedy zmarła na cholerę.

Travis i Crockett spojrzeli po sobie. Dobrze wiedzieli, co to oznacza. Nie można mieć nadziei na cudowne ozdrowienie Bowiego. Przeciwnie, jego stan z każdym dniem będzie się pogarszał. Travis nie czuł już radości na myśl o tym, że jest komendantem Alamo. Odpowiedzialność za losy obrońców coraz bardziej mu ciążyła.

Kiedy wyszli z Crockettem na dziedziniec, czekało na nich około pięćdziesięciu ludzi. Travis spojrzał na nich niepewnie, spodziewając się zapowiedzi buntu.

– Wyjdzie z tego? – zapytał stojący z przodu William Ward.

– Nie wiem – odparł Travis i skierował się do swojej kwatery.

Ward zastąpił mu drogę.

– Kiedy staliśmy na murach, zabiliśmy sześciu Meksykanów, nie tracąc ani jednego człowieka – powiedział.

Spojrzeli sobie w oczy. Crockett mocniej ścisnął muszkiet, na wypadek gdyby ochotnikom coś strzeliło do głowy.

– Damy im radę – dodał Ward i odwrócił się. Grupa ochotników zafalowała, kiedy wyprężyli się pod jego spojrzeniem i stanęli prawie na baczność. Sam Ward również wypiął pierś. – Damy im radę... panie pułkowniku.

Travis spojrzał na jego ludzi. Widział, że bardzo chcą wierzyć w słowa Warda i że powinien zrobić coś, co ich w tej wierze umocni. Nic nie powiedział, ale wyraz jego twarzy zdradzał, że pierwszy raz w życiu zaczynał rozumieć, na czym naprawdę polega przywództwo.

24

Obrońcy Alamo usłyszeli słaby dźwięk trąbki. Takiego sygnału nie znali. Wszyscy skupili się przy zachodnim murze, patrząc w stronę Béxar. Esparza i Dickinson stanęli przy najcięższym dziale.

– Co się dzieje? – zdziwił się Dickinson.

– Przybyły posiłki – odparł zaniepokojony Esparza. – Pójdę porozmawiać z pułkownikiem Travisem.

Travis już do nich szedł. Stanął przy armacie i spojrzał na miasto przez lunetę. Do Béxar wkraczały świeże oddziały Meksykanów, setki żołnierzy. Esparza stanął obok niego.

– Ilu? – zapytał Travis, wsłuchując się w granie trąbki.

– Trzy bataliony – odparł Esparza. – Tysiąc nowych *soldados*.

Travis z ponurą miną obserwował zamieszanie w miasteczku.

– Przynajmniej wiemy, na co czekali.

Esparza wskazał północny kraniec Béxar.

– Co tam się dzieje?

Travis podniósł lunetę do oka. Dziesiątki Meksykanów z młotkami w rękach uwijało się przy jakiejś pilnej robocie. Dopiero kiedy wstali z klęczek, dostrzegł, nad czym się tak trudzą: zbijali drabiny.

Opuścił lunetę i westchnął ciężko. Wszyscy na murach z niepokojem przyglądali się drabinom. Wszystkim chodziły po głowie te same myśli. Scurlock wyciął nożem kolejny – dziesiąty już – karb na górnej krawędzi muru. Od dziesięciu dni siedzieli zamknięci w tej przeklętej dziurze. Scurlock przeniósł wzrok na drabiny. Pokręcił głową.

– Wszyscy zginiemy – stwierdził.

Na dziedzińcu, przy wejściu do kościoła wznoszono właśnie prowizoryczną barykadę ze skrzynek. Green Jameson bezustannie krążył po forcie, wypatrując słabych punktów i instruując inżynierów, jak wzmocnić mury.

Wykopana przez Sama i Joego studnia była już dostatecznie głęboka, żeby mogli w niej usiąść i porozmawiać bez świadków.

– Kiedy już przelezą przez mur – mówił Sam – podnieś ręce i krzycz: *Soy Negro, no disparo!*

– A co to znaczy?

– W Meksyku nie ma niewolnictwa, prawda? Kontrakt nie kontrakt, jesteś wolnym człowiekiem. Kiedy Meksykanie zobaczą, że jesteś czarny, a tym im krzykniesz, żeby nie strzelali, dadzą ci spokój.

Joe spojrzał z dumą na Sama.

– Mister William da mi karabin.

Sam z niesmakiem pokręcił głową.

– Sprzątasz po nich, zajmujesz się ich końmi, myjesz ich, karmisz… Niech mnie diabli, jeśli teraz za nich nie umrzesz.

Joe spojrzał na swoje stwardniałe, pokryte pęcherzami dłonie i wrócił do kopania. Łopata wbiła się w ziemię i zgrzytnęła o kamień. Nie podnosząc wzroku, Joe zapytał:

– Jak to było po hiszpańsku?

W koszarach umundurowani żołnierze New Orleans Greys kopali dół w klepisku.

– Czy to na pewno dobry pomysł? – zapytał jeden, prostując się i ocierając pot z czoła. – Jak się tu okopiemy, nie będziemy mogli wyjść.

– Zawsze dobrze jest mieć się dokąd wycofać – odparł drugi, nie przerywając pracy.

Pierwszy spojrzał krytycznie na wykopany przez nich dół i powiedział:

– W sam raz nada się na grób, kapitanie.

Stojący przy południowo-zachodniej baterii Travis wezwał do siebie Esparzę i Dickinsona.

– Kapitanie Dickinson, przydzielam was do obsługi baterii na tyłach kościoła. W ten sposób będziecie bliżej rodzin.

Dickinson uniósł brwi. Nie bardzo wiedział, co kierowało Travisem, ten jednak, unikając jego wzroku, spojrzał za mury.

– Znalazłem wam też zastępców na nocną wartę.

Dickinson i Esparza popatrzyli po sobie i poszli przenieść swoje rzeczy do kościoła. Na rampie minęli się z Bonhamem.

– Panie pułkowniku, chcę z panem porozmawiać – odezwał się Bonham.

Travis skinął głową na znak, że go słyszy.

– Część ludzi nie ufa temu *Tejano*, którego posłał pan po pomoc.

Travis spiorunował go wzrokiem.

– Pułkownik Bowie ręczy za kapitana Seguina.

– Więc może po prostu nie dotarł tam, gdzie miał dotrzeć. – Bonham wzruszył ramionami, a potem wyprężył pierś i wypalił: – Ja też chciałbym spróbować.

Travis uśmiechnął się i odszedł bez słowa.

– Billy! – zawołał za nim Bonham. Pułkownik zatrzymał się i odwrócił.

– To właśnie przez takie miny nikt cię nie lubił, kiedy byliśmy młodsi. Jeżeli sądzisz, że po prostu chcę się stąd wyrwać, to grubo się mylisz.

Travis spuścił wzrok.

– Nie mogę sobie pozwolić na stratę kolejnego człowieka – odparł. – Zwłaszcza tak dobrego jak ty.

– Ale...

– Odkąd wycofaliśmy się do fortu, wysłałem czternastu posłańców. Żaden nie wrócił.

Bonham dostrzegł rozpacz w oczach pułkownika.

– Mnie jeszcze nie wysłałeś.

– Dobrze. – Travis skinął głową. – Tylko wróć, Jim. Jesteś nam potrzebny.

Bonham poszedł przygotować konia, a Travis wrócił do swojej kwatery, żeby napisać następny błagalny list.

Niechaj Konwent trwa i niech się zakończy ogłoszeniem deklaracji niepodległości. Wtedy cały świat zrozumie, o co walczymy. Jeżeli takiej deklaracji nie będzie, złożę broń, a wraz ze mną uczynią to ludzie, którymi dowodzę. Natomiast pod sztandarem niepodległości jesteśmy gotowi sto razy dziennie ryzykować życie, aby przegnać potwora, który grozi, że wymorduje jeńców, a z Teksasu uczyni jałową pustynię. Czeka mnie walka z wrogiem na narzuconych przez niego warunkach, ale jestem na to przygotowany. Jeśli moi rodacy nie pospieszą mi z odsieczą, jestem również gotów zginąć w obronie fortu. Moje kości będą jak wyrzut sumienia dla kraju, który o mnie zapomniał...

Godzinę później razem stanęli przed bramą. Bonham prowadził konia za uzdę. Travis podał mu listy i udzielił szczegółowych instrukcji, komu i gdzie mają zostać doręczone.

– Myślisz czasem o Red Bank, Billy? – zapytał Bonham. – W Karolinie było zupełnie inaczej.

– Staram się nie rozpamiętywać przeszłości – odparł Travis. – Wolę patrzeć w przyszłość.

Bonham dosiadł konia.

– Przychodzi taki moment, kiedy zostaje ci tylko przeszłość, bo przyszłość... bo przyszłości już nie ma.

Uścisnęli sobie dłonie. Bonham miał wrażenie, że oczy Travisa są pełne smutku. Nie rezygnacji, ale właśnie smutku.

– Wrócę – zapewnił. – Chyba że mnie zabiją.

Travis poklepał jego konia po szyi.

– Wiem, Jim. – Wyjął z kieszeni białą chustkę. – Kiedy będziesz wracał, przewiąż nią kapelusz. Mamy tu paru niezłych strzelców, którzy mogliby cię posłać na tamten świat. Dzięki temu rozpoznają cię z daleka.

151

Bonham schował chustkę do kieszeni. Na znak Travisa otwarto bramę. Bonham zasalutował i wyjechał z fortu.

– Jedź z Bogiem – szepnął Travis.

Dom Yturrich, jedna z najwspanialszych rezydencji w Béxar, teraz prezentował się jeszcze okazalej niż zwykle. Pokoje oświetlono długimi świecami, a mahoniowy stół uginał się pod ciężarem smakołyków i ogromnej kryształowej wazy, zawierającej poncz sporządzony przez osobistego kucharza Santa Anny.

Meksykańscy oficerowie założyli galowe mundury, a najznamienitsi mieszkańcy Béxar – ci spośród nich, którzy nie uciekli przed wojskami Santa Anny – wdziali odświętne ubrania. Wyczuwało się atmosferę niezwykłego podniecenia. Nic dziwnego: prezydent Meksyku nie co dzień brał ślub, a fakt, że wybrał na żonę miejscową dziewczynę z powszechnie szanowanej rodziny, był dla Béxar i jego obywateli szczególnym powodem do dumy.

Goście ustawili się karnie za plecami uszczęśliwionego pana młodego i drżącej z emocji panny młodej. Santa Anna i Juanita Maria Diaz, jego narzeczona, stanęli przed ogromnym złotym krzyżem i czekali na chwilę, w której złożą sobie przysięgę wierności. Generał promieniał, Juanita zaś sprawiała wrażenie lekko przestraszonej. Jej matka, tak jak wszyscy, z którymi rozmawiała, uparcie powtarzała, że dla szesnastoletniej dziewczyny jest to zaszczyt zaiste niezwykły. Małżeństwo uczyni ją jedną z najważniejszych kobiet w całym Meksyku. Wprawdzie trafił jej się mąż nieco starszy, niż sobie wymarzyła, ale za to przystojny, a poza tym zamożny i wpływowy. Nikt w kraju nie miał takiej władzy jak on. Stała teraz przed ołtarzem w pięknej koronkowej sukni, pod ostrzałem zazdrosnych spojrzeń całej śmietanki towarzyskiej Béxar. Wiedziała, że powinna się uważać za wybrankę losu – lecz wcale się tak nie czuła. Nie chciała porzucić rodziny, przyjaciół i domu i przenieść się z mężem do Mexico City. Bez względu na przepych prezydenckiego pałacu, nic nie zastąpi jej Béxar i wiążących się z nim wspomnień.

Noc poślubna też napawała ją lękiem. Przyjaciółki, udając większą znajomość tematu, niż w rzeczywistości posiadły, straszyły ją, że akt miłosny potrafi być niewiarygodnie bolesny; mężczyźni go pragną, dla kobiet jest torturą. Juanita ze wstydem musiała przyznać, że i ona tego pragnie. Czuła dreszcz dorosłości, kiedy tańczyła z przystojnym oficerem Martínem de Soldaną albo przyglądała się zatrudnionym przez ojca robotnikom, gdy myli się w rzece. Marzyła o tej chwili, nie mogła się jej doczekać…

Ale nie chciała, żeby tak to wyglądało. Nie z tym staruchem, choćby był najbogatszym i najpotężniejszym człowiekiem w całym Meksyku. Wszyscy zachowywali się, jakby otrzymała niezwykły dar, ona zaś czuła się jak sprzedana w niewolę.

Matka Juanity uśmiechała się, ale w jej oczach nie było radości. Miała nadzieję, że podjęła właściwą decyzję. Wkrótce zamieszka z córką w pałacu w Mexico City i wspaniała przyszłość wynagrodzi im to poświęcenie. Tak, dobrze zrobiła. Na pewno. To był niewiarygodny zaszczyt. W dodatku przysłużyła się krajowi.

Generał Castrillón spojrzał na pannę młodą i szeptem spytał stojącego obok Cósa:

– Co powie twoja siostra, kiedy się dowie, że jej mąż znów się żeni?

Cós, którego siostra była żoną Santa Anny, spojrzał na Castrillóna z miną niewiniątka.

– A od kogo miałaby się o tym dowiedzieć?

Co bardziej pobożni katolicy nie mogli oprzeć się wrażeniu, że słowa przysięgi małżeńskiej nie brzmią dokładnie tak jak powinny, ale większość skwitowała ten fakt wzruszeniem ramion. Ksiądz najwyraźniej miał krótki staż kapłański i nie opanował jeszcze należycie wszystkich kościelnych ceremonii. Poza tym Santa Anna osobiście go wybrał, więc jakie mieli prawo podawać jego kwalifikacje w wątpliwość?

Nikt nie rozpoznał przebranego za księdza Batresa, adiutanta generała. Kiedy z wysiłkiem przypominał sobie zasłyszane w kościele formuły, wierni z aprobatą kiwali głowami. To była piękna uroczystość.

Bowie miał otwarte oczy, ale każdy, kto go zobaczył, wiedział, że nikogo nie widzi. Jego pościel przesiąkła potem. Nie wiedząc, jak inaczej mogłaby przynieść mu pociechę, Juana porozstawiała na stolikach świece i gipsowe figurki świętych, czyniąc z nich coś w rodzaju ołtarzyka. A na środku, na nocnym stoliku, postawiła portrecik Ursuli.

Ana Esparza trzymanym w ręku kurzym jajkiem kreśliła w powietrzu koła nad czołem, sercem i brzuchem Bowiego. Sam przyglądał się temu, stojąc w drzwiach. Widywał już podobne obrzędy w Nowym Orleanie – i wcale mu się nie podobały. To musiało być jakieś diabelstwo.

– Trzy razy został pchnięty nożem – mówiła Juana. – Z tego raz w płuco. Dostał też dwa albo trzy postrzały. Chorował na cholerę i malarię i co dwa lata…

Ana wbiła jajko do szklanki i przyjrzała mu się krytycznie. W środku żółtka widniała czerwona plamka.

– On już nie żyje – stwierdziła. – A tam właśnie został wysłany.

Przeżegnała się i wyszła z ciasnej, wilgotnej izby. Po kilku godzinach spędzonych w pokoju chorego marzyła o łyku świeżego powietrza i widoku nieba. Chciała znów poczuć siłę, jaką dawała jej miłość dzieci i męża.

Bowie poruszył się, jęknął i wypowiedział imię swojej zmarłej żony. Zawołał Ursulę... A ona do niego przyszła. Wytrzeszczył oczy, kiedy w ślubnej sukni usiadła na łóżku. Wyciągnął do niej rękę. Łzy pociekły mu po policzkach.

Juana wzięła go za rękę. Ona również płakała. Pochyliła się nad Bowiem i pocałowała go w usta, aby przynieść mu chwilowe ukojenie.

Stojący przy palisadzie Crockett odwrócił się do Autry'ego.

– Mam serdecznie dość tego płotu. Chodź, przejdziemy się trochę.

Autry wskazał północną część kompleksu, gdzie Joe chodził wśród ludzi z garnkiem i chochlą w rękach.

– Wygląda na to, że tam już wydają kolację – stwierdził. – Idziemy?

Crockett się uśmiechnął.

– Pragmatyk z ciebie, Micajah.

Ludzie pod północnym murem byli brudni i zmęczeni, ale rozpromienili się na widok Crocketta. Powitały go raźne pokrzykiwania.

– Wpadliśmy pogawędzić – powiedział kongresman i z udawaną powagą popatrzył po otaczających go twarzach. – Chyba nie jestem wam winien żadnych pieniędzy, co?

Roześmiali się i przesunęli tak, żeby Crockett i Autry mieli gdzie usiąść. Joe podał im gulasz i kukurydziane tortille do maczania w sosie. Crockett podziękował mu skinieniem głowy.

– Pan pewnie nieraz bywał w takich tarapatach – zauważył Daniel Cloud.

– Mowa... Kiedy miałem pierwszy raz przemawiać w Kongresie, zaschło mi w gardle.

Odpowiedział mu chóralny wybuch śmiechu.

– To jeszcze nic! Ludzie rzucili się do drzwi, jakby się paliło!

– Ale panie Crockett, tak na serio – upomniał go Cloud.

– Bardzo was proszę, mówcie mi David – przerwał mu skromnie kongresman. – Pan Crockett to był mój ojciec.

– David. – Cloud uśmiechnął się. – Niech będzie, Davidzie. Walcząc z Indianami, na pewno...

Crockett pokręcił głową.

– Nie, panowie, nigdy w życiu nie byłem w poważnych tarapatach.

Cloud nie umiał ukryć niedowierzania. Joe rozejrzał się, czy ktoś nie dopomina się o dokładkę.

154

– Brałeś przecież udział w Wojnie Czerwonych Patyków* – zauważył Cloud.

– A i owszem. – Crockett pokiwał głową. – Byłem mniej więcej w twoim wieku, kiedy się zaczęła. Creekowie otoczyli w Fort Nims jakichś czterystu, pięciuset ludzi i wycięli ich w pień. Ta wieść rozniosła się szerokim echem po okolicy. Przyłączyłem się do ochotników.

Słuchacze zacieśnili krąg.

– Byłem zwiadowcą, ale najczęściej po prostu dostarczałem zwierzyny na rożen. Bo nie wiem, czy słyszeliście, ale trochę się znam na polowaniu.

Znowu odpowiedział mu wybuch śmiechu.

– Dopadliśmy czerwonoskórych w miejscu zwanym Tallusahatchee. Okrążyliśmy wioskę i uderzyliśmy ze wszystkich stron jednocześnie. To nawet nie była walka, strzelaliśmy do nich jak do psów...

Nawet wartownicy na murach odwracali zaciekawieni głowy, zamiast obserwować przedpole fortu. Crockett jak zwykle hipnotyzował słuchaczy.

– W końcu niedobitki Indiańców schroniły w jednej małej chacie. Chcieli się poddać, ale jedna *squaw* strzeliła z łuku i zabiła któregoś z naszych. A wtedy my... No cóż, podpaliliśmy chatę. – Crockett dla większego efektu zawiesił głos. Mężczyźni słuchali go z rozdziawionymi ustami. – Słyszeliśmy, jak krzyczą, jak się modlą do swoich bogów. Gdy tylko ktoś wybiegł, padał od kuli, ale większość spaliła się żywcem. – Odłożył talerz z nietkniętym gulaszem. – Od października mieliśmy do jedzenia tylko starą kukurydzę, a i ona już się kończyła. Następnego dnia, grzebiąc w zgliszczach, znaleźliśmy ziemniaki, które były w piwniczce tego domu. Upiekły się w tłuszczu wytopionym z ciał Indian. Obżarliśmy się tak, że małośmy nie pękli.

Nikt nie odważył się nawet głośniej odetchnąć. Wszyscy wpatrywali się w Crocketta jak urzeczeni. Uśmiechnął się lekko.

– Od tamtej pory nie biorę ziemniaków do ust.

Słuchacze zaczynali się otrząsać z czaru opowieści, kiedy odgłos wystrzału zmącił sielankowy nastrój. Stojący na posterunku przy południowym murze Scurlock zawołał:

– Chyba trafiłem drania!

---

* Wojna Czerwonych Patyków (*Red Stick War*) – kampania wojenna rozpoczęta w 1813 roku przez Indian Creek, a zakończona zwycięską dla Amerykanów bitwą nad Horseshoe Bend 27 marca 1814 roku (przyp. tłum.).

Wszyscy rzucili się na stanowiska, ale zamiast dźwięków *Deguello* albo hiszpańskiego okrzyku „Do ataku!", usłyszeli wiązankę soczystych przekleństw po angielsku.

– Ty głupi sukinsynu – dobiegł ich stłumiony głos Colorado Smitha. – Czy ja wyglądam na meksyka, ślepowronie jeden?

Grimes wybałuszył oczy.

– Gadają po naszemu.

– Otwierać bramę! – burknął Colorado Smith, tym razem nieco głośniej. – Szlag by was trafił! To my!

Otwarto bramę i do środka wjechało kilkunastu konnych, prowadzonych przez Smitha. Powitały ich radosne okrzyki obrońców, którzy zbiegli się z całego Alamo. Micajah Autry klepnął Crocketta w plecy.

– Nareszcie są! Posiłki! Posiłki dotarły!

Colorado Smith zsiadł z konia i zasalutował Travisowi.

– To chyba wszyscy mężczyźni zdolni nosić broń, jacy ostali się w Gonzales.

Kiedy wszyscy witali się ze wszystkimi, w ogólnym zamieszaniu Almeron i Susanna Dickinsonowie wypatrzyli Kimballa.

– George! – zawołał Almeron. Uścisnęli sobie ręce. – A kto się zajmuje sklepem?

– Firma Kimball i Dickinson czasowo zawiesiła działalność – odparł Kimball z uśmiechem. – Ale jak tylko skończy się to zamieszanie, wrócimy i rozbudujemy sklep.

Susanna przytuliła stojącego z boku onieśmielonego Galbę Fuqua.

– Galba, na miły Bóg… Za młody jesteś, żeby tu przyjeżdżać!

Galba zrobił dumną minę. Bardzo się starał wyglądać na dorosłego.

– Wszyscy inni powiedzieli, że jadą, więc pomyślałem, że to mój obowiązek. – Uścisnął dłoń Almerona. – Byłem przy tym, jak Meksykanie próbowali nam ukraść armatę. A teraz jestem tutaj, żeby znów im dokopać!

– Jak wam się udało przedrzeć? – zdziwił się Travis.

– *Soldados* myślą, że zamknęli was w okrążeniu, ale jak człowiek zjedzie z traktu, to można się przecisnąć – odparł Colorado Smith. – Nikt nas nie zauważył, dopiero jakiś dzięcioł stąd zaczął strzelać. – Powiódł dookoła oskarżycielskim spojrzeniem i zwrócił się do jednego ze swoich ludzi, który właśnie bandażował stopę kawałkiem płótna: – Jak noga, Eli?

– A jak ci się wydaje, psiakrew? – odparł rozeźlony Eli. – Postrzelił mnie, skurczybyk jeden! A przecież przyjechałem im pomóc!

Nikt nie mógł powstrzymać się od śmiechu, tylko Eli splunął ze złością na ziemię.

– Pułkownik Fannin jedzie za wami? – spytał również uśmiechnięty Travis.

– Nie ma go tutaj? – zdziwił się Smith. Rzucił sakwy na ziemię. – Powinienem był się tego spodziewać. Powinienem był się domyślić, że nie ruszy tyłka, tchórz zasmarkany!

Travis spochmurniał. Nowo przybyli wydali mu się nagle znacznie mniej liczni niż przed chwilą.

– Ilu was jest?

– Trzydziestu dwóch ludzi, pułkowniku – odparł Smith. – Łącznie ze mną.

Travis odwrócił wzrok, próbując ukryć rozczarowanie. Crockett spojrzał na ponure oblicza towarzyszy.

– Za to jeden w drugiego chłopy na schwał! – zawołał donośnie. – No, panowie, trzy razy hip, hip, hurra dla Gonzales!

Przybysze z Tennessee odpowiedzieli chórem. Almeron spojrzał na Kimballa, na żonę; jakoś nie mógł wykrzesać z siebie entuzjazmu niezbędnego do wiwatowania. Nawet nie próbował ukrywać zawodu. Objął Susannę i razem wrócili do baptysterium. Susanna położyła się na posłaniu z koców i słomy. Przytuliła Angelinę i uśmiechnęła się do męża.

– Wiem, o czym myślisz. Ale jeśli oni zdołali się przekraść, to innym też się uda.

Almeron pokiwał głową.

– Zamiast wyjeżdżać z Gonzales, powinienem był zostać z tobą.

– I przyjechałbyś tu teraz z ludźmi Smitha. Dobrze o tym wiesz. A my z Angeliną zostałybyśmy same w domu. Nie miałby nam nawet kto gotować.

Almeron parsknął śmiechem. Pocałował żonę w czoło, a ona przyciągnęła go bliżej i mocno pocałowała w usta. Objęli się.

– Nieważne, co się wydarzy – wyszeptała. – Najważniejsze, że jesteśmy razem. Nic więcej się nie liczy.

Almeron pogładził ją po policzku.

– Masz rację – przytaknął. – Nic więcej.

Chwilę później Susanna i Angelina zasnęły. Almeron położył się obok nich. Całą noc tulili się do siebie.

W rezydencji Yturrich armia służących trudziła się nad uprzątnięciem pozostałości przyjęcia weselnego Santa Anny, które zgodnie uznano za największe wydarzenie towarzyskie roku. Goście wrócili do domów, a Santa Anna, Castrillón i Almonte stali właśnie przy oknie wychodzącym na Alamo i popijali porto z małych kieliszków. Od strony fortu dobiegły stłumione wiwaty.

– Posiłki? – zdziwił się Santa Anna.

– Nie, Ekscelencjo – odparł Almonte. – To tylko garstka jeźdźców.

Santa Anna z niedowierzaniem pokręcił głową.

– Zostawiłem wolną drogę Houstonowi. Zapraszam go: chodź do nas, przyprowadź swoje wojsko. Masz szansę zostać wielkim bohaterem wśród *gringos*. A on nic. I co ja mam zrobić?

Ani Castrillón, ani Almonte nie potrafili odpowiedzieć na tak postawione pytanie. Santa Anna skierował się do sypialni, gdzie czekała na niego młodziutka żona i najprzyjemniejsze wydarzenie wieczoru, ale coś sobie jeszcze przypomniał. Odwrócił się.

– Poślijcie im wiadomość, że wszyscy *Tejano*, którzy chcieliby opuścić fort, mogą to spokojnie zrobić. Z naszej strony nie spotka ich nic złego.

– Chce im pan darować życie? – Castrillón był zaskoczony litościwym gestem Santa Anny. – Ludziom, którzy wznieśli broń przeciw Waszej Ekscelencji?!

– Wybiorą wolność – odparł generał. – Ci, którzy zostaną, zaczną myśleć o ucieczce, o ratowaniu życia. A wtedy już nie będą walczyć jak ludzie skazani na śmierć.

Castrillón pokiwał głową. Teraz zrozumiał: to nie była litość, lecz strategia.

– Dobranoc, generale – powiedział.

Santa Anna skinął im ręką i obaj oficerowie wyszli. Służący, którzy właśnie skończyli pracę, wymknęli się tylnym wyjściem.

Santa Anna otworzył drzwi sypialni. Juanita siedziała na łóżku. Matka pomogła jej włożyć ozdobną nocną koszulę, a potem pocałowała córkę w czoło i poszła do domu. Juanita czekała przerażona na ciąg dalszy wieczoru. Na widok uśmiechniętego lubieżnie Santa Anny zaparło jej dech w piersi. Rozbierał ją wzrokiem. Była taka świeża, taka niewinna – jak piękny kraj, który należy podbić. Nowe podboje zawsze przeszywały go dreszczem emocji.

Wszedł do pokoju i zamknął drzwi.

25

Hermann Ehrenberg zaklął szpetnie po niemiecku. Jego przyjaciel Petrussewicz przytaknął po polsku. Stali w długiej kolumnie Teksańczyków, która sięgała aż do murów Fortu Oporu.

– W wojsku się nie głosuje – rzucił wściekle Ehrenberg. – Jest dowódca. On decyduje, co powinieneś robić, i wydaje rozkazy, dobre albo złe!

Petrussewicz spojrzał w kierunku Fannina.

– W Polsce ten człowiek już by nie żył. Bunt...

Jego słowa utonęły w dźwięku końskich kopyt: to James Butler Bonham przemknął na początek kolumny. James Fannin nadzorował grupę Teksańczyków, którzy próbowali podnieść przeładowany wóz ze złamaną osią. Wyprzężone woły pasły się spokojnie w pobliżu, podczas gdy Teksańczycy klęli, usiłując dźwignąć wóz. Bez skutku.

Fannin rozważył sytuację.

– Może najpierw powinniśmy go rozładować – zasugerował.

Odpowiedział mu głośny jęk. Słysząc protesty swoich ludzi, Fannin dodał niepewnie:

– Chyba że uważacie inaczej...

Bonham podjechał i zsiadł z konia.

– Jeszcze nie wyjechaliście? – zapytał Fannina, z trudem tłumiąc złość.

Fannin gestem wskazał, w czym problem.

– Mamy pecha. Wóz z zapasami...

– Otrzymaliście wiadomość od Travisa trzy dni temu! – krzyknął Bonham. – Alamo jest w strasznym położeniu!

Fannin tłumaczył mu cierpliwie jak nierozgarniętemu dziecku:

– Doktor Grant i pan Johnson zabrali wszystkie przyzwoite wozy i żywy inwentarz. Nie mogę narażać moich ludzi bez...

– Właśnie ich pan naraża! – przerwał mu Bonham.

Fannin skinął z namysłem głową, jakby dopiero teraz to do niego dotarło.

– Ma pan rację, poruczniku – powiedział. – Całkowitą rację. – Spojrzał w niebo i zawołał swojego zastępcę. – Niech ludzie zaciągną armatę z powrotem do fortu. Zrobiło się późno. Dziś nie wyruszamy.

Kilku mężczyzn skrzywiło się, ale ruszyli z powrotem do fortu. Bonham był zrozpaczony.

– Proszę mi pozwolić zabrać stu pańskich ludzi – zaproponował. – I tyle ładunku, ile zdołają unieść. Moglibyśmy dotrzeć do Alamo przed...

Fannin stanowczym gestem wskazał fort.

– Goliad to dla mnie kluczowa pozycja – odparł. – Albo opuszczę ten fort, pozostawiając go bez prochu i zapasów, albo będę go bronić do ostatniego człowieka. Ale nie zamierzam dzielić oddziału! Pułkownik Travis musi sobie radzić na swojej działce, a ja na swojej. Moi ludzie nie ruszą się, dopóki nie odpoczną jak trzeba i nie zaopatrzą się stosownie do kampanii.

Bonham spojrzał na niego z niesmakiem.

– A pan będzie unikał zaangażowania, aż będzie za późno, żeby uratować którykolwiek garnizon.

Patrzyli na siebie spode łba. Milczenie się przedłużało. W Karolinie Południowej i Georgii, gdzie dorastali Bonham i Fannin, ludzie wyzywali się na pojedynek w sytuacjach mniej drażliwych niż ta. Fannin pierwszy odwrócił wzrok, patrząc, jak jego ludzie maszerują z powrotem do Fortu Oporu.

– Możemy tylko zgadywać, które działania są właściwe, a które nie – powiedział cicho. – Na tym właśnie, poruczniku, polega problem dowodzenia.

W budynku rady miejskiej w San Felipe pierwszy raz zapanowała zgoda. Kobiety szyły teksańską flagę, a w drugiej części sali Rusk i reszta zajęci byli tworzeniem deklaracji niepodległości.

Houston podszedł do ściany, na której wisiała mapa. Powiódł wzrokiem od Copano do Refugio, od Goliad do Victorii i w końcu do Gonzales.

– Rozkazałem pułkownikowi Fanninowi wycofać się z Goliad do Gonzales. John Forbes zbiera dodatkowych ludzi na południu Teksasu i też poprowadzi ich do Gonzales. Spodziewam się, że gdy tam przyjadę, zbierze się już tysiąc pięciuset ludzi. Przejdziemy Olmos Creek w bród powyżej Béxar, przyjdziemy Alamo z odsieczą od zachodu, a potem wycofamy się do Gonzales i okopiemy na linii biegnącej stamtąd na południowy wschód, w stronę Columbus i Brazorii.

Pokój wypełnił się gwarem. Wszyscy poparli plan Houstona. Nawet ci, którzy zaledwie kilka dni wcześniej wygwizdywali go i nazywali pijakiem i tchórzem, teraz udzielili mu pełnego poparcia.

– Będziesz dowodził armią, Houston – powiedział Rusk. – Milicja będzie miała własne dowództwo.

– Nie – zaprotestował Houston. Spojrzał z góry na Ruska i resztę mężczyzn, rzucając wyzwanie całej sali. – Będę dowodził wszystkimi albo nikim.

Podszedł do stołu, przy którym trwały prace nad konstytucją. Zerknął na dokument, wziął do ręki pióro i podpisał się: „Sam Houston". Potem podniósł wzrok i znowu spojrzał na zebranych.

– Przestańcie się szarogęsić – powiedział. – Róbcie, co do was należy, a mnie zostawcie to, na czym się znam. Ja poprowadzę armię. Dzięki wam narodzi się nasz kraj. – W pokoju zapadło milczenie. Houston podniósł ręce i krzyknął: – Panowie, jeszcze raz: hip, hip, hurra! Niech żyje Teksas!

160

Pokój wybuchnął entuzjastycznymi okrzykami. Thatcher-Rhyme był zadowolony tak jak i wszyscy pozostali. Oprócz Burneta. Kiedy Houston ruszył do drzwi, Burnet złapał go za rękę i powiedział:

– Jeśli gdzieś usłyszę, że piłeś, to koniec z tobą. Nigdy więcej nie otrzymasz oficjalnego stanowiska w Teksasie.

Houston wyszedł na dwór i skończył pakować sakwy przy siodle. Miał w ręku butelkę whisky i mocno się zastanawiał, czy powinien ją spakować, czy nie. Czekała go długa droga, wiele samotnych nocy, więc butelka mogła się okazać pożądaną towarzyszką. Już miał wsunąć ją do sakwy, gdy zdał sobie sprawę, że obserwuje go Mathew Ingram. Przyglądał mu się z absurdalną wręcz nadzieją w oczach jak młody szczeniak.

Houston ignorował go tak długo, jak potrafił, ale Mathew nie rezygnował. W końcu Houston odwrócił się do niego i spytał:

– Masz konia?

– Aha. – Mathew kiwnął głową.

– A broń?

– Coś się znajdzie.

Houston zmierzył go wzrokiem z góry na dół. Zerknął po raz ostatni na butelkę i z westchnieniem roztrzaskał ją o kamień. Obaj z Ingramem patrzyli, jak cenny napój powoli wsiąka w ziemię.

– No cóż, chłopcze – mruknął Houston. – Idź i znajdź to coś.

Mathew obrócił się na pięcie i popędził do sklepu ojca. Wiedział, że ojciec pojechał z zamówieniem na ranczo za miastem i jeszcze przez dwie godziny nie wróci do San Felipe. A przez ten czas on zdąży już odjechać. Wyruszy na wojnę z Samem Houstonem. Przetrząsając sklep w poszukiwaniu amunicji do strzelby, prawie krzyczał z radości. Przygoda! Nareszcie!

Pół godziny później Houston i Mathew wyjechali z San Felipe i niespiesznie ruszyli drogą do Gonzales. Chłopiec palił się do rozmowy, chcąc dowiedzieć się czegoś o przygodach, jakie go czekają. Houston zaś myślał głównie o rozbitej butelce. Dochodził do wniosku, że to był kiepski pomysł. Naprawdę kiepski.

– Jak pan myśli, kiedy zacznie się coś dziać? – zapytał Mathew. Jego koń dreptał za Saracenem.

Houston nadal patrzył przed siebie.

– Nie wiem.

Przez kilka minut jechali w milczeniu.

– Myśli pan, że z Indianami też będziemy walczyć?

– Nie wiem – powtórzył Houston.

Minęła godzina. Houston tylko patrzył na drogę i żałował, że nie ma nikogo, kogo mógłby zabić za łyk whisky.

– Co pan robił w moim wieku? – spróbował znowu Mathew.

Houston skrzywił się, myśląc tylko o butelce.

– Nie pamiętam.

– Pewnie chodził pan do szkoły – rzekł Mathew. – Pewnie robił pan to, co pan powinien.

– Pewnie tak.

– Naprawdę?

Houston spojrzał na chłopaka.

– Moi dwaj bracia byli nauczycielami, pionierami edukacji. Uwielbiałem się uczyć, ale jeśli ktoś potrafi zabić radość z nauki, to właśnie tacy zapaleńcy. Uciekłem i zamieszkałem wśród Czirokezów.

Mathew uśmiechnął się.

– Ja teraz też uciekam. Ale może w przyszłości zabiję Santa Annę.

Houston spojrzał na niego, jakby chłopak oszalał.

– Mój tata mówi, że jestem próżny i leniwy. Może i ma rację, ale ja się zmienię. Nawrócę się.

To pobożne oświadczenie sprawiło, że Houston parsknął śmiechem.

– Ty i ja, dobry Boże! Ty i ja...

Pokonali zakręt i w dole zobaczyli pierwsze oznaki obecności wojska w Gonzales: garstkę namiotów i kilku mężczyzn. Houston pomyślał, że to żałosny widok. I wyjątkowo mało obiecujący. Za to Mathew był zachwycony.

– Widział pan w życiu tylu ludzi naraz?

Houston bez słowa przyglądał się obozowisku, zastanawiając się, jak ma wygrać wojnę z taką garstką żołnierzy.

Wjeżdżając do obozu, dostrzegł Mosleya Bakera, J.C. Neilla i kilka innych znajomych postaci. Stali przed jednym z namiotów i sprzeczali się zawzięcie. Houston zsiadł z konia, podał Mathew wodze i podszedł do mężczyzn.

– Gdzie są wszyscy? – zapytał.

– Trzydziestu ludzi z Gonzales już wyruszyło do Alamo – odpowiedział Neill.

Z boku odezwał się młody mężczyzna z piszczałką w kieszeni koszuli:

– Generale, mój brat i czterech naprawdę dobrych ludzi już do nas jedzie z Brazorii.

Houston rozejrzał się. Wyglądało na to, że sprawy mają się naprawdę kiepsko. A on tu wylądował bez butelki.

– Zbierzcie ludzi – powiedział.

Przez tłum, rozpychając się łokciami, szła kobieta w wieku około trzydziestu pięciu lat, wysoka i wyprostowana. Ciemne włosy, ułożone pieczołowicie w loki, okalały ładną twarz. Szła w stronę Houstona, ale patrzyła gdzieś daleko przed siebie.

– Muszę z nim porozmawiać – powtarzała. – Muszę porozmawiać z generałem Samem Houstonem!

Houston podszedł do niej.

– To ja – powiedział. Gdy przyjrzał się jej z bliska, zrozumiał, dlaczego wydawało się, że patrzy w dal. Była niewidoma. Wyciągnęła przed siebie ręce, jakby chciała coś wymacać. Jej dłonie otarły się o jego twarz. Houston ujął je delikatnie. – W czym mogę pani pomóc?

– Niech pana Bóg błogosławi, generale – odparła. – Już mi pan pomaga. Mój mąż tam jest. W Alamo. Nazywa się Millsaps. Isaac Millsaps.

Houston rozejrzał się bezradnie po tłumie. Pani Millsaps jeszcze mocniej ścisnęła jego ręce.

– Powiedział, że to jego obowiązek. Że musi jechać i spróbować uratować tych biednych ludzi. Rozumiem to, naprawdę rozumiem, choć mamy sześcioro dzieci, które płaczą za ojcem. Ale dziś powiedziałam im, że pan przyjechał i że pan tam pójdzie. I przywiezie go z powrotem. Wszystkich ich przywiezie. Chciałam tylko pana poznać. Niech pana Bóg błogosławi, generale.

Houston był tak osłupiały, że nie mógł wydusić słowa. Patrzył w milczeniu, jak kobieta odchodzi. W tej samej chwili usłyszał za plecami charakterystyczny gwizd. Odwrócił się i zobaczył Juana Seguina. Seguin podjechał do niego, wstrzymał konia i zeskoczył z siodła. Uścisnęli sobie dłonie i ruszyli przez obóz.

– Ilu? – zapytał Houston. – Ilu jest w Alamo?

Idąc, przyglądał się mijanym żołnierzom, każdemu patrzył w oczy. Mieli zakurzone, ogorzałe twarze. Niektórzy nosili sombrera, inni cylindry.

– No? Ilu?

Seguin odwrócił wzrok.

– Około stu pięćdziesięciu. Nie licząc kobiet i dzieci.

Houston zatrzymał się zaskoczony.

– Kobiet i dzieci?

Seguin skinął głową. Houston westchnął i ruszył dalej.

– Jeżeli Bowie zrobił, co mu kazałem...

– Santiago nie czuje się najlepiej, generale – rzekł Seguin. Houston rzucił mu ostre spojrzenie. Nie takie nowiny chciał usłyszeć. – Ale morale jest wysokie – ciągnął Seguin. – Travis nabrał trochę obycia, a Crockett zabawia ludzi...

Houston zatrzymał się. Tego było już za wiele.

– Crockett? Crockett tam jest?!

Ta nowina sprawiła, że poczuł się zagubiony, jakby nagle znalazł się we mgle. Odszedł bez słowa, zostawiając Seguina, który mógł tylko odprowadzić go wzrokiem. Mosley Baker i J.C. Neill też patrzyli za Houstonem. Jakieś sto metrów za obozem osunął się na kolana i przyłożył ucho do ziemi. Wyczuł delikatne wibracje. Wydawało mu się, że słyszy towarzyszący im odległy huk armatniego wystrzału.

Zaskoczył go Mosley Baker, który podszedł niepostrzeżenie i stanął za jego plecami.

– Kiedy ruszamy?

Houston podniósł się. Koło Bakera stał Neill, a za nimi pozostali mężczyźni.

– Potrzebujemy więcej ludzi – odpowiedział. – Silniejszych, młodszych. Jeżeli będą przybywali codziennie, niedługo będzie ich wystarczająco dużo, ale na razie musimy czekać.

Baker i Neill nie wierzyli własnym uszom.

– Jeżeli nie możemy biec, pójdziemy – stwierdził Baker. – Jeżeli nie możemy iść, będziemy się czołgać, ale musimy ruszyć na pomoc chłopcom z Alamo!

– Nie – powiedział cicho Houston.

– Generale – odezwał się błagalnym głosem Neill – to ja zostawiłem tam Travisa!

– A ja go tam posłałem! – warknął Houston. Uderzył się otwartą dłonią w udo, próbując wymyślić jakiś sposób, żeby dać ujście złości. Boże, jaką miał ochotę się napić. – Czekanie nie sprawia mi większej przyjemności niż wam, ale nie zamierzam poświęcić całego Teksasu! – Przymknął powieki i dał sobie chwilę, aby gniew i pragnienie minęły. Gdy otworzył oczy, nieco zmiękł. Zerknął na zebranych żołnierzy. – Stu?

– Stu dwudziestu czterech – poinformował go Baker.

Houston znowu zamknął oczy i westchnął głęboko.

– Stu dwudziestu czterech ludzi nie przebije się przez kilkutysięczną armię.

Oficerowie spojrzeli po sobie zrozpaczeni. Jeżeli Houston będzie się posługiwał taką matematyką, nigdy nie wyruszą.

– Pułkownik Fannin idzie do nas z fortu Goliad. Poczekamy – dodał Houston. Odwrócił się i odszedł.

Seguin pobiegł za nim.

– Co mam powiedzieć Travisowi?

– Nic. Zostajesz tutaj.

– Generale... – bąknął zdenerwowany Seguin – Sam... Dałem słowo...

164

Houston zatrzymał się i spojrzał na niego. Znał go i wiedział, że zawsze dotrzymuje słowa. Zdawał sobie sprawę, że wydaje mu rozkaz, który przeczy wszystkiemu, w co Seguin wierzy. Położył mu rękę na ramieniu i rzekł miękko:

– Przykro mi, Juan.

– Ja muszę wrócić... proszę...

Houston pokręcił głową.

– Nie. Zostaniesz ze mną. Bardziej przysłużysz się Teksasowi żywy niż martwy.

Zostawił Seguina samego i odszedł. Seguin patrzył na niego z niedowierzaniem. Baker zdjął kapelusz i w pogardliwym geście rzucił go na ziemię.

26

Gregorio Esparza stał u dołu rampy, tuż za drzwiami kościoła w Alamo. Na dziedzińcu grupa cywilów *Tejano* szykowała się do opuszczenia fortu; właśnie żegnali się z przyjaciółmi i bliskimi. Gregorio postanowił zostać, ale błagał Anę, żeby zabrała dzieci i uciekła w bezpieczne miejsce. Odmówiła. Wiedział, że to zrobi. Mały Enrique stał u boku ojca. Gregorio głaskał chłopca po głowie i przyglądał się innym: mężczyźni, z którymi dorastał, których kochał i którym ufał, opuszczali swoje posterunki. Wiedział, że sytuacja jest skomplikowana, że więzy krwi i miłość ojczyzny budzą czasem sprzeczne uczucia i ciągną w przeciwne strony. Ale ci *Tejanos* sprzeciwiali się Santa Annie i zdaniem Gregoria powinni bronić swoich przekonań. W razie konieczności – nawet oddać za nie życie.

Na zachodnim murze reszta konnicy Seguina też w milczeniu obserwowała odchodzących. Jeżeli byli źli na opuszczających ich *Tejanos*, nie okazywali tego. Nie zdradziliby się z takimi uczuciami w obecności *Anglos*. Zawsze trzymali się razem – nawet kiedy coś ich dzieliło.

Bowie widział wszystko przez otwarte drzwi sypialni, które wychodziły na dziedziniec. Miał kiepską noc, męczył go kaszel i majaki, ale teraz był przytomny. Nie bardzo mógł usiąść na łóżku, ale Juana podłożyła mu pod głowę dodatkową poduszkę, dzięki czemu zdołał się nieco unieść. Siedziała przy nim z mokrą ściereczką i systematycznie ocierała mu pot z czoła. Sam stał obok łóżka i patrzył, co się dzieje.

Wcześniej tego dnia dwóch *Tejano*, Menchaca i Garza, przyszło do Bowiego, prosząc o radę.

– Skoro pułkownik Travis powiedział, że możecie wyjechać – rzekł im Bowie.

– Mam rodzinę – wyjaśnił Menchaca takim tonem, jakby już przygotowywał się na odparcie niewypowiedzianych zarzutów.

– Tak jak wielu z tych *gringos* – stwierdził Garza. – Tak jak ja.

Bowie ledwie mówił. Z każdym dniem czuł się coraz słabszy.

– Powinniście jechać, jeśli możecie – powiedział. – Wojna się tutaj nie skończy. Nie umierajcie na próżno.

Obaj skinęli głowami i wyszli bez słowa. Teraz Bowie widział Menchacę wśród ludzi szykujących się do odjazdu. Garza stał na murze, z kamienną twarzą patrząc na wyjeżdżających *Tejanos*.

– Wyglądasz lepiej – odezwała się wesoło Juana. – Gorączka spadła.

– Dziękuję ci za opiekę – powiedział Bowie niskim, zachrypniętym głosem. – Ale teraz chcę, żebyś wyjechała. – Spojrzał na Sama. – Ty też.

Sam się wyprostował. Na jego twarzy malowało się zdziwienie.

– Daje mi pan wolność, mister James? – zapytał z niedowierzaniem.

Bowie zakaszlał.

– Nie, nie daję – odparł. – Będziesz moją własnością, dopóki nie umrę. Kiedy wstanę z łóżka, natychmiast zacznę cię ścigać.

Spojrzał ostro na Sama, który zrozumiał, co jego pan ma na myśli. Poczuł ogromną radość, ale nie okazał jej.

– A teraz już idźcie. Santa Anna nie powtórzy swojej propozycji.

Sam odwrócił się i odszedł. Na chwilę przystanął w drzwiach, czekając, czy Bowie coś powie. Może „dziękuję" albo po prostu „do widzenia". Lata służby, cierpienia, wierności. Czy to nic nie znaczyło? Zerknął na Bowiego, dał mu jeszcze jedną szansę. Ale Bowie wpatrywał się w ścianę.

Sam ruszył żwawym krokiem, żeby dołączyć do tych, którzy ewakuowali się z Alamo.

Juana dalej siedziała przy łóżku Bowiego.

– Tylko my zostaliśmy – powiedziała, ocierając mu czoło. – Jesteśmy rodziną.

– Te kilka lat nie czyni nas krewnymi.

– Kochałeś ją – odparła z uśmiechem. – Jej krew stała się twoją. Twoja krew jest moją.

Bowie odwrócił wzrok. Łzy stanęły mu w oczach, jak zawsze, gdy przypominał sobie twarz Ursuli. Jak zawsze, gdy przypominał sobie, że ją stracił.

– Wszyscy myśleli, że ożeniłem się z nią dla pieniędzy jej ojca.

– Zwykłe plotki. – Juana zanurzyła ściereczkę w miednicy z chłodną wodą.

Bowie stęknął z wysiłku, próbując wziąć głębszy wdech.

– Jedyna rzecz w moim życiu... – Pokręcił głową, zdenerwowany, że nie może już mówić. – Byłem wiecznym poszukiwaczem. Przez całe życie, cokolwiek miałem w ręku, rzucałem to i biegłem za następnym skarbem, za następną przygodą.

Juana odwróciła się i udawała, że coś robi, aby Bowie nie zobaczył, że ona też ma łzy w oczach.

– Moja siostra naprawdę cię kochała. I nigdy nie wątpiła w twoją miłość do niej. Nigdy, ani przez chwilę.

Bowie spojrzał na nią z wdzięcznością i zapłakał.

Teksańczycy patrzyli na *Tejanos* wychodzących przez główną bramę. Uchodźcy prowadzili konie i nieśli zawiniątka z rzeczami osobistymi. Sam słyszał, że Meksykanie nie walczą z Murzynami, ale wolał nie ryzykować. Pożyczył sombrero, poncho i zakradł się w sam środek grupy, starając się nie wzbudzać niczyich podejrzeń. Głowę miał spuszczoną, idąc, wpatrywał się w ziemię. Pod tym względem zachowywał się tak jak reszta. Żaden z wychodzących *Tejanos* nie patrzył w oczy Teksańczykom. A ci, którzy zostali, nie machali im na pożegnanie. W końcu ostatnia grupa znalazła się poza fortem. Brama zamknęła się za nimi.

James Butler Bonham zatrzymał się na szczycie Powder House. Zawiązał białą chustkę wokół kapelusza, dając w ten sposób sygnał Travisowi i strzelcom z fortu, ale nie był jeszcze gotowy, żeby zjechać ze wzgórza. Kilkuset meksykańskich żołnierzy i stanowisko artyleryjskie oddzielały go od Alamo. Żeby dotrzeć do fortu, będzie musiał wjechać prosto między nich. Mruknął zachęcająco do konia i zmówił krótką modlitwę.

Wreszcie odetchnął głęboko, spiął konia ostrogami i popędził w dół.

Nie spuszczał oczu z bram Alamo, nie rozglądał się też na boki. W pędzie mijał żołnierzy gotujących strawę przy ogniskach, przeskakiwał nad żywopłotami. Pochylił się w siodle najniżej jak mógł, objął konia za szyję i trzymał się go z całej siły.

Pojawił się tak nagle, że żołnierze nie od razu zorientowali się w sytuacji. Rzucili się w jego stronę, przyklękali, celowali, strzelali... i pudłowali. Kilkadziesiąt kul świsnęło Bonhamowi nad głową.

Za palisadą Autry pierwszy zauważył to nagłe poruszenie.

– Jeździec! – krzyknął. – Ktoś jedzie!

Mężczyźni z Alamo zgromadzili się na murach, wytężając wzrok i ładując strzelby. Daleko na przedpolu widzieli Bonhama galopującego prosto w stronę fortu. Kilkunastu kawalerzystów deptało mu po piętach. Gdyby choć jeden dosięgnął go lancą albo gdyby koń Bonhama potknął się na nierównym terenie, dopadliby go i zabili w ciągu kilku sekund.

– Pomóżmy mu, chłopcy! – krzyknął Crockett. Strzelił i pierwszy kawalerzysta spadł z siodła. Następny koń stratował zwłoki, potknął się i przekoziołkował razem z jeźdźcem. Ktoś podał Crockettowi drugi karabin. Padł kolejny strzał.

Autry i paru innych mężczyzn poszli za przykładem Crocketta. Następne dwa konie padły, zrzucając jeźdźców. Jeden wstał i zaczął biec. Kula z teksańskiego muszkietu trafiła go w plecy. Kawalerzyści darowali sobie pościg, wycofali się z powrotem na wzgórze. Obrońcy Alamo otworzyli bramę i Bonham galopem wpadł na dziedziniec.

Gdy zsiadł z konia, wszyscy zgromadzili się wokół niego.

– Nie masz gdzieś schowanych dwóch tysięcy ludzi? – zapytał Ward.

– Kiedy przyjadą?! – wykrzyknął Scurlock. – Kiedy, do cholery, się zjawią?!

Bonham zajął się odpinaniem sakw od siodła.

– Gdzie pułkownik Travis? – spytał.

Scurlock wskazał kwaterę Travisa i Bonham odszedł. Mężczyźni patrzyli na niego przez chwilę, a potem spojrzeli po sobie.

– Cóż, to na pewno nie jest dobra wiadomość – stwierdził Ward.

Travis zerwał się na nogi, gdy tylko zobaczył Bonhama. Wyciągnął dłoń, ale przybyły uścisnął ją słabo. W jego oczach nie było radości.

– Co jest, Jim? – zapytał Travis.

Bonham wyjął z sakwy pakiet listów. Travis usiadł przy biurku i zabrał się do lektury. Kiedy skończył czytać ostatni list, cisnął go na biurko. Wstał wściekły.

– Skąd je masz?

– Wpadłem na dwóch naszych kurierów w drodze powrotnej.

Travis zaczynał rozumieć.

– Bali się wrócić. Nie można mieć do nich pretensji.

Bonham popatrzył na pułkownika, ale Travis spuścił wzrok.

– A gdzie twój list? – spytał. – Co powiedział pułkownik Fannin?

Bonham milczał. Travis poczuł się tak przybity, że nie miał siły mówić.

– Kapitanie Bonham – rzekł wreszcie – jechaliście, narażając się na śmierć, aby dostarczyć mi wieści o moim niechybnym końcu. Dlaczego?

– Uważam, że zasługuje pan na odpowiedź, pułkowniku.

Travis skinął głową w podziękowaniu. Bonham skłonił się lekko i wyszedł.

Na dziedzińcu zebrała się większość obrońców. Scurlock i Ward jak zwykle wyszli na czoło.

– Mówiłem wam, że trzeba zwiać – powiedział Scurlock. – To nasza jedyna nadzieja.

Kilka głosów poparło go.

– Tak! Tak! Dobrze mówi!

– Nasze konie są słabe – zauważył Ward. – Mało jedzą. Kawaleria przyszpili nas jak kiełbaski na rożnie.

– Odsiecz może być tuż-tuż, za najbliższym wzgórzem – powiedział Grimes.

– Moglibyśmy wyjechać nocą – dodał jeden z New Orleans Greys. – W szyku mogłoby się udać.

Wszyscy milczeli przez chwilę, rozważając w myślach różne możliwości.

– Moglibyśmy się poddać – zasugerował Grimes.

– Poddać się? – obruszył się Scurlock. – Lepiej sprawdź, czy ta czerwona flaga jeszcze wisi.

Crockett stał z boku i przysłuchiwał się naradzie. Po chwili skierował się do kwatery Travisa.

Travis, który właśnie tłumaczył Joemu, jak działa strzelba skałkowa, nie od razu zauważył Crocketta stojącego w drzwiach. Wreszcie podniósł wzrok i przywitał go skinieniem głowy.

– Witam, pułkowniku – rzekł Crockett.

Travis uświadomił sobie, że po raz pierwszy nie dostrzega w jego oczach szelmowskiego błysku. Był w nich tylko bezgraniczny smutek.

– Musisz coś powiedzieć ludziom. Potrzebują tego.

Travis pokręcił głową.

– Ja... ja nie wiem, co im powiedzieć – wyznał.

Crockett wszedł do pokoju, uśmiechnął się do Joego, a potem stanął przy oknie i popatrzył na dziedziniec.

– W Waszyngtonie goście z Kongresu mieli ze mnie niezły ubaw – powiedział. Spojrzał na Travisa i wzruszył ramionami. – Wiele się od nich nauczyłem. Jak się ubierać, jak jeść w kulturalnym towarzystwie... Ale nigdy nie nauczyłem się kłamać.

Travis podążył za wzrokiem Crocketta. Zawsze patrzył na tych ludzi jak na garnizon, grupę, a nie jak na jednostki. Tom Waters siedział w pobliżu palisady, trzymając długi skórzany pasek. Bawił się z psem, który złapał drugi koniec i powarkując, potrząsał łbem. Nieopodal drzwi kościoła Almeron Dickinson kołysał w ramionach swoją córeczkę Angelinę, a jego żona Susanna szła ku niemu od studni z wiadrem wody. Rodzina Esparzów trzymała się razem. Gregorio obejmował w milczeniu żonę. Dzieci zagoniły w róg wielkiego robaka i śmiały się, zachwycone tym, jak szybko się rusza. Micajah Autry pykał z fajki. Daniel Cloud, Isaac Millsaps, Green Jameson, Jim Bonham. Bonhama Travis znał jeszcze z Karoliny Południowej. Chociaż nie mógłby powiedzieć, że którykolwiek z tych ludzi jest jego przyjacielem, nagle odpowiedzialność za ich trudną sytuację wydała mu się czymś bardzo osobistym.

– Oni przeszli przez piekło – powiedział Crockett cicho, lecz stanowczo. – Uważam, że zasługują na to, by usłyszeć prawdę.

Travis siedział przez chwilę nieruchomo. Miał tyle marzeń, planów – i wszystko miało się skończyć bezsensowną śmiercią w dalekim kraju. Zebrał listy z biurka, wstał i wyszedł na dziedziniec.

Wszyscy spojrzeli na niego wyczekująco. Nie wiedzieli, że do nich przemówi – on sam jeszcze o tym nie wiedział – ale kiedy tylko go zobaczyli, zrozumieli, że powinni go wysłuchać. Travis podniósł rękę, w której trzymał kartkę papieru. Wszedł w środek tłumu. Nie mówił głośno, ale wszyscy się uciszyli, więc jego słowa niosły się dostatecznie daleko.

– Mam tu różne listy – zaczął. – Od polityków i od generałów. Ale nie ma w nich ani słowa o tym, czy i kiedy ktoś przyjdzie nam z odsieczą. Te listy nie są warte atramentu, którym je napisano. – Przyjrzał się wpatrzonym w niego ludziom. Wiedział, że nie może im dać żadnej nadziei. – Obawiam się, że nikt się nie zjawi.

Zgniótł listy i rzucił je na ziemię. Przez chwilę patrzył na bezużyteczny papier, a potem podniósł wzrok na mężczyzn na dziedzińcu. Uderzyło go, jak mieszaną grupę tworzyli: Irlandczycy, Niemcy, Francuzi, *Tejano*. Mężczyźni z niemal wszystkich stanów Unii, młodzi i starzy, wykształceni i ignoranci. Zaprawieni w bojach żołnierze i wystraszone dzieciaki. Patrioci. Łajdacy. Kaznodzieje. Prawnicy. Poeci. W tej chwili wszyscy byli dla niego bohaterami.

– Teksas miał być moją drugą szansą – podjął. – Tak jak pewnie dla wielu z was. Miałem nadzieję nie tylko na własny kawałek ziemi, liczyłem też, że stanę się innym człowiekiem. Lepszym. W ostatnich miesiącach pojawiło się wiele pomysłów na to, czym Teksas jest lub czym mógłby się stać. – Spojrzał na *Tejanos* z grupy Seguina. Słuchali go z nieprzeniknionymi twarzami. – Nie wszyscy jesteśmy co do tego zgodni. – Meksykanie mają nadzieję, że spróbujemy ucieczki. Chcą nas stąd wywabić. Wszystko wydaje się lepsze niż pozostanie w tym miejscu, w zamknięciu. – Zerknął na Crocketta, stojącego w progu jego kwatery. – Ale co z naszymi rannymi? Co z chorymi? W otwartym polu, gdy nie będziemy mieli dział, wytną nas w pień. I umrzemy na próżno. Jeżeli jednak zmusimy wroga do ataku, wierzę, że każdy z was udowodni, że jest wart dziesięciu ludzi. Nie tylko pokażemy światu, jacy są teksańscy patrioci, ale też nieźle damy w kość armii Santa Anny.

Zrobił parę kroków i zerknął w stronę kwatery Bowiego. Ciekawe, czy Bowie też go słyszał.

– Jeżeli ktoś z was chce opuścić Alamo pod białą flagą, może to zrobić teraz. Macie do tego prawo. Ale jeśli chcecie zostać tu ze mną, nie sprzedamy tanio skóry. – Przez chwilę zastanawiał się, czy nie poprosić, by podjęli decyzję tu i teraz: chcą zostać czy wolą odejść. Ale wiedział, że każdy musi to rozważyć w sercu. Skinął krótko głową i chrapliwym głosem dodał: – Niech was Bóg błogosławi.

Nikt się nie odezwał.

Nikt się nie poruszył.

Joe wyszedł z kwatery Travisa. Stanął za Crockettem i wpatrywał się w swojego pana z dumą, która jego samego zaskoczyła. Travisowi zabrakło odwagi, by dalej patrzeć tym ludziom w oczy. Wiedział, jaką decyzję podejmą, a ich życie stało się nagle dla niego brzemieniem nie do udźwignięcia. Dotknął kapelusza w czymś w rodzaju salutu i wycofał się do swojej kwatery. Ludzie rozstąpili się w milczeniu, robiąc mu przejście. W drzwiach spojrzał w oczy Crockettowi, ale żaden z nich się nie odezwał. Potem wszedł do środka, a za nim Joe.

Ludzie nadal stali w milczeniu. Travis zatrzymał się przy biurku i spojrzał na nich przez okno, a potem z ciężkim westchnieniem zamknął je i usiadł.

Crockett wrócił za palisadę i usiadł obok Autry'ego.

– Wciąż jeszcze możesz odejść.

Autry uśmiechnął się lekko.

– Powiem ci coś, Davidzie. Kiedy będziesz gotów, żeby stąd wyjść, powiedz mi, a pójdę z tobą.

– Mam nadzieję, że nadążysz. Mam ochotę prysnąć stąd tak szybko, że mój cień za mną nie zdąży.

– Nie wątpię. – Autry pokiwał głową. – Ale zanim zaczniesz uciekać przed śmiercią, może byś nam coś zagrał?

Bowie uniósł się na łóżku, gdy wesołe dźwięki skrzypiec Crocketta rozległy się tuż za drzwiami. Zmęczony ciemnością poprosił Juanę, żeby zapaliła w pokoju świecę. Może gdyby udało się przegnać wszystkie cienie, zniknęłaby też posępna wizja, która prześladowała go dzień i noc.

Ktoś zapukał cicho do drzwi. Kiedy się otworzyły, Bowie zobaczył Travisa, który z szacunkiem zatrzymał się w progu.

Bowie zakaszlał i powiedział:

– Co cię gryzie, Buck?

Travis zdjął kapelusz i wszedł do środka. Przy Bowiem zawsze czuł się trochę jak uczniak, który wpadł w kłopoty i stanął twarzą w twarz z dyrektorem szkoły.

– Rozmawiałem z ludźmi o naszej sytuacji. Powinieneś był to słyszeć.

– Słyszałem. Każde słowo.

– Moje słowa. To musiało być dla ciebie bolesne.

Bowie pokręcił głową.

– To były dobre słowa.

– Moglibyśmy spróbować cię stąd wydostać. Z eskortą. Nawet jeśli by cię złapano, jesteś w takim stanie, że Meksykanie na pewno cię oszczędzą.

Bowie znowu zakaszlał.

– Nie zasługuję na ich łaskę. – Prawie się uśmiechnął. – Ale zasługuję na kielicha. Masz coś mocniejszego od wody?

– Ja nie piję, Jim. Wiesz o tym. – Travis usiadł na stołku u stóp łóżka. – Uprawiam hazard. Chodzę na dziwki. Uciekam od żon, ale picie... Tutaj postawiłem granicę.

Wesoła muzyka Crocketta zmieniła się w melancholijną, irlandzką melodię.

– Wiesz co, Buck? Jeżeli przeżyjesz następne pięć lat, to będzie z ciebie wspaniały facet.

Pięć lat. Co by dał za następne pięć lat? Poklepał Bowiego po nodze i odparł:

– Podejrzewam, że będę musiał się zadowolić tym, kim jestem teraz. – Wstał. – Zobaczę, czy da się załatwić jakąś butelczynę.

Kiedy Travis wyszedł z pokoju, Bowie znowu zaniósł się kaszlem. Sięgnął po stojący na stoliku portrecik Ursuli i popatrzył na jej profil, piękny, lecz w niczym nieprzypominający ciepłej, żywej, kochającej twarzy jego żony. Niedługo, pomyślał. Już niedługo.

27

Za palisadą Crockett kończył właśnie irlandzką piosenkę, gdy w Béxar meksykańska armia zagrała pierwsze przenikliwe nuty *Deguello*. Autry zaczął przygotowywać się na kanonadę, która, o czym dobrze wiedział, miała się zaraz rozpocząć.

– Boże – westchnął. – Jak ja nie cierpię tej melodii.

Crockett posłuchał jej przez moment. Na jego twarzy pojawił się uśmiech.

– Właśnie coś wymyśliłem – oznajmił.

Autry spojrzał na niego z zainteresowaniem.

– Co takiego?

Ze skrzypcami w rękach Crockett wstał i popędził do najbliższej drabiny. Wspiął się do strażnicy nad główną bramą i pobiegł na jej zachodni kraniec, patrząc z góry na stanowisko osiemnastofuntowej armaty. Z szerokim uśmiechem podniósł skrzypce pod brodę i zaczął grać. Żywa melodia nie próbowała zagłuszyć *Deguello*. Przeciwnie – wplotła się w ostre dźwięki bezlitosnego wezwania. Obrońcy Alamo słuchali zaskoczeni, jak Crockett zamienia meksykańską obietnicę śmierci i zniszczenia w twór żywy, niezwykły, przepełniony nadzieją, wolą oporu i czegoś, co można by nazwać szczęściem.

Meksykańscy *soldados* też to usłyszeli – i też byli zachwyceni. Jesús stał w szyku na baczność i uśmiechał się, słysząc cudowną muzykę. Widząc uśmiech Jesúsa, sierżant sam wyszczerzył zęby.

– To Croque – powiedział i każdy mężczyzna w szeregu wiedział, o kim mowa.

Dla obu stron przez krótką chwilę nie było oblężenia, nie było walki, nie było wojny – tylko płynąca w powietrzu muzyka. Mężczyźni zamknięci w Alamo wiedzieli, co to strach. Poznali gniew i rozpacz. Teraz jednak spłynął na nich spokój. Niektórzy nawet ośmielili się poczuć nadzieję. Jeżeli samotne teksańskie skrzypce mogły pokonać gromadę meksykańskich trąbek w ich własnej grze, to może mała grupka żołnierzy zdoła wytrzymać napór przeważających sił wroga? Nikt w to za bardzo nie wierzył, ale ci, którzy się nad tym zastanowili, znaleźli pocieszenie w tej myśli. Nawet jeśli ta pociecha musiała zniknąć, gdy tylko skończy się muzyka.

Na szczycie głównej bramy Crockett opuścił skrzypce. Skończył się improwizowany koncert. Crockett spojrzał w dół na ludzi z Alamo, oblanych delikatnym czerwonozłotym światłem zachodzącego słońca. Uśmiechnął się wesoło.

– To niesamowite, ile może zdziałać odrobina harmonii, prawda?

Pospiesznie zszedł po drabinie i wrócił na swój posterunek, żeby przygotować się na ostrzał, który wkrótce miał się zacząć.

Ale o dziwo… Działa milczały.

Do żołnierzy zaczęło docierać, że żadna armata nie wystrzeliła; z jakiegoś powodu wiedzieli, że żadna nie wystrzeli. Odsuwali dłonie od uszu, wychodzili z ukrycia i patrzyli po sobie.

– Niech mnie licho! – mruknął Scurlock.

Z zachodniego muru w pobliżu kwatery Travisa dobiegł krzyk młodego Jamesa Allena:

– Goniec zaraz wyjedzie! Jeśli chcecie wysłać listy, bierzcie się do roboty!

W całym forcie zaczęły się pospieszne poszukiwania papieru. Paru ludzi znalazło kawałki szarego papieru pakowego. Kilku wydarło puste ostatnie stronice z książek, które mieli w plecakach. Isaac Millsaps pomyślał o swojej niewidomej żonie, którą zostawił w Gonzales. Mnóstwo ludzi uważało ją za niezwykle silną kobietę: wychowała sześcioro dzieci, nie widząc. Millsaps wiedział, że drzemie w niej prawdziwa siła, której potęgi nikt się nawet nie domyśla. Nigdy nie był porządnym żywicielem rodziny. Uważał się za nieudacznika. Nie byłby nic wart, gdyby nie Mary. To ona była dobrym duchem ich domu, jego sercem. Ze wstydem musiał przyznać, że w tej rodzinie to ona nosiła spodnie. Wychowała dzieci i – w znacznej mierze – wychowała męża. Jeżeli Isaac nie wróci do domu, ona doskonale poradzi sobie sama. Za to on bez niej nie przetrwałby nawet miesiąca. Roześmiał się pod wąsem. Siedział w tym forcie niecały tydzień, a już był o krok od śmierci.

– To dobrze pokazuje, jak sobie bez niej radzę – mruknął.

Przykucnął w kącie i zaczął pisać:

Najdroższa Mary!

Mam nadzieję, że czyta Ci ten list ktoś o miłym głosie. Gdybyś mogła widzieć, widziałabyś, jak piękna jest ta ziemia, nasz nowy kraj. Modlę się do Boga Wszechmogącego, żebyśmy wkrótce znowu mogli być razem. Ucałuj ode mnie dzieci...

Jim Bonham żałował, że nie ma porządnego pióra, tylko ogryzek ołówka. Zawsze był dumny ze swojego charakteru pisma. Chciał, aby ostatnie wieści od niego cechowała elegancja, którą jego rodzina na plantacji w Karolinie Południowej doceni i której oczekuje. Żałował, że nie potrafi zmieścić wszystkich ciepłych wspomnień z domu w tych pospiesznie pisanych słowach: wspomnień z bujnych, zielonych lasów, gdzie z ojcem i kuzynem polowali na jelenie i niedźwiedzie; wspomnień o leniwie szemrzącym strumieniu, gdzie w dzieciństwie uganiał się za kijankami, a przede wszystkim o rudowłosej Essie Burke, która pokazała mu zupełnie inny rodzaj gonitwy, gdy miał piętnaście lat; wspomnień melancholijnych piosenek lelków i innych, smutniejszych pieśni, które płynęły z baraków niewolników; wspomnień parad, kotylionów, pikników. Rodzinnych wspomnień. Zbyt dużo chciałby wyrazić. Musiało mu wystarczyć kilka krótkich, lecz płynących z serca słów.

Wiedzcie, że sercem jestem z Wami aż do dnia, w którym – jeśli Bóg pozwoli – znowu się spotkamy. Proszę, pozdrówcie ode mnie Ojca i powiedzcie mu, żeby koniecznie przyjechał do tej baśniowej krainy, gdy wreszcie stanie się wolna...

William Ward stał na północnym murze, patrzył w mrok i myślał o Irlandii. Chociaż lubił w towarzystwie innych Irlandczyków śpiewać cklliwe piosenki o swojej zielonej ojczyźnie, prawda była taka, że specjalnie za nią nie tęsknił. Życie na farmie ojca było ciężkie, brakowało w nim nadziei i pieniędzy. Gdyby kamienie i żale zamienić w ziemniaki i mięso, wszyscy byliby najedzeni i szczęśliwi. Ale Ward rozpaczliwie chciał wyjechać. A kiedy przybył do Teksasu – czyli raptem osiem miesięcy temu; czy to możliwe? – wiedział, że znalazł ogród, o jakim zawsze marzył.

Drogi Tatko!

Kiedy skończy się ta walka i weźmiemy się do osiedlania się na naszej ziemi, zdobędę pieniądze, żeby sprowadzić Cię do błogosławionego Teksasu, gdzie ziemia jest żyzna, a przyszłość niesie ze sobą wiele obietnic. Ten dzień nastanie dopiero po zakończeniu walk, ale wiemy, co nas czeka, i jesteśmy na to gotowi...

Micajah Autry zerknął na Crocketta, który pisał list. Choć byli przyjaciółmi zaledwie od kilku miesięcy, łączące ich więzy miały przetrwać całe życie. Westchnął z goryczą na tę myśl. Całe życie...

Było już za późno na żale, ale Autry pomyślał o swojej żonie Norze i poczuł bolesne ukłucie w sercu. Nigdy nie był specjalnie romantyczny w listach do niej. Tym razem postanowił podnieść ją na duchu – siebie zresztą również – pisząc o tym, co robi.

W kwestii Teksasu idę na całość. Chcę pomóc mieszkańcom uzyskać niepodległość i stworzyć własny rząd, a to jest warte poświęcenia niejednego życia.

Zastanawiał się, czy dodać postscriptum i zapewnić Norę o swojej niegasnącej miłości, przyznać, że jego życie może być jednym z tych, które przyjdzie poświęcić, i że pewnie więcej już do niej nie napisze. Nie zrobił tego, tylko po prostu podpisał list, złożył go i zaadresował.

Crockett pisał do córki. Nie było sensu przysparzać jej zmartwień. Jeżeli zdarzy się najgorsze, i tak dowie się o tym wystarczająco szybko. Nie, ten list będzie wesoły, optymistyczny. Uwielbiał uszczęśliwiać ludzi.

Cieszę się teraz doskonałym zdrowiem i doskonałym nastrojem, a wszyscy powitali mnie po przyjacielsku. Muszę przyznać, że Teksas to istny raj

na ziemi. Najlepsza ziemia i najwspanialsze możliwości do życia w zdro-
wiu, jakie kiedykolwiek widziałem.

Cień zmącił jego myśli, gdy przyszło mu do głowy, że następnego dnia może już nie cieszyć się znakomitym zdrowiem. Ale takie myśli były tylko dla niego, nie nadawały się do wesołego listu do domu. Pisał dalej.

Rokowania nie są może najlepsze, ale mam nadzieję zbić fortunę dla siebie i dla całej rodziny. Liczę, że zrobicie wszystko, co w Waszej mocy. Ja ze swojej strony uczynię tak samo. Nie martwcie się o mnie. Jestem wśród przyjaciół.

Daniel Cloud nie myślał o ukochanej córce ani żonie, gdy opierał się o armatę nad apsydą kościoła, ale o kobiecie, która była tak boleśnie, tak potwornie blisko. Isabella znajdowała się zaledwie półtora kilometra od niego, w domu w Béxar, ale równie dobrze mogłaby odlecieć na odległą gwiazdę. Jej ojca, lojalnego obywatela Meksyku i dumnego zwolennika Santa Anny, doprowadzał do szału fakt, że jeden z tych dorobkiewiczów, buntowników, *gringos*, miał czelność się do niej zalecać. Matka Isabelli była bardziej wyrozumiała i nawet uśmiechała się do Clouda, gdy jej mąż nie patrzył, lecz jasno dała mu do zrozumienia, że ich związek nie ma przyszłości. Cloud wiedział, że na drodze do ich szczęścia stały prze- szkody niemal nie do pokonania, ale przekonał Isabellę – a nawet siebie – że kiedy dorobi się majątku, jej ojciec spojrzy na niego łaskawiej. Cloud udowodni swoją wartość i będą żyli długo i szczęśliwie w tym rozległym raju. Tymczasem wysłano go do Alamo tak szybko, że nawet nie zdążył się pożegnać.

Moja Najdroższa!

Oczyma wyobraźni widzę Cię, jak tańczysz fandango w białej koronko- wej sukience, z tym przeklętym, ogromnym wachlarzem. Pamiętam, jak droczyłem się z Tobą, żebyś przestała chować za nim twarz, a Ty uśmiecha- łaś się do mnie. W pokoju nie było żadnej innej kobiety – tylko Ty. W moim sercu nie ma żadnej innej kobiety, tylko Ty...

Travis też pisał. Joe patrzył obojętnie, a Travis gapił się w kartkę leżącą na biurku. Była dopiero w połowie zapisana. Nie wiedział, jak skończyć list.

James Allen zapukał do drzwi.

– Pułkowniku?

Allen stał w progu, torbę miał przewieszoną przez ramię, w ręku trzy- mał garść listów.

– Zebrałem większość listów.

Travis spojrzał na niego, a potem z powrotem na kartkę.

– Dasz mi jeszcze chwilę?

Allen skinął głową.

– Tak jest, pułkowniku.

I wyszedł.

Travis westchnął i znowu przyłożył pióro do papieru. Napisał: „Opiekujcie się moim synkiem…"

Przeczytał te słowa i znowu przerwał pisanie. Łzy napłynęły mu od oczu. Szybko je otarł, bo mogłyby spaść na kartkę i rozmazać atrament. List brzmiał:

Opiekujcie się moim synkiem. Jeżeli kraj ocaleje, zdobędę dla małego wspaniały majątek. Jeżeli stracimy Teksas, a ja zginę, nie pozostanie mu nic prócz dumy z faktu, że jest synem człowieka, który zginął dla ojczyzny.

Przeczytał list jeszcze raz i zawahał się, jakby podpisanie go i wysłanie mogło powstrzymać nieuchronne. Potem zanurzył pióro w małym miedzianym kałamarzu i podpisał się po raz ostatni w życiu.

Crockett podał swój list Autry'emu i przykazał oddać go Allenowi, gdy ten pojawi się w pobliżu. Rozejrzał się po murach Alamo i zobaczył mężczyzn modlących się, rozmyślających, zatopionych we wspomnieniach. Ze strony meksykańskich fortyfikacji nie dobiegał żaden dźwięk, który świadczyłby, że zbliża się czas szturmu – ale ludzie i tak wiedzieli. Jakimś cudem wiedzieli.

Wszedł do kwatery Bowiego, który przywitał go lekkim uśmiechem. Crockett też się uśmiechnął, ale zaniepokoił go wygląd Bowiego. Nawet jeśli Santa Anna nie zjawi się wkrótce, żeby zakończyć sprawę Alamo, oczywiste było, że Bowiemu zostało najwyżej kilka dni życia.

– Proszę usiąść, kongresmanie – powiedział Bowie, wskazując stołek u stóp łóżka.

– Jim – zaczął Crockett, uśmiechając się szeroko – nie powinieneś wypowiadać tego słowa zbyt głośno. Cieszę się, że zdobyłem tu przyjaciół, ale jeśli będziesz im przypominać o mojej wstrętnej przeszłości, zaczną o mnie gorzej myśleć.

Bowie zaśmiał się, śmiech przeszedł w kaszel, kaszel zaś zamienił się w spazmy, które trwały prawie minutę. Kiedy wreszcie ustały, Bowie opadł wyczerpany na poduszkę.

– Nie martwiłbym się tym zbytnio. Nie sądzę, żeby ci ludzie mogli o tobie myśleć gorzej niż teraz.

Crockett roześmiał się.

– Dziękuję za tę miłą uwagę. Człowiek zawsze lubi wiedzieć, że inni dobrze o nim myślą.

– Jak ludzie sobie radzą? – zapytał Bowie.

Crockett wyjrzał przez ozdobne okno w kształcie krzyża. Zobaczył kawałek fasady kościoła w Alamo i zewnętrzną część palisady. Noc była zimna i bezksiężycowa.

– Uważam, że morale jest całkiem wysokie, biorąc pod uwagę sytuację. Mieli okazję napisać listy, młody Allen za chwilę je zabierze. Chcesz coś napisać? Mógłbym ci pomóc. Moja ortografia jest coraz lepsza, z każdym dniem się poprawia.

Bowie zakaszlał i pokręcił głową.

– Nie mam do kogo pisać. Wszystko, co mam do powiedzenia, już niedługo będę mógł powiedzieć Ursuli. Tak przynajmniej sądzę.

Crockett wbił wzrok w podłogę. Zaczynała go boleć głowa.

Bowie zauważył ból malujący się na jego twarzy.

– Boisz się, Davidzie?

Crockett zerknął na niego i uśmiechnął się w odpowiedzi.

– Czy się boję? Bałem się raz, może dwa razy w życiu. Ale często się przekonywałem, że to, co mnie początkowo przerażało, później okazywało się czymś zupełnie innym. W czasie nocy poślubnej z moją Polly... cóż, cały się trząsłem. Widzisz, jako bogobojny chłopak ze wsi nie wiedziałem za dużo o miłości i nic na to nie mogłem poradzić, ale czułem, że zaraz wydarzy się coś bardzo ważnego. I nie byłem wcale pewien, że to będzie coś dobrego. Czy się bałem? O tak, byłem przerażony. Ale kiedy z czasem natura przejęła kontrolę nad sytuacją, przekonałem się, że chciałbym bać się w taki sposób możliwie jak najczęściej.

Bowie się roześmiał.

– A tutaj... – Crockett machnął ręką w stronę dziedzińca. – Tutaj może być podobnie. Z jednej strony sprawy wyglądają przerażająco, ale z czasem może się okazać, że nie było się czego bać.

Obaj na chwilę umilkli, ale Crockett nie potrafił długo wytrzymać melancholijnego nastroju. Nagle się rozpromienił.

– Przypomniałem sobie inną historię. Miałem wtedy najwyżej sześć lat. Stawialiśmy w Tennessee stodołę. Ludzie mieszkali tam tak daleko od siebie, że każda taka okazja przypominała święto, jakby połączenie przedstawienia cyrkowego z piknikiem. Kobiety zastawiły stół pysznościami, a gdy tylko zaszło słońce – stodoła była już gotowa – muzykanci zaczęli przygrywać na skrzypcach, rozpoczęły się tańce i inne szaleństwa. Kiedy trochę podrosłem, okazało się, że o prawdziwych szaleństwach nie miałem wtedy pojęcia.

– Czekaj no – przerwał mu Bowie. – Dopiero co mi powiedziałeś, że noc poślubna wywołała u ciebie strach.

Crockett machnął lekceważąco ręką.

– Nie przypominam sobie, żebym użył słowa „strach", a poza tym wolałbym, żebyś nie czepiał się w moich historiach takich drobiazgów jak fakty.

Bowie uśmiechnął się lekko.

– Przepraszam.

– No dobra. Był tam taki gość, który posiadł niesamowitą umiejętność: z jego kieszeni wydobywał się głos. Poważnie, miał gadającą kieszeń! A żeby było jeszcze bardziej niezwykle, włożył ten cholerny głos do mojej kieszeni! Tak było. – Crockett spojrzał na swoją kieszeń, poruszył nią, jakby to były usta, i odezwał się falsetem: – Cześć, cześć, jestem uwięziony w twojej kieszeni. Jim, mało nie wyskoczyłem ze skarpetek.

Bowie roześmiał się.

– Ale to nie wszystko, o nie. Miał jeszcze taką lalkę o twarzy okrągłej jak księżyc, złą jak osa, w trójgraniastym kapeluszu na głowie. Lalka była równie prawdziwa jak ja albo ty. – Crockett spojrzał na swoją rękę. – Cześć… cześć… ty jesteś ten mały Davy, nie? Prawie na śmierć mnie wystraszyła! Ale jakoś wcale nie miałem jej dość.

Obaj wybuchnęli śmiechem, ale po chwili Crockett spoważniał. Obejrzał pistolety Bowiego, a kiedy stwierdził, że oba są załadowane i sprawne, położył je na stole obok łóżka.

Potem spojrzał na Bowiego i powiedział:

– Jeździłem pociągiem parowym. Pływałem parowcem. Zabiłem wiele niedźwiedzi i zostałem wybrany do Kongresu. Miałem dwie żony i gromadkę kochających dzieci. Przeżyłem całkiem przyzwoite życie. Ale czasem myślę, że oddałbym wszystkie te wspomnienia za kolejne pięć minut z tą lalką w trójgraniastym kapeluszu.

Dwaj mężczyźni – teraz już przyjaciele – uśmiechnęli się. Bowie wyjął nóż z pochwy i wbił go w stół pomiędzy pistoletami.

– Zaatakują ze wszystkich stron jednocześnie, żeby odwrócić waszą uwagę, ale prawdziwy szturm skupi się tylko na jednym odcinku muru – powiedział. – Bądź czujny i zawsze miej oczy z tyłu głowy.

Crockett spojrzał na niego, ale Bowie pokręcił lekko głową.

– Nie potrzebujesz mnie, tak jak nie potrzebujesz tej futrzanej czapki. Całe życie przesiedziałeś na tym murze.

Crockett poklepał go po nodze i wstał.

– Zobaczymy się później, Jim.

Bowie skinął głową i zamknął oczy.

Kiedy Crockett wyszedł z pokoju, zobaczył Jamesa Allena wyjeżdżającego przez południową bramę. Ktoś zawołał za nim:

– Bóg z tobą, Jim!

Tętent kopyt powoli wtopił się w nocną ciszę. Meksykanie nawet nie próbowali zatrzymać posłańca – jakby w ogóle ich nie obchodził.

Crockett usadowił się za palisadą obok Autry'ego. Wielu mężczyzn poszło spać, ale Autry cały czas patrzył w przestrzeń.

– Lepiej prześpij się trochę, Micajah.

Autry uśmiechnął się lekko.

– Coś mi mówi, że niedługo wyśpię się za wszystkie czasy. Bardzo niedługo.

– Jim Allen właśnie odjechał. Może sprowadzi jakąś pomoc i wyciągnie nas z tego.

Autry uśmiechnął się szerzej.

– Jesteś optymistą, prawda, Davidzie?

– Cóż, i tak, i nie – odpowiedział z powagą Crockett.

28

Ogień rozświetlał główny salon domu Yturrich. Kandelabry ustawiono na stole i na stojakach na podłodze. Cały pokój migotał delikatnym złotym światłem. Wielki mahoniowy stół był przeznaczony do wystawnych kolacji i towarzyskich uroczystości, ale tego wieczoru tylko jedna osoba rozkoszowała się kolacją i wygodami pokoju: Santa Anna. Jego generałowie siedzieli albo stali wokół stołu. Prezydent odłożył kość kurczaka na stojący przed nim porcelanowy talerz. Inni nie mieli talerzy. Wielka mapa zajmowała prawie cały blat. Batres, adiutant Santa Anny, stał przy niej z długim patykiem, którego używał jako wskaźnika.

W drugim pokoju czekała małżonka Santa Anny. Zawsze po demonstracji siły był najbardziej namiętny. Rozkazywanie generałom zaspokajało jego żądzę władzy. Cokolwiek powiedział, bez szemrania wprowadzali w czyn. Juanita też się tego nauczyła. Nie opłacało się stawiać oporu mężowi. To tylko pogarszało sytuację. Czasem, kiedy wyszczekiwał jej rozkazy w łóżku i zmuszał ją do aktów niemoralnych i ohydnych, miała ochotę zasalutować i powiedzieć: „Tak jest, Wasza Ekscelencjo!" Ale wiedziała, że zapłaciłaby za ten kaprys chłostą. Kiedy zaś już ją chłostał, jego myśli w naturalny sposób zaczynały dryfować ku innym pomysłom ukarania jej. A pomysły miewał okropne. Najlepiej więc było po prostu robić to, co kazał, i modlić się, żeby jak najprędzej było po wszystkim.

W jadalni generałowie patrzyli na mapę i analizowali szczegóły topograficzne. Mapę narysował kartograf, pułkownik Ygnacio de Labastida, którego w salonie zabrakło. Przedstawiała całą okolicę: wszystkie budynki w Béxar, chałupy w La Villita po drugiej stronie wijącej się rzeki, samą rzekę, pola i lasy. U góry znajdował się szkic fortu Alamo i przede wszystkim na tym fragmencie skupili się generałowie.

Santa Anna skończył kolację. Skinął na służącego, który natychmiast postawił przed nim mały talerzyk z pokrojonym jabłkiem. Potem dolał generałowi kawy i dyskretnie się wycofał.

– Generale Cós – powiedział Santa Anna. – Będzie miał pan okazję się zrehabilitować.

Zaniepokojony Cós skinął głową.

– Dziękuję, Ekscelencjo.

– Poprowadzi pan pierwsze natarcie. Tu, od najsłabszej, północnej strony.

Batres wskazał patykiem właściwe miejsce na mapie.

Cós nic nie powiedział, ale po wyrazie jego twarzy widać było, że nie o takim zadaniu marzył.

Jeżeli nawet Santa Anna zauważył jego minę, całkowicie ją zignorował.

– Pułkownik Duque ruszy następny, z północnego wschodu – ciągnął. Batres wskazał właściwy kierunek. – Romero ze wschodu. Morales od południa. Generale Ramirezie y Sesma, pana kawaleria będzie patrolować najbliższą okolicę fortu, aby nikt nie uciekł ani się nie wycofał.

Każdy generał kiwał głową, gdy padało jego nazwisko, i dalej patrzył na mapę. Castrillón nie zerknął na nią ani raz. Słuchał i gryzł się w język, powstrzymując się przed powiedzeniem tego, co musiał powiedzieć, choć wiedział, że nic dobrego dla niego z tego nie wyniknie. W końcu wziął głęboki wdech i odezwał się:

– Wasza Ekscelencjo, jutro dotrze tu nasze dwunastofuntowe działo. Po co ryzykować życie tylu ludzi, którzy zginą, wspinając się na mury, skoro można je zniszczyć pociskami? W ciągu jednego dnia ściany fortu runą, a Teksańczycy będą musieli się poddać.

Santa Anna spojrzał w talerz i skinieniem głowy wskazał leżące na nim kostki kurczaka.

– Czym jest życie żołnierzy? Niczym więcej niż życie tych kurczaków.

– A jeśli się poddadzą? – zapytał Castrillón.

Santa Anna zbył tę możliwość machnięciem ręki.

– To bandyci, a nie żołnierze. Nie będziemy brać jeńców.

– Wasza Ekscelencjo, obowiązują pewne reguły... – wyrwał się Castrillón.

Santa Anna uderzył pięścią w stół. Wszyscy mężczyźni w pokoju aż podskoczyli.

– Ja tu rządzę! – ryknął Santa Anna. – A pan, generale, nie rozumie, jaka wiąże się z tym odpowiedzialność!

Wstał i przez chwilę krążył po pokoju, żeby się uspokoić. Nikt inny nawet nie drgnął, wszyscy wstrzymali oddechy. Santa Anna pochylił się nad stołem w stronę Castrillóna. Teraz mówił już ciszej, spokojniejszym tonem, jakby naprawdę chciał, aby generał zrozumiał jego punkt widzenia:

– Jestem bez reszty oddany idei nadania naszemu krajowi narodowej tożsamości. Czy zdobyliśmy niepodległość tylko po to, aby ukradziono nam naszą ziemię? Trzeba gdzieś nakreślić granicę. I my nakreślimy ją właśnie tutaj. W przeciwnym wypadku nasze wnuki i ich wnuki będą zhańbione, gdy pewnego dnia przyjdzie im żebrać o okruchy ze stołu jakiegoś *gringo*. – Spojrzał po zebranych wokół stołu oficerach. Generałowie starali się wytrzymać jego przenikliwe spojrzenie. Santa Anna zniżył głos do szeptu: – Bez krwi i bez łez nie ma chwały zwycięstwa.

Castrillón westchnął i spojrzał na stół. Wiedział, że kości zostały rzucone.

Santa Anna usiadł z powrotem u szczytu stołu. Niespiesznie zjadł kawałek jabłka, rozkoszując się jego smakiem. Zachowywał się zupełnie inaczej niż przed chwilą; mogłoby się wydawać, że obecny Santa Anna i choleryk, który przed chwilą wybuchnął gniewem, to dwie zupełnie różne osoby.

– A teraz przejdźmy do szczegółów.

Skinął na Batresa, który rozdał generałom dokumenty.

– Tam znajdziecie wszystkie rozkazy. Zaatakujemy przed świtem, więc ludzie mają być gotowi o drugiej nad ranem. To znaczy, że musicie ich obudzić o północy i przygotować.

Generałowie – w każdym razie większość generałów – pokiwali głowami.

– Każda kolumna ma być wyposażona w drabiny, łomy i siekiery.

Almonte zerknął na pozostałych, a potem podniósł wzrok.

– Ekscelencjo, jest bardzo zimno. Tu jest napisane, że ludzie mają nie brać koców ani nie zakładać kapeluszy. Na pewno...

– Nie będą zakładać niczego, co spowolni ich ruchy – warknął Santa Anna. – Jeśli nawet zmarzną, to rozgrzeją się w ogniu walki. A, jeszcze jedno: przypilnujcie, żeby wszyscy włożyli buty.

– Wielu naszych ludzi nie ma butów – odparł cicho Castrillón.

– W takim razie zadbajcie o to, żeby przynajmniej mieli sandały – zniecierpliwił się Santa Anna. – Nie mam zamiaru przegrać tej bitwy tylko dlatego, że moi ludzie będą walczyli na bosaka.

Na dłuższą chwilę w pokoju zapadła cisza. Nikt nie był tak pewny zwycięstwa jak Santa Anna.

– To wszystko. – Prezydent skinął krótko głową. Generałowie wstali, szykując się do wyjścia. – Och, jeszcze jedno. Niech wasi ludzie zachowują się cicho. Jeżeli zaskoczymy buntowników we śnie, nasze zadanie będzie o wiele prostsze. – Jego głos złagodniał. – Panowie, gra idzie o honor naszego narodu. Powiedzcie swoim ludziom, że oczekuję, iż każdy wypełni swój obowiązek, wysili się, ofiaruje swojemu krajowi dzień chwały i radości. Powiedzcie im, że naczelny wódz wie, jak wynagrodzić dzielnych żołnierzy.

Generałowie zasalutowali i wyszli z ciepłego wnętrza domu Yturrich na mroźne ulice Béxar.

29

Cisza otuliła Alamo. Teksańczycy zdziwili się, kiedy wraz z zapadnięciem zmroku nie rozpoczęła się tradycyjna kanonada, ale byli zbyt zmęczeni, żeby nabrać podejrzeń. Od dwóch tygodni mało komu w forcie udawało się przespać noc, tym silniejsza była więc pokusa, żeby teraz przymknąć oczy. Część obrońców wykazała się przytomnością umysłu: mieli pod ręką naładowaną broń. Większość jednak po prostu zaległa pokotem pod murami. Niektórzy spali na stojąco.

Albert Grimes, osiemnastolatek z Georgii, właśnie zasypiał, kiedy kapitan Martin bezceremonialnie potrząsnął go za ramię. Grimes natychmiast się obudził. I był wściekły.

– Co jest, do... Przepraszam, kapitanie.

Martin skinął głową.

– Zmiana warty, synu. Twoja kolej.

Grimes zerknął na północ, w stronę niewielkiego okopu dwadzieścia metrów od murów Alamo. Jęknął cicho.

– W taką noc? Słowo daję, kapitanie, nie dam rady. Zasnę jak nic!

– Nawet nie próbuj, Grimes. Bo jeśli we śnie nie zarżną cię Meksykanie, ja to zrobię.

Chłopak uśmiechnął się, ale kapitan nie żartował. Grimes westchnął, sprawdził broń, wziął proch i kule i ześliznął się po zewnętrznej stronie muru. Przygięty do ziemi przebiegł do okopu. Nic nie wskazywało na to, żeby Meksykanie go zauważyli. Umościł się wygodnie i spojrzał w kierunku północnych szańców. Żałował, że nie przyniósł sobie kubka kawy – w taki ziąb kawa na pewno pomogłaby mu nie zasnąć. Ale nie, musiał się zerwać i pobiec na wariata. Jak zwykle. Teraz zaś siedział w tej dziurze w ziemi, a ci szczęściarze w Alamo smacznie sobie spali.

Jesús też smacznie spał w meksykańskim obozie na drugim brzegu rzeki. Jego słoneczne sny o domu rodzinnym rozwiały się, gdy sierżant delikatnie potrząsnął go za ramię. Jesús rozejrzał się i zrozumiał, że wszyscy *soldados* szykują się do bitwy: zapinają pasy, ładują broń, odmawiają ostatnie pacierze. Wszystko odbywało się w całkowitej ciszy. Nie pierwszy raz Jesús żałował, że nie ma w armii księdza, któremu mógłby się wyspowiadać. Oficerowie powtarzali, że Alamo padnie szybko, a łatwe zwycięstwo przyniesie chwałę Meksykowi. Ale czy ludzie nie giną też w łatwych bitwach? Teksańczyków było mniej, lecz kryli się za murami. I mieli działa. Nie mógł się oprzeć wrażeniu, że sytuacja nie wygląda tak różowo, jak mu to wszyscy powtarzali.

Żołnierze zebrali sprzęt i uformowali szyk. Sierżanci i oficerowie przeszli wzdłuż szeregów, szeptem powtarzając rozkazy:

– Idźcie jak najciszej, niech żaden dźwięk was nie zdradzi. Załadujcie broń, zatknijcie bagnety na lufy. Tylko po cichu.

Potem padł rozkaz wymarszu, przekazany również szeptem albo na migi. Meksykanie pochylili głowy i najciszej jak umieli zaczęli posuwać się w stronę Alamo. Jesús zrównał krok z setkami swoich kompanów, dowodzonych przez generała Cósa i zakradających się do fortu od północy. Zatrzymali się w zagajniku mniej więcej dwieście metrów od murów misji. Ręce mu grabiały, tracił czucie w stopach i dygotał jak większość jego towarzyszy. Miał nadzieję, że nikt nie widzi, że trzęsie się nie tylko z zimna.

Wszyscy ochotnicy z Tennessee przy palisadzie spali, tylko jeden Crockett czuwał. Oparł naładowane karabiny o mur, siedział ze skrzypcami na kolanach i wpatrywał się w mrok. Korciło go, żeby coś zagrać, ale zdawał sobie sprawę, że tylko niepotrzebnie pobudziłby ludzi. Chociaż, z drugiej strony, w takiej chwili muzyka była bezcennym skarbem. Pozwalała zapomnieć o strachu. Szarpnął strunę – i zamarł. Czy to jakiś hałas na zewnątrz murów? Wstał i wyjrzał ponad palisadą. Nic nie zobaczył.

Czterystu ludzi pod dowództwem pułkownika Duquego oddzieliło się od głównych sił i skierowało ku środkowi północnej ściany. Wielu z nich niosło przygotowane poprzedniego dnia drabiny.

Trzystu strzelców pułkownika Romero też wzięło drabiny. Szli w stronę niskiej zagrody dla zwierząt po wschodniej stronie Alamo.

Od południa stu strzelców dowodzonych przez Moralesa przemykało ku palisadzie. Tylko dwóch niosło drabiny. Wiedzieli, że to zdradzieckie miejsce; jeżeli komuś uda się przedostać na drugą stronę, to raczej nie po drabinie.

W Béxar kawaleria dosiadła koni i cichaczem ruszyła na wyznaczoną pozycję na wschodniej flance, za plecami Romero i jego ludzi. Jeźdźcy nie zamierzali brać udziału w szturmie: mieli czekać z lancami w pogotowiu na każdego nierozważnego *gringo*, który próbowałby ucieczki.

Jesús usłyszał, że od północy nadciąga coraz więcej ludzi. Odwrócił się i ze zdumieniem rozpoznał orkiestrę. Muzycy powyjmowali instrumenty z pokrowców i stali karnie, gotowi do gry. Jesús zaczął się zastanawiać, czy bitwa ma się potoczyć w rytm muzyki.

Meksykańska armia zajęła pozycje dookoła Alamo. Żołnierze pokładli się na ziemi i czekali na sygnał do szturmu.

Siedzący przy północnym murze William Ward i Dolphin Floyd nie mogli zasnąć. Kulili się w milczeniu, sam na sam z myślami, aż w którymś momencie Floyd parsknął śmiechem.

– Co się stało? – zainteresował się Ward.
– Jak myślisz, która godzina?
Ward zerknął w niebo.
– Trudno powiedzieć. Księżyc cały czas siedzi w chmurach.
– Ale północ już minęła?
– Gdybym miał zgadywać, powiedziałbym, że tak. Dawno minęła. Jest jakaś druga, może trzecia nad ranem.

– W takim razie proszę mi życzyć wszystkiego najlepszego w dniu urodzin.

– Poważnie? – uśmiechnął się Ward.

– Najzupełniej. Dziś jest szósty marca. Mam dwadzieścia jeden lat. Ward klepnął Floyda w ramię.

– Wszystkiego najlepszego, mały. Sto lat!

Travis też nie mógł zasnąć. Był najbardziej zmęczony ze wszystkich, a obrońcy pokładali w nim ogromne zaufanie, więc powinien się przespać, żeby zachować trzeźwość umysłu. Kiedy wrócił do swojej kwatery, Joe już spał. Travis wyciągnął się na łóżku i przykrył grubym wełnianym kocem. Przed oczami stanęli mu Charlie, Rebecca, Rosanna… Także ta dziewczyna z Béxar. Czy to możliwe, że od spotkania z nią minęły zaledwie dwa tygodnie? Była taka delikatna. Kupił jej ciało, ale dała mu znacznie więcej: pociechę, ciepło, dobroć.

Zostawił zapaloną świecę, ale postanowił tym razem nie czytać przed snem, chociaż nie rozstawał się z ulubionym tomikiem poezji.

– „Tygrysie, błysku w gąszczach mroku – wyszeptał. – Jakiemuż nieziemskiemu oku… przyśniło się, że noc rozświetli… skupiona groza twej symetrii?"*

Od dziecka uwielbiał ten wiersz. Tak jak emocjonujące powieści rycerskie Waltera Scotta. No i Szekspira, rzecz jasna. Tyle przeczytał, tyle się nauczył, tyle cudownych i ważnych idei sobie przyswoił. Ciekawe, pomyślał, czy to właśnie te idee mnie tu przywiodły.

Grimes wpatrywał się w ciemność, chociaż oczy cały czas mu się kleiły. Myślał o tym, żeby się uszczypnąć, spoliczkować – zrobiłby wszystko, byle tylko nie zasnąć. Wolał nie dawać kapitanowi powodów do gniewu. Wkrótce jednak nawet największy wysiłek woli okazał się niewystarczający: Grimes oparł głowę na piersi i osunął się niemal do pozycji siedzącej, zostawiając karabin oparty o skraj okopu. Odpływając w sen, miał nadzieję, że nie będzie się musiał budzić przez bardzo, bardzo długi czas.

Obudził się jednak dość szybko i otworzył szeroko oczy, kiedy czyjaś dłoń brutalnie zatkała mu usta, dwie inne ręce przytrzymały go za ramiona, a bagnet przebił mu pierś. Zanim zdążył zareagować, poczuł drugie pchnięcie, pod żebra. Wcześniej oczy same mu się zamykały, ale po tych dwóch ciosach pozostały na zawsze otwarte.

---

* Tłum. S. Barańczak.

Meksykańscy żołnierze podkradali się pod Alamo ze wszystkich stron. Jesús był przerażony. Jego towarzysze trzęśli się ze strachu – ale i z emocji. Widział, jak José Torres strzela oczami na boki, jakby coś miało w nim eksplodować.

I rzeczywiście.

– *Viva Santa Anna!* – ryknął Torres.

– *Viva la Republica!* – odpowiedzieli mu z przeciwnej strony fortu ludzie Duquego.

Nikt nie wydał rozkazu do szturmu, ale wszyscy Meksykanie rzucili się ku murom Alamo, krzycząc jak opętani. Jesús wolałby pobiec w przeciwnym kierunku, ale porwała go fala ludzi. Prawie płakał z przerażenia, widząc coraz bliższe mury Alamo.

John Baugh, oficer dyżurny, stał na parapecie zachodniego muru i pierwszy zorientował się w sytuacji. Odwrócił się i krzyknął:

– Atakują! Meksykanie ruszyli!

Travis, którego sen jeszcze nie zmorzył, natychmiast zerwał się na równe nogi. Potrząsnął Joego za ramię, porwał szablę i karabin i popędził do północnego muru.

– Wstawać! – krzyczał na całe gardło. – Meksykanie atakują!

Śpiący w kościele Bonham, Dickinson, Esparza i reszta artylerzystów rzucili się do dział. Ponieważ załadowali je już dawno, teraz w parę chwil przygotowali je do odpalenia i oddali salwę wprost w szeregi nacierających od wschodu przeciwników.

Crockett odrzucił skrzypce i chwycił najbliższy muszkiet. Jego ludzie stanęli za palisadą. Autry strzelił pierwszy, ale w panujących ciemnościach trudno było powiedzieć, czy trafił. Pocieszał się, że celując w taką masę ludzi, nie mógł spudłować.

Uzbrojeni Teksańczycy wyskoczyli z koszar i rozbiegli się na stanowiska. Ci, którzy spali pod murami, otworzyli ogień. Nie mieli czasu na przeładowanie broni, więc po prostu odrzucali jeden karabin i sięgali po następny. Dopiero kiedy zapas naładowanych muszkietów się kończył, klękali na chwilę i ubijali w lufach nowe porcje prochu i kul.

Jesús nie oddał jeszcze ani jednego strzału. Ściskał kurczowo karabin i biegł w stronę murów – bliżej, coraz bliżej. Pociski muszkietów i dział wyrzynały szerokie bruzdy w gęstych szeregach milicji. Zewsząd dobiegały okrzyki bólu. Jesús na razie nie został trafiony, ale krew rannych zbryzgała go od stóp do głów. Dookoła ludzie padali pokotem. Próbował sobie przypomnieć, jak się odmawia różaniec – albo jakąkolwiek inną modlitwę, ale w głowie miał kompletną pustkę. Nie czuł zupełnie nic poza panicznym lękiem przed śmiercią.

Z północnego muru padła kolejna salwa. Wielu atakujących poległo, pozostali zaś zawrócili i zaczęli uciekać w stronę lasu. Jesús znów dał się im porwać. Tłum miotał nim na wszystkie strony, szarpał jak kozą na sznurku, dopóki wycofujący się żołnierze nie wpadli wprost na oficerów, którzy – grożąc szablami, pistoletami i lancami – kazali im nie przerywać szturmu.

– Do ataku! – krzyczał sierżant. – Do ataku!

Dwie armaty na rampie za kościołem siały zniszczenie w oddziale Romera; pierwszy szereg padł jak ścięty. Dickinson i Bonham dobrze wyszkolili swoich ludzi. Przeładowanie działa zajmowało im dosłownie kilka sekund. Zdezorientowani Meksykanie rozpierzchli się i rzucili w stronę stojącej na północ od nich zagrody dla zwierząt. Ale i tam ogień z działa nie pozwolił im podejść do murów. Teksańczycy słali salwę za salwą, spychając ich na północ.

Ludzie Crocketta ostrzeliwali się z palisady, dziesiątkując żołnierzy Moralesa. Mieli tylko jedno działo, osadzone na umocnionym stanowisku pośrodku palisady, ale kiedy z niego strzelili, Meksykanie zawahali się i rzucili szukać schronienia w szańcu przed główną bramą fortu.

Bowie obudził się na dźwięk wystrzałów z dział; wcześniejsza palba karabinowa nie zmąciła mu snu. Okno w jego pokoju miało kształt krzyża. Widział przez nie uciekających podwładnych Moralesa. Rozejrzał się w poszukiwaniu Juany, ale przypomniał sobie, że kazał jej zostać na noc w baptysterium, z kobietami. Samo oddychanie sprawiało mu ból, ale pomalutku dźwignął się na łóżku do pozycji siedzącej i obejrzał pistolety: były naładowane.

Jesús pędził co sił w stronę północnej ściany fortu; nie zdawał sobie nawet sprawy z tego, że drze się jak opętany. Kiedy następne działo wypaliło, ziemia zadrżała mu pod stopami. Kartacze poszatkowały kilkunastu ludzi biegnących po jego lewej ręce, zanim dopadł do podnóża muru. Łącznie dobiegło ich może z dziesięciu. Teksańczycy – w tym Travis – nie przerywali ognia, ale nie mogli strzelać pionowo w dół, tam gdzie w tej chwili znajdował się Jesús. Musieliby wdrapać się na szczyt muru i tym samym wystawić na strzał. Kilka sekund później pod północnym murem zaroiło się od *soldados*, zdumionych, że chwilowo znaleźli względnie bezpieczne schronienie.

Szarża pułkownika Duquego straciła impet. Znalazłszy się pięćdziesiąt metrów od murów, oddział zwolnił kroku.

– Stać! – krzyknął Duque. – Cel... pal!

Ciemność i dym ograniczały widoczność, ale pierwszy nierówny szereg posłusznie strzelił salwą przed siebie. Żaden pocisk nie dosięgnął

Teksańczyków, za to wokół Jesúsa trup padał gęsto. Sam Jesús rzucił się na ziemię. Kule świstały mu nad głową.

Crockett i dowodzeni przez niego ochotnicy zasypywali kolumnę Moralesa gradem pocisków. Meksykanie w popłochu wycofywali się na zachód; wpadali na siebie nawzajem i zderzali się z oficerami, którzy, klnąc na czym świat stoi, próbowali zaprowadzić porządek w szeregach.

Działo po zachodniej stronie fortu strzeliło przez otwór w murze, ale napastnicy zdążyli uskoczyć na boki. Wiedząc, że Teksańczycy potrzebują paru chwil na ponowne załadowanie armaty, Meksykanie dopadli do otworu i strzelili na oślep z muszkietów. Dwaj artylerzyści zginęli, a jeden z nacierających zaczął poszerzać dziurę siekierą.

W miarę jak pod zachodnim i północnym murem gromadziło się coraz więcej żołnierzy przeciwnika, Teksańczycy musieli coraz częściej wychylać się zza umocnień i ostrzeliwać ich z góry. Rozpoczęła się zabawa w strzelanego. Kiedy tylko któryś z obrońców pojawiał się w polu widzenia, dostawał trzy, cztery kule od Meksykanów. A kiedy ginął, nie miał go kto zastąpić, toteż na murach powstawały coraz większe luki.

Na północy napastnicy próbowali stawiać drabiny, ale Teksańczycy natychmiast je spychali. W końcu zniecierpliwiony generał Juan Amador sam – w dodatku bez drabiny – zaczął wdrapywać się na mur, na którym, zgodnie z obawami Jamesona, znajdowało się pod dostatkiem wygodnych chwytów i stopni. Dziesiątki żołnierzy poszły za jego przykładem.

Travis strzelił wprost w nacierającą masę ludzką: trafił jednego Meksykanina w twarz, ten padając, podciął trzech innych.

– Niżej działa! – krzyknął Travis. – Niżej! Odepchnąć ich spod muru!

Joe odebrał od niego jeden muszkiet, podał mu drugi i zaczął ładować ten, z którego Travis przed chwilą strzelił. Pułkownik przechylił się przez krawędź muru i strzelił prosto w żołnierza, który stał obok Jesúsa. Lewa strona czaszki Meksykanina eksplodowała gęstą czerwoną mazią. Przerażony Jesús wystrzelił na oślep do góry. Nie celował, w ogóle nie patrzył w tamtą stronę.

Kula z jego muszkietu trafiła Travisa w czoło i odrzuciła go w tył. Ciało stoczyło się po rampie i zatrzymało u stóp Joego. Murzyn spojrzał na swojego martwego pana, który nadal miał otwarte oczy, jakby czemuś się dziwił. W innych okolicznościach Joe pewnie czułby smutek, może ulgę, ale szok zdławił wszystkie uczucia. Meksykanie dotarli do szczytu muru jak wezbrana fala, rąbiąc na odlew i dźgając bagnetami, a Joe bez pośpiechu położył karabin przy zwłokach Travisa i jak w transie wrócił do jego kwatery.

189

Szedł przez dziedziniec, a zewsząd dobiegały odgłosy wybuchów, krzyki strachu i bólu. Powietrze było przesycone ostrą wonią prochu. Teksańczycy porzucali wyznaczone pozycje na murach i w panice szukali kryjówek albo lepszych stanowisk obronnych. Do Joego nic z tego nie docierało. Wydawało mu się, że śni, a jego sny są pełne dziwacznych kształtów, niezwykłych dźwięków, niewytłumaczalnych obrazów. Meksykanie dwójkami i trójkami przelewali się przez mur i biegli do budynków, w których schronili się obrońcy.

Ale tak jak Joe nie był pewien, że naprawdę ich widzi, tak i oni zdawali się nie zauważać jego obecności. Wszedł do przytulnego pokoju, w którym przed kilkoma minutami naprawdę spał, i rozejrzał się dookoła. Nie bardzo wiedząc, co mógłby zrobić, usiadł pod ścianą. Obok leżała należąca do Travisa skórzana sakwa konna, opatrzona ozdobnym monogramem WBT. Joe przytulił ją do piersi i zaczął powtarzać:

– Jestem *negro, yo soy negro*...

Północny mur został prawie doszczętnie ogołocony z obrońców. Dolphin Floyd padł jak długi na lufę działa. Kula z muszkietu trafiła go w skroń. Młody Galba Fuqua dostał prosto w twarz; pocisk zdruzgotał mu żuchwę. Galba zatoczył się w tył, ale nie upadł. Obłąkany z bólu złapał się oburącz za szczękę i zbiegł po rampie, kierując się w stronę kościoła.

Kilku Teksańczyków kolbami odpychało od murów drabiny lub strzelało do wdrapujących się po nich Meksykanów, ale miejsce przewróconej drabiny zajmowała następna, tak jak na miejscu zastrzelonego *soldado* pojawiał się kolejny.

William Ward spojrzał na przedpole, po którym szarżowały właśnie meksykańskie odwody. Miał już bardzo niewielu ludzi.

– Odwrót! – zawołał. – Zagwoździć działo!

Odwrócił się – i kula trafiła go w tył głowy. Jeszcze przez chwilę stał, chwiejąc się jak targany wiatrem strach na wróble, a potem zwiotczał i upadł na ziemię.

Od północnego zachodu meksykańska artyleria ostrzeliwała fort rakietami Congreve'a. Rakiety eksplodowały i słomiane dachy budynków przy zachodnim murze zajęły się ogniem. Flary na spadochronach zalewały pole bitwy białym i czerwonym blaskiem. W innych okolicznościach taki pokaz fajerwerków wyglądałby pięknie i cieszył serca widzów, lecz tego ranka tylko podkreślał makabryczne sceny rozgrywające się w Alamo.

Załoga dział na tyłach kościoła prowadziła systematyczny ostrzał armii nieprzyjaciela, ale chwilowo nie bardzo miała do kogo strzelać. Meksykanie, którzy rzucili się na Alamo od wschodu, uciekli i przypuścili szturm w trudniejszych do obrony punktach muru, na północ i zachód od kościoła. Patrząc ponad dziedzińce, Dickinson dostrzegł napastników przedzierających się przez mur od północy. Odwrócił się do Bonhama.

– Zaraz wrócę.

Zbiegł do baptysterium, gdzie ukryła się Susanna z ich córką i resztą kobiet.

– Susanna! – zawołał.

Jego żona wstała i spojrzała na niego wystraszona. Angelina płakała rozdzierająco, wtórowały jej rozpaczliwe jęki i lament towarzyszek niedoli. Susanna przytuliła się do męża. Almeron chciał coś powiedzieć, wymyślić pożegnanie, które wyrażałoby jego miłość do nich obu i żal, że z jego winy znalazły się w tak beznadziejnym położeniu. Ale nie znalazł właściwych słów. Zapach jej włosów przywiódł wspomnienia szczęśliwych chwil, obrazy, które chciał na najbliższe parę chwil zachować przed oczami. Może dzięki nim zdoła przejść bezboleśnie z mrocznej rzeczywistości do ciepłego, przyjaznego świata wiecznych snów.

Odsunął się od żony. Spojrzeli sobie w przepełnione rozpaczą oczy, a potem pocałował ją w czoło, odwrócił się i wbiegł z powrotem na rampę.

Green Jameson ładował kulę do osiemnastofuntowego działa, kiedy z północy runęła na niego fala umundurowanych na niebiesko Meksykanów.

– Przeszli przez mur! – zawołał. – Odwrócić działo!

Załoga rzuciła się wykonać rozkaz.

Przy palisadzie Crockett usłyszał okrzyk Jamesona. Odwrócił się. Ludzie z Tennessee zdołali obronić wątły drewniany płot, ale przeciwnik zrezygnował z natarcia w tym punkcie i bez przeszkód wdzierał się do fortu z przeciwnej strony. Crockett z przerażeniem patrzył, jak horda Meksykanów przelewa się przez mur i falami spływa po rampach.

– Z tyłu! – krzyknął do Autry'ego.

– Dajmy im popalić – zaproponował Autry i wszyscy zaczęli na oślep strzelać w tłum, ledwie nadążając z przeładowywaniem.

Przez otwór strzelniczy w ścianie koszar ktoś wystawił lufę karabinu z przywiązaną na końcu białą szmatą. Pomachał nią na znak kapitulacji. Meksykanie zbliżyli się ostrożnie, ale kiedy otworzyli drzwi, przywitała ich salwa z broni palnej. Ci, którzy ocaleli, rozwścieczeni podstępem Teksańczyków wpadli do środka i urządzili im prawdziwą rzeź, dźgając bagnetami na prawo i lewo.

Żołnierze kompanii New Orlean Greys wycofali się do wykopanych w koszarach okopów. Po drodze zatrzasnęli za sobą drzwi i czekali na chwilę, gdy przyjdzie im bronić tego ostatniego bastionu. Nie czekali długo: Meksykanie w mgnieniu oka wpadli do środka. Rozbiegli się po zadymionych izbach. Strzelali, dźgali bagnetami i wyli ze złości, gdy Teksańczycy bronili się nożami, kolbami karabinów, pięściami, zębami. W koszarach panował mrok, co czyniło potyczkę jeszcze bardziej makabryczną. Nikt z walczących nie miał pewności, czy nie zarzyna właśnie swojego towarzysza zamiast wroga.

Jameson zdążył odwrócić osiemnastofuntówkę i strzelić prosto w kłębiący się na dziedzińcu tłum Meksykanów. Okaleczone ciała i oderwane kończyny poleciały na wszystkie strony. Pocisk zostawił po sobie krwawą bruzdę.

– Ładuj! – rozkazał Jameson.

Zanim jego ludzie zdążyli wykonać rozkaz, kula z muszkietu trafiła go w pierś. Jameson upadł twarzą naprzód. Oddana z tyłu, z południowo-zachodniego narożnika kompleksu salwa skosiła resztę artylerzystów. Na rozkaz sierżanta Meksykanie zepchnęli ich ciała ze stanowisk i zaczęli tak odwracać armatę, by celowała w kościół.

W izbie chorych na piętrze koszar leżało dwudziestu rannych. Ci, którzy byli w stanie utrzymać broń w rękach, szykowali się na nieunikniony atak; inni, bezradni i przerażeni, po prostu leżeli na posłaniach bez ruchu. Najciężej ranni byli na szczęście nieprzytomni lub majaczyli w gorączce. Amos Pollard, główny lekarz garnizonu, stanął w drzwiach. Nie miał broni. Kiedy Meksykanie wpadli na schody, zawołał:

– Tu są ranni! Nie ma tu żadnych żołnierzy!

Nie zdążył powiedzieć nic więcej, bo zginął przeszyty dwoma bagnetami naraz. *Soldados* rozbiegli się po sali i szybko dobili rannych.

W tej chwili na terenie misji znajdowało się już więcej Meksykanów niż poza jej murami. Żołnierze przelewali się przez mury jak fale przez pokład tonącego statku – od północy, od zachodu, a teraz także przez szaniec przed bramą.

Ale nie przez palisadę, skąd Crockett i jego towarzysze prowadzili systematyczny ostrzał dziedzińca. Cały czas próbowali też przesunąć się wzdłuż muru w stronę ufortyfikowanego wejścia kościoła.

Tom Waters postawił psa na ziemi.

– No, Jake, zmykaj stąd.

Pies jednak ani myślał odejść. Właśnie lizał swojego pana po ręce, kiedy tego dosięgło kilka kul jednocześnie. Upadł na plecy w płytki rów wykopany przed palisadą. Pies, nie wiedząc, co zrobić, przypadł do ziemi obok niego i wodził wzrokiem za przebiegającymi obok Meksykanami.

Kilku obrońców nie wytrzymało widoku ludzkiej fali, przesadziło palisadę i rzuciło się do ucieczki.

– Spróbujmy przebić się do Alamedy! – zawołał jeden.

Pozostali skierowali się na południe, ku drodze wychodzącej z miasta.

Rozproszyli się, a na tę właśnie chwilę czekali meksykańscy kawalerzyści. Dogonili Teksańczyków i jednego po drugim przeszyli lancami. Bardziej przypominało to polowanie dla sportu niż prawdziwą walkę. Tylko jeden z Teksańczyków, uzbrojony w dwururkę i pistolet, zatrzymał się nagle na przedpolu fortu. Strzelił i jeden z lansjerów spadł z konia. Kula urwała mu głowę.

– Eugenio! – wykrzyknął inny z Meksykanów i zaszarżował na strzelca.

Teksańczyk wymierzył do niego z pistoletu, ale strzał nie padł, a chwilę później lanca przeszyła go na wylot. Tocząc krwawą pianę z ust, osunął się na kolana. Sterczące z piersi drzewce nie pozwoliło mu upaść, skonał na klęczkach, jakby pogrążony w modlitwie.

Jeden z uciekinierów został doścignięty przez dwóch jeźdźców, którzy zwyczajnie go stratowali; kopyta koni strzaskały mu kręgosłup i zmiażdżyły czaszkę. Jeszcze inny zginął, kiedy jeden z konnych cisnął swoją lancą jak oszczepem i trafił go w plecy.

Dwóch Teksańczyków usiłowało dopaść pobliskiego zagajnika i schronić się w nim przed trójką lansjerów, którzy, pokrzykując z podniecenia, pędzili ich jak zbłąkane krowy. Kopyta koni mlaskały głośno na podmokłym gruncie. Jeden z obrońców próbował uskoczyć w krzaki, ale dwie lance natychmiast przyszpiliły go do ziemi. Krzyczał długo, przeszywany kolejnymi ciosami.

Tymczasem drugi Teksańczyk gdzieś przepadł. Jeźdźcy przepatrywali zagajnik, szukali w chaszczach i zaroślach – wiedzieli, że nie mógł uciec daleko. Nagle zza krzaka padł strzał. Rozwścieczeni Meksykanie zapomnieli o ostrożności i podjechali bliżej. Jednak Teksańczyk mógł strzelić tylko raz – miał jeden pistolet, a w nim ostatnią kulę. Skulił się na ziemi i osłonił głowę rękami.

– Nie zabijajcie mnie – jęknął. – Nie zabijajcie…

Lansjerzy nie znali angielskiego – a nawet gdyby znali, nie byliby skłonni spełnić życzenia *gringo*. Najpierw stratowały go ich konie, a potem przebiły lance.

Susanna Dickinson przytuliła Angelinę i schowała się w najciemniejszym kącie baptysterium razem z Juaną i Esparzami. Wiedziała, że wystarczy wyjść za próg i wyjrzeć na rampę, żeby zobaczyć Almerona, ale nie mogła się na to zdobyć. Gdyby jeszcze żył, na pewno by do niego pobiegła. A jeśli nie... chyba nie zniosłaby tego widoku. Dlatego siedziała bez ruchu, tuliła córeczkę do piersi i płakała.

Nagle do izby wpadł Galba Fuqua. Podbiegł do Susanny, która, widząc go, zerwała się na równe nogi.

– Galba!

Chłopak obiema rękami przytrzymywał okaleczoną szczękę. Krew tryskała mu z ust i z ran ziejących na policzkach, kiedy desperacko próbował wytłumaczyć coś Susannie.

Podeszła do niego, chcąc obandażować mu twarz, ale Galba tylko pokręcił głową ze złością. Nadal nie mógł wymówić ani słowa, z jego ust wydobywały się tylko chrząknięcia i jęki.

– Co mam zrobić, Galba?

Łzy napłynęły mu do oczu. Spojrzał na nią zrozpaczony, pokręcił głową i wrócił na pole bitwy.

Crockett, Autry i reszta ochotników z Tennessee dotarli wreszcie do drzwi kościoła i schowali się za barykadą ze skrzyń, stołów, beczek i desek. Galba nawet do nich nie dobiegł. Ledwie wypadł z kościoła, dostał kilka kul i osunął się po ścianie pod figurą świętego Franciszka.

Kiedy ludzie Crocketta zażarcie bronili wejścia, kilku Meksykanów weszło na dach koszar i stamtąd zaczęli ostrzeliwać pozbawiony dachu kościół. Trafiony pociskiem Bonham zatoczył się w tył. Sekundę później poszatkował go grad kul. Dickinson obejrzał się przez ramię, ale strzelcy na dachu koszar naszpikowali go ołowiem, zanim ich zauważył. Bonham stoczył się po rampie i zatrzymał przed wejściem do baptysterium. Susanna rzuciła się ku niemu z krzykiem. Ana Esparza próbowała jeszcze złapać ją za rękę i pociągnąć do środka. Gregorio – sam już dwukrotnie trafiony – zobaczył, że jego żona wystawia się na strzał, i zawołał:

– Ana!

Kobiety spojrzały w górę rampy. Almeron Dickinson leżał martwy na jednym z dział, krew tryskała z ran na jego piersi, plecach i nogach. Gregorio próbował podczołgać się do Any, ale zginął pod ogniem z dachu kościoła. Ana i Susanna krzyknęły ze zgrozą; Susanna padła na ziemię. Ana złapała ją za rękę i zawlokła z powrotem do baptysterium, gdzie została Juana z Angeliną i kobietami. Dopiero tam padły sobie w ramiona i rozszlochały się na dobre.

Rozległ się donośny trzask, kiedy pocisk z osiemnastofuntówki roztrzaskał improwizowaną barykadę przy wejściu do kościoła. Posiekany odłamkami Autry upadł na plecy, pozostali, kryjąc się za resztkami barykady, próbowali odpowiedzieć ogniem. Zdawali sobie sprawę, że następny taki strzał będzie oznaczał ich zgubę.

Crockett – sam ranny w rękę – uklęknął przy Autrym i uniósł mu głowę.

– Micajah…

– Zabili mnie – wycharczał Autry.

Łzy napłynęły Crockettowi do oczu.

– Przepraszam cię za to wszystko…

Autry spojrzał mu w oczy, zdziwiony tym wyznaniem. Wyraz jego twarzy nie zmienił się ani na jotę, kiedy chwilę później skonał.

Kolejny pocisk z ogłuszającym łoskotem trafił w barykadę. Trzech ludzi zostało rozszarpanych na strzępy, reszta, wśród nich Crockett, poleciała na ziemię. Oszołomieni i ogłuszeni dopiero po chwili pozbierali się i wycofali do kościoła.

Przykuty do łóżka Bowie nasłuchiwał odgłosów bitwy. Zorientował się, że największe działo strzela już nie za mury, lecz do wewnątrz kompleksu. Słyszał coraz bliższe krzyki napastników. Wycelował oba pistolety w drzwi i czekał. Przeczekał jeszcze jeden atak kaszlu i przez łzy patrzył, jak drzwi otwierają się z impetem i w progu stają Meksykanie. Na muszkietach połyskiwały bagnety. Kilku od razu wpadło do izby, ale pierwszych dwóch skosiła salwa Bowiego. Za to następni wlali się do środka tak szybko, że nie zdążył przeładować. Legendarny nóż tkwił wbity w blat nocnego stolika, ale Bowie, na ułamek sekundy przed tym, jak bagnety przeszyły jego pierś, wyciągnął rękę nie po broń, lecz po portrecik Ursuli. Zginął, zanim go dosięgnął. Szeroko otwartymi oczami wpatrywał się w twarze żołnierzy, którzy dźgali go bagnetami, dopóki jeden z nich nie strzelił mu z muszkietu w skroń.

Ludzie Crocketta skupili się w kościele przy rampie. Mieli strzelby, noże, kamienie i zamierzali bronić się do końca. Zostały im już tylko resztki amunicji. Wpatrywali się w spowite dymem drzwi i czekali na to, co nieuniknione.

Crockett odwrócił się w stronę zakrystii. W grupie zapłakanych matek i dzieci rozpoznał małego Enrique Esparzę. Chłopiec tak bardzo nie pasował do tego miejsca, że Crockett przez chwilę poczuł zamęt w głowie i zdziwił się, co robi w kościele. Przyjeżdżając do Teksasu, miał różne plany i żywił różne nadzieje, które na pewno nie przewidywały okrutnej śmierci w ruinach jakiegoś kościoła. Skinął chłopcu głową, kiedy nagle z chmury dymu wypadło pięćdziesięciu wrzeszczących Meksykanów, którzy strzelali na oślep i dźgali powietrze bagnetami. Crockett złapał karabin za lufę i zamachnął się nim jak maczugą. Uderzył z całej siły. Kolba zadudniła na czaszce jakiegoś *soldado*, a chwilę później obrońcy zniknęli w morzu bagnetów. Rozpętało się piekło. Bolesne piekło.

A potem wszystko się skończyło.

30

Sam Houston znajdował się wiele kilometrów od tego miejsca. Uklęknął i przyłożył ucho do ziemi. Travis obiecał mu, że dopóki fort nie padnie, będzie regularnie strzelał z działa, ale Houston nic nie słyszał. Nic – ani strzałów z Alamo, ani regularnej kanonady armat Santa Anny. Wstał z ciężkim westchnieniem. Tragizm sytuacji ciążył mu jak głaz.

Stojący nieopodal Głuchy Smith zauważył troskę malującą się na twarzy Houstona.

– Co się stało, Sam? – spytał.

Houston pokręcił głową i spojrzał prosto w słońce, które płonęło oślepiająco na lazurowym niebie.

Stado sępów kreśliło na niebie leniwe ósemki. Ich obecność wszystko tłumaczyła. Było ich tyle, że częściowo przesłaniały słońce, więc w końcu, nie mogąc znieść ich widoku, Crockett spuścił wzrok i rozejrzał się po terenie misji.

David Crockett klęczał. Ręce miał związane za plecami. Dookoła walały się zwłoki jego przyjaciół, niektóre też ze związanymi rękoma. Pojmano ich żywcem, zmuszono do uklęknięcia, a następnie zabito strzałem w głowę. Jeden z meksykańskich generałów próbował się za nimi wstawić, a przynajmniej tak się Crockettowi wydawało, ale człowiek, który dowodził teraz w forcie – czyżby Santa Anna we własnej osobie? – nie chciał o tym słyszeć. Wystrojony z jarmarcznym przepychem dowódca beztrosko przyglądał się śmierci jeńców. Z podobnym zaangażowaniem mógłby obserwować baraszkujące w stawie kaczątka.

Oprócz martwych przyjaciół Crocketta otaczała prawie cała meksykańska armia. Ci, których Santa Anna miał na widoku, stali na baczność w karnym szyku. Dalej byli kawalerzyści, saperzy w grubych skórzanych fartuchach i z zakrwawionymi siekierami w rękach i zwykli piechurzy. Pluton egzekucyjny stał na prawo od Crocketta. Należący do niego sierżant artylerii wyraźnie bał się wymierzyć bagnet w pierś legendarnego Croquego. Wszyscy czekali na rozkazy – i na to, co się dalej wydarzy.

Za ich plecami setki żołnierzy siedziały pod murami fortu i śledziły przebieg widowiska. Jesús stał w tłumie nieopodal koszar.

Crockett nie wiedział, dlaczego zamordowano jego przyjaciół ani dlaczego jego oszczędzono, ale zaczynał się tego domyślać.

– Crockett! – Santa Anna uśmiechnął się z satysfakcją. – Davy Crockett! Crockett patrzył na niego z kamienną twarzą.

– Jeżeli chcesz błagać o litość, to teraz jest dobry moment – zasugerował Santa Anna po hiszpańsku i odwrócił się do Almonte. – Przetłumacz.

Almonte wystąpił naprzód i powiedział po angielsku:

– Proś o litość Jego Ekscelencję Antonia Lópeza de Santa Annę!

Crockett powiódł wzrokiem po otaczających go ludziach. Przeszył go dreszcz przerażenia. Miał ochotę zamknąć oczy i zapomnieć o tym wszystkim. Zanim jednak zaczął dygotać ze strachu, spuścił wzrok i przypomniał sobie rzecz doprawdy niezwykłą w tej sytuacji: *Lwa Zachodu*. Omal nie parsknął śmiechem. Nimrod Wildfire. Idiota. To właśnie on był odpowiedzialny za stworzenie legendy Crocketta. Tej przeklętej legendy. Wydawałoby się, że nie ma w niej nic złego, że pomoże mu zbić fortunę, zagarnąć władzę i stać się przedmiotem ogólnej zazdrości, tymczasem właśnie doprowadziła do jego śmierci. Zawsze starał się przekonać ludzi, że jest Davidem Crockettem, kongresmanem, człowiekiem sławnym i zamożnym. Oni jednak woleli słuchać o Davym Croketcie, traperze, łowcy niedźwiedzi, pogromcy Indian, narodowym błaźnie.

Cóż, pomyślał, czas się zdecydować, kim naprawdę jesteś: Davidem czy Davym?

Podniósł wzrok i spojrzał na Santa Annę. Uśmiechnął się.

– Ty jesteś ten Santanna? – wychrypiał.

Santa Anna pokiwał głową.

– Myślałem, że jesteś wyższy – rzekł Crockett swobodnym, konwersacyjnym tonem.

Almonte się zmieszał. Ten *gringo* nie okazywał należytej pokory.

– Powiedz mu, że jestem gotowy omówić warunki kapitulacji – polecił mu po angielsku Crockett.

Almonte poczuł ogromną ulgę. Spojrzał na Santa Annę i posłusznie przetłumaczył:

– On chce rozmawiać o warunkach kapitulacji.

Santa Anna uśmiechnął się uprzejmie. Śmieszyła go ta zabawa w kotka i myszkę. Dobrze, wysłucha propozycji tego buntownika, a potem każe go zabić. Bo dziś to on, Santa Anna, odniósł bezdyskusyjne zwycięstwo.

– Jeżeli generał każe swoim ludziom złożyć broń, zaprowadzę was do generała Houstona i spróbuję go przekonać, żeby darował wam życie. Przynajmniej większości z was.

Meksykanina zamurowało. Czy ten człowiek zwariował?

– Z drugiej strony… – Crockett uśmiechnął się i pokręcił głową. – Sam bywa drażliwy, więc niczego nie mogę wam obiecać.

Almonte wybałuszył oczy. Jakim trzeba być człowiekiem, zastanawiał się, żeby w ten sposób wydawać na siebie wyrok śmierci? Czyżby legendy, które o nim opowiadano, były prawdziwe? Czy właśnie w tej chwili próbował zyskać na czasie, szykując jakąś nadludzką sztuczkę, która ocali go i unicestwi jego wrogów?

– Przetłumacz – dodał Crockett.

Almonte zawahał się, zerkając na uśmiechniętego szeroko Santa Annę.

– Przetłumacz! – warknął ze złością Crockett.

Almonte pokiwał głową.

– Chce, żebyśmy się poddali, Ekscelencjo – powiedział.

Santa Anna przestał się uśmiechać. Wściekłym gestem skinął na pluton egzekucyjny.

Castrillón stanął przed generałem.

– Ekscelencjo – powiedział błagalnym tonem – proszę darować mu życie.

Sierżant, który nie brał udziału w bitwie, doszedł do wniosku, że nadarza się doskonała okazja do przelania krwi wroga i – co ważniejsze – do zadowolenia prezydenta.

– Zabić go! – rozkazał.

Ale Crockett go nie słyszał. W uszach tętnił mu głos Jamesa Hacketta... A może jego własny? „Ja to jestem gość! Mam najostrzejszego konia wyścigowego, najładniejszą siostrę, najcelniejszą strzelbę i najbrzydszego psa w tym okręgu. Jestem pół koniem, pół aligatorem i mam w sobie coś z huraganu..."

– Zabić go!

Crockett wyszczerzył zęby w uśmiechu i spojrzał w oczy żołnierzy z plutonu egzekucyjnego.

– „Ja to jestem gość..."

Żołnierze doskoczyli do niego i sześć bagnetów przeszyło jego pierś.

31

J oe siedział na podłodze w kwaterze Travisa, ściskając skórzaną sakwę swojego pana. Meksykański oficer ostrożnie wszedł do środka i podniósł karabin do strzału, ale Joe wyciągnął błagalnie ręce. Modlił się, żeby słowa, które od tak dawna ćwiczył, nie uciekły mu nagle z pamięci.

– Ja... *nejgro*... ja... *no disparro*...

Twarz oficera złagodniała. Opuścił broń. Powiedział coś, ale ponieważ nie użył żadnego z czterech znanych Joemu słów, Murzyn mógł tylko przyglądać mu się wytrzeszczonymi oczyma. Meksykanin dał znak, żeby poszedł z nim. Kiedy Joe wstał, oficer wyjął mu z rąk sakwę i głową wskazał wyjście. Joe wyszedł na zalany słońcem dziedziniec misji.

Dziedziniec przypominał rzeźnię. Joe odruchowo przytknął dłoń do ust, żeby nie zwymiotować i nie zacząć krzyczeć. Trupy zaściełały ziemię niczym posągi zastygłe w makabrycznych pozach. Szedł przez pobojowisko, starając się nie patrzeć pod nogi, aż potknął się o but któregoś z Teksańczyków i runął twarzą w krwawe błoto. Natychmiast zerwał się z ziemi, walcząc z paraliżującym strachem.

Zaprowadzono go do oficera w pięknym mundurze w barwach czerwieni, granatu i złota. Wnioskując z tego stroju i ze sposobu bycia mężczyzny, Joe doszedł do wniosku, że ma przed sobą samego Santa Annę, dowódcę meksykańskiej armii. W Alamo nasłuchał się o nim takich historii, że uważał go za diabła wcielonego. Teraz nawet nie próbował sobie wyobrazić, jakie męki szykuje dla niego meksykański prezydent. Kiedy Santa Anna na niego spojrzał, Joe skulił się i powtarzał:

– Ja *nejgro*... ja *nejgro*. Proszę, nie zabijajcie mnie. To znaczy, *me no disparro*...

Santa Anna uśmiechnął się serdecznie i poklepał go po plecach.

– *Tranquilo, mi amigo* – odparł. – *Te hemos libertado.*

– Nie martw się – wyjaśnił Joemu stojący obok Almonte. – Wyzwoliliśmy cię.

Santa Anna powiedział coś do Almonte, który dalej tłumaczył jego słowa Joemu:

– Generał chce zobaczyć sławnych obrońców.

Santa Anna pokiwał głową.

– Travis – dodał – *y el fanfurrón Buy.*

– Travisa – wyjaśnił Almonte – i tego chwalipiętę Bowiego.

Joe pokiwał głową. Może rzeczywiście go nie zabiją...

– Dobrze, proszę pana, mogę wam wskazać pułkownika Travisa i pułkownika Bowiego.

Podszedł do północnego muru w towarzystwie Santa Anny, kilku jego oficerów i adiutantów. Wszedł po śliskiej od krwi rampie i znalazł Travisa, leżącego tam, gdzie zginął. Uklęknął przy nim. Travis miał wciąż otwarte oczy i dziwnie mały otwór po kuli pośrodku czoła. Sądząc po kałuży krwi, w której spoczywał, z tyłu jego czaszki ziała ogromna dziura. O dziwo, widząc swojego pana w takim stanie, Joe poczuł niezwykły smutek.

Ten człowiek kupił go na własność jak konia albo świnię. Gdyby był z niego niezadowolony, sprzedałby go jak przedmiot, który przestał być użyteczny. Jednak zawsze był dla Joego na swój sposób dobry, a spędzili razem ładnych parę lat.

– To jest pułkownik Travis – wyjaśnił Joe Santa Annie. – Był moim właścicielem.

Zszedł z rampy. Meksykanie posłusznie poszli za nim obejrzeć zwłoki Jamesa Bowiego.

Pod wieczór ciała Travisa, Bowiego, Crocketta i pozostałych obrońców spalono na stosie. Meksykanie nakarmili Joego, dali mu trochę pieniędzy i puścili wolno. Poprosili – ale nie rozkazali – żeby towarzyszył młodej Susannie Dickinson w drodze powrotnej do Gonzales, skąd będzie miał blisko do Meksyku. A w Meksyku mógł dożyć swoich dni jako wolny człowiek.

W Gonzales rozrastająca się armia ćwiczyła musztrę pod okiem Mosleya Bakera, ale Houston przyglądał się temu bez entuzjazmu. Nie trafili mu się najgorsi rekruci, ale też trudno byłoby ich nazwać wybitnymi żołnierzami.

– Pierwszy szereg... cel... pal! Drugi szereg...

Żołnierze celowali i „strzelali" z nienaładowanych muszkietów.

– Kurczę, znowu spudłowałem! – zawołał jakiś dowcipniś.

Paru durniów zachichotało nerwowo, a Houston tylko pokręcił głową i wrócił do swojego namiotu. Otaczały go kobiety i dzieci, których mężowie i ojcowie bronili Alamo. Widział w ich oczach gasnącą nadzieję; patrzyli na niego w taki sposób, jakby oskarżali go o tragedię. Poza ćwiczącym pod miastem wojskiem Gonzales było jak wymarłe. Jego mieszkańcy mogli tylko czekać, modlić się i bać.

Jadąc tu, Houston wysłał Fanninowi rozkaz wymarszu i powrotu do Gonzales. Dwie połączone armie miałyby znacznie większe szanse stawić czoło Meksykanom. Wiedząc, że podejmowanie decyzji przychodzi Fanninowi z trudem, Houston sformułował swój list jednoznacznie: *Czekam w Gonzales* – napisał. – *Wyruszajcie niezwłocznie.*

Jego uwagę zwróciło jakieś poruszenie. Spojrzał w tym kierunku i dostrzegł dwóch jeźdźców pędzących ku miastu.

– Béxar padło! – krzyknął jeden z nich po hiszpańsku, kiedy wpadli do miasta. – Wszyscy zginęli! Wszyscy zginęli!

Mało który z mieszkańców rozumiał jego okrzyki, ale wszyscy przeczuwali, że wydarzyło się coś ważnego. Tłum otoczył posłańców.

– Juan! – zawołał Houston. – Dowiedz się, o co im chodzi.

Seguin podbiegł do przybyszów, którzy zdążyli zsiąść z koni i pędzili teraz ulicami miasteczka, wykrzykując:

– Alamo padło! Santa Anna zabił wszystkich!

Kobiety, które rozumiały te słowa, wybuchały przeraźliwym płaczem. Seguin rozpoznał w przybyszach *vaqueros* z rancza nieopodal Béxar.

– Chato! – zawołał. – Melendez! Co się stało?

Melendez, niski, krępy trzydziestolatek, również rozpoznał Seguina i zdjął kapelusz.

– Byliśmy w Béxar, don Juan. W niedzielę nad ranem Santa Anna przypuścił szturm na Alamo.

Chato zgubił po drodze kapelusz i jego wzburzone pędem powietrza włosy wyglądały, jakby uderzył w nie piorun.

– Widzieliśmy wszystko – dodał. – Z daleka. Wszyscy zginęli. Meksykanie spalili ciała.

Seguin zbladł jak ściana.

– Wszyscy? – powtórzył. – Wszyscy obrońcy zginęli?

– Tak – przytaknął Melendez. – Widzieliśmy to na własne oczy. Nie brali jeńców. A pod wieczór podpalili stosy.

Houston przysłuchiwał się tej rozmowie ze złowrogim wyrazem twarzy. Teraz podszedł do *vaqueros* i pogroził im palcem.

– Nie pozwolę, żebyście rozsiewali w mieście takie łgarstwa! – zawołał.

– Łgarstwa? – obruszył się Chato. – Widzieliśmy to na własne oczy. Nikogo nie okłamujemy.

– Seguin! Aresztuj tych łajdaków. Na pewno Santa Anna przysłał ich tu na przeszpiegi.

– Generale, ja znam tych ludzi – próbował interweniować Seguin. – To porządni...

– To kłamcy! – przerwał mu Houston. – Masz ich natychmiast aresztować, bo jeśli nie, sam trafisz za kraty! – Zwrócił się do tłumu gapiów. – Nie słuchajcie ich! Mają posiać wśród nas ziarno zwątpienia i lęku, pozbawić nas determinacji. Musimy być twardzi.

Spojrzał znacząco na Seguina, który westchnął i zabrał Chato i Melendeza do aresztu.

– Przykro mi, panowie. Houston wam wierzy, widzę to w jego oczach. Ale musi zapobiec wybuchowi paniki. W nocy was wypuścimy.

Chato i Melendez spojrzeli po sobie zdumieni. To po to tak się wysilali, po to pędzili na złamanie karku?

Houston skinął na Głuchego Smitha.

– Jedź do Béxar – powiedział półgłosem. – Rozejrzyj się, zobacz, jak to naprawdę wygląda.

– Dobrze, Sam, ale obawiam się, że mówią prawdę.

– Ja też. Nie chcę jednak, żeby ludzie popadli w czarną rozpacz. Nie teraz, kiedy nawet nie mamy pewności, co się wydarzyło.

Smith zasalutował niedbale i pobiegł do stajni.

– Ćwiczyć, panowie, ćwiczyć! – zawołał Houston pod adresem oficerów i musztrowanych szeregowych. – Musimy być w gotowości!

Smith dosiadł swojego indiańskiego kuca i pomknął ku Béxar, ale nie ujechał zbyt daleko. Już po trzech kilometrach napotkał jeźdźca podążającego z przeciwnej strony. Jeździec ten nie poruszał się zbyt szybko – nie mógł, bo ktoś prowadził jego konia za uzdę. Zbliżywszy się do niego, Smith rozpoznał siedzącą w siodle zasmuconą Susannę Dickinson. Tuliła do piersi córeczkę. Człowiekiem prowadzącym konia okazał się Joe. Smith miał wrażenie, że widzi żywy obraz ucieczki Świętej Rodziny do Egiptu.

Podjechał bliżej i na powitanie dotknął ronda kapelusza.

– Pani Dickinson, prawda?

Susanna bez słowa skinęła głową.

– Jakie wieści z Alamo? – zapytał Smith.

Susanna nadal się nie odzywała, Joe zaś odparł:

– Jedziemy do Gonzales, proszę pana. Musimy porozmawiać z generałem Houstonem.

– Zaprowadzę was do niego.

Na widok nowo przybyłych tłum natychmiast zebrał się na nowo, ale tym razem kobiety z Gonzales uderzyły w płacz, zanim Susanna czy Joe zdążyli powiedzieć choć słowo. Houston usłyszał je i wyszedł przed namiot. Westchnął ciężko, kiedy zobaczył panią Dickinson.

Joe szedł ze wzrokiem utkwionym w ziemię. Rozpoznał Houstona i modlił się w duchu, żeby generał nie rozpoznał jego. Meksykanie mogli go wyzwolić, ale dla białych był i zawsze będzie niewolnikiem.

Próby unikania wzroku Houstona na nic się jednak nie zdały.

– Ty jesteś Joe, prawda? – zapytał generał. – Od pułkownika Travisa?

– Tak, generale – odparł Joe po chwili wahania. – A to jest pani Dickinson. Jej mąż zginął w Alamo. – Pokręcił smutno głową. – Wszyscy zginęli, generale.

Houston milczał. Zewsząd dobiegał lament i krzyki rozpaczy. Podejrzewał, że tak się stało, przeczuwał to instynktownie, ale do końca łudził się nadzieją, że nie ma racji. Teraz jego obawy się potwierdziły i nie mógł dłużej ignorować faktów. Alamo padło. Dręczyły go niejasne wyrzuty sumienia. Wysłał Bowiego do Béxar, mimowolnie posłał tam także Crocketta, a w decydującym momencie nie przyszedł im z pomocą. Bronili się przez trzynaście dni, które powinien był poświęcić na tworzenie nowej armii. A on się obijał.

Jedno było jasne: po upadku Béxar następnym celem ataku Meksykanów będą Gonzales i Goliad. A Gonzales na razie było miastem wdów. Nie mógł sobie pozwolić, by zostawić w mieście garnizon – będzie więc musiał zabrać miasto ze sobą.

– Sierżancie Foster! – zawołał. – Proszę wziąć paru ludzi i zatopić działa w rzece. Wyruszamy.

Zaskoczony Foster w pierwszej chwili nie wiedział, co robić, ale zaraz skinął na swoich podwładnych, a ci rzucili się do armat.

– Spalcie wszystko, czego nie dacie rady nieść! – mówił dalej Houston. – Rutledge? Zbierz cywilów w jednym miejscu i załaduj ich do taboru. Ruszać się, panowie!

Trzy godziny później sznur wozów i koni znalazł się na drodze. Cześć ludzi jechała – konno lub na wozach – znacznie więcej szło pieszo. Wszyscy mieli zawiniątka ze skromnym dobytkiem, który zdołali spakować, zanim kazano im opuścić domy. Większość płakała rozdzierająco, ale niektórzy nie kryli gniewu. Pani Headley, małomówna wieśniaczka, pakowała się jeszcze, a jej dwaj synowie bawili się beztrosko u jej stóp.

– Opowiem im o wszystkim, kiedy dorosną – zapewniała jedną z przygodnych słuchaczek. – Już oni nie popuszczą Meksykanom. Zemścimy się na nich.

Nie wszystkie kobiety zgodziły się opuścić miasto. Jeden z oficerów zasugerował, żeby wywlec oporne z domów i przemocą załadować na wozy, ale Houston pokręcił głową.

– Dołączą do nas z własnej woli, gdy tylko zaczniecie podpalać domy.

Nie mylił się. Wystarczyło kilkunastu mężczyzn z pochodniami, by zabudowania Gonzales zajęły się ogniem. Houston nie zamierzał dać Meksykanom okazji do splądrowania miasta. Jadące na wozach kobiety ze łzami w oczach patrzyły na płonące domy, powtarzały imiona mężów, którzy poszli na pomoc Alamo i już stamtąd nie wrócili. Pani Millsaps popłakiwała żałośnie, otoczona sześciorgiem wczepionych w jej spódnicę dzieci. Jeszcze niedawno dziękowała mu za to, że chce iść Alamo z odsieczą. Zawiódł ją, tak jak zawiódł zaufanie, jakie pokładały w nim wszystkie te kobiety.

Joe stał tuż poza zasięgiem światła pożaru i obserwował smutny pochód. Dotrzymał słowa: zaprowadził panią Dickinson i jej dziecko w bezpieczne miejsce. Teraz mógł wreszcie pomyśleć o sobie. Kiedy mieszkańcy Gonzales i zbieranina udająca teksańską armię znikały na horyzoncie, odwrócił się i skierował w przeciwną stronę. Do Meksyku.

32

Pułkownik James Walker Fannin przechadzał się nerwowo po swojej kwaterze. Zdawał sobie sprawę, co mówią o nim ludzie: zarzucali mu słabość i brak zdecydowania. Nie podobało im się, że każdą sprawę rozważa z wielu różnych punktów widzenia, zamiast od razu działać.

Fannin rozumiał, że teraz nastał czas działania. Sęk w tym, że nie bardzo wiedział, co powinien zrobić. Rozkazy Houstona były wyraźne: miał porzucić La Bahía i jak najszybciej spotkać się z nim w Gonzales. A przecież próbował już wcześniej opuścić Fort Oporu, tyle że niewiele mu z tego wyszło. Był gotów spróbować ponownie, pod warunkiem że tym razem sprawy ułożą się bardziej po jego myśli.

Jednak jak zwykle pojawiły się nieprzewidziane komplikacje.

Nie jestem taki jak te prymitywy, powtarzał sobie w myślach. Im wystarcza, że każdą sytuację widzą czarno-biało. Ja dostrzegam wszystkie aspekty, wszystkie odcienie, przenikam wszystkie warstwy problemów. Opracowanie idealnego planu wymaga czasu. Potrzebuję więcej czasu!

A czasu zaczynało mu brakować. Ludzie nalegali, żeby ruszyć z odsieczą zamkniętemu w Alamo Travisowi, ale to było, jeszcze zanim dowiedzieli się o zwycięstwie Urrei w San Patricio. Johnson, Grant i wszyscy ich ludzie zostali zabici, ranni, zaginęli bez śladu… Jak można było żądać od Fannina, żeby w takich okolicznościach opuścił La Bahíę? San Patricio znajdowało się na południe od Goliad, a to oznaczało, że Meksykanie mogli już maszerować wprost na Fort Oporu! Tak, z pewnością postąpił słusznie, kiedy zawrócił kolumnę, wycofał się za mury i postanowił czekać. W pełnej gotowości, rzecz jasna.

Potem doszły go straszne wieści z Alamo. Wszyscy zginęli. Ha! Gdyby poszedł na pomoc Travisowi, może i jego ludzie polegliby w Alamo? A on wraz z nimi! I na co zdałby się ich wysiłek? Tak, z pewnością się nie mylił, kiedy uznał, że lepiej będzie poczekać.

A teraz ten rozkaz Houstona. Generał nie zostawił mu wolnej ręki, nie pozwolił podjąć samodzielnej decyzji, tylko nakazał wymarsz! Fannin uważał się za dobrego oficera i wiedział, że powinien bezzwłocznie wykonać polecenie, ale zwiadowcy donieśli mu, że Urrea ruszył na Goliad. Armię meksykańską dzieliło od La Bahíi najwyżej piętnaście kilometrów. W odpowiedzi na to zagrożenie Fannin wysłał Amona Kinga i Williama Warda z ponad dwustu ludźmi i rozkazem ewakuowania amerykańskich osadników z Refugio. Nie mógł się ruszyć z miejsca, dopóki nie

Pobudkę odtrąbiono o świcie, ale przez następne dwie godziny żołnierze stali w szyku marszowym na dziedzińcu. Zaczynali się bać, że i tego dnia nigdzie się nie ruszą. Kiedy przez jakiś czas po wschodzie słońca okolicę spowijała gęsta mgła, zrozumieli, że oto nadarza się kolejna okazja opuszczenia fortu bez zwracania na siebie uwagi przeciwnika, lecz Fannin poczekał, aż słońce rozproszy mgłę.

Gdy wreszcie uznał, że nadeszła chwila wymarszu, wydał rozkaz:

– Kapralu von Schmidt! Proszę podpalić magazyny.

Von Schmidt i pięciu Teksańczyków z pochodniami rozbiegli się po magazynach i zaczęli podpalać skrzynie i worki z zapasami. Wkrótce płomienie buchnęły wysoko w niebo. Podpalacze wrócili do szeregów, a Fannin z zadowoleniem obserwował szerzący się pożar.

Wreszcie dał rozkaz wymarszu i pierwszy wyjechał z Fortu Oporu. Licząca kilkuset żołnierzy kolumna powoli ruszyła z miejsca. Na końcu, jako najwolniejsze, jechały wozy zaprzężone w wymizerowane woły.

Ze szczytu pobliskiego wzgórza samotny *vaquero* z narastającym podnieceniem obserwował słup dymu. Wiedział, co oznacza. Wiedział też, że generał Urrea chętnie o tym usłyszy. Wskoczył na konia i pogalopował do obozu Meksykanów.

Kiedy *vaquero* pędził na złamanie karku, oddział Fannina wlókł się traktem w żółwim tempie. Houston kazał zakopać działa, ale ponieważ pułkownik zdecydował inaczej, jego ludzie wlekli z mozołem wszystkie dziewięć armat. Mieli też wozy wyładowane po brzegi setkami dodatkowych muszkietów. Koni szło niewiele, a zaprzężone do wozów woły były tak wygłodniałe, że zatrzymywały się przy każdej kępie trawy i nie dawały się ruszyć z miejsca, dopóki się nie najadły.

Kolumna wolno posuwała się naprzód. Wozy psuły się, jedna z armat ugrzęzła w błocie przy przeprawie przez rzekę, padł jeden wół.

Dochodziło południe, a od fortu dzieliło ich zaledwie kilka kilometrów, kiedy Fannin uznał, że to doskonały moment na przerwę śniadaniową. Żołnierze przez godzinę siedzieli i czekali na jedzenie.

– Panie pułkowniku. – Kapitan Jack Shackelford stanął przed Fanninem. – Czy to na pewno najlepsze miejsce na postój?

– Zjemy coś i zaraz ruszamy dalej.

– Ale Coleto Creek jest dosłownie trzy kilometry stąd. Tam moglibyśmy się przynajmniej schować między drzewami.

– Przy Coleto Creek rozbijemy obóz na noc – odparł z uśmiechem Fannin. – Zaraz ruszamy w drogę. I dziękuję za dobrą radę.

Shackelforda zatkało. Czy Fannin naprawdę zamierzał przejść jeszcze tylko dwa kilometry przed zmierzchem?

Żołnierze sarkali głośno na spóźniające się śniadanie, gdy von Schmidt podszedł do stojącego na przedzie kolumny Fannina.

– Panie pułkowniku...

– O co chodzi? – warknął Fannin. Był głodny i zły.

– O jedzenie, panie pułkowniku.

– To znaczy? – Fannin zaczynał się niecierpliwić.

– No... nie mamy jedzenia.

– Jak to: nie mamy jedzenia? – Fannin wytrzeszczył oczy.

– Kiedy kazał pan spalić magazyny, pułkowniku... Wychodzi na to, że spaliliśmy całe nasze zapasy.

Fannina zamurowało, ale w tym samym momencie któryś z żołnierzy podniósł alarm:

– Meksykanie!

Fannin odwrócił się i spojrzał w stronę ciągnącego się przed nimi lasu. Spomiędzy drzew wynurzyły się setki meksykańskich kawalerzystów; rozdzielili się na dwie grupy i wzięli teksańską armię w kleszcze. Kolumna na trakcie nie mogła teraz ani iść dalej, ani zawrócić.

– Wyprzęgać dwa działa! – krzyknął Fannin. – I ładować je, ładować, na Boga!

Dwie armaty wycelowano w kierunku, gdzie zebrał się najliczniejszy oddział jeźdźców.

– Ognia!

Dwie sześciofuntowe kule śmignęły w stronę lasu i solidnie poharatały drzewa, ale Meksykanom nie zrobiły najmniejszej krzywdy. Jeźdźcy nie próbowali się nawet uchylać.

Spomiędzy drzew wyszła teraz meksykańska piechota. Doktor Barnard, garnizonowy lekarz, podbiegł do Fannina.

– Panie pułkowniku! – Wyciągnął przed siebie rękę. – Jeżeli teraz ruszymy, za półtora kilometra będziemy mogli schować się w tym zagajniku!

– Czy oprócz medycyny studiował pan także strategię, doktorze? – spytał cierpko Fannin.

– Nie, pułkowniku, oczywiście że nie. Ale to nie jest kwestia strategii, tylko zdrowego rozsądku. Tutaj, w otwartym polu, jesteśmy łatwym celem.

– Doktor ma rację – poparł Barnarda Shackelford.

– Być może – odparł surowym tonem Fannin. – Ale to ja tu dowodzę! Pod Concepción byliśmy z Bowiem w gorszych tarapatach, a mimo to bez wysiłku rozbiliśmy Meksykanów. Oni nie mają natury wojowników.

– Ale w Concenpción było się przynajmniej gdzie schować! – zauważył Shackelford. – A tu mogą powystrzelać nas jak kaczki!

Fannin uśmiechnął się szelmowsko, jakby cały czas trzymał asa w rękawie. – W kwadrat! – rozkazał. – Działo na każdym rogu! – Teraz im pokaże, ile jest wart umysł prawdziwego stratega. W West Point nauczył się wszystkiego o kwadratach. – W takim szyku będziemy mogli dowolnie długo odpierać ich ataki.

Barnard i Shackelford spojrzeli po sobie, pokręcili głowami i wrócili do swoich ludzi.

– Zwariował do reszty – mruknął Young.

– Wcale nie – zaoponował Winders. – Może mieć rację.

– Rację? – Głos Younga wprost ociekał złością. – Zamiast schować się w lesie, siedzimy pośrodku pola! – Wskazał Meksykanów. – A liczniejsza od nas armia meksykańska może spokojnie kryć się w lesie. Pochowają się za drzewami, zaczną strzelać, a my będziemy stać i patrzeć!

Winders pokiwał głową.

– Założę się, że pułkownik Fannin ma jakiś plan.

Zdegustowany Young westchnął ciężko.

Urrea dał sygnał do ataku zaledwie kwadrans po tym, jak Teksańczycy zobaczyli pierwszych kawalerzystów. Fannin zawsze interesował się historią; był to jeden z nielicznych przedmiotów, które udało mu się zaliczyć w West Point. Przypomniał sobie teraz Bunker Hill i słynny rozkaz: „Nie strzelać, dopóki nie błysną wam białka ich oczu!", i postanowił go sparafrazować.

– Niech podejdą tak blisko, że będziecie pewni każdego strzału! – zawołał.

Kilku żołnierzy spojrzało na niego z niedowierzaniem, ale wszyscy posłusznie czekali. Meksykanie zaś szli naprzód i strzelali salwami, systematycznie zmniejszając dzielący ich dystans. Teksańczycy nie odpowiadali ogniem, chociaż wystawieni na strzały przeciwnika zaczęli siadać i klękać na ziemi, żeby stanowić jak najmniejszy cel. Kilku padło. Nadal nikt nie strzelał.

Dopiero kiedy Meksykanie znaleźli się niespełna sto metrów od nich, Fannin uznał, że nadszedł właściwy moment.

– Strzelać bez rozkazu! – krzyknął.

Teksańczycy zaczęli słać salwę za salwą w szeregi wroga. Zaporowy ogień na chwilę odrzucił Meksykanów, ale zaraz natarli z powrotem.

Trzy kilometry dalej dowodzony przez Alberta C. Hortona oddział zwiadowczy usłyszał kanonadę i wjechał na pobliskie wzniesienie, żeby zorientować się w sytuacji.

– Chyba powinniśmy im pomóc – zasugerował Hermann Ehrenberg. Na trakcie znajdowali się ludzie, z którymi walczył ramię w ramię od czasu oblężenia Béxar.

Jego towarzysze bez słowa spuścili wzrok.

– Synu – odparł Horton – im już nie można pomóc. Musimy wracać do Victorii i tam szukać posiłków.

Ehrenberg zawrócił konia.

– Jeśli chcecie, jedźcie do Victorii. Ja jadę pomóc przyjaciołom.

Patrzyli za nim, jak zjeżdża ze wzgórza, przedziera się przez szeregi Meksykanów i dołącza do skupionych w kwadracie żołnierzy Fannina, a potem popędzili w przeciwną stronę.

Petrussewicz, polski przyjaciel Ehrenberga, pomachał mu na powitanie.

– Hermann, mój druhu! – zawołał radośnie.

To były jego ostatnie słowa, w tej samej chwili kula z muszkietu trafiła go w tył głowy. Zanim upadł na ziemię, był już martwy. Ehrenberg dopadł do niego i podłożył mu rękę pod głowę, ale na próżno.

Fannin stał obok armaty i ostrzeliwał się z pistoletu. Ledwie nadążał z przeładowywaniem. Nagle poczuł przeszywający ból w nodze. Upadł. Zdjął fular i przewiązał nim tryskającą krwią ranę na udzie, patrząc, jak woły padają jeden po drugim. Meksykańscy snajperzy znaleźli sobie łatwy cel. A to znaczyło, że dla armii Fannina nie było już nadziei.

Przypomniał sobie list od Travisa, zakończony słowami „Zwycięstwo albo śmierć". Teraz sam miał podobną alternatywę – i ponure przeczucie, że pierwsza z tych możliwości nie wchodzi w grę.

Teksańczycy odpowiadali ogniem, ale niewiele wyrządzali szkód Meksykanom, którzy, klęcząc w wysokiej trawie i kryjąc się za drzewami, mogli spokojnie wychylić się, strzelić, schować i przeładować broń. Urrea z zadowoleniem śledził przebieg walki. Nieważne, czy starcie potrwa godzinę, czy cały dzień. Zwycięstwo miał zapewnione.

Kawaleria ruszyła do ataku i groty lanc błysnęły w słońcu. Teksańczycy ostrzelali konnych z muszkietów i dział. Kiedy mordercza salwa zmiotła jeźdźców z siodeł, Urrea doszedł do wniosku, że atak konnicy nie jest w tej sytuacji najlepszym rozwiązaniem. Powstrzymał więc kawalerię i kazał swoim ludziom strzelać, zamiast rwać się do szturmu.

Czas płynął, słońce bezlitośnie prażyło otoczonych Teksańczyków, którzy, mając niewiele wody do picia, nie mogli sobie pozwolić na polewanie nią rozpalonych armat. Kiedy barwne pręgi przecięły niebo na zachodzie, wielu z nich odmówiło dziękczynne modlitwy. Walka była skończona – przynajmniej tego dnia.

Fannin poprosił o raport z pola bitwy: mieli dziewięciu zabitych i pięćdziesięciu jeden rannych. Zginęły wszystkie woły. Nie mieli wody ani jedzenia, zostały tylko nędzne resztki amunicji. Na szczęście wieczorem spadł deszcz. Niektórzy ludzie pokładli się na plecach i chwytali życiodajny płyn w otwarte szeroko usta. Inni próbowali łapać wodę w płócienne płachty i zlewać ją do manierek. Ale deszcz, który orzeźwił żołnierzy, zmoczył też resztki prochu. W dodatku zapadający zmierzch najwyraźniej nie przeszkadzał otaczającym ich meksykańskim snajperom, którzy od czasu do czasu strzelali w tłum.

Podwładni Fannina z wolna godzili się z faktami: zostali otoczeni i nie mieli ani szansy na ucieczkę, ani nadziei na ocalenie.

Przed północą Fannin zwołał naradę.

– Nasza sytuacja jest poważna – przyznał. – Musimy umocnić się na zajmowanej pozycji. Przez noc wykopiemy okopy i usypiemy szańce, z których w ciągu dnia będziemy mogli się bronić.

Jego podkomendni nie byli zachwyceni tym pomysłem, ale zdawali sobie sprawę, że nie mają innego wyjścia. Bez słowa pobrali łopaty i inne narzędzia nadające się do kopania i wzięli się do pracy. Ci, dla których nie starczyło szpadli, kopali gołymi rękami.

Deszcz padał, robiło się coraz chłodniej, a załoga Fortu Oporu ryła okopy i ubijała ziemne wały. Wzmocniono je wozami, a co odważniejsi żołnierze wymknęli się poza kwadratowy szyk i przywlekli truchła koni i wołów, by posłużyły za dodatkową osłonę.

Meksykanie nie próżnowali – a właściwie nie próżnowała ich orkiestra. Nie grała jednak *Deguello*, lecz drażniący uszy hejnał *Sentinal Alerto*. Muzycy powtarzali go przez całą noc, doprowadzając Teksańczyków do szału.

Nastał świt i żołnierze Fannina spojrzeli na otaczające ich siły meksykańskie. Armia nieprzyjaciela była liczniejsza niż poprzedniego dnia, tak jakby nocą dotarły posiłki. Ludzka masa wyglądała przerażająco, a trzy działa, które przez noc pojawiły się po stronie meksykańskiej, bynajmniej nie poprawiły nastroju oblężonym.

Teksańczycy patrzyli bezradnie, jak trzy armaty zasypują ich kartaczami. Kulili się za wałami ziemi, zasłaniali głowy rękoma, wykorzystywali każdą możliwą kryjówkę. Próbowali też się odgryzać, ale ich działa nie miały takiego zasięgu jak meksykańskie. Urrea siedział w bezpiecznej odległości, zdając sobie sprawę, że jeśli zechce, rozniesie wroga na strzępy. Teksańczycy mogli tylko kryć się za wzniesionymi przez noc barykadami i modlić, żeby udało im się przetrwać bombardowanie.

Kanonada skończyła się równie niespodziewanie, jak zaczęła. Nad polem bitwy zaległa cisza, od której dzwoniło w uszach. Zaboly spojrzał na von Schmidta.

– Chcą nam dać do zrozumienia, że mogą nas bez wysiłku pozabijać – stwierdził. – Oni to wiedzą i my też to wiemy.

211

Fannin śledził rozwój wydarzeń z narastającą rozpaczą. Zlekceważył potencjał militarny armii meksykańskiej i tragicznie pomylił się, przeceniając własne siły. Niechętnie zwołał oficerów na odprawę. Spojrzał na nich ponurym wzrokiem, co i rusz krzywiąc się z bólu. Rana uda dawała o sobie znać.

– Obawiam się, że będziemy musieli się poddać – stwierdził, podnosząc głos, żeby przekrzyczeć kanonadę z karabinów i szarpiący nerwy hejnał. – Nie mamy innego wyjścia.

Leon Watson, Teksańczyk, który przed wstąpieniem do wojska był dziennikarzem, z niezadowoleniem pokręcił głową.

– Przecież dobrze pan wie, pułkowniku, jak Meksykanie traktują jeńców.

Pozostali oficerowie przytaknęli.

– A co innego możemy zrobić? – spytał Fannin.

– Możemy się poddać, jeśli zgodzą się przyjąć rozsądne warunki kapitulacji.

– A jeśli nie?

– Wtedy powinniśmy walczyć do końca. Wolę zginąć w walce, niż od kuli plutonu egzekucyjnego.

– Ja też! – zawtórował Watsonowi Young.

– I ja – przytaknął Zaboly.

– Ja zdaję się na pana, pułkowniku – powiedział Winders.

– Chyba sam powinienem poprowadzić negocjacje – stwierdził Fannin. – Dajcie mi jakąś białą szmatę.

Chwilę później Fannin kuśtykał w stronę meksykańskiego obozu, machając w powietrzu białą flagą zrobioną z koszuli.

– Tylko proszę pamiętać – zawołał za nim Shackelford – albo zaproponują dobre warunki, albo się nie poddajemy!

Generał Urrea czekał na Fannina przy baterii armat. Przyjął go jak gospodarz domu przyjmuje długo wyczekiwanego gościa. Poprosił go, żeby usiadł, co Fannin z pewnym wysiłkiem uczynił.

– Chciałbym przedyskutować warunki kapitulacji – rzekł.

Urrea poczęstował go herbatą.

– Jeżeli godzicie się, panowie, na bezwarunkową kapitulację, nie widzę problemu – powiedział.

Fannin wiedział, co oznacza bezwarunkowa kapitulacja: Meksykanie zrobią z nimi co zechcą. Mogą ich osadzić w więzieniu, mogą rozstrzelać. Ale istniała szansa, że będą ich dobrze traktować i wymienią na jakichś meksykańskich jeńców.

Urrea uśmiechnął się i wzruszył ramionami.

– Jeżeli się poddacie, nie będę kontynuował natarcia.

Fannin chciał się z nim sprzeczać, targować, ale wiedział, że nie ma Urrei nic do zaoferowania. Musiał przystać na jego warunki.

Kiedy wrócił do swoich ludzi, ci otoczyli go i czekali, co powie.

– Albo bezwarunkowa kapitulacja, albo będą atakować dalej – powiedział.

– Ja bym walczył – stwierdził Huffines, ogorzały Teksańczyk. – Jeśli się poddamy, wymordują nas!

Odpowiedział mu pomruk aprobaty.

Fannin pokręcił głową.

– Jeżeli nie zaprzestaniemy oporu, z całą pewnością zginiemy. Jeśli zaś się poddamy, mamy szansę przeżyć. Obawiam się, że nie mamy wyboru. – Powiódł wzrokiem dookoła. – Głosujemy?

– Idź do diabła, człowieku! – warknął Ehrenberg. – Dość tej szopki z głosowaniem. Ty tu dowodzisz. Podejmij jakąś decyzję!

Wyglądało na to, że wszyscy zgadzają się z młodym Niemcem. Fannin westchnął ciężko i powiedział:

– Poddajemy się.

Tym razem nie stawił się osobiście przed Urreą, lecz posłał gońca. Po godzinie jego ludzie pomaszerowali w szyku z powrotem do Fortu Oporu. Ranni, w tym Fannin, trafili do fortowej izby chorych. Pozostałych zgromadzono w kościele. I znów zaczęło się wyczekiwanie.

Od zatrzymania Teksańczyków minął blisko tydzień, kiedy w Niedzielę Palmową meksykański oficer wszedł do kościoła i uciszył zgromadzonych. Kiedy upewnił się, że wszyscy go słuchają, zaczął czytać:

– Wszyscy teksańscy jeńcy zostaną odstawieni do Matamoros i załadowani na statek. Zebrać rzeczy. Za godzinę wymarsz.

Więźniowie przyjęli tę wiadomość z ulgą. Feeley, Irlandczyk, przypomniał sobie żeglarską przeszłość i morskie przyśpiewki. Inni chętnie się przyłączyli i zanim Feeley doszedł do drugiego refrenu, cały kościół podchwycił melodię. Z piosenką na ustach wymaszerowali z fortu.

Podzielono ich na cztery grupy. Meksykanie tłumaczyli, że podział jest podyktowany względami bezpieczeństwa, gdyż tylko dzięki niemu zyskają pewność, że jeńcy nie będą próbowali ucieczki podczas długiego marszu. Więźniowie raźnym krokiem opuścili La Bahíę.

Kiedy grupy oddaliły się poza zasięg wzroku, dozorujący jeńców Meksykanie kazali im się zatrzymać i odwrócić plecami. Hermann Ehrenberg zwęszył pismo nosem.

– *Mein Gott!* – zawołał. – Teraz nas pozabijają!

Kanonada rozpoczęła się w tej samej chwili. Wielu Teksańczyków zginęło tam, gdzie stało. Nieliczni próbowali uciekać, ale kule dosięgły większość z nich. Grupa Ehrenberga zatrzymała się dosłownie parę metrów od rzeki, udało mu się więc uskoczyć w zarośla i rzucić w nurt. Zanurkował i płynął co sił. Weissmann, lekarz z New Jersey, skoczył zaraz za nim, ale przeszyty gradem kul opadł na dno. Tylko płynąca z nurtem czerwona plama znaczyła miejsce, w którym zginął. Pociski siekły wodę dookoła Ehrenberga, ale Niemiec zdołał przepłynąć na drugą stronę, wyjść na brzeg i schronić się w lesie.

Ranny w nogę Fannin został w La Bahíi z innymi rannymi i chorymi. Wyciągnięto go z izby chorych na chwilę przed tym, jak pozostałych pomordowano w łóżkach, i posadzono na krześle przed kościołem. Naprzeciwko stanął pluton egzekucyjny.

Fannin spojrzał na dowódcę plutonu.

– Mam tylko trzy życzenia – powiedział. – Wyjął złoty zegarek. – Proszę dopilnować, żeby wrócił do mojej żony. Proszę pochować mnie po chrześcijańsku. – Łza spłynęła mu po policzku. – I proszę… błagam… nie w twarz…

Drżącymi rękami zawiązał sobie przepaskę na oczach i usiadł prosto. Przynajmniej zginie jak żołnierz. Oficer uśmiechnął się pogardliwie, schował zegarek do kieszeni i spojrzał na swoich ludzi.

– Celujcie mu w gębę, chłopcy. Ognia!

Kilka godzin później ciało Fannina trafiło na stos. Ogień pochłonął blisko czterystu żołnierzy, których miał pod swoją komendą.

Dwudziestu ośmiu jego ludzi uciekło.

Santa Anna nakreślił szablą linię na piasku.

– To rzeka Sabine – wyjaśnił. – Granica Stanów Zjednoczonych.

Stał ze swoimi oficerami na głównym placu San Antonio de Béxar, w cieniu kościoła San Fernando i niczym cierpliwy nauczyciel, wykładający lekcję tępawym uczniom, objaśniał swoją strategię.

– Houston pędzi tu z odsieczą – ciągnął. – Musimy przeciąć mu drogę. – Zaznaczył punkt po jednej stronie granicy. – To jest Béxar. Tu jesteśmy. Fannin jest tu, w Goliad. – Kolejny znak na piasku. – Nie można dopuścić, żeby spotkał się z Houstonem. Pułkowniku Morales, weźmie pan tysiąc ludzi i ruszy na południe. Generale Gaona, pan również dostanie tysiąc żołnierzy i pomaszeruje na północ. A pan, generale Ramirez y Sesma, przejdzie przez Teksas. Na wprost.

Wywoływani oficerowie kiwali posłusznie głowami.

– Ja zajmę się sprawami niecierpiącymi zwłoki tu, w Béxar, a potem do was dołączę. Zostawiamy kobiety. Bierzemy tylko derki i broń.

Spojrzał pytająco na otaczających go żołnierzy.

– Czy to rozsądne, żeby Wasza Ekscelencja tak bardzo dzielił armię? – zaryzykował pytanie Castrillón.

– Musimy skończyć to, co zaczęliśmy – odparł Santa Anna.

Jeżeli pozostali oficerowie też mieli pytania, najwyraźniej bali się je zadać.

Teksańska armia szła na wschód. Rzesza towarzyszących jej osadników z każdym dniem się powiększała. Wieść o upadku Alamo rozeszła się lotem błyskawicy. Przerażeni osadnicy zrozumieli, że ich sny o Teksasie raczej się nie ziszczą i czas wracać do Stanów Zjednoczonych, gdzie jest bezpieczniej. Farmy, rancza, całe wioski zostawały puste. Niektórzy pamiętali, jak pisali na drzwiach domów litery GTT – Gone to Texas*, nim porzucili dawne życie i ruszyli na poszukiwanie raju na ziemi. Teraz los się odwrócił. Ale czy było do czego wracać?

Zaczęli nazywać ten marsz Wielką Ucieczką, jednak nie wszyscy chcieli uciekać. Niektórzy woleliby zostać i walczyć o swoje teksańskie domy. Jeden z takich osadników jechał siodło w siodło z Mosleyem Bakerem.

– Jak daleko na wschód musimy odjechać, żeby było bezpiecznie? – zapytał. – Dopóki armia się wycofuje, nie mamy wyboru, musimy iść z wami. Ale niech mi pan poda chociaż jeden powód, dla którego nie okopiecie się tu i teraz.

– Nie ma takiego powodu – odparł Baker i skinieniem głowy wskazał jadącego przy wozach Houstona. – Ale on nas prowadzi.

Krążyły plotki, że marsz zakończy się dopiero w Luizjanie. Gdyby udało się przeciągnąć Meksykanów na drugą stronę granicy, w sprawę wtrąci się amerykański rząd. A mając armię Stanów Zjednoczonych po swojej stronie, Teksas mógł być pewny zwycięstwa. Inni z kolei uważali, że Houston ucieka z podkulonym ogonem jak najdalej od Santa Anny, bo obawia się, że Napoleon Zachodu zmiażdży go jak Travisa w Alamo. Houston zdawał sobie sprawę, że osadnicy obwiniają go o odebranie im domów i całego wypracowanego z trudem dobytku. Dla nich nie miało znaczenia, czy ten marsz jest przemyślanym działaniem, czy rozpaczliwą ucieczką przerażonego generała. Tak czy inaczej, wszyscy będą musieli zacząć życie od nowa.

---

* *Gone to Texas* (ang.) – wyjechałem do Teksasu (przyp. tłum.).

Nawet Seguin zastanawiał się, do czego właściwie zmierza Houston. Dogonił generała i przez chwilę jechali obok siebie.

– Dziś w nocy zdezerterowało więcej ludzi niż poprzedniej – powiedział. Houston milczał. – Niektórzy myślą, że idziemy w stronę granicy.

– Mam nadzieję, że Santa Anna podziela tę opinię – odparł generał, co niewiele wyjaśniło Seguinowi. – Tu rozbijemy obóz – zarządził tymczasem Houston. – Poczekamy na Fannina.

I odjechał, zostawiając Seguina sam na sam z jego domysłami.

Ledwie zdążyli rozbić namioty, lunął deszcz. Nie licząc pechowych wartowników, ludzie pochowali się w namiotach, próbując dotrwać do rana w jakim takim stanie, gdy nagle z ciemności wynurzył się jeździec. Kilku Teksańczyków wybiegło mu na spotkanie.

– Wszyscy zginęli! – zawołał przybysz. Był nim młody, przedwcześnie posiwiały indiański zwiadowca Singer. Jego głos ledwie wznosił się ponad bębnienie deszczu. – Fannin, jego ludzie, wszyscy, którzy byli w Goliad... Rozstrzelani!

Houston wynurzył się z namiotu.

– Raporty powinien pan składać mnie, a nie każdemu napotkanemu żołnierzowi – zauważył.

– Przepraszam, panie generale – powiedział spłoszony Singer. Weszli do namiotu.

– No dobrze, co się właściwie stało? – spytał Houston.

– Fannin wymaszerował z Fortu Oporu. Doszli nad Coleto Creek, ale tam dopadł ich generał Urrea.

Houston z westchnieniem opadł na krzesło.

– Fannin się poddał – ciągnął Singer. – Skapitulował. Urrea zapędził ich z powrotem do La Bahíi i rozstrzelał.

– Wszystkich?

– Tak, panie generale. Będzie ze czterystu ludzi.

– Skoro nikt nie przeżył, to jak ty się o tym dowiedziałeś?

Singer otarł pot z czoła.

– No bo nie wszyscy zginęli, panie generale. Spotkałem Hermanna Ehrenberga, mojego starego przyjaciela. Udało mu się uciec. Jemu i jeszcze paru ludziom, ale nie wiedział dokładnie, ilu. Wszystko mi opowiedział. W życiu bym nie przypuszczał, że Fannin podda się tym meksykańskim łajdakom!

Houstonowi też nie mieściło się to w głowie. Meksykanie zawsze nalegali na bezwarunkową kapitulację, a to z kolei nieodmiennie oznaczało, że nie będą brać jeńców. Nawet taki dureń jak Fannin powinien był o tym wiedzieć!

– Niech to szlag! – mruknął i spojrzał na Singera. – Zjedz coś i znajdź sobie miejsce do spania.

Singer wyszedł z namiotu. Kiedy Houston nie pojawił się za nim, ludzie zebrani na polanie spojrzeli po sobie niepewnie.

– Coś mi się wydaje, że zaczniemy wiać jeszcze szybciej – stwierdził któryś.

Singer okazał się gadułą i wieść o porażce Fannina szybko rozeszła się po obozie. Do rana ludzie nie rozmawiali o niczym innym. Dla niektórych ta informacja w paradoksalny sposób stała się powodem do optymizmu. Doszli do wniosku, że Houston nie może zignorować takiej klęski i będzie musiał przyjąć bitwę. O wschodzie słońca żołnierze wylegli z namiotów i zaczęli ładować broń, sprawdzać proch i kule, ostrzyć noże.

Houston powiódł wzrokiem dookoła.

– Zwinąć obóz – rozkazał. – Ruszamy dalej na wschód.

Żołnierze pootwierali usta ze zdumienia.

– Generał Sesma jest tuż za rzeką, ze sporą częścią meksykańskiej armii, a my uciekamy?! – zauważył Mosley Baker. –A Alamo? A Goliad? Muszą nam za to zapłacić! Jeśli nie teraz, to kiedy?!

Houston spiorunował go wzrokiem.

– Wymarsz za dziesięć minut – ogłosił, zanim zniknął w namiocie.

Seguin wszedł za nim. Nic już nie rozumiał. Houston zaczął się pakować.

– Ludzie są gotowi do walki, generale – powiedział Seguin.

Houston udał, że go nie słyszy.

– Sam!

– Nie – odparł spokojnie generał.

– Dlaczego?

– Do diabła, Juan, zrozum: dopóki w pobliżu nie ma Santa Anny, cała ta zabawa jest bez znaczenia!

– Jeżeli nie staniemy do walki z Ramirezem y Sesmą, możemy później nie mieć armii na Santa Annę.

Houston wskazał ludzi na polanie.

– Tej wspaniałej armii wystarczy zapału najwyżej na jedną bitwę. Chciałbym więc, żeby ta bitwa o czymś przesądziła.

Seguin skinął niechętnie głową i skierował się do wyjścia.

– Jeszcze jedno, Juan…

Seguin zatrzymał się i odwrócił.

– Nigdy więcej nie kwestionuj moich rozkazów.

33

Wielka Ucieczka nabierała tempa. Wszędzie przy trakcie walały się porzucone skrzynie, ubrania, wozy. W błocie znalazł się nawet fortepian. Coraz więcej osadników przyłączało się do masowego exodusu. Houstonowi przyszło do głowy, że gdyby wszyscy w kolumnie byli żołnierzami, dysponowałby potężną armią. Armią zwycięską.

Jechał w tej chwili na Saracenie obok wozu, który niedawno dołączył do pochodu. Starszy człowiek na koźle trzymał w ręce butelkę whisky. Houston wpatrywał się w nią jak zahipnotyzowany.

– Skąd jesteście? – zapytał.

– Z San Felipe.

Woźnica pociągnął łyk. Zauważył, że Houston przygląda mu się jak urzeczony, podał mu więc butelkę. Generał odruchowo oblizał wargi. O niczym tak nie marzył, jak o tym, żeby się napić. Zerknął na dwoje pozostałych podróżnych – małego chłopca i kobietę, niemłodą już, ale z pewnością młodszą od mężczyzny na koźle. Spojrzał chłopcu w oczy. Dzieciak uśmiechnął się.

– Ma pan największego konia.

Houston skinął głową.

– Jak się nazywasz, synu?

Chłopczyk nie odrywał wzroku od Saracena.

– Charlie.

Kobieta wpatrywała się w Houstona. Nie umiał określić, co kryło się w jej oczach… Ogromny smutek? A może oskarżenie?

– Powiedz, jak masz na nazwisko, Charlie – zwróciła się do chłopca.

– Travis – odparł mały z uśmiechem.

Houston skojarzył fakty. Spojrzał pani Ayers prosto w oczy, a potem wstrzymał konia i dał się wyprzedzić wozowi. Mały Charlie odprowadził go wzrokiem.

Deszcz, który w nocy dał się we znaki teksańskim osadnikom i żołnierzom Houstona, zmienił trakt w morze błota, przez które musiała się przeprawić armia Santa Anny. Każdy krok wymagał ogromnego wysiłku. Błoto zasysało buty, ściągało je z nóg – nawet wysokie oficerki; koła wozów z trudem wykonywały choć jeden pełny obrót, zanim ugrzęzły w gęstej mazi. Dla Jesúsa piekło Alamo ustąpiło miejsca nowemu koszmarowi. Co za przeklęte miejsce, rozmyślał przy każdym mozolnym kroku.

Tuż przed nim kolejne działo utkwiło w błocie. Sierżant przywołał Jesúsa i czterech innych ludzi, żeby wspólnie z wołami wyciągnęli je na twardszy grunt.

– Zostawcie je! – Santa Anna machnął lekceważąco ręką. – Marsz!

– Panie generale – wtrącił Castrillón – pozbywamy się już piątej armaty.

Santa Anna nie zwrócił uwagi na jego słowa.

– Księżyc pięknie dziś świeci – rzekł. – Skorzystamy z okazji i będziemy szli przez całą noc.

Meksykańska armia brnęła przez błoto. Działo zostało zepchnięte na bok traktu i porzucone na pastwę losu.

Teksańczycy znów rozbijali namioty. Houston ściągał właśnie siodło z grzbietu Saracena, gdy zauważył jadącego w jego stronę człowieka. Jeźdźcowi wyraźnie się nie spieszyło.

– Szlag by to… – mruknął generał.

Niespodziewanym gościem okazał się T.J. Rusk. Teksańska armia nie dojadała, ale Rusk sprawiał wrażenie sytego i był wesoły jak zawsze. Ubranie też miał czystsze i mniej połatane niż żołnierze Houstona.

– Panie generale – powiedział, zsiadając z konia – nieprzyjaciel z nas kpi. Musimy stanąć do walki. – Wyjął z kieszeni list i zaczął go czytać. – „Proszę się dalej nie cofać. Wszyscy czekamy, aż da pan wrogowi odpór. Od tego zależą losy całego kraju". Podpisano: David G. Burnet, prezydent.

Podał list Houstonowi, ale ten nie wyciągnął po niego ręki.

– A gdzie teraz podziewa się ten świniokrad, co? – zapytał i cisnął kamyk do strumyka. – W Harrisburgu?

– Pan prezydent wraz z całym rządem tymczasowym opuścił Harrisburg.

– Wygląda na to, że wycofują się jeszcze szybciej niż my – mruknął Houston i odwrócił się, by odejść.

– Panie generale! – zawołał za nim Rusk. – Upoważniono mnie, bym zastąpił pana na stanowisku. Panie generale…

Seguin zbliżał się od strony obozu. Słyszał część tej wymiany zdań.

– Generale! – zawołał. – Sam! Porozmawiaj z nim. Powiedz mu, jaką masz strategię.

Houston spojrzał na niego spode łba.

– Jeśli jakąś masz – dodał Seguin.

– Generał, który musi prosić żołnierzy, by za nim szli, nie jest żadnym generałem – rzekł Houston. – Fannin uwielbiał narady wojenne.

– Ludzie mają cię za tchórza.

Houston przyjął krytykę bez mrugnięcia okiem, ale nieco łagodniej spojrzał na Seguina.

– Wiedziałeś, że to ja doradziłem Crockettowi przyjazd do Teksasu? I on, i cała reszta zginęli na posterunku, bo wydałem takie a nie inne rozkazy. Seguin pokręcił głową.

– Ostrzegałeś ich, żeby nie zamykali się w forcie.

– Żyjemy w czasach, w których trudno jest zachować honor, nie tracąc życia. Ale czy to znaczy, że można skazać drugiego człowieka na honorową śmierć?

Seguin nie wiedział, co odpowiedzieć.

– Nie byli dobrymi ludźmi, Juan... – W głosie Houstona brzmiał bezbrzeżny smutek. – Tam, do diabła, byli najlepsi.

Generał skinął na Ruska, żeby podszedł bliżej. We trzech weszli do namiotu. Houston wskazał gościowi krzesło.

– Niech pan siada.

– Dziękuję.

Houston odczekał dłuższą chwilę, a potem zaczął mówić:

– To było dwadzieścia kilka lat temu. Napoleon wraca z wygnania na Elbie, zbiera armię i maszeruje na wschód. Działa szybko. Chce odzyskać władzę, zanim zagrożone państwa zdążą zawrzeć sojusz. Wellington ma mniej ludzi i gorsze uzbrojenie. Trzyma się cały czas o krok przed Napoleonem. Drażni go. Wie, że duża armia rozciągnie się i porozdziela na mniejsze oddziały.

Seguin i Rusk spojrzeli po sobie. Do czego Houston zmierzał?

– Odskakuje i czeka, odskakuje i czeka... czeka na błąd Napoleona. Na chwilę, w której okoliczności przesądzą o porażce Francuzów. Sam ustala zwycięski scenariusz, wybiera miejsce bitwy, zanim jeszcze je zobaczy. Potrzebuje otwartego pola, pochyłej równiny z ukrytym miejscem na obozowisko i otwartą flanką, żeby zaskoczyć nieprzyjaciela. – Houston utkwił wzrok w Rusku. – Meksykańska armia jest w tej chwili rozproszona. Santa Anna nie zdaje sobie z tego sprawy, ale jego żołnierze żyją głównie powietrzem i nadzieją. Rozumiem Wellingtona, wiem, jakiego miejsca szukał, chociaż sam go jeszcze nie znalazłem. Ja wprawdzie nie uważam się za Wellingtona, ale Santa Anna uważa się za Napoleona Zachodu. Poczekamy, aż popełni błąd i podaruje nam swoje Waterloo.

Rusk spuścił wzrok, rozważając te słowa. Po chwili wstał.

– Dziękuję, generale – powiedział i skierował się do wyjścia. Zatrzymał się jednak w pół drogi i odwrócił. – Czy przyjmie mnie pan pod swoje rozkazy jako szeregowca?

Na zewnątrz wybuchło jakieś zamieszanie i trzej mężczyźni czym prędzej wyszli z namiotu. Właśnie przywleczono do obozu meksykańskiego żołnierza. Został mocno poturbowany, a stojący nad nim ludzie Houstona sprawiali wrażenie, że chętnie urządziliby mu poprawiny. Seguin doskoczył do jeńca; wyraz jego twarzy wystarczył, żeby odegnać nadgorliwych Teksańczyków. Oparł Meksykanina plecami o drzewo, uklęknął i zaczął mu półgłosem zadawać pytania.

– Pułkowniku Neill! – zawołał tymczasem Houston.

– Słucham, generale?

– Niech cywile zbierają się do drogi. Proszę dopilnować, żeby zabrali wozy, zapasy i ruszyli dalej na wschód.

– Proszę spojrzeć, generale. – Neill uśmiechnął się, wskazując dwie nowiutkie, tylko trochę ubłocone sześciofuntówki. – Nasze nowe cudeńka. Dar od mieszkańców Cincinnati.

Houston z zadowoleniem skinął głową.

– Proszę przygotować proch i amunicję.

Seguin podbiegł do niego z sakwą, którą zabrał rannemu *soldado*.

– Głuchy Smith pojmał meksykańskiego kuriera. Z listów wynika, że Santa Anna jest w pobliżu, i to tylko z niewielką częścią armii. – Podał sakwę Houstonowi. – Kurier miał ją przy sobie.

Na miękkiej skórze widniał ozdobny monogram WBT.

34

Meksykanie padali ze zmęczenia, kiedy pozwolono im wreszcie rozbić obóz na skraju lasu. Santa Anna z Almonte szli wśród umorusanych błotem żołnierzy, obserwując przedpole. Teren opadał lekko na odcinku blisko kilometra, z boku wyrastał niewielki zagajnik.

Castrillón podszedł do prezydenta.

– Zwiadowcy donieśli o ruchach wojsk nieprzyjaciela, generale – zameldował. – Armia Houstona znajduje się cztery kilometry stąd.

Santa Anna wyraźnie się ożywił.

– Zwiniemy obóz i dościgniemy tchórzy!

Castrillón pokręcił głową.

– Houston wcale przed nami nie ucieka, generale. Idzie tutaj. – Wskazał leżący w oddali las. – Tam widziano jego zwiadowców. Na naszych tyłach. Jesteśmy odcięci od wszystkich poza oddziałem Cósa.

Santa Anna w zamyśleniu podrapał się po szyi.

– Ilu ludzi ma Houston? – spytał.

– Około siedmiuset.

Santa Anna posłał Castrillónowi pogardliwe spojrzenie. Siedmiuset? Tylu to oni mieli tu, na miejscu.

– Panie generale – Castrillón nie rezygnował – znajdujemy się w niekorzystnym położeniu. Za plecami mamy wodę. Wydostać się stąd można tylko przez jeden wąski most. W razie odwrotu…

Prezydent wzruszył ramionami.

– Kiedy generał Cós do nas dołączy, zmiażdżymy Houstona.

– Ale Cós będzie tu najwcześniej jutro.

– Powinniśmy zbudować barykady i postawić ludzi w stan gotowości – poparł Castrillóna Almonte. – Jeżeli zaatakują w nocy, będziemy bezradni.

– Houston też ma rzekę za plecami – zauważył Santa Anna. – Wystarczą dwa strzały z armaty i czmychnie jak zając.

Kilkaset metrów od miejsca, w którym toczyła się ta rozmowa, Teksańczycy zsiedli właśnie z koni i zaczęli rozładowywać broń, amunicję, namioty i zapasy. Houston wyminął ich, przeszedł przez zagajnik i stanął na skraju równiny. Po lewej miał rzekę San Jacinto, która krętym korytem płynęła aż do Buffalo Bayou. Z prawej biegł trakt do Harrisburga, przechodzący przez most Vince'a – jedyna droga odwrotu z tej okolicy. Na wprost, pięćset metrów od Houstona, rozpościerał się meksykański obóz. Teren pomiędzy obozowiskami był prawie płaski, tylko leciutko opadał. Houstonowi bardzo to odpowiadało; mógł liczyć, że jego wojsko pokona niemal całą drogę do obozu wroga, zanim Meksykanie zorientują się w sytuacji. Tuż za obozowiskiem Santa Anny ciągnęły się nadbrzeżne mokradła Peggy Lake. Wciśnięci między rzekę i jezioro Meksykanie nie będą mieli dokąd uciekać.

Meksykanie tymczasem stawiali barykady ze skrzyń, wozów i wszystkiego, co mogło posłużyć do zbudowania improwizowanych murów obronnych.

Houston wyjął z kieszeni czarą tabakierkę, a z niej szczyptę tabaki. Zaciągnął się nią i przymknął oczy. Miał wrażenie, że po raz wtóry przeżywa piękny sen. Przypomniał sobie, co powiedział Ruskowi: „Wellington sam ustala zwycięski scenariusz, wybiera miejsce bitwy, zanim jeszcze je zobaczy. Potrzebuje otwartego pola, pochyłej równiny z ukrytym miejscem na obozowisko i otwartą flanką, żeby zaskoczyć nieprzyjaciela".

Wszystko było na swoim miejscu, dokładnie tak, jak sobie wymarzył. Otworzył oczy.

– Masz jakieś imię? – zapytał rozciągającą się przed nim równinę. – Jak cię ludzie nazywają?

Teksańczycy zdawali sobie sprawę z bliskości nieprzyjaciela. Pracowali w pocie czoła, żeby jak najlepiej przygotować się do bitwy. Po długiej bezczynności rwali się do walki.

Houston wrócił do obozu i skinął na Seguina. Pokazał mu liść drzewa.

– Jest wilgotno. Musimy uważać, żeby proch nie zamókł.

Poszedł do swojego namiotu, a Seguin odprowadził go wzrokiem. Baker i Rusk spojrzeli na niego pytająco, ale on tylko pokręcił głową.

– Jeśli szybko się nie zdecyduje, pójdziemy się bić bez niego – zapowiedział Baker.

Seguin wypatrzył wśród *Tejanos* znajomą twarz.

– Menchacha! Skąd się tu wziąłeś? – zagaił. – Myślałem, że byłeś w Alamo.

Menchacha zmieszał się.

– Byłem, ale wyjechałem, don Juan.

– Wyjechałeś… – Seguin zmarszczył brwi. Był wściekły. – Zszedłeś z posterunku, tak?!

– Wcale nie! Santa Anna ofiarował nam wolność. Nawet Santiago Bowie namawiał mnie, żebym wyjechał.

– Bowie?

– Tak. Mówił, że wojna jeszcze się nie skończyła. Wiedziałem, że Alamo padnie, nie było sensu zostawać tam i ginąć. W imię czego?

Rzeczywiście, pomyślał Seguin, w imię czego?

– W takim razie po co tu przyszedłeś?

– To, że nie chciałem skonać w Alamo, nie znaczy jeszcze, że nie wierzę w słuszność naszej sprawy. Chcę pobić Santa Annę. Wiedziałem, że jeśli tam zostanę, nie będę miał takiej szansy. Co innego tutaj.

Seguin poklepał go po ramieniu i odszedł bez słowa.

Meksykanie stali na straży przy nowo powstałej barykadzie. Czekali na szturm, który, jak wiedzieli, musiał wkrótce nastąpić. Zza ich pleców Castrillón obserwował odległy las, gotów zareagować na najmniejszy sygnał obecności Teksańczyków. Marsz z Béxar wyczerpał ich, ale byli gotowi – wręcz skorzy – do walki. Im szybciej rozprawią z teksańskimi niedobitkami, kontynuując dzieło armii z Béxar i La Bahíi, tym szybciej wrócą do domów i rodzin.

Jesús czekał tak jak wszyscy. Ściskał kurczowo muszkiet i wytężał wzrok, wpatrując się w ścianę drzew, zza których mieli się wynurzyć Teksańczycy. Nikt nic nie mówił. Czekali w milczeniu. Czekali przez cały ranek, kiedy palące słońce wspinało się do zenitu; czekali w dusznym, gęstym od moskitów popołudniowym powietrzu; czekali w wilgotnym chłodzie wieczoru. Kiedy minęła północ, czekanie przeciągnęło się do mrocznych godzin przedświtu.

Słońce wstało nad równiną, jasne, oślepiająco żółte na błękitnym niebie, a umęczeni *soldados* czekali na wroga. Wciąż nic się nie działo.

Jesús któryś raz z rzędu omal nie zasnął na stojąco. Znalazł sobie dogodną pozycję: oparł się o barykadę w taki sposób, że nawet gdyby zmorzył go sen, nie osunąłby się na ziemię. Dzięki temu w nocy udało mu się kilkakrotnie zmrużyć na chwilę oczy.

Otrzeźwił go dźwięk trąbki. Teksańczycy ruszali do szturmu!

Z ulgą stwierdził, że nadciąga nie wróg, lecz od dawna wyczekiwany generał Cós z posiłkami. Jesús i jego towarzysze powitali nowo przybyłych gromkimi wiwatami. O ile jednak większość ludzi cieszyła się z przewagi liczebnej, która miała – w ich mniemaniu – zapewnić im zwycięstwo, o tyle Jesús był zachwycony faktem, że wreszcie będzie mógł się zdrzemnąć. Tyle że żołnierze Cósa byli chyba jeszcze bardziej zmęczeni: ledwo weszli na teren obozu, zaczęli padać na ziemię, nie zadając sobie trudu zdjęcia plecaków. Wystarczyło kilka chwil, by pozasypiali kamiennym snem.

Almonte uśmiechnął się z ulgą.

– No, teraz jesteśmy bezpieczni.

Castrillón nie podzielał jego optymizmu. Popatrzył po śpiących żołnierzach, przeniósł wzrok na generała i modlił się, żeby Almonte miał rację.

– Odpoczynek! – zarządził tymczasem Almonte. – Odpocznijcie przed bitwą.

Houston też usłyszał trąbki. Wyszli z Seguinem na skraj lasu i patrzyli na ciągnący do obozu oddział Cósa.

– Ilu ich jest?

– Ze sześciuset – odparł Seguin. – Czyli łącznie tysiąc trzystu, tysiąc czterystu. Prawie dwa razy więcej niż nas.

Houston rozważał w myślach swoje szanse. Seguin obserwował go i mógł tylko mieć nadzieję, że nie ogłosi dalszego odwrotu. Jego zdaniem chwila prawdy nadeszła.

– Na tyłach Meksykanów jest most, prawda? – zauważył Houston.

– Zgadza się, most Vince'a.

– Wyślij tam Smitha. Niech dobierze sobie paru ludzi i spali most.

Seguin mało nie krzyknął ze szczęścia. Chciał natychmiast iść szukać Smitha, ale Houston jeszcze na chwilę go zatrzymał.

– Mamy jakąś muzykę?

– Chyba jest jakiś dobosz – odparł Seguin po chwili namysłu.

– Znajdź mu jakiegoś towarzysza. Albo dwóch.

Seguin z uśmiechem pokiwał głową i popędził go obozu.

Wieści rozeszły się po obozowisku i Teksańczycy zaczęli sposobić się do bitwy: ładowali karabiny, ostrzyli noże, sprawdzali proch, liczyli kule. Widząc, że Seguin wykonał polecenia, Houston wezwał go do siebie.

– Kapitanie Seguin, pan i pańscy ludzie zostaniecie na straży obozowiska.

Seguina zamurowało.

– To będzie chaos, Juan – wyjaśnił łagodniejszym tonem Houston. – Ludzie zastrzelą każdego Meksykanina, jaki nawinie im się pod lufę.

– Generale, kiedy zatrzymał mnie pan przy sobie, zostałem. Zostawiłem przyjaciół, którzy teraz nie żyją. To także nasza wojna, nawet bardziej niż pańska.

– No dobrze – westchnął Houston. – Pójdziesz z Shermanem na lewą flankę. Tylko oznaczcie się jakoś, żeby ktoś przez przypadek nie posłał wam kulki.

– Mam ze sobą talię kart. Rozdam je ludziom i każę zatknąć za wstążkę kapelusza.

– Niezły pomysł.

– A ty, Sam, uprzedź swoich ludzi.

Meksykanie spali. Zmordowany Jesús spodziewał się, że padnie jak ścięty, ale tak się nie stało. Dziwna myśl nie dawała mu spokoju. Przypomniała mu się tamta straszna noc: zmęczeni Teksańczycy w Alamo posnęli, odpoczywali, przestali się pilnować. A teraz to oni są zmęczeni...

Żołnierze Houstona byli tak podekscytowani, że myśl o odpoczynku wywietrzała im z głów. Po raz setny oliwili broń i nerwowo przestępowali z nogi na nogę, czekając, aż Stary Sam wyda rozkaz i wreszcie będą mogli się zemścić. Prawie każdy w tej armii stracił krewnych lub przyjaciół w Alamo albo La Bahíi. Teraz Meksykanie mieli im za to zapłacić.

Seguin rozdał swoim ludziom karty i wytłumaczył, co mają z nimi zrobić. *Tejanos* objaśniali pomysł dowódcy każdemu Teksańczykowi, który się napatoczył, i prosili go o przekazanie tej informacji dalej.

Mathew Ingram drżącymi rękami dzielił proch na mniejsze porcje. Chciał wziąć udział w tej ekspedycji, ubłagał generała Houstona, aby ten zabrał go ze sobą i pomógł mu przeżyć wspaniałą przygodę, a teraz, znalazłszy się tutaj, dałby milion dolarów (gdyby go miał), żeby tylko znaleźć się gdzie indziej. Gdziekolwiek.

Goldman, młody dobosz, przycupnął pod drzewem i nerwowo postukiwał pałeczkami. Obok niego siedziało dwóch chłopaków z piszczałkami.

Nazywali się Hank Harrison i Jack Judson i byli kuzynami. Harrison wystrugał piszczałkę w prezencie dla Jacka i nauczył go grać na niej proste melodie. Seguin zapowiedział im, że mają zagrać sygnał do ataku, a oni nie mieli zielonego pojęcia, jak się do tego zabrać.

– Co zagramy? – spytał dobosz.

Harrison i Judson spojrzeli po sobie. To było dobre pytanie.

– Ja tam nie wiem – odparł Judson. – Nigdy dotąd nikogo nie atakowaliśmy. Może *Yankee Doodle*?

Harrison parsknął śmiechem.

– *Yankee Doodle*, też coś! Gadasz jak mój dziadek w Valley Forge.

– No to ty coś wybierz – zaproponował urażony Judson.

Harrison wzruszył ramionami.

– Znam tylko sprośne przyśpiewki.

– Może *Come to the Bower*? – zaproponował z uśmiechem Goldman. – Znacie?

– Pewnie – przytaknął Harrison. – Śliczna.

Grajkowie zaczęli ćwiczyć. Szybko zdali sobie sprawę, że nie znają całej piosenki, ale byli pewni, że to, co umieli zagrać, wystarczy do chwili rozpoczęcia kanonady, a potem już i tak nikt ich nie będzie słuchał.

Głuchy Smith wrócił do obozowiska, zeskoczył z konia i pobiegł do namiotu Houstona.

– Generale! – zawołał. – Most Vince'a przestał istnieć.

Houston pokiwał głową i klepnął go w ramię. Santa Anna i Cós nie mogli już liczyć na dalsze posiłki – ale Teksańczycy też nie mieli się dokąd wycofać. Musieli więc ruszyć naprzód, do zwycięstwa.

– Świetnie, Smith. Czas podnieść kurtynę.

Houston wyszedł z namiotu. Żołnierze zerwali się na równe nogi, on zaś powiódł po nich wzrokiem.

– Panowie – rzekł – tę bitwę zapamiętacie do końca życia. Każdą jej minutę, każdą sekundę…

Jego adiutant przyprowadził Saracena, którego Houston kazał wyszorować i wyszczotkować do połysku. Brakowało tylko skrzydeł, żeby biały rumak upodobnił się do greckiego Pegaza. Houston wsiadł na jego grzbiet.

– Wspominki zostawcie sobie na jutro – ciągnął już z siodła. – Dziś pamiętajcie o Goliad. Pamiętajcie o Alamo. – Spojrzał na równinę przed zagajnikiem i dodał: – Nadeszła chwila prawdy.

Cmoknął na Saracena i ruszył naprzód. Żołnierze rozciągnęli się w tyralierę i zaczęli przedzierać się przez zarośla ku polu bitwy. Houston pierwszy wynurzył się z zagajnika, po chwili dołączyło do niego kilku konnych. Spojrzał na przystojnego kawalerzystę jadącego po prawej stronie. Przywołał z pamięci nazwisko.

– Lamar? Zgadza się?

– Tak jest, generale, Mirabeau B. Lamar.

– Co oznacza to B?

– Bonaparte, generale.

Houston z trudem powstrzymał się od śmiechu.

– Proszę trzymać się blisko mnie, Lamar.

Jeździec skrzywił się.

– Z całym szacunkiem, panie generale… Wolelibyśmy jechać z przodu.

– I pojedziecie.

Houston zajął pozycję na czele, w samym środku szyku, kiedy teksańska piechota wynurzyła się spomiędzy drzew i ustawiła w długim dwuszeregu. Mathew też znalazł się blisko środka. Strach dławił go w gardle. Dwa działa zostały wycelowane w zbudowane przez Meksykanów barykady. Houston skinął na Goldmana, który odliczył cicho i z dwoma flecistami zaczął nierówną, lecz skoczną wersję *Come to the Bower*.

Houston zasłuchał się – i uśmiechnął. Za skarby świata nie zamieniłby tej wesołej melodyjki na żaden hejnał. Podniósł rękę, chwilę trzymał ją w powietrzu, a potem machnięciem dał sygnał do odpalenia dział. Armaty, pieszczotliwie przezwane „bliźniaczkami", wypaliły jednocześnie. Dwa pociski z łoskotem spadły na meksykański obóz. Kartacze i odłamki drewna pofrunęły we wszystkie strony, a Meksykanie zostali brutalnie wyrwani ze snu. Zaczęli miotać się po obozie, zbierać porzucone muszkiety, mocować bagnety na lufach. Zapanował chaos. Nikt nie wydawał rozkazów.

Houston wyciągnął rękę przed siebie.

– Naprzód marsz!

Teksańczycy ruszyli. Meksykanie zaczynali odpowiadać ogniem. Z tej odległości odgłosy wystrzałów przypominały stłumione pyknięcia fajerwerków; kule świszczały w trawie i nad głowami żołnierzy, ale Teksańczycy szli spokojnym, równym krokiem. I byli coraz bliżej.

– Formacja do strzału! – wydał komendę Houston.

Armia zatrzymała się. Pierwszy szereg przyklęknął i uniósł broń, żołnierze w drugim celowali nad głowami klęczących.

– Ognia!

Salwa dosięgła nielicznych Meksykanów, którzy wychyleni nad barykadą próbowali ostrzeliwać nacierających. Kilkunastu zginęło.

– Naprzód marsz! – rozkazał Houston.

Saracen drobił niespokojnie, wyrywał się do przodu. Houston pomyślał z dumą, że odgłosy walki wcale konia nie przerażały. Był w swoim żywiole. Był prawdziwym rumakiem bojowym.

Mathew wstał z klęczek i w marszu ładował muszkiet. Dobrze wiedział, że jego pierwszy strzał chybił, ale w tej chwili niespecjalnie się przejmował zabijaniem Meksykanów. Zastanawiał się przede wszystkim, co zrobić, żeby samemu nie zginąć.

Houston odwrócił się i spojrzał na swoich ludzi. Dwóch padło po strzałach nieprzyjaciela, ale szyk się nie załamał. Dał znak ręką. Bliźniaczki plunęły ogniem. Kolejny fragment barykady rozleciał się w drzazgi.

Wściekły Santa Anna wyskoczył z namiotu. Zdrzemnął się, korzystając z chwili spokoju, a teraz musiał stawić czoło nieprzyjacielowi, zanim zdążył się ubrać! Potoczył dookoła dzikim wzrokiem. W obozowisku panował chaos. Tylko Castrillón zachował przytomność umysłu i ustawił swoich ludzi w sensowną formację obronną na środkowym odcinku barykady. Podkomendni pozostałych generałów uciekali w popłochu, a ludzie Castrillóna stanęli w szyku i salwą odpowiedzieli na ostrzał nieprzyjaciela.

Santa Anna dostrzegł konia, który bez jeźdźca błąkał się w pobliżu namiotu. Dopadł go, wskoczył na siodło i odjechał. Castrillón z niesmakiem obserwował ucieczkę prezydenta z pola bitwy.

Na lewej flance Seguin i Sidney Sherman prowadzili dwudziestu paru konnych, którzy przekradali się wśród drzew. Z prawej strony słyszeli wykrzykującego kolejne rozkazy Houstona.

– Formacja do strzału!

Pierwszy szereg uklęknął.

– Ognia!

Mordercza salwa siała zniszczenie w meksykańskich szeregach.

– Naprzód marsz!

Ludzie nie mogli się doczekać rozkazu do szturmu. Tygodniami wyczekiwali walki, gniew i żądza zemsty z każdym dniem coraz silniej przepełniały ich serca, a teraz wreszcie mogli utoczyć wrogowi krwi tak jak on utoczył jej ich braciom i przyjaciołom w Alamo i La Bahíi. Z początku szli równym, spokojnym krokiem, ale kiedy od meksykańskich kul padło dwóch następnych Teksańczyków, przyspieszyli, przeszli w trucht, a potem rzucili się biegiem na nieprzyjaciela.

– Za Alamo! – krzyknął Mosley Baker.

Jedni podchwycili jego okrzyk, inni wołali: „Za Goliad!" i „Za La Bahíę!" Teksańczyków ogarnął szał bojowy. Szyk pękł, kiedy na złamanie karku pognali ku meksykańskiej barykadzie. Wiedzieli, że gdy dopadną wroga, muszkiety zmienią się w maczugi, w ruch pójdą noże i pięści. I chcieli, żeby ta chwila nadeszła jak najszybciej.

Houston zauważył, że szyk się łamie, a starannie zaplanowana bitwa lada chwila przerodzi się w zwykłą bójkę. Poczerwieniał ze złości.

– Do szeregu! Formować szyk! – ryknął.

Ale nikt go nie słuchał. Nagle Houston zdał sobie sprawę, że nie tylko nikt nie słucha jego rozkazów, ale pędząca fala piechoty może zostawić go daleko z tyłu i wyłączyć z walki. Wyciągnął zza pasa pistolet i spiął Saracena ostrogami.

Castrillón też miał problem z utrzymaniem dyscypliny: jego ludzie zaczynali wyłamywać się z szeregów.

– Utrzymać szyk! – krzyczał. – Utrzymać szyk!

Na próżno. Meksykanie porzucali w panice stanowiska i uciekali do lasu.

Castrillón dostrzegł nacierających z flanki ludzi Seguina. Ich niespodziewany atak ostatecznie przełamał meksykańskie szyki. Niedobitki oddziału Castrillóna zniknęły w oddali.

Batres rozglądał się rozpaczliwie w poszukiwaniu Santa Anny. Nie widząc go w pobliżu, doszedł do wniosku, że prezydent albo poległ, albo uciekł – obie możliwości były dla Batresa równie przerażające.

– Musimy się wycofać, generale! – wrzasnął do Castrillóna, widząc szarżujący z boku oddział Seguina.

Castrillón spojrzał na niego z politowaniem.

– Brałem udział w czterdziestu bitwach i nikt nie zmusił mnie do odwrotu. A teraz jestem na to za stary.

Stanął na barykadzie. Teksańczycy właśnie dopadli do barykady i rozpoczęła się krwawa walka na noże i bagnety z resztką dzielnych Meksykanów, którzy nie zeszli z posterunku. Castrillón spokojnie strzelił z jednego pistoletu i sięgnął po drugi, ale po naciśnięciu spustu rozległ się tylko suchy trzask: broń nie była nabita. Cisnął pistolety na ziemię, skrzyżował ręce na piersi i czekał na swój los. T.J. Rusk docenił tę pogardę dla śmierci.

– Nie strzelajcie do niego! – krzyknął. – Nie strzelajcie!

Ale żądza krwi przeważyła: salwa z muszkietów skosiła Castrillóna. Kilku Teksańczyków podbiegło do niego i – widząc, że musiał być ważną personą – przeszyło go bagnetami. Za nimi parli już następni, którzy z obłąkańczym wyciem przesadzali barykadę.

– Chłopcy! – zawołał kapitan Conver. – Wiecie, jak się bierze jeńców, prawda? Kolbami ich! Kolbami!

– Tak jest! – odpowiedział szeregowy Buteau w obszarpanym mundurze. – Walić na prawo i lewo! Niech im się mózgi z łbów powylewają! Za Alamo!

Mały, może dziesięcioletni meksykański dobosz kulił się ze strachu przed Teksańczykami. Miał połamane obie nogi i szlochał z bólu. Dwóch żołnierzy, Huthmacher i Laing, podbiegło do niego, trzymając karabiny w pogotowiu. Chłopczyk złapał Huthmachera za kostki i zaniósł się płaczem.

– Święta Mario, panienko przeczysta! – lamentował po hiszpańsku. – Ocal mnie!

Laing pokręcił z niesmakiem głową.

– Zostaw go! – mruknął. – Mamy ważniejsze sprawy na głowie.

Ale Huthmacher miał inny pomysł. Wyszczerzył zęby w zwierzęcym grymasie, wyszarpnął zza pasa pistolet i przystawił chłopcu do skroni.

– Za Alamo – powiedział.

Mały Meksykanin cały czas się modlił, kiedy Teksańczyk pociągnął za spust. Mózg brysnął Laingowi na buty.

Houston odwrócił Saracena w stronę barykady. Jedna kula trafiła ich obu: przeszyła kostkę Houstona i utkwiła w boku wierzchowca. Upadli. Houston nie miał czasu opłakiwać ukochanego konia: wstał, podszedł do najbliższego kawalerzysty i ruchem ręki dał mu do zrozumienia, żeby zsiadł.

Ludzie Seguina rozciągnęli się na mokradłach w tyralierę. Kula z muszkietu wyrwała kawał mięsa z łydki Lary, jednego z meksykańskich oficerów. Lara padł na ziemię, krzywiąc się z bólu, a kiedy podniósł wzrok, zobaczył stojącego nad nim Menchacę. W Béxar byli sąsiadami.

– Menchaca, druhu mój, pomóż mi.

Menchaca smutno pokręcił głową.

– Nie mogę.

– Proszę cię, przecież obaj jesteśmy Meksykanami! Jesteśmy braćmi! Oszczędź mnie!

Na twarzy Menchaki smutek ustąpił miejsca nienawiści.

– Nie, do diabła! Ja nie jestem Meksykaninem! Jestem Amerykaninem!

Strzelił Larze w głowę. Meksykanin runął na wznak, wpatrując się szeroko otwartymi oczyma w twarz wieczności.

Na tyłach obozu skuliła się grupa wystraszonych *soldaderas*. Były wśród nich żony zwykłych żołnierzy i oficerów, były i prostytutki, za stosowną opłatą gotowe nieść pociechę strapionym – ale teraz wszystkie były po prostu przerażonymi kobietami, które modliły się o ocalenie.

Chemerka, szeregowy z New Jersey, uśmiechnął się złowrogo na ich widok. Uniósł broń do ramienia.

Kapitan Harrigan stanął między nim i kobietami. Lufa muszkietu mierzyła teraz w jego pierś.

– Co pan wyrabia, do cholery? – zdziwił się Chemerka.

Harrigan dobył szabli i spojrzał na niego spode łba.

– Zostaw je.

– Nie zatrzyma pan kuli szablą – prychnął Chemerka.

Harrigan wyciągnął pistolet i wymierzył go Chemerce w twarz.

– Jeżeli skrzywdzisz którąś z tych kobiet, zabiję cię.

Chemerka zgłupiał do reszty.

– Pan tak na serio, kapitanie? Zabiłby mnie pan, żeby ocalić te ścierwa?

Harrigan z zaciętą miną pokiwał głową.

– Zrobię to, jeśli będę musiał.

Chemerka pokręcił głową i wycofał się. Harrigan zerknął na rozdygotane kobiety, z których żadna chyba nie miała pojęcia, co się właściwie wydarzyło. Ukłonił się lekko i wrócił na plac boju.

Meksykanie uciekali przez las w stronę podmokłych brzegów Peggy Lake. Teksańczycy deptali im po piętach; strzelali, dźgali bagnetami i powtarzali:

– Za Alamo! Za Alamo!

Ci z Meksykanów, którzy domyślili się znaczenia tych słów, próbowali się poddać: odrzucali broń, podnosili ręce i krzyczeli:

– *Me no Alamo! Me no Alamo!*

Teksańczycy z zimną krwią mordowali bezbronnych. Niektórzy dodatkowo okaleczali zwłoki. Byli i tacy, którzy zdzierali skalpy.

Strach Mathew przeobraził się w jakąś niezwykłą, wręcz magiczną energię. Adrenalina wrzała mu w żyłach. Nie zabił jeszcze żadnego wroga – i nie zamierzał tego robić – ale złapał się na tym, że tak jak jego towarzysze krzyczy ile sił w płucach i bez tchu pędzi za uciekającymi *soldados*.

Brnąc przez wysokie nadbrzeżne trzciny, w którymś momencie zdał sobie sprawę, że jest zupełnie sam. Stanął jak wryty. Jesús, który schowany w trzcinach modlił się, żeby żaden Teksańczyk go nie zauważył, wyczuł, że nieprzyjaciel znajduje się na wyciągnięcie ręki. Wystraszył się, że właśnie go odkryto i zaraz zostanie zabity. Ścisnął mocniej karabin i wyskoczył z kryjówki.

Mathew nie miał zielonego pojęcia, że znalazł się w pobliżu schronienia jakiegoś Meksykanina. Krzyknął z przerażenia i instynktownie, bez namysłu, dźgnął Jesúsa bagnetem. Trafił w udo. Jesús skrzywił się z bólu i mimo woli nacisnął spust. Kula trafiła Mathew w bark. Oszołomieni upadli na wznak w bagno i legli bez ruchu, wpatrując się w siebie podejrzliwie. Jesúsowi skończyła się amunicja, a odskoczyli od siebie na odległość uniemożliwiającą Mathew pchnięcie bagnetem – nawet gdyby chciał to zrobić, a nie miał na to najmniejszej ochoty. Leżeli więc i powoli się wykrwawiali.

Kiedy wycofujący się Meksykanie docierali na brzeg Peggy Lake i zaczynali rozumieć, że są w potrzasku, odrzucali broń i próbowali przedostać się na drugi brzeg. Brodzili przez płycizny lub płynęli – w miejscach, gdzie woda była głębsza. Teksańczycy wchodzili za nimi do wody; dźgali ich bagnetami, cięli nożami, strzelali im z muszkietów w plecy. Kiedy Houston zjechał na brzeg, spojrzał na nich z odrazą.

– Odwrót! – zarządził. – Odwrót!

Nikt go nie słuchał.

– Niech was wszystkich diabli wezmą! Co to za maniery?!

Strzelanie do przepływających Peggy Lake Meksykanów zmieniło się w wiejski konkurs strzelecki.

– To lepsze niż strzelanie do ryb w beczce! – stwierdził roześmiany od ucha do ucha Malanowski, imigrant z Polski.

Pułkownik John Austin Wharton brnął na koniu przez przybrzeżną płyciznę i ryczał na całe gardło:

– Wstrzymać ogień! Nie strzela się bezbronnym ludziom w plecy! Wstrzymać ogień!

– Pułkowniku Wharton – zwrócił się do niego Musso, jeden ze strzelców. – Gdyby Jezus Chrystus we własnej osobie zstąpił z nieba i kazał mi przestać strzelać, też bym go nie posłuchał.

Wharton okręcił się na pięcie i zobaczył, jak Curtis, farmer z Południa, przykłada meksykańskiemu oficerowi nóż do gardła.

– Puść go, Curtis! – krzyknął.

Curtis nie zwracał na niego uwagi.

– Zabiliście Washa Cottle'a – tłumaczył Meksykaninowi. – A teraz ja zabiję ciebie, a na pasku z twojej skóry będę ostrzył brzytwę!

Washington Cottle był zięciem Curtisa, który, nawiasem mówiąc, serdecznie go nie znosił i uważał za niegodnego ręki swojej córki. Kiedy jednak Cottle zginął w Alamo, teść zmienił opinię na jego temat. Zaślepiła go żądza zemsty.

Wharton podjechał bliżej i wycelował mu z pistoletu prosto w twarz.

– Powiedziałem: puść go.

Curtis się cofnął. Wharton wciągnął Meksykanina za siebie na siodło.

– Ten człowiek jest moim jeńcem! – oświadczył.

Curtis przymierzył z muszkietu i odstrzelił Meksykaninowi pół głowy. Kiedy rozwścieczony Wharton odwrócił się do niego, zachichotał i z kieszeni płaszcza wyjął butelkę.

– To za Washa Cottle'a.

Odwrócił się i oddalił niespiesznym krokiem.

Batres porzucił umierającego Castrillóna i też skierował się ku brzegom Peggy Lake. Nie dotarł jednak tak daleko, żeby myśleć o pływaniu. Utknął w bagnie w połowie drogi. Kiedy rozpaczliwie próbował się uwolnić, zwrócił uwagę doktora Labadie, osadnika z francuskiej Kanady. Labadie podszedł do niego, brodząc w płytkiej wodzie. Paru innych Teksańczyków podniosło broń do strzału.

– Nie strzelać! – krzyknął Labadie. – Ten człowiek jest moim jeńcem! Jego prośby nie na wiele się zdały; większość żołnierzy po prostu go wyśmiała. Hardin, potężnie zbudowany Teksańczyk, bez skrupułów zastrzelił Batresa.

– W takim razie zostawiamy pana sam na sam z pańskim jeńcem – stwierdził.

Twarz Batresa zastygła w grymasie przerażenia. Runął do wody. Krew pociekła mu z ust i z czaszki, z rany po kuli.

Bagniste wody Peggy Lake nigdy nie były krystalicznie czyste. Dodatkowo zmącił je deszcz, który spadł poprzedniego dnia, i brodzący w nim ludzie. Dzień później przybrały brudnordzawy kolor śmierci.

Bitewny dramat i krótkie chwile wojennej chwały trwały zaledwie osiemnaście minut.

Przed zmierzchem nad polem bitwy zaległa niesamowita cisza. Martwi i umierający zaściełali ziemię, pokryci krwią i sadzą. Tym *soldados*, którzy przyszli z Alamo, sceneria niepokojąco przypominała widoki zapamiętane z misji, tyle że teraz to Teksańczycy spacerowali wśród trupów, szukając pamiątek, pieniędzy, ubrań i wszystkich przedmiotów, jakie mogły mieć jakąś wartość. Ci, którzy lubowali się w bardziej makabrycznych trofeach, zdejmowali martwym Meksykanom skalpy.

Poległo blisko siedmiuset żołnierzy Santa Anny. Dalszych siedmiuset próbowało ucieczki, ale trzystu z nich pojmano i przed nocą przyprowadzono do obozu.

Houston siedział pod dębem. Doktor Labadie opatrywał mu przestrzeloną kostkę. Generał wciągnął do nosa szczyptę tabaki, żeby choć trochę uśmierzyć ból. Rana mu dokuczała, to fakt, ale znacznie bardziej martwiło go zniknięcie Santa Anny.

– Wszystko stracone – powiedział, przełykając łzy. – Boże, wszystko stracone!

Seguin przykucnął obok niego.

– To pana wielki dzień, generale.

– Czy ty naprawdę nic nie rozumiesz, Juan? Bez Santa Anny to zwycięstwo nic nie znaczy. Myślisz, że to byli wszyscy Meksykanie, jacy żyją w Teksasie? Następni już tu idą. Jeżeli nas zaatakują, to jak myślisz, kto wygra? Nasi ludzie ledwie trzymają się na nogach.

– Mamy minimalne straty – zauważył Seguin. – Pięciu czy sześciu zabitych, trochę więcej rannych… Możemy jeszcze walczyć.

Houston z przerażeniem spojrzał w stronę lasu.

– Na Boga, oni już tu są!

Spomiędzy drzew wyszło kilkuset Meksykanów. Seguin zerwał się z ziemi i odruchowo sięgnął po szablę, ale po chwili się rozluźnił. T.J. Rusk, pułkownik Wharton i dwudziestu paru Teksańczyków prowadzili do obozu kolejną grupę jeńców. Seguin rozpoznał wśród nich Almonte, lecz na próżno szukał Santa Anny.

Houston też wypatrywał *El Presidente*. Próbował usiąść prosto, ale ból w kostce nie pozwolił mu przyjąć wygodniejszej pozycji. Spojrzał na Seguina i w milczeniu pokręcił głową. Pod czaszką cały czas rozbrzmiewały mu te same słowa: wszystko stracone.

Zasnął pod dębem. Przez całą noc męczyły go koszmary, a nad ranem obudził czyjś okrzyk:

– Głuchy! Następni do kolekcji?!

Houston podniósł głowę i zobaczył Głuchego Smitha, który w asyście swoich ludzi prowadził następnych sześćdziesięciu Meksykanów – obszarpanych, pokrwawionych i przygnębionych. Związano ich wspólnym sznurem, który oplatał każdego w pasie.

W tłumie jeńców podniósł się szmer, kiedy dołączyli do nich nowi więźniowie. Smith zauważył, że jeden z nich, w mundurze szeregowca, idzie ze spuszczoną nisko głową, jakby nie chciał, żeby go rozpoznano.

Siedzący w obozie jeńcy też zwrócili na to uwagę. Jeden z nich rozpromienił się i zawołał:

– On żyje! Prezydent żyje! *Viva Santa Anna!*

Kolejni więźniowie rozpoznawali dowódcę i stawali na baczność. Kilku podchwyciło okrzyk:

– *Viva Santa Anna!*

Smith odwrócił się i z niedowierzaniem spojrzał na szeregowca. Podszedł do niego, złapał za włosy i zadarł mu głowę. Uśmiechnął się szeroko.

– Proszę, proszę... Szef we własnej osobie.

Złapał za sznur i pociągnął Santa Annę za sobą, żeby przedstawić go Houstonowi.

Santa Annę posadzono na skrzyni obok Houstona, który z obandażowaną kostką siedział na ziemi. Pełniący rolę tłumacza Almonte stanął nad nimi. Zebrani wokół nich Teksańczycy śledzili przebieg rozmowy. Ich twarze wciąż pałały żądzą mordu. Rusk i Sherman mieli ich na oku, gotowi zareagować na najmniejszy wybuch emocji.

Santa Anna szepnął coś do Almonte, który z kolei zwrócił się do Houstona:

– Człowieka, który pokonał Napoleona Zachodu, czeka świetlana przyszłość.

Houston uśmiechnął się uprzejmie. Milczał.

– Powinien teraz okazać wspaniałomyślność pokonanym – dodał Almonte.

Houston zerknął na niego i przeniósł wzrok na Santa Annę. Mówił po angielsku, ale nie odrywał oczu od twarzy dyktatora.

– Wspaniałomyślność? Trzeba było o niej myśleć w Alamo.

Almonte przełożył jego słowa, chociaż – sądząc z wyrazu twarzy Santa Anny – nie było to konieczne. Dowódcy armii nawzajem taksowali się wzrokiem, zdając sobie sprawę z powagi chwili.

– Jego Ekscelencja jest gotowy omówić warunki kapitulacji.

– Powiesić go! – krzyknął Mosley Baker. – Powiesić na najbliższym drzewie!

Wszyscy ochoczo podchwycili ten pomysł, kilku nawet pobiegło po sznur. Houston wpatrywał się natarczywie w Santa Annę, który, świadom panującego wokół napięcia, szepnął coś do Almonte.

– Jego Ekscelencja ośmiela się przypomnieć panu, generale, że podobnie jak pan jest masonem.

Houston odczekał chwilę, skinął głową i wciągnął do nosa szczyptę tabaki. Santa Anna wskazał tabakierkę.

– *Por favor...?*

– Jego Ekscelencja pyta, czy nie zechciałby pan poczęstować go odrobiną opium – wyjaśnił Almonte. – Dla ukojenia nerwów.

– Do diabła z jego nerwami! – warknął Baker. – Powieśmy go i skończmy tę szopkę!

Zawtórowały mu liczne głosy poparcia, ale Houston ze smutkiem pokręcił głową.

– Nie, panowie. Chcecie krwi i krew by wam wystarczyła, ale dla mnie to za mało. – Spojrzał na Santa Annę. – Ja chcę dostać Teksas.

Podał Napoleonowi Zachodu tabakierkę. Santa Anna prosił wprawdzie o opium, ale będzie musiał zadowolić się tabaką.

Seguin nie śledził przebiegu negocjacji. Mało go obchodziło, czy Santa Anna zginie, czy będzie żył. Myślami był przy swoich rodakach, *Tejanos* z San Antonio de Béxar. Co dla nich oznaczało to zwycięstwo? Szedł przez pole bitwy, wodząc dookoła otępiałym wzrokiem. Padł na kolana. Wszędzie leżeli martwi Meksykanie. Jaki to miało sens?

Mathew i Jesús leżeli tam, gdzie zostali ranni. Umierali. Oddychali z coraz większym trudem. Ból nie pozwalał im się ruszyć, chociaż stracili tyle krwi, że niewiele już czuli. Patrzyli na siebie szklistymi oczyma.

Mathew odezwał się pierwszy.

– Skąd jesteś, przyjacielu? – spytał po hiszpańsku.

– Stąd – odparł ledwie słyszalnym głosem Jesús. – Jestem Teksańczykiem.

– Tak jak ja. – Mathew pokiwał głową. – Tak jak ja.

Epilog

S tary pasterz stał na wzgórzu Powder House. Czekał cierpliwie, aż stadko kóz skończy skubać trawę i ruszy w dalszą drogę do Béxar, które rozpościerało się w oddali. Nagle uderzyło go, jak bardzo miasto się rozrosło. Nowe domy na drugim brzegu rzeki dochodziły już prawie do murów misji.

Chociaż niewiele z tych murów zostało. Kiedy wiele miesięcy temu Meksykanie pokonali Teksańczyków, zostawili tu bufonowatego generała, który miał się zająć odbudową fortu na wypadek, gdyby teksańskie wojska znów zagroziły Béxar. Ale po porażce nad San Jacinto generał dostał rozkaz, żeby rozebrać fortyfikacje, nad którymi przez poprzedni miesiąc pracował w pocie czoła. Żołnierze zburzyli większość murów od północnej i zachodniej strony, zagwoździli działa i zakopali je w ziemi, podpalili także ruiny kościoła. Od tamtej pory mieszkańcy Béxar uznawali Alamo za miejsce nawiedzone. Tysiące nietoperzy na nowo zagnieździły się w starych murach. Kiedy o zachodzie słońca wyruszały na łów, niczym ciemna chmura przesłaniały niebo nad miastem – tak jak w czasach dzieciństwa Margarity Fernandez.

Na dziedzińcu przed kościołem zostały niedopalone kości i kopce popiołu – pozostałości stosów, na których spalono ciała buntowników. Kojoty i szczury rozwłóczyły większość szczątków, ale sporo ich zostało na miejscu, upamiętniając tamten potworny marcowy dzień.

Tętent kopyt wyrwał pasterza z zadumy. Na wzgórzu pojawił się jeździec, którego staruszek natychmiast rozpoznał.

– Don Juan! – zdziwił się. – Dawno cię tu nie było.

Juan Seguin nawet na niego nie spojrzał. Wzrok miał utkwiony w odległym Alamo. Fort zawsze wyglądał, jakby był w ruinie, ale teraz prezentował się jeszcze gorzej niż zwykle. Z zabudowań misji zostały resztki kościoła,

237

fragment koszar i główna brama. Alamo nie przypominało już fortu. Było skupiskiem bezużytecznych, rozpadających się budynków.

Kiedy prawie rok wcześniej Travis wysłał go z fortu z zadaniem sprowadzenia odsieczy, Seguin obiecał, że wróci, nie bacząc na cenę, jaką przyszłoby mu zapłacić. Przyjedzie i stanie do walki ramię w ramię z tymi, których uważał za braci. Nie udało mu się dotrzymać słowa i pomścił śmierć braci nad San Jacinto. Los pozwolił mu być świadkiem chwili, w której Houston darował życie Santa Annie i zdobył dla Teksasu niepodległość.

Ale Seguin obiecał, że wróci, i teraz przyjechał spełnić tę obietnicę. Chciał pozbierać szczątki bohaterów z Alamo i sprawić im należyty pochówek. Znał pewne urocze miejsce nieopodal Alamedy, gdzie przy trakcie rósł długi szpaler smukłych drzew. Doskonale nadawało się na grób. Można było tam wystawić pomnik, przy którym wdzięczni Teksańczycy przystawaliby na chwilę modlitwy.

– Po co pan wrócił? – spytał pasterz.

– Dałem słowo. – Łzy napłynęły Seguinowi do oczu. – A słowa trzeba dotrzymywać.

Lekko szturchnął konia ostrogami i ruszył w dół zbocza ku Alamo.

Tego dnia nad San Jacinto Santa Anna uszedł z życiem, a Teksas zdobył niepodległość, by przez następne dziesięć lat być niezależną republiką. W demokratycznych wyborach Sam Houston został wybrany na pierwszego prezydenta Teksasu. Do końca swoich dni musiał jednak odpierać zarzuty tych, którzy mieli mu za złe, że nie przyszedł Alamo z odsieczą.

Dwudziestego piątego lutego 1837 roku Juan Seguin zebrał szczątki bohaterskich obrońców Alamo. Teksańczycy i *Tejano* spoczęli we wspólnym grobie. Seguin powiedział wtedy:

– Szczątki, które przenieśliśmy tu na własnych barkach, to wszystko, co pozostało po bohaterach poległych w Alamo. Ci ludzie po tysiąckroć woleli zginąć, niż żyć w jarzmie tyranii. Jakiż wspaniały dali nam przykład, przykład wart odnotowania na kartach historii. Duch wolności spogląda na nas ze swego tronu. Ma łzy w oczach, kiedy mówi: „Oto wasi bracia: Travis, Bowie, Crockett i pozostali. Bezprzykładnym męstwem zasłużyli sobie na miejsce w szeregach prawdziwych bohaterów". Proszę was wszystkich, byście pomogli mi zwrócić uwagę całego świata na te czcigodne szczątki. Świat musi zrozumieć, że Teksas jest i będzie wolny. Gdyby ktoś chciał mu tę wolność odebrać, wszyscy jesteśmy gotowi polec w jego obronie.

Po kilku latach tablica upamiętniająca zbiorową mogiłę spróchniała i rozpadła się. Dziś już nikt nie wie, gdzie zostali pochowani obrońcy Alamo.

Podziękowania

Z głęboką wdzięcznością dziękuję ludziom, którzy pomogli mi na drodze do Alamo.

Przede wszystkim dziękuję scenarzystom za to, że dali mi tak wspaniały materiał: Lesowi Bohemowi, Stephenowi Gaghanowi, Johnowi Lee Hancockowi i Johnowi Saylesowi. Wszystko, co dobre w tej książce, pochodzi od nich. Następnie chciałbym podziękować wspaniałym ludziom z planu filmowego, dzięki którym zawsze czułem się tam mile widziany i którzy pomogli mi na wiele sposobów: Philipowi Steuerowi, Markowi Johnsonowi, Katie R. Kelly, Erniemu Malikowi, Michaelowi Corenblithowi i ponownie Johnowi Lee Hancockowi.

Pragnę też wyrazić wdzięczność dobrym ludziom z wydawnictwa Hyperion, w szczególności Natalie Kaire i Robertowi S. Millerowi.

Dziękuję także Stephenowi L. Hardinowi i Alanowi C. Huffinesowi, którzy są dobrymi przyjaciółmi i jeszcze lepszymi historykami.

I wreszcie z całego serca dziękuję mojej pięknej żonie Claire McCulloch Thompson.

WYDAWNICTWO AMBER Sp. z o.o.
00-060 Warszawa, ul. Królewska 27, tel. 620 40 13, 620 81 62
Warszawa 2004. Wydanie I
Druk: Finidr, s.r.o., Český Těšín